gialli t

Domenico Wanderlingh

Il passato non si cancella

Romanzo

TEA

Per informazioni sulle novità
del Gruppo editoriale Mauri Spagnol visita:
www.illibraio.it

Prima edizione presso Astoria, aprile 2021

TEA – Tascabili degli Editori Associati S.r.l., Milano
Gruppo editoriale Mauri Spagnol

www.tealibri.it

Prima edizione Gialli TEA novembre 2023

Il passato non si cancella

1

Vent'anni prima

Non si muoveva.

Uscì dal suo nascondiglio, un piccolo spazio tra la dispensa e il frigorifero.

Si avvicinò lentamente al corpo steso a terra, accanto al tavolo.

Non provava terrore o dolore, angoscia o strazio. Non provava nulla.

Osservò il cadavere in silenzio e quando udì le urla disperate in strada si voltò verso la finestra spalancata.

Bussarono alla porta di casa ma non andò ad aprire.

Quando riuscirono a entrare era ancora in cucina, immobile, a fissare il corpo senza vita.

Nessuno si accorse di cosa aveva raccolto e infilato in tasca.

Oggi. Un lunedì di giugno

Parcheggiò l'auto in seconda fila accanto a due volanti col lampeggiante acceso e guardò l'ora: le diciannove e trenta. Entrò in un palazzo dei primi del Novecento in via Malpighi e uno dei poliziotti di piantone all'ingresso le andò incontro.

"Cosa abbiamo?" chiese sbrigativa.

"Due morti, ispettrice Landi, un uomo e una donna, al secondo piano. Le faccio strada."

Sulla soglia dell'appartamento due poliziotti parlottavano con un uomo dalla corporatura massiccia che continuava a grattarsi nervosamente la testa.

"È il custode dello stabile, ispettrice," spiegò l'agente che l'accompagnava, "è stato lui ad avvisarci."

Le squillò il cellulare e lesse il nome sullo schermo: rifiutò la chiamata con un messaggio automatico. Salutò con un cenno del capo gli agenti che risposero con un sorriso, senza mancare di squadrarla da capo a piedi. Anita Landi aveva più l'aria di una ragazza delle consegne a domicilio che di un ispettore di Polizia. Indossava jeans troppo larghi, una T-shirt bianca anonima sotto un K-way grigio sbiadito nel cui cappuccio cadevano ribelli i lunghi ricci castani, e un paio di Adidas Stan Smith. Vestita così le risultava facile nascondere il suo fisico atletico, ma non la rabbia che si portava dentro.

Dalla tasca prese un paio di guanti in lattice e dei calzari ed entrò nell'appartamento. Le bastarono due passi per avere la sensazione di trovarsi in mezzo a una ricchezza ostentata, di dubbio gusto: sul lato destro del corto corridoio un ghepardo in marmo, seduto su due zampe, sembrava montasse la guardia; alla parete opposta erano appese maschere africane in legno scuro, e una consolle con piatti dorati, portadocumenti e stiletti d'argento. Attivò la fotocamera dello smartphone e iniziò a filmare senza prestare molta attenzione agli altri dettagli che avrebbe analizzato in un secondo tempo. Si diresse immediatamente nel salone, scorgendo in fondo, sulla destra, un uomo in accappatoio seduto su una poltrona. Aveva le braccia aperte, la testa reclinata all'indietro e la bocca spalancata. Sotto l'accappatoio, allentato in vita, erano visibili due ferite d'arma da fuoco sul petto completamente glabro. Ai suoi piedi, in una strana posizione fetale, giaceva una donna col viso seminascosto dai lunghi capelli biondi, le mani incrociate sul petto come a implorare perdono. Indossava una gonna aderente grigio chiaro e una camicetta bianca in seta quasi totalmente sbottonata che lasciava intravedere un reggiseno in pizzo; accanto a lei, una pistola automatica e un cuscino del divano con fori circolari neri, probabilmente impiegato come silenziatore, le cui piume d'oca erano finite sui capelli della donna e sul corpo dell'uomo. Uno sgradevole odore di polvere da sparo e di bruciato si mischiava a quello dolciastro dei profumatori d'ambiente. Si chinò sul corpo della donna e le scostò delicatamente i capelli, sfiorando un orecchino pendente in oro. Il trucco era colato sulle guance, evidentemente dopo un pianto, la bocca semichiusa e gli occhi spalancati. Si rialzò per dare un'occhiata al resto dell'appartamento. Superata una porta in legno chiaro entrò in una camera da letto perfettamente in ordine, a parte una poltrona sulla quale erano ammucchiati abiti maschili come fossero biancheria sporca. Negli armadi, indumenti appesi alla perfezione, cravatte divise per tonalità di colore e nell'ultima anta una piccola cassaforte aperta con la chiave inserita nella serratura. All'interno tre ripiani: in basso dei contanti, euro, franchi svizzeri e dollari, suddivisi e accuratamente ordinati con fascette; in quello centrale, collocati in bella mostra, una mezza dozzina di orologi da polso in oro e acciaio; infine, nella parte superiore, alcune cartelle portadocumenti. Spense la fotocamera e tornò in sala.

"Ma porca puttana, ci sei tu Landi?" gridò alle sue spalle Origgi, un collega della Scientifica col quale aveva avuto uno scontro furibondo ai tempi della Mobile.

"Stasera ero di reperibilità. Mi dispiace, ti toccherà sopportarmi," rispose con lo stesso tono acido.

"Dove hai lasciato i cartoni delle pizze?" la punzecchiò col suo modo scortese e sarcastico. Anita inspirò, pronta a controbattere, ma lasciò perdere, e lui, non contento, continuò a stuzzicarla.

"Non avrai mica pensato di occuparti di questo caso, vero? Appena avrò terminato chiamerò la Mobile, avocheranno l'indagine e il tuo compito sarà terminato. Ascolterai le novità dai notiziari," disse lui sempre per provocarla. "Causa della morte?" chiese poi al suo assistente, un giovane magrissimo con lo sguardo perso nel vuoto.

"All'uomo hanno sparato due volte," rispose al suo posto Anita, "mentre la donna..."

"Ehi, non hai altro da fare?"

Anita si fece da parte, con una smorfia di compatimento, per nulla intimorita.

Origgi non la degnò più di uno sguardo, indossò una tuta celeste per non contaminare la scena e guardò la posizione dei due corpi.

"Si direbbe che la donna fosse pronta a fargli un serviziетto," sentenziò per metterla in imbarazzo.

Sulla poltrona accanto ai cadaveri, un'elegante borsa in pelle nera che Anita aprì con cautela: all'interno un cellulare spento, un pacchetto di salviettine, una piccola trousse e due mazzi di chiavi. Appoggiata sul divano, una giacca grigio chiaro, di sicuro appartenuta alla donna, e nelle tasche un paio di ricevute che inserì in una busta trasparente.

"Cosa stai facendo, Talamona?" chiese infastidito Origgi. Sapeva che Anita odiava quello stupido soprannome che le aveva appioppato il vicecommissario Chianese, il suo diretto superiore, ma lei non reagì nemmeno questa volta.

"Ho preso una busta per metterci gli oggetti personali della donna, contento?"

"Landi, per favore non intrometterti," ribadì Origgi seccato.

Anita lo ignorò e proseguì: "Nessun documento d'identità".

"Perché, non potrebbe essere la moglie?" replicò lui senza guardarla.

"No, era la sua fidanzata," s'intromise secco il sovrintendente Marco Ardau, appena entrato nella stanza. "La vittima, Luigi Cortesi, era single, o meglio, divorziato. Buonasera Anita," e le appoggiò affettuosamente una mano sulla spalla.

"Bene, abbiamo i geni del commissariato Nord-Est," esclamò ironico Origgi, che non sopportava neppure Ardau.

"Me lo ha riferito il custode," spiegò a bassa voce Ardau ad Anita, "la vedeva di frequente. Cosa ne pensi?"

"A prima vista, parrebbe che la donna abbia ucciso l'uomo e

poi si sia sparata al petto. Ha utilizzato un cuscino come silenziatore. Anche se..."

Origgi si voltò. "Anche se cosa, Landi? Ancora con le tue teorie astruse? Sempre a caccia di fantasmi?"

"Il nome della donna?" chiese Ardau ad Anita, senza badare alle parole del collega della Scientifica.

"Nella borsa non ho trovato documenti né portafogli, ma solo delle chiavi e poco altro."

"Ora del decesso..." disse Origgi al suo assistente mentre leggeva lo strumento di misurazione della temperatura del fegato della donna, "tra le quindici e le sedici. Il medico legale sarà più preciso."

In quell'istante il saluto del vicequestore Riccardo Cambria riecheggiò nel salone e Anita gli andò incontro. Lo aggiornò mentre l'uomo si guardava intorno, attratto dall'arredamento un po' kitsch, con due statue di mori di bronzo brunito a grandezza naturale che reggevano ciascuno una fiaccola, alte piante sempreverdi, la tappezzeria in tessuto giallo sabbia a disegni damascati. Con la sua solita flemma le chiese di scoprire tutto sulle vittime, di interrogare i vicini e di riferire a lui e al vicecommissario Chianese. Anita annuì e lo osservò uscire dalla stanza: un uomo dai modi pacati, alto, magro, con i capelli grigi e sempre vestito di tutto punto. Aveva un portamento signorile a cui doveva il soprannome di "Marchese". Nonostante risiedesse a Milano da venticinque anni aveva conservato una leggera cadenza siciliana, ma quando perdeva la pazienza parlava in dialetto, suscitando ilarità negli interlocutori. Era legato ad Anita, la stimava contro l'opinione prevalente e aveva preso le sue parti più di una volta con Chianese, un dirigente che preferiva le donne poliziotto sedute dietro una scrivania piuttosto che fuori di pattuglia. Una mentalità antiquata e vagamente misogina che considerava il genere femminile quasi un'imposizione di quote rosa, come se fossero tutte delle raccomandate.

Anita si riscosse da quelle riflessioni e si diresse al pianerottolo per interrogare il custode, ancora in compagnia dei due agenti.

"Sono l'ispettrice Landi, buonasera signor…"

"Melli, Ermanno Melli," rispose il custode agitato e, ancor prima che Anita gli facesse qualche domanda, iniziò a raccontare con voce nasale.

"Ispettrice, come ogni sera, alle sette meno un quarto, poco dopo aver terminato il servizio, sono salito dal dottor Cortesi per portargli fuori Otto, il cane, e subito l'ho sentito ringhiare dietro la porta… no, non ringhiava: guaiva. Ho suonato il campanello per tre volte ma il dottore non ha aperto."

"Era già capitato?" chiese Anita prendendo appunti mentre Ardau la raggiunse.

"No, mai. Ma poi ho pensato che fosse ancora insieme alla signora e che fosse impegnato. Non sapevo cosa fare, e me ne sono andato. Ho lasciato passare un quarto d'ora, ho provato a chiamarlo al citofono, e alla fine mi sono deciso: ho preso le chiavi dell'appartamento."

"E lei ha le…"

"Le chiavi, sì! Per innaffiare le piante quando partiva per i weekend o in estate. Comunque, appena aperta la porta, Otto è corso come un razzo in salone, come se volesse farmi vedere qualcosa."

"Ma dov'è adesso…"

"Con mia moglie, nel nostro alloggio al piano terra. Mi scusi ispettrice, parlava del cane, vero?"

Il portinaio era il classico individuo che non smette di parlare in preda all'agitazione, come chi ha bisogno di sentire la propria voce per tranquillizzarsi. Anita tamburellò la matita sul bloc-notes.

"Facciamo un passo indietro. Conosce il nome della signora?"

"No."

"Saprebbe dirmi da quanto tempo si frequentavano?"

"Sei mesi, o forse sette… non riesco a essere più preciso," si giustificò.

In quel momento il cellulare di Anita squillò: ancora lui. Sbuffò e imprecò sottovoce. Se non avesse risposto, avrebbe continuato a tempestarla di telefonate.

"Mi perdoni un attimo," disse al custode e si allontanò di qualche metro. "È urgente?" rispose seccata, "sono nel bel mezzo di un'indagine!"

Le grida dell'uomo all'altro capo del telefono erano così forti da rimbombare nel pianerottolo.

"Fai come credi, a me non importa. Ho cambiato la serratura dell'appartamento e domani mattina troverai i tuoi stracci in portineria! Con me hai chiuso!"

"Possiamo discutere con calma? Non so dove andare in questa fottuta città!" ribatté Anita sforzandosi di non urlare a sua volta.

Si sentì una sonora risata. "Vaffanculo, ispettrice," gridò l'uomo, e chiuse la comunicazione.

Anita guardò il cellulare e a denti stretti reagì con un "pezzo di merda!" che l'ex fidanzato non poté sentire. Cercò di ricomporsi e ignorò gli sguardi d'intesa e le risatine trattenute dei colleghi in divisa, per non parlare della faccia attonita del custode.

"Tutto bene?" chiese Ardau visibilmente preoccupato.

"Storia lunga, e in ogni caso conclusa," replicò lei stizzita. Poi sospirò e tornò dal portinaio, che la fissava stranito e vagamente imbarazzato.

"Dove eravamo rimasti, signor Melli?" chiese con voce calma, come se non fosse successo nulla. "Ha detto di non conoscere il nome della donna, ma mi saprebbe dire a che ora è venuta oggi dal dottor Cortesi?"

L'uomo non ci pensò un istante: "Alle tre di oggi pomeriggio. Me lo ricordo perché erano settimane che non passava dalla portineria: normalmente utilizzava il cancello carraio per parcheggiare l'auto nel box e dal piano interrato prendeva l'ascensore di servizio".

"Ispettrice, ho parlato con la mortuaria. Saranno qui al massimo tra un'ora," intervenne l'assistente di Origgi, come se avesse proditoriamente voluto interrompere l'interrogatorio. Anita lo ringraziò con un cenno del capo e, quando ripresero, il custode affermò che mesi prima il dottor Cortesi gli aveva chiesto di fare una copia delle chiavi del cancello carraio e del garage per la signora.

"Magari per entrare senza essere vista..." ipotizzò Anita cercando negli occhi di Melli una risposta alla sua provocazione, ma questi si limitò a incassare la testa nelle spalle.

Le bastò lanciare uno sguardo ad Ardau e lui rientrò nell'appartamento per prendere i due portachiavi nella borsetta sul divano, poi proseguì. "Non ha mai scambiato una parola con la donna?"

Lui scosse il capo preoccupato. Aveva mutato atteggiamento: la sua agitazione e la voglia di rispondere si erano via via trasformate nel desiderio di filarsela il prima possibile.

"Ne è sicuro?" lo incalzò.

"Niente più di buongiorno o buonasera. Mi creda, se sentissi ora la sua voce non la riconoscerei," rispose quasi balbettando.

"Sono queste le chiavi di cui mi parlava?"

"Questo mazzo decisamente no, l'altro mi faccia vedere... sì, questa è la chiave del box. Se desidera scendo a provarla."

"Magari più tardi, grazie."

Il custode era decisamente sulle spine e lanciò un'occhiata agli agenti al suo fianco cercando qualche sguardo comprensivo, ma ricevette solo indifferenza.

"Ha visto per caso come è arrivata la donna oggi?" chiese Ardau.

Il portinaio si voltò di scatto e replicò allargando le braccia. "No, non l'ho notato."

"E in genere che auto guidava?" continuò il sovrintendente mentre Anita prendeva appunti.

L'uomo si strofinò il naso con le dita, poi rispose sicuro: "Una volta ho visto il dottore e la signora entrare in garage a bordo di una BMW nera con targa svizzera. Lui guida una Porsche, quindi poteva essere la macchina della signora".

Anita rimase impassibile, prese nota di ogni informazione, anche quelle riguardanti il lavoro di Cortesi, che si occupava di gestioni patrimoniali, e chiese al custode di avere nome e numero di telefono della segretaria in modo da poterla contattare. L'ufficio si trovava al primo piano e ordinò ad Ardau di recuperare le chiavi nel primo cassetto della consolle dell'ingresso, come da indicazioni del custode.

"Grazie, signor Melli, è stato molto utile," lo congedò Anita.

Mentre rileggeva i suoi appunti, lui si avviò verso le scale a passo svelto senza voltarsi, come liberato da un peso.

In quel momento Ardau tornò da Anita scuotendo la testa. "C'è un solo mazzo di chiavi appoggiato sopra la consolle, nulla nei cassetti. La chiave lunga è di questa porta, abbiamo già provato. Possiamo verificare se una delle altre apre lo studio."

"Tu vai a controllare il primo piano, io cerco la macchina della donna," e fece un sospiro. Davanti al palazzo si era già radunata una folla di curiosi e una troupe di giornalisti intervistava il vicequestore Cambria nell'androne. Tra questi, in prima fila, l'immancabile Caterina Pagani, una giovane e avvenente freelance soprannominata Toni, che curava una rubrica online di cronaca milanese. Incrociarono gli sguardi per un istante, ma Anita abbassò la testa senza salutare e uscì in strada: aveva cominciato a piovigginare e iniziava a crearsi un'afa opprimente. Arrivò quasi all'angolo con via Melzo ma non trovò nessuna BMW nera con targa svizzera. *Ma certo, che stupida! Avrei trovato le chiavi nella borsetta, sarà venuta in taxi!* rifletté. Voltandosi notò l'insegna GARAGE A PAGAMENTO e rimase qualche istante a fissarla. *Certo... se avesse lasciato la macchina lì, avrebbe dovuto consegnare le chiavi al garagista.* Istintivamente prese la busta con i foglietti recuperati nella borsa della donna, lesse una ricevuta con l'inchiostro sbiadito e ne ebbe la conferma. Attraversò l'incrocio ed entrò nel garage. Pochi secondi dopo comparve un uomo stempiato, sulla sessantina, sigaretta in bocca, contravvenendo ai cartelli di divieto di fumo che tappezzavano l'officina grigia.

"Biglietto, per favore," disse con un tono che lasciava intendere quanto poco gli piacesse il suo lavoro, e gettò il mozzicone a terra.

Anita lo squadrò. "Ispettrice Landi, buonasera", e gli mostrò il distintivo e la busta con la ricevuta, che l'uomo non considerò.

"Cavolo, va bene, ogni tanto fumo, ma addirittura chiamare la Polizia!"

"Le dispiace se non rido?" replicò seria, e l'uomo cambiò espressione, imbarazzato. "Lei ha in custodia una BMW nera con targa svizzera. Questa è la ricevuta."

"Non lo so, e se ci fosse non l'ho registrata io," scosse la testa.

"A che ora inizia il turno?"

"Alle diciannove, perché?" borbottò impaurito.

"La macchina è stata parcheggiata intorno alle tre del pomeriggio, ma dalla ricevuta non si legge bene."

L'uomo diede una rapida occhiata all'interno del garage. "Qui non c'è. Dobbiamo scendere al piano interrato," spiegò, tentando di recuperare un po' di professionalità, e le fece strada per una corsia in cemento piuttosto malandata.

Appena arrivati Anita la individuò all'istante e gli chiese bruscamente le chiavi.

"Per comodità le lasciamo sulla ruota anteriore sinistra. Ora mi scusi ma devo tornare al mio lavoro."

Anita prese le chiavi e si mise al posto di guida. Aprì il vano portaoggetti del lato passeggero e lesse il nome sul libretto di circolazione: Greta Kampf. Rovistò ancora nel cassetto e trovò il badge di una società, Kampf & Hederle, con tanto di foto: una donna bionda, la stessa dell'appartamento. Chiamò in commissariato.

"Sono Landi. Ho bisogno che tu mi faccia una ricerca: Greta Kampf, con la K… Kyoto, Ancona, Milano, Palermo, Firenze. Sì, aspetto, grazie." Nell'attesa accese l'auto, e vide il cruscotto illuminarsi con un impercettibile rumore del motore.

"Via Cerva 11. Davide Palmieri, medico. Numero di telefono di casa? … Grazie." Segnò tutto sul bloc-notes, poi scattò qualche foto e si allontanò prendendo con sé le chiavi della BMW. Chiamò quindi Ardau per avvisarlo del ritrovamento e successivamente Cambria, nella speranza che avesse terminato le interviste con la stampa.

"Buonasera, dottor Cambria. Ho il nome e l'indirizzo della

donna… D'accordo, mi dia cinque minuti, andiamo ad avvisare il marito."

Il garagista l'attendeva in cima alla rampa e, prima che potesse aprire bocca, lo anticipò: "L'auto è sotto sequestro e verremo a prenderla. Le chiavi le tengo io. Questo è il mio biglietto da visita, mi faccia chiamare dal suo titolare," disse, e uscì senza salutare.

Salì in auto con Ardau per raggiungere l'appartamento della Kampf. Nel tragitto, il sovrintendente le raccontò del sopralluogo nell'ufficio di Cortesi: aveva trovato la porta aperta e le chiavi gettate a terra. Sulla scrivania il PC acceso e faldoni sparsi su tutto il pavimento, cassetti aperti e cartelline buttate ovunque, alcune vuote. Chiaramente qualcuno aveva rovistato, ma per capire se mancasse qualcosa l'indomani avrebbero convocato la segretaria di Cortesi. Parcheggiarono di fronte a un bar dal nome singolare, "Gesualdo", poco lontano dall'ingresso del piccolo palazzo, e non appena arrivò Cambria, Anita citofonò. Dopo essersi presentati, una voce maschile li invitò a salire all'ultimo piano. Palmieri li aspettava all'ingresso del suo appartamento visibilmente preoccupato.

"Di cosa dovete parlarmi? È successo qualcosa di grave?"

"Buonasera dottor Palmieri, possiamo entrare?"

Li fece accomodare in salone, un ambiente molto raffinato, l'opposto dell'abitazione di Cortesi. Indicò un divano blu mentre lui prese posto su una poltrona di fronte. Era un bel cinquantenne atletico, sopracciglia curate, sguardo intenso e mascella piuttosto squadrata. La barba tagliata corta e brizzolata lasciava intendere che il colore dei capelli castani non fosse naturale, forse per apparire più giovanile. Indossava una tuta da ginnastica bianca con un piccolo logo blu all'altezza della coscia destra con la scritta CLINICA PALMIERI.

Cambria prese subito in mano la situazione e in modo diretto e compassionevole gli annunciò il decesso della moglie. Ad Anita non sfuggì la sorpresa sul volto di Palmieri. L'uomo cacciò un sospiro che a lei parve quasi di sollievo anziché di sgomento, ma quella reazione durò un attimo. Socchiuse gli occhi, quasi volesse mettere a fuoco i poliziotti di fronte a lui.

"Mi state dicendo che Greta è morta? È assurdo! Come è successo?"

"La dinamica non è chiara: sembra che abbia ucciso un uomo, un certo Luigi Cortesi, e poi si sia tolta la vita."

Ci fu qualche secondo di silenzio durante il quale sembrò che l'aria venisse attraversata da una ventata gelida.

L'uomo strabuzzò gli occhi. "Luigi? Ma cosa sta dicendo? Uccide Luigi e si suicida? Non è possibile! Vi state sbagliando, non Greta!"

"Perché?" intervenne bruscamente Anita.

Palmieri si alzò di scatto innervosito. "Non sapete di chi state parlando. Greta… uccidere Luigi e suicidarsi?" Fece due passi verso un mobile-bar passando accanto ad Ardau che lo seguiva con lo sguardo. "Scusate, ma devo bere qualcosa di forte. Un whisky?" domandò senza aspettarsi alcuna risposta, e tutti rifiutarono educatamente.

Prese una bottiglia in cristallo e si versò due dita di liquore. Rimase a fissare per qualche istante il bicchiere con gli occhi sbarrati, quasi vedesse qualcosa nel fondo, prima di bere tutto d'un fiato.

"Quindi conosceva il dottor Cortesi," proseguì Cambria.

"Luigi? Certo," replicò stizzito dopo qualche attimo di esitazione. "Ha in gestione parte del mio patrimonio e anche di quello di Greta."

"Che rapporti aveva sua moglie con il dottor Cortesi?"

"Che domanda è? Solo professionali… o almeno così pensavo fino a qualche secondo fa." Sembrava tremasse, e si versò altre due dita di whisky.

"Mi rincresce insistere, ma dobbiamo avere un quadro completo," lo incalzò il vicequestore.

Palmieri svuotò il bicchiere, lo riempì di nuovo e tornò a sedersi.

"Mettiamo subito in chiaro una cosa: innanzitutto Greta era

la mia ex moglie. Abbiamo ottenuto il divorzio consensuale due settimane fa. Aspettava la conclusione dei lavori di ristrutturazione di un suo appartamento in via Solferino, per questo rimaneva qui a dormire. Siamo stati sposati per vent'anni, tra alti e bassi, e il rapporto si trascinava da oltre un anno. Conducevamo vite separate pur vivendo ancora insieme," spiegò cercando un consenso, "eravamo due semplici coinquilini, e per di più ci vedevamo raramente."

Tirò il fiato, pareva essersi ripreso dallo shock e, come se volesse dimostrare una certa tranquillità, stese il braccio sullo schienale della poltrona. "Qualche tempo fa mi disse che frequentava un altro uomo, ma non era sicura che fosse amore. Me l'aspettavo e in un certo senso ero contento per lei, ma non immaginavo che potesse essere Luigi Cortesi," e nel dirlo incrociò lo sguardo sospettoso di Anita, che lo interruppe subito: "Perché non poteva essere lui?".

Palmieri appoggiò il bicchiere sul tavolino accanto al divano e si schiarì la voce. "Aveva detto più volte che non era il suo tipo. Certo, competente nel lavoro, ma totalmente inaffidabile dal punto di vista sentimentale."

"E lei, dottore?" lo provocò Anita.

"Vuole sapere se ho una relazione? Be', sì! Frequento un'altra donna, grosso modo da un paio di mesi, ma non mi aspetto nulla: ho solo colmato un vuoto di attenzioni," rispose con una punta di cinismo.

"Sua moglie era molto ricca?" riprese Anita scrivendo alcuni appunti.

"Direi di sì. La sua famiglia possiede un'azienda di micromeccanica con sede in Svizzera e diverse proprietà immobiliari."

Girava un'aria strana nel salone e pareva che solo Anita se ne fosse accorta. Cambria le aveva lasciato campo libero, e osservava incuriosito l'ambiente, mentre il dottor Palmieri dopo i primi momenti di sbigottimento aveva ripreso sicurezza e il piglio altezzoso tipico dei professionisti affermati e un po' snob.

"Sono chirurgo plastico, ho una clinica privata a pochi passi da qui," puntualizzò indicando il logo della tuta, anche per sottolineare che tutto quell'agio non era merito della ex moglie.

"Come da prassi, le devo chiedere dove si trovava oggi tra le quindici e le sedici."

"A un convegno sulla mastoplastica additiva, grosso modo dalle dieci alle diciassette. Poi sono andato in studio e alle venti sono tornato a casa. Ho fatto la doccia, cenato, chiacchierato con un'amica al telefono e poi mi sono rilassato sul divano. Dopo mi avete chiamato voi," replicò, e accavallò la gamba destra.

"E i suoi rapporti con il dottor Cortesi?"

"Professionali, cordiali. Non siamo mai stati grandi amici anche se ci frequentavamo da anni. Un paio di capodanni insieme a Sankt Moritz, a casa di Greta. Nulla di più."

"Ancora una domanda," disse Anita mentre continuava a prendere appunti, "sua moglie possiede una pistola?"

"Sì purtroppo, più di una. Greta è sempre stata un'appassionata di armi e devo riconoscere che aveva una certa dimestichezza," disse scuotendo la testa, e per la prima volta parve turbato. "Non so se possa essere importante, ma da molti mesi avevo l'impressione che fosse preoccupata per qualcosa. Poco prima che divorziassimo, avevo notato che conservava in una borsetta una piccola pistola nera. Francamente la cosa mi ha stupito molto, ma per evitare di darmi spiegazioni lei si è affrettata a dirmi che era un periodo particolare. Ho cercato di approfondire l'argomento e mi ricordo di averle chiesto se non fosse il caso di informare la Polizia, ma lei si è opposta con il suo solito modo falsamente garbato e alquanto pungente, giusto per farmi capire che non erano affari miei."

Anita chiese di vedere la camera da letto della donna. Attraversarono un lungo corridoio illuminato da faretti che emanavano una luce bianca e fredda ed entrarono in un'ampia stanza.

"Quella è la porta del bagno e l'altra del guardaroba," disse Palmieri indicando la parete opposta.

L'ambiente asettico e impersonale aveva tutta l'aria di una camera d'albergo dall'arredamento moderno e minimalista: un letto matrimoniale, due comodini con relativi abat-jour e, di fronte, tre grandi cassettiere bianche e un alto vaso trasparente con splendide orchidee viola. Nulla d'appeso alle pareti.

"Permette, dottore?" chiese Anita e, senza attendere risposta, controllò con molta cura il contenuto dei vari cassetti: in uno, una scatola con l'etichetta Smith & Wesson MP 380 Bodyguard, la stessa semiautomatica che aveva riconosciuto vicino al corpo della donna. Sollevò il coperchio in metallo: "Vuota," disse ad Ardau. Poi passò ai comodini e in quello di sinistra, sopra alcune carte, vide un portafogli nero. All'interno, in perfetto ordine, erano sistemati i documenti, le carte di credito, un paio di tessere carburante e dei contanti, circa trecento euro e duecento franchi svizzeri. L'ispettrice fotografò tutto e infilò il portafogli in un sacchetto di plastica trasparente che le aveva passato Ardau.

"Dobbiamo prelevare portafogli e scatola della pistola," spiegò Ardau a Palmieri che non replicò, limitandosi a seguire Anita con lo sguardo, un misto di curiosità e scetticismo.

"Un'ultima cosa," disse Anita tirando fuori le chiavi rinvenute nella borsa della ex moglie. "Le riconosce?"

Palmieri gettò un'occhiata al portachiavi e rimase a fissarlo. "Sono di Greta… però non vedo la sua chiave di casa, quella di questo appartamento, per intenderci."

"Forse la troveremo nella BMW della signora Kampf," ipotizzò Cambria, e Palmieri si limitò ad allargare le braccia.

"Credo che per ora sia tutto," disse Cambria, "la terremo aggiornato sugli sviluppi," e gli strinse la mano rinnovandogli le condoglianze.

In strada si guardarono l'un l'altra perplessi. Aveva smesso di piovigginare e uno strano odore di umidità calda saliva dall'asfalto.

"Questi milionari vivono fuori dal mondo," commentò Cambria mentre si avviavano alle macchine. "Palmieri mi è parso più sconvolto dal fatto che Cortesi fosse l'amante della ex moglie che dalla morte della donna. Controlla tutto, il passato dei due e l'alibi del marito, ci vediamo domattina nel mio ufficio."

La macchina su cui salì il vicequestore partì sgommando. Anita guardò l'orologio, sbuffò, chiuse a metà la zip del K-way e lanciò le chiavi ad Ardau.

"Lasciami al commissariato. Metto giù il rapporto, sperando di non avere altre chiamate, e domani andremo a interrogare i vicini di Cortesi."

"Dormi lì?" le chiese con il suo solito modo da padre di famiglia, ma Anita non rispose. Era quello che si dice un brav'uomo. Cinquant'anni o poco più, non tanto alto, leggermente sovrappeso, con la faccia tonda e simpatica. Due occhi neri, intensi, ingigantiti dalle lenti fissate a una montatura alla John Lennon.

Gli diede una leggera pacca sul braccio in segno di amicizia. Ardau aveva toccato un tasto dolente, e Anita voleva rimanere sola, rilassarsi e riflettere su cosa fare ora che non aveva più casa. Pensò alla notte che avrebbe trascorso sullo scomodissimo divanetto del suo ufficio, e pregò gli incubi che tormentavano i suoi sonni di darle un po' di tregua.

2

La discussione si fece ancora più dura, con toni che non si addicevano a una sala parrocchiale. Giacomo Valli non assomigliava certo a suo padre. Glielo ricordavano in tanti e molti lo bisbigliavano durante gli accesi scambi di vedute nel corso delle riunioni condominiali. Il padre di Giacomo, Giorgio, riusciva a tranquillizzare i condòmini più litigiosi e aveva la capacità di bloccare sul nascere le critiche sterili. Lui no: ascoltava tutti e rispondeva a ogni domanda con una pacatezza che poteva essere fraintesa per disinteresse, facendo innervosire i più irascibili. Sebbene all'ordine del giorno fossero previsti punti molto importanti, si finiva per lanciarsi frecciatine sul volume alto della tv, sulle multe per la raccolta differenziata mal gestita e sull'uso del cortile come parcheggio auto, nonostante fosse tassativamente vietato. La signora Nosetti, implacabile con tutti, disse che proprio quel pomeriggio un'auto aveva sostato nel cortile tra i rododendri e l'aiuola di rose, sotto la betulla. L'aveva notata uscendo di casa verso le diciassette e trenta, ma al suo rientro, intorno alle diciotto e quarantacinque, era sparita.

"L'unica ad avere le chiavi del cancello è la custode, mi auguro che non abbia fatto entrare qualche suo amico..."

"Certo signora Nosetti," rispose Giacomo serafico, "domani mattina farò subito una visita a Teresa." Dopo il noioso dibattito sulla nuova antenna parabolica e il cambio di manutentore dell'ascensore, fu superato lo scoglio del preventivo per l'esercizio dell'anno successivo, e poi fu la volta di decidere se confermare l'amministratore o revocargli la fiducia.

"Mi creda, nulla di personale, ma a mio avviso è necessario un cambiamento," disse con misurata lentezza l'avvocato Silvani del terzo piano, scandendo le parole.

"Per me no!" intervenne bruscamente la signora Martignoni, proprietaria del primo piano e un tempo di tutto il palazzo, "non vedo alcuna ragione di fare amministrare lo stabile a un'altra persona. La famiglia Valli è la nostra memoria storica e non si sono verificati fatti così gravi da farci cambiare idea, siete d'accordo?"

Il tono autoritario sembrò mettere al tappeto l'avvocato Silvani, che guardò gli altri condòmini in cerca di un alleato, per ricevere invece il colpo di grazia da Cesare Anselmi, un uomo colto, glaciale e precisissimo che Giacomo nominava sempre segretario delle assemblee. "Su questo punto concordo con la signora Martignoni. Il dottor Valli è una persona irreprensibile ed è quello di cui abbiamo bisogno."

La discussione terminò prima del previsto, e alla fine il voto confermò Giacomo amministratore del condominio di via Baldissera numero 5.

"Non mi aspetto da lei altro che la stessa competenza e dedizione di suo padre," sentenziò Anselmi, stringendo al petto il suo barboncino nano.

Giacomo annuì e si rivolse agli altri condòmini: "Ringrazio tutti per la fiducia. L'assemblea si conclude alle ventitré e quarantacinque".

Rimasto solo, raccolse le carte, impilò le poche sedie che erano state utilizzate, spense le luci e chiuse a chiave la porta. Prima di uscire consegnò le chiavi al parroco che li aveva ospitati, don Gianni Stella, che lo accompagnò alla porta con un sonoro sbadiglio. Giacomo slegò la bicicletta e ripensò ai condòmini: lo stralunato DJ Treb Fitt, gli inseparabili coniugi Nosetti, la vedova Martignoni, l'eminenza grigia del condominio, il tagliente avvocato Silvani e infine Anselmi, un personaggio decisamente singolare: non stringeva la mano a nessuno e indossava sempre i guanti, anche d'estate. L'unico proprietario assente era Piero Giuliani, un uomo educato e sorridente.

Osservò il cielo e ripensò alle previsioni meteo: piogge deboli fino alle ventitré. Passò la mano sul sellino per togliere qualche goccia e, zaino in spalla, cominciò a pedalare verso casa. Fece una piccola deviazione per osservare il palazzo di via Baldissera e si fermò a pochi metri dalla cancellata. La costruzione del primo Novecento era illuminata dalle luci della strada e da piccoli lampioni a fungo del giardino privato, che le conferivano un tocco nobile. Condivise mentalmente l'affermazione della signora Nosetti – era insensato parcheggiare le auto nel cortile circondato dai roseti – e non appena appoggiò il piede sul pedale sinistro per avviarsi, vide Anselmi fuori dal portone con il suo barboncino al seguito. Giacomo lo salutò con un gesto della mano, al che l'uomo gli andò incontro con un'espressione imperturbabile. Ascoltò nuovamente le sue argomentazioni, limitandosi ad assentire con il capo, e solo sulla pulizia delle scale non poté fare a meno di puntualizzare: "Non appena sarà possibile, andrò personalmente da Teresa e chiederò una maggiore cura, stia tranquillo, dottor Anselmi".

Lui s'irrigidì. "Se avesse tempo, potrebbe farlo anche adesso. Ha la televisione accesa, chissà quale programma ha catturato la sua attenzione."

Con la coda dell'occhio guardò l'orologio: mezzanotte. Era stanco, la giornata era stata pesante e aveva presieduto due riunioni condominiali, ma non volendo scontentare chi lo aveva sostenuto nella rielezione, smontò dalla bici.

"L'accompagno dentro, signor Anselmi, e se Teresa fosse ancora sveglia, le parlerò subito," disse cortese. S'incamminò portando a mano la bicicletta e decise che ne avrebbe approfittato anche per chiarire la questione dell'auto sollevata dalla Nosetti durante l'assemblea.

Varcarono insieme la cancellata, Giacomo appoggiò la bici al muro accanto al portone ed entrarono nell'androne ampio ed elegante, con il pavimento in marmo grigio intarsiato di decori più scuri, lampade a parete anni trenta e l'ascensore color mogano ingabbiato in una struttura in ferro battuto. A pochi metri, sulla destra, c'era l'appartamento della custode, con la luce accesa. Anselmi si congedò con un impercettibile inchino a occhi chiusi, e Giacomo bussò al vetro della porta senza ottenere risposta, e si accorse che era solo accostata.

"Teresa, sono Valli. Ha lasciato la porta aperta."

Entrò con molta cautela nella guardiola e, superato con due passi un tavolo in legno su cui erano disposti i registri delle raccomandate, vari bloc-notes, un portapenne con tante biro e alcune riviste impilate, si bloccò di fronte alla tenda che fungeva da separé con il piccolo alloggio della custode. La chiamò nuovamente a voce molto più bassa e scostò delicatamente la tenda.

E la vide.

In cinque minuti arrivarono due volanti della Polizia e un'autoambulanza. Giacomo, in piedi davanti al portone, fece un cenno ai due poliziotti in divisa e a una ragazza che, scesa dall'auto civetta, si sfilò e gettò sul sedile un K-way rimanendo in maglietta.

"Buonasera, è lei che ha chiamato?" chiese Anita andandogli incontro.

"Sì, buonasera, sono Giacomo Valli."

"Anita Landi," si presentò sbrigativa varcando il portone, "dove si trova l'appartamento?"

"L'accompagno, commissario."

"Ispettrice," lo corresse lei con una punta di acidità. "Abita qui?"

"Mi scusi, ispettrice. No, non abito nel palazzo: sono l'amministratore del condominio."

"E che ci fa qui a quest'ora?" gli chiese squadrandolo. Era un uomo sulla cinquantina, molto elegante, occhi azzurri e capelli appena brizzolati.

"Abbiamo terminato da poco un'assemblea di condominio nella sala parrocchiale di via Redi, e dopo una chiacchierata con un inquilino l'ho accompagnato fino all'ascensore. La luce dalla custode era ancora accesa e, pensando che fosse sveglia, volevo comunicarle un paio di cose."

L'ispettrice chiese di farle strada. Superò l'angusta guardiola entrando nell'alloggio di Teresa, un monolocale con bagno. Anita indossò i calzari e, prima di avvicinarsi al cadavere della donna, filmò l'ambiente. Teresa giaceva a terra, gli occhi semichiusi, con una vistosa frattura all'altezza della tempia sinistra. La chiazza di sangue attorno alla testa lambiva un mobiletto con la televisione ancora accesa ma senza volume. Giacomo rimase in silenzio all'ingresso del monolocale e osservò con curiosità le movenze di Anita, che cominciò il suo minuzioso iter di controllo: si accorse del sangue sullo spigolo del tavolo per poi passare a ispezionare le due sedie, il pavimento e il volto di Teresa. Infine si mise tra il corpo della donna e il tavolo e fece dei gesti come per mimare la caduta. Terminata l'operazione si girò verso un agente rimasto accanto a Giacomo chiedendogli di chiamare la Scientifica e mandar via l'ambulanza. Purtroppo non ce n'era bisogno. Poi fissò l'attonito amministratore e si sistemò i capelli in una sorta di strano chignon fermato con una matita recuperata di tasca.

"Dovrà raccontarmi un po' di cose," disse severa a Giacomo.

"Adesso, ispettrice?"

"Senta signor Valli, comprendo che lei abbia voglia di tornarsene a casa e mettersi comodo sul divano, ma nel caso non se ne fosse reso conto, la donna per cui ha chiamato è morta. È stata una giornata difficile per tutti e se lei mi desse una mano potremmo andarcene non troppo tardi."

"Sono a disposizione, ispettrice," rispose più incuriosito che intimorito dal tono di Anita. Ora che i capelli non le nascondevano il viso poteva osservarla meglio: la strana dolcezza quasi infantile che trasmettevano i lineamenti stanchi e l'inquietudine che percepiva nei suoi occhi gli fecero tenerezza.

"Teresa Merli lavorava qui da circa vent'anni, era rimasta vedova da giovane. Senza figli, una sorella e tre o quattro nipoti."

"Bene, e mi dica: aveva qualche amico?"

"Frequentava il bar all'angolo e conosceva tutti i negozianti nei paraggi. Con i condòmini aveva un buon rapporto, sebbene qualcuno fosse poco soddisfatto, ma nel complesso non aveva nemici, se è questo che intende. Ma perché mi fa queste domande? Pensa… non sia stato un incidente?"

Non ottenne risposta.

"La Scientifica arriverà tra mezz'ora," la interruppe un agente, e Anita si girò verso il poliziotto: "Dobbiamo aspettarla. Che nessuno entri". Poi riprese la conversazione con Giacomo: "Quindi non ha avuto mai alterchi con nessuno nel palazzo?".

"Non che io sappia."

Giacomo avrebbe voluto aggiungere che la portineria chiudeva alle diciotto, Teresa cenava alle venti dopo aver fatto un giro dal droghiere di zona e bevuto uno spritz al bar dell'angolo con Nella, la sua amica barista. Ma quando era entrato nel monolocale, aveva notato due particolari molto importanti che lo lasciavano perplesso: il primo, la vittima indossava ancora il grembiule a fiori che portava quando era in servizio; il secondo, la scatola di croccantini per gatti vicino al lavandino. La custode era solita accudirne uno randagio che gironzolava nel giardino, e più di una volta, sempre intorno alle diciotto e quindici, Giacomo l'aveva vista dargli da mangiare. La concomitanza di questi due elementi non gli lasciava alcun dubbio: la donna era morta poco dopo le diciotto, ma non più tardi delle diciotto e quindici. Preferì soprassedere, non dire nulla ed evitare di azzardare ipotesi, poiché Anita aveva chiaramente manifestato una certa ritrosia allo scambio d'opinioni.

Nel frattempo, nell'androne si era radunata una mezza dozzina di persone che, vedendo il loro amministratore, iniziarono ad agitarsi. La signora Martignoni si fece portavoce del gruppo di curiosi.

"Allora, è vero che è morta?"

"Purtroppo sì, la Polizia farà i rilievi e probabilmente interrogherà tutti noi," le rispose Giacomo affranto.

"E come? Un infarto?"

Anziché rispondere, allargò le braccia. Quasi nello stesso momento Anita prese in mano la situazione alzando la mano per far tacere tutti, si presentò e chiese di mantenere la calma.

"Fornite le vostre generalità all'agente, poi tornate nei vostri appartamenti. Entro domani sarete interrogati, nessuno escluso. Qui non c'è nulla da vedere. Buonanotte."

Le sue parole risuonarono cupe nell'androne e i presenti non poterono fare altro che obbedire alla richiesta.

"Signor Valli, può dedicarmi un altro minuto?" Si allontanarono di qualche metro dal gruppo fermandosi accanto al portone.

"Mi scusi se prima sono stata brusca, è stata una serata allucinante," disse sforzandosi di essere cordiale.

"Non si preoccupi, ispettrice."

Anita lo fissò negli occhi qualche momento di troppo, cercando d'inquadrarlo meglio.

"La conosceva bene?"

"Direi di sì. Qualche volta, contravvenendo alle regole, mi fermavo a mangiare da lei. Cucinava malissimo," disse abbassando lo sguardo per nascondere una leggera commozione. Poi prese il coraggio a due mani.

"Se mi permette..."

Con un gesto veloce Anita si scostò un ciuffo di capelli dal viso e incrociò lo sguardo di Giacomo. Era un tipo educato, elegante e formale, un uomo dal fisico asciutto e dalle movenze misurate. Aveva l'impressione che fosse un po' pedante e puntiglioso, caratteristica che poteva tornarle utile per fugare qualche dubbio su quello strano incidente domestico.

"Dica pure, l'ascolto."

Giacomo strinse una cinghia dello zaino all'altezza della spalla. "Ispettrice, non voglio intralciare in alcun modo le sue indagini, però, forse penso di sapere l'ora della morte."

"Vada avanti," insistette lei interessata, aggrottando le sopracciglia.

Giacomo fissò un punto indefinito del portone come per trovare le parole giuste, e poi espose la sua teoria del grembiule e del gatto.

"Tra le diciotto e le diciotto e quindici," ripeté Anita a bassa voce.

"È una supposizione, null'altro. Le lascio il mio biglietto da visita... e se non ha più bisogno di me..."

"Per stasera no."

"Allora... buonanotte," disse congedandosi con un leggero sorriso che Anita ricambiò con un cenno del capo.

Tornato a casa, Giacomo si tolse subito le scarpe, un retaggio dell'educazione dei suoi genitori. La luce della sala era accesa e sentì la voce di Francesco ancora in piedi.

"Ma è durata un'eternità l'assemblea, ci sono stati problemi? Ti hanno confermato?"

Giacomo non rispose e si sedette su una poltrona di fianco al divano. Francesco lo guardò negli occhi e capì immediatamente che doveva essere successo qualcosa di grave.

3

“Ti avevo chiesto di chiamarmi a qualsiasi ora!” lo redarguì Emilia, entrata come una furia nell’ufficio di Giacomo, e piazzatasi di fronte a lui.

“Lo so, ma ieri era troppo tardi e poi è successo quello che sai.”

Emilia Chiaravalli scosse la testa. Era stata l’assistente del padre di Giacomo per quasi quarant’anni e si poteva definire la colonna delle Amministrazioni Immobiliari Valli, ma da qualche anno si prendeva cura anche di lui. Divorziata, in pensione da un pezzo senza alcuna intenzione di smettere di lavorare, aveva un solo figlio, dirigente dell’ENI, sempre in viaggio, e un unico interesse: il cinema. A dispetto dell’età e del fisico minuto, era una saetta, impartiva ordini come un generale e, a detta di molti, mandava avanti da sola l’ufficio con precisione.

“Povera Teresa, morire così. Sai quando saranno i funerali?” domandò Emilia mordicchiandosi il labbro.

“La Polizia sta indagando, ci sono ancora i sigilli sulla portineria. Per adesso dobbiamo limitarci a garantire il servizio.”

In quel momento entrò Fina, un’altra collaboratrice di Giacomo. “Chiedo scusa, dottore, devo dirle due cose. La prima è se sa dirci quando finiranno d’imbiancare, i dipendenti non ne possono più di questo odore terribile.”

“Potito mi ha garantito che terminerà domani, abbiate pazienza,” rispose Giacomo con il suo fare accomodante.

"La seconda… sempre in tema di odori," proseguì la donna, "la signora Tanzi ha chiamato per l'ennesima volta lamentandosi del vicino di casa. Lui prende l'ascensore subito prima di lei e lascia una scia 'profumata'."

Giacomo alzò gli occhi ridendo. "Spiegati meglio."

"No, niente di fisiologico," sorrise anche lei, "sembra che utilizzi un dopobarba o un profumo con un odore così forte da infastidirla."

"Cosa vuole che faccia, che gli regali un'altra colonia?"

Emilia scosse la testa, perché prendeva sul serio ogni lagnanza dei suoi condòmini. "Parla con lei, è anziana e queste cose vanno bloccate sul nascere."

Lui ridacchiò, prese nota e si rivolse a Fina: "Grazie, chiamerò la signora Tanzi," e lei uscì dalla stanza.

"Certo, ieri è stata una giornata terribile," proseguì Emilia. "Avrai sentito dei due morti in via Malpighi, no?"

Valli si tolse gli occhiali appoggiandoli delicatamente sulla scrivania. "Ma che dici? Cosa è successo?"

"Il dottor Cortesi è morto in casa, ieri pomeriggio, insieme a una sua amica, forse l'amante. I media parlano di omicidio-suicidio."

"Nel nostro immobile?"

"Ma Giacomo… e dove sennò?"

"Porca miseria, non lo sapevo! Ci faccio subito un salto."

Giacomo non amava guidare nel traffico, preferiva la sua bicicletta, una Bianchi grigia con i freni a bacchetta, identica a quella rubatagli qualche mese prima. Gli tornarono in mente le parole del suo amico Francesco: "A Milano si può star sicuri di tre cose: si può gustare il miglior panettone del mondo, incrociare sempre qualche modella e non bisogna affezionarsi alle biciclette". Percorse via Sebenico contromano, superò via Melchiorre Gioia e poco dopo imboccò via San Gregorio. All'altezza del numero 40 rallentò per osservare il primo piano, teatro nel 1946 di un massacro di quattro persone compiuto da una donna. Non che fosse appassionato di cronaca nera, piuttosto lo attirava la mente criminale e la sensazione di quell'attimo che precede il delitto, quel secondo che trasforma un essere umano in assassino. Leggeva moltissimi gialli ma non era mai riuscito a scoprire un colpevole prima delle spiegazioni dell'investigatore di turno. Qualche volta ci acchiappava, ma soltanto per caso o perché sceglieva nel mucchio il personaggio che gli era più antipatico. Giunto in via Malpighi, superò un gruppo di agenti di Polizia e cercò Melli, il custode. Lo trovò in cortile che parlava con una ragazza vestita in modo provocante. Lo salutò con un gesto della mano e, quando la ragazza lo riconobbe, gli saltò al collo.

"Giacomo Valli, che ci fai qui?"

"Amministro il palazzo, Caterina. Hai già scoperto tutto?"

Lei gli sorrise ammiccante. "Te l'ho detto mille volte: i miei amici mi chiamano Toni," e lo baciò sulla guancia, "grazie al signor Melli ho elaborato delle teorie che saranno online fra qualche ora, ma a te posso anticipare tutto. La prima, la più semplice: la donna è entrata in casa e, forse per un rifiuto di Cortesi o per un litigio, gli ha sparato due colpi di pistola, poi ha rivolto l'arma contro di sé morendo ai suoi piedi."

"E nessuno avrebbe sentito gli spari?" domandò Giacomo.

"No, tesoro. Lei aveva usato un cuscino come silenziatore. È molto efficace, sai?"

"Se lo dici tu!"

Il custode rimase in silenzio mentre l'esuberante giornalista mimava la scena recitando la parte della signora Kampf con voce teatrale. "Ho divorziato da mio marito, finalmente non dobbiamo più nascondere il nostro amore. Cosa? Non mi ami più? Ah no? O mio o di nessun'altra! *Bang*. Ma io senza te non vivo… *bang*!" e si lasciò praticamente cadere tra le braccia di Giacomo.

"Che fantasia!" commentò lui mentre la sosteneva.

"Mica tanto, dottor Valli," s'intromise il custode. "Cortesi era un grande amatore e casa sua era sempre frequentata da splendide donne. Soltanto negli ultimi tempi si era calmato… per così dire."

"Potrebbe essere andata così, tesoro! Sappiamo che guadagnava un sacco di soldi e un tempo li spendeva anche per festini con giovani donne. Non è così, signor Melli?”.

“Be’, diciamo che non si faceva mancare niente,” confermò lui un po’ imbambolato.

“E questa è la prima teoria,” tagliò corto Giacomo.

“Sì sì, la prima. La seconda è un po’ più torbida e interessante. Ieri pomeriggio è stato visto un tizio, non è così?” chiese rivolta al custode.

“Sì. Ogni tanto lo veniva a trovare un uomo dall’aspetto inquietante, e circa un mese fa il povero dottor Cortesi si era raccomandato di non farlo più salire. Era stato categorico, anzi, aveva aggiunto che se avesse insistito avrei dovuto chiamare la Polizia, e proprio ieri mi è parso di averlo visto.”

“Lo ha riferito agli inquirenti?” domandò Giacomo pensieroso.

“Sì, ne ho parlato con un poliziotto in divisa, ma pareva avere la testa tra le nuvole, e sono certo che non ha dato peso all’informazione.”

“E quindi potrebbe esserci un’altra pista, un personaggio oscuro e ambiguo,” riprese la giornalista, “forse è salito quando c’era anche quella donna, e forse c’è stata una colluttazione. Peraltro, un mio amico della Volante mi ha riferito che l’ufficio di Cortesi era sottosopra,” e diede a Giacomo una carezza sulla guancia.

“Forse… forse… forse,” scosse la testa lui sottraendosi a quel gesto.

“Adesso scappo, devo scrivere il pezzo,” esclamò Toni, “fonte anonima, stia tranquillo, signor Melli.” Baciò il custode sulla guancia e Giacomo quasi sulle labbra, poi gli arruffò i capelli e sparì.

Giacomo si passò una mano sulla testa per sistemarsi, poi si rivolse al custode: “Non bisogna dare spago a Toni, scriverebbe romanzi sul niente. E poi che storia è questa dell’uomo che crede di aver visto aggirarsi qui?”.

“Ma è così, dottor Valli, lo posso giurare. L’unico errore che ho commesso è averlo raccontato a quell'agente e non all'ispettrice Landi, perché sono sicuro che lei mi avrebbe chiesto l'identikit dell'uomo."

Giacomo sorrise. "Anita Landi?"

"Sì, la conosce? Sembra parecchio strana, in realtà."

"Tornando a noi, non c'è nient'altro da riferire?" domandò Giacomo divertito al pensiero di Anita.

Il custode ci pensò un attimo. "Mi è parso anche di aver visto l'ex moglie del dottor Cortesi. Passeggiava sul lato opposto del marciapiede, ma non si è voltata verso di me e ha tirato dritto verso Porta Venezia," disse scuotendo la testa, "questo non l'ho detto alla Polizia, maledizione!"

"Non si preoccupi, verranno qui ancora."

Nell'ufficio del vicequestore Cambria era in corso una riunione per coordinare le indagini.

"Anita, oggi pomeriggio dovrò riferire al procuratore Varesi che, come sai, è un tipo meticoloso e ligio alle regole. Ho bisogno di riscontri oggettivi; per carità... sono convinto anch'io della tua teoria del cuscino, ma comprenderai che sarebbe opportuno avere dell'altro. Immagini la situazione, vero?"

"Sì, certo. Il capo della Mobile la tempesta di telefonate per scipparci il caso."

"Non prendiamoci in giro. Ho parlato con il questore pochi minuti fa: abbiamo due giorni, poi l'inchiesta passa a loro. Mi ha concesso la possibilità di dimostrare che anche nei commissariati di zona ci sono elementi validi. Ti prego, fai tutto secondo la prassi, dobbiamo essere inattaccabili," spiegò Cambria cercando di nascondere la preoccupazione.

"Ho bisogno di Ardau e forse di qualcun altro."

"Hai quarantott'ore. Mi fido di te e non voglio mentirti: lo sai che saremo sotto i riflettori. Se pensi realmente che non si tratti di omicidio-suicidio, dammi le prove e vedremo di conservare la gestione del caso," proseguì serio.

"Grazie dell'opportunità, farò di tutto per non deluderla."

Anita si alzò, lo salutò e scese di corsa al secondo piano, nella stanza occupata da Ardau e da due sovrintendenti.

"Ciao Marco, hai un attimo?" domandò gentile ma perentoria.

Lui uscì dall'ufficio e si diressero ai distributori delle bevande.

"Dimmi."

"Cambria mi ha dato carta bianca per due giorni. Devo risolvere il caso di via Malpighi o quantomeno portare prove fondate che si tratti di omicidio. Ho bisogno di te, senza il tuo supporto impiegherei troppo tempo."

Lui esitò per un istante. "Ti ringrazio della fiducia, ma sono anni che non investigo. Certo, c'è qualcosa di poco chiaro, sono sincero. Ma poi, scusa, c'è un aspetto che mi lascia perplesso: i due morti sono di un ambiente altolocato, visibilità assicurata sui media, non ti sembra strano che la Mobile abbia mollato l'osso così facilmente?"

"È stato il Marchese a convincere il questore: sai che sono amici. Allora, mi aiuterai?" tagliò corto Anita.

"D'accordo, ma se sento puzza di bruciato, ritorno alle mie mansioni di scrivano e timbratore di richieste di permessi di soggiorno." La guardò sospirando con rammarico. Era un bravo poliziotto, per anni alla Mobile, e conosceva il sottobosco malavitoso di Milano come nessun altro. Un episodio mai chiarito lo aveva fatto cadere in disgrazia e assegnato al commissariato Nord-Est, ma nonostante l'episodio che lo aveva relegato ai margini, e gli aveva di fatto bloccato ogni possibilità di carriera, avrebbe voluto continuare l'attività investigativa, la sua vera vocazione. Anita era stata trasferita dalla Mobile di Milano per gli stessi motivi: aveva pestato i piedi a personaggi molto influenti della magistratura e della Polizia per un caso accaduto anni prima, che la riguardava molto da vicino e che lei aveva tentato di riaprire. Era da poco nel commissariato Nord-Est e già il suo avvenire era delineato. La seguiva la nomea d'irriverente schiacciasassi, anche se erano noti i suoi trascorsi sportivi nella squadra agonistica della Polizia e nella nazionale olimpica.

Invitò Ardau nel suo ufficio, una stanza piuttosto misera, con un tavolo in finto legno, due sedie, un armadio bianco senza ante e, alla parete opposta, un divanetto a due posti che aveva recuperato dalla sala d'attesa dell'ufficio passaporti, quello che ogni tanto utilizzava come letto di fortuna. Appesi dietro la scrivania, un calendario della Polizia e un poster della Rocca aldobrandesca di Talamone, la sua cittadina natale. Non aveva goduto granché delle bellezze di quel paese arroccato su un promontorio, e i suoi ricordi si limitavano alle passeggiate in pineta con la mamma, a suo padre che le insegnava ad andare in bici senza rotelle, alla vista mozzafiato sul golfo, e ai mesi estivi invasi dai turisti. Ma lei era nata lì, come suo fratello Duilio, e gettare una semplice occhiata al poster della Torre le faceva tornare in mente la dolcezza dell'infanzia, quando tutto sembrava perfetto. Per questa ragione, a chiunque le chiedesse di quale parte della Toscana fosse originaria, rispondeva Talamone e non Pisa, città che l'aveva vista crescere, ma risvegliava in lei dolorose memorie.

Accanto aveva un riquadro in sughero con alcuni fogli, assicurati da puntine da disegno colorate. Su uno erano scritti in rosso due nomi: Luigi Cortesi e Greta Kampf. In un altro aveva scritto con un pennarello nero la parola CHIAVI seguita da quattro punti esclamativi, e da lì partiva un'altra freccia che la collegava alla parola CANCELLO. Nel terzo aveva scritto il nome della custode, Teresa Merli, la cui morte non le pareva accidentale.

"Allora," attaccò Anita, "secondo me si tratta di duplice omicidio. Non si usa un cuscino per attutire dei colpi di pistola, se poi ti vuoi suicidare. È un controsenso, non ti pare?"

"Chi è il procuratore incaricato?" domandò Ardau cambiando discorso.

"Varesi, ma che c'entra?"

"E sarà Cambria a parlare con lui, vero? Io non dovrò incontrarlo?" chiese con un velo di preoccupazione.

"Non penso. È un problema?"

"Scusami, ma ormai vedo tranelli da tutte le parti. Un caso che potrebbe essere eclatante, affidato a una ispettrice trasferita da pochi mesi dalla Mobile, che chiede aiuto a un sovrintendente con il quale nessuno vuole avere a che fare…"

"E quindi? Dovrei rinunciare?" chiese retoricamente Anita.

"Forse non aspettano altro che un nostro errore per affossarci definitivamente e, chissà, radiarci dalla Polizia," azzardò Ardau, che sembrava essere più preoccupato per strane e ipotetiche macchinazioni che per le difficoltà dell'indagine.

"E noi faremo in modo che non accada," replicò Anita alzando le spalle.

"D'accordo, due giorni e riferiremo tutto a Cambria. Dimmi, come vuoi muoverti?"

"Per adesso concentriamoci sulle vittime e sul dottor Palmieri. Tu controlla l'alibi mentre io interrogo i condòmini di via Malpighi. Poi faremo il punto e riferiremo al Marchese."

Ardau si alzò. "Va bene. Mi farò aiutare da una giovane agente, una che con i computer ci sa fare davvero, e poi mi occuperò del marito. Se nasconde qualcosa, lo scoprirò."

Arrivata in via Malpighi, Anita vide il custode, che le andò subito incontro.

"Ispettrice," urlò a gran voce, "devo dirle una cosa. Ieri pomeriggio ho visto due persone. Ho sbagliato a non dirglielo prima, ma ero sicuro che oggi l'avrei incontrata."

Anita lo invitò ad abbassare la voce, e lui si riprese.

"Il primo era un signore che veniva spesso, si chiama Loporto. Un mese fa il dottor Cortesi mi ha ordinato di non farlo più salire nel suo ufficio. Ieri sono sicuro di averlo visto passeggiare sull'altro lato della strada, come se aspettasse di vederlo uscire per incontrarlo."

"Loporto, ha detto. E l'altro?"

"Una donna, l'ex moglie del dottore, Giusy Mondello."

"A che ora? Le ha chiesto di salire da lui?"

"Saranno state le tre o giù di lì, ma non ha chiesto di salire, no… no," si affrettò a dire, "camminava sul marciapiede opposto, in direzione di Porta Venezia. Le ho riferito questo particolare perché mi è sembrato strano. Dopo il divorzio si è trasferita a

Roma ed erano almeno tre anni che non la vedevo. Tutto qua," aggiunse intimorito.

"Grazie, signor Melli. C'è altro?"

L'uomo si grattò la testa, un gesto che faceva spesso quando era teso, e cominciò ad arrossire mentre Anita riportava le dichiarazioni sull'immancabile bloc-notes.

"Mi faccia pensare, ispettrice. No, nulla di particolare. Un fattorino, la consegna della spesa... no, per il resto tutto nella norma."

"Ci sono tutti i condòmini?" chiese troppo diretta, e il custode indietreggiò, quasi intimorito da quel tono che pareva più da interrogatorio che da conversazione.

"Sì... anzi no. Le sorelle Campanini dell'ultimo piano sono partite ieri poco prima delle diciotto per Sanremo. Mi hanno detto che una loro zia sta molto male e ho pensato che se loro hanno ottant'anni, chissà quanti ne ha la zia..." Rise della sua battuta, poi deglutì e tornò serio. "Stamattina il dottor Biandrati è uscito, puntuale come al solito. Non lo troverà di certo, comunque abita di fronte all'appartamento del dottor Cortesi."

"A che ora tornerà?"

"Dopo le sei. Raramente l'ho visto rientrare prima."

"Grazie. Ci sono già i miei colleghi della Scientifica," disse Anita osservando i furgoni di servizio, e Melli, forse per l'agitazione, rispose come se gli avesse posto una domanda.

"Sì, sono al primo e al secondo piano. Pochi minuti prima del suo arrivo è entrata come un razzo la segretaria di Cortesi, penso la troverà in ufficio."

Anita si congedò con un cenno del capo e il custode sembrò tirare il fiato.

Salì a piedi e salutò due agenti del suo commissariato. Uno dei due le presentò una donna sulla quarantina, dall'aria abbastanza sconvolta, che cercava di vedere al di là della porta d'ingresso.

"Buongiorno, sono l'ispettrice Landi, lei è la signora Olsson?"

"Sì, ispettrice, buongiorno. Linda Olsson... quello che è

successo… non ho parole, non so cosa pensare," disse tra le lacrime.

"Comprendo perfettamente e la prego di credermi che mi dispiace doverle fare delle domande in questo momento." Anita ripeté a memoria la frase che aveva udito molte volte dal suo primo comandante per giustificare l'interrogatorio a persone appena colpite da un lutto, e come al solito sortì l'effetto sperato. La donna si tranquillizzò e annuì mestamente.

"Da quanti anni lavorava per il dottor Cortesi?"

"Il mese scorso ho festeggiato il settimo anno. Pensi, avevo portato una bottiglia di Prosecco per un brindisi. Invece il dottor Cortesi ha insistito che andassimo fuori a pranzo e mi ha invitata da Bice, un ottimo ristorante in via Borgospesso," rispose a mezza voce con gli occhi lucidi.

"Signora Olsson, so quanto è difficile per lei, ma devo chiederle di entrare con un agente per controllare se manca qualcosa in ufficio. Documenti, oggetti di valore, fotografie, chiavi, insomma qualsiasi cosa. Se la sente?"

"Certo, ispettrice. Farei qualunque cosa per aiutarla nelle indagini," e scoppiò in un pianto dirotto.

Anita ordinò a un poliziotto di starle accanto e, dopo che si fosse calmata, di farle indossare i calzari e accompagnarla all'interno. La osservò: era una bellissima donna, sicuramente di origini nordiche, per il cognome e i capelli biondi, pur avendo la pelle olivastra, possibile regalo della madre mediterranea. Grandi occhi verdi, il naso sottile e gli zigomi messi in risalto da delicate efelidi. Non era alta, ma il tailleur attillato la slanciava ed esaltava le forme di un corpo molto ben proporzionato. Era truccata impeccabilmente nonostante le lacrime, e per nulla impacciata su tacchi di almeno dodici centimetri, un'altezza da cui Anita soffriva le vertigini al solo pensiero. Sicuramente la segretaria perfetta per un amante delle donne qual era il dottor Cortesi.

Si riscosse da questi pensieri e suonò al vicino dell'ufficio. Le aprì una signora molto anziana che aveva problemi di udito e quindi il colloquio durò solo un minuto. Poi Anita si diresse al secondo piano dove fu costretta a trattenere a stento la rabbia: un vecchio collega della Mobile chiacchierava con Origgi.

"Curti, cosa ci fai qui?" domandò piuttosto alterata.

"Non scaldarti, Landi, sono venuto per tutt'altro motivo, il tuo caso non c'entra nulla," rispose velenoso.

L'ispettore capo Curti era il primo nella lista delle persone che Anita detestava: smilzo, calvo, la testa ovale e baffi sottilissimi che continuava a strofinarsi. Aveva un ghigno persistente e vestiva in giacca e cravatta anche nel caldo più torrido.

"Allora ci scuserai se io e il tuo amico Origgi ci occupiamo di lavoro adesso," ribatté Anita sostenendo lo sguardo ironico dell'ispettore capo.

"Sei pagata per questo," replicò con sarcasmo, "chissà poi come avrai fatto a convincere Cambria a telefonare al questore. Non te la facevi solo con i magistrati, allora? Sei passata ai vicequestori?"

"E tu continui ad andare a puttane senza pagarle?" gli rispose Anita di rimando.

Lui si strofinò i baffetti. "Ciao Origgi, ci si vede," disse al collega e amico che ridacchiava. Poi si rivolse ad Anita: "Non ti affezionare troppo a questa indagine, Landi, due giorni passano in fretta," e sparì in ascensore.

4

"Mi dispiace, Anita, ma sembra che tutto remi contro di noi," le disse Ardau entrando in ufficio. "Ho chiesto in giro, ma le due persone che potevano esserci utili torneranno fra qualche giorno, e queste informazioni non le danno certo al telefono."

"Hai controllato l'alibi del marito?" domandò con un accenno di speranza.

"Sì. Dalla geolocalizzazione del cellulare sappiamo che Palmieri è rimasto al Palazzo delle Stelline dalle dieci alle sedici e trenta, e per averne la certezza ho fatto un salto per parlare con qualche testimone. Ha partecipato a una serie di conferenze organizzate dalla Krefeld, una società tedesca che produce protesi per seni e glutei. C'era stata una grande affluenza, e mi sono fatto fare la copia del registro dei partecipanti. Ecco la firma di Palmieri," disse mostrandole il foglio, "ho chiamato anche qualche medico presente quel giorno che mi ha confermato di aver scambiato qualche battuta con lui: aveva la voce bassa e un po' di tosse, ma era cordiale come sempre. A proposito, ho dato il tuo numero alla responsabile della Krefeld. Ti chiamerà appena possibile, intanto ho scaricato su una chiavetta alcune foto scattate durante il convegno," concluse, e si lasciò andare stancamente sulla sedia scomodissima.

Anita buttò giù qualche appunto e gli riferì le informazioni del custode. Ardau aggrottò la fronte. "Verificheremo i due soggetti. Non so perché, ma le ex mogli mi danno sempre da pensare… anche se io non faccio testo, visto che sono sposato da venticinque anni con la stessa donna," e si aprì finalmente in un sorriso.

Anita lo conosceva da poco, ma al contrario della prima impressione che aveva avuto, Ardau sembrava interessato all'indagine e a quel tipo di lavoro.

"Allora scaviamo a fondo su Giusy Mondello e su questo fantomatico Loporto e vediamo cosa salta fuori. Io chiamerò il medico legale e, se tutto va bene, alle cinque parlerò con un vicino, Ludovico Biandrati: mi ha chiesto di essere interrogato nel suo appartamento e non in commissariato. Gli altri condòmini o non erano in casa all'ora dei decessi, o sono troppo anziani per aver sentito qualcosa d'interessante." Le parole di Anita avevano il sapore della sconfitta e Ardau non poté fare a meno di accorgersene.

"Siamo partiti col piede giusto, non preoccuparti. Ah, senti, mi sono permesso…" azzardò Ardau cambiando discorso. "Lo so, non sono fatti miei, ma se cerchi un posto dove andare a dormire chiama questo numero: è un residence convenzionato con noi. Magari hanno una stanza libera."

In altre circostanze e con persone diverse, Anita avrebbe tirato fuori una delle sue frasi taglienti per mantenere le distanze, ma lui era uno degli esseri umani più miti che avesse conosciuto e fin dal primo giorno in commissariato sembrava averla presa sotto la sua ala protettrice, trattandola in modo comprensivo, empatico e rispettoso. Gli regalò un mezzo sorriso, la sua massima espressione di ringraziamento. Uscito Ardau dall'ufficio, tornò a concentrarsi sul caso, che poteva essere di svolta per la sua credibilità, e chiamò il medico legale, che la salutò con la sua solita voce squillante.

"Ma che sorpresa! La mia campionessa di atletica preferita! Come va la vita in quel commissariato dimenticato da Dio?"

Era l'unico che potesse ironizzare sul suo atteggiamento scontroso e non ricevere rasoiate in risposta. Le era stato accanto nella sua indagine privata, il caso che l'aveva messa nei guai con la Mobile, e si era dimostrato molto comprensivo. Il suo modo di parlare, senza peli sulla lingua e con la tipica cadenza milanese, la divertiva.

"Non riesce ad andar male!" rispose lei ironica. "Allora, cosa ne pensi, Mascherpa?"

Lui mugugnò per qualche secondo. "Sempre dritta al punto! Va bene, parliamo di lavoro. Posso darti poche notizie, mia cara. L'uomo ha due fori ravvicinati all'altezza dello sterno: proiettili a espansione, illegali in Italia, che gli hanno spappolato il cuore, ed è stato usato un cuscino come silenziatore. La donna è morta per un colpo solo, anche lei al petto. Decessi istantanei per entrambi," concluse sospirando.

"Dài, Mascherpa, dimmi qualcosa che non so," lo stuzzicò.

"Sei una provocatrice! Comunque, posso dirti che la morte dei due è avvenuta tra le quindici e venti e le quindici e trenta. La donna aveva residui di polvere da sparo sull'indice, sul pollice e sul dorso della mano, una leggera irritazione al setto nasale e... c'è qualcosa che devo approfondire."

"In che senso?"

"Sono uno scienziato, non un indovino. Aspetta ancora qualche giorno e poi ti dirò."

"Non ho tutto questo tempo, ti prego!" lo implorò lei.

"Vedo invece che la povera custode non ti suscita un reale interesse, mi sbaglio?" fece lui cambiando argomento.

Anita sbuffò. "Hai delle novità? Secondo me non si è trattato di un incidente."

"Ecco la Landi che conosco, sempre sul pezzo e pronta a fare congetture. Ho dato un'occhiata veloce e ho solo prelevato il sangue per analizzarlo. È morta tra le diciotto e le diciotto e venti, non più tardi. Se ci fossero novità ti chiamerò io. Divertiti campionessa," disse lui scherzando.

"Campionessa 'na sega, ti saluto Mascherpa."

Guardò l'ora e si ricordò dell'incontro con Cambria. Bussò alla porta del suo ufficio. Il vicequestore stava terminando una telefonata e la invitò ad accomodarsi.

“Era il dottor Funes, il questore,” spiegò subito dopo aver riagganciato. “Voleva sapere come procede. Dimmi tutto, Anita.”

“Ci sono delle novità: orario dei decessi alle quindici, quando il marito della Kampf partecipava a un convegno, e sempre in quel lasso di tempo il custode sostiene di aver visto due persone sul marciapiede di fronte al palazzo. Il primo è un certo Loporto, persona non più gradita a Cortesi, tanto da aver chiesto al custode di non farlo più salire nel suo ufficio. La seconda è Giusy Mondello, l’ex moglie. Controlliamo vita morte e miracoli di questi due soggetti. Ho anche interrogato quasi tutti i condòmini, e fra poco ho appuntamento con uno che ancora non ho ascoltato,” terminò soddisfatta.

“Cosa ne pensi?” le domandò Cambria.

“Sto aspettando un riscontro decisivo dal medico legale sulla dinamica. Mi creda, risulterà impossibile che la signora Kampf abbia usato un cuscino per uccidere Cortesi e poi si sia suicidata,” rispose sicura.

“Ma prove concrete non ne abbiamo ancora, vero?”

“Adesso come adesso no.”

Cambria si alzò dalla sedia, si aggiustò la cravatta e le sorrise. “Va bene, Anita, andrò dal procuratore Varesi a riferire. Ora però permettimi di parlare di una questione personale: ormai sei qui da un po’ e non hai ancora preso appuntamento con la dottoressa Sabatini, nonostante me l’avessi promesso. Credimi, ha aiutato molti colleghi a venire fuori da brutte situazioni. E poi ricordati che io ho accolto la richiesta del tuo trasferimento a patto che ti facessi aiutare. Mi dispiace tornare sulla questione, ma non mi dai alternative.”

Aveva parlato con estrema franchezza e con calma serafica; Anita era rimasta in silenzio per qualche secondo, poi si alzò e rispose: “D’accordo, sistemo un paio di cose e poi la chiamerò”.

“Mi fido di te, Anita.”

Uscì dalla stanza scura in volto. Si avviò all’auto, ricordandosi solo in quel momento che doveva prendere le sue cose dalla casa dell’ex fidanzato.

Caricata l'auto con due valigie e quattro scatoloni lasciati aperti, partì alla volta di via Malpighi col pensiero di come stesse precipitando la sua vita. Non aveva un'amica con cui confidarsi e il lavoro era così totalizzante da impedirle qualsiasi stabilità affettiva. Si era chiusa al punto da avere difficoltà a instaurare rapporti profondi e soffriva di insonnia per gli incubi continui.

Guidò come un automa fino a destinazione, parcheggiò e rimase in macchina qualche minuto. Ripresa la concentrazione salì al secondo piano del palazzo dove l'attendeva il dottor Biandrati. Suonò il campanello due volte e dopo un minuto le aprì un uomo impassibile, sulla settantina, vestito con una giacca da camera ormai fuori moda. Aveva lo sguardo arcigno e fin troppo serio. I capelli bianchissimi, la fronte ampia e un paio di occhiali dalla montatura nera alla Onassis. Biandrati le strinse la mano con un sorriso forzato e la fece accomodare nel salone, dopo aver percorso un lungo corridoio ricco di quadri alle pareti. Si sedette di fronte a lei in attesa e la squadrò con sguardo altezzoso, soffermandosi sui jeans larghi e slavati e con alcuni strappi sulle cosce.

"Non mi ricordo di essere mai stato a casa prima delle diciotto, e senz'altro mai per un colloquio con una poliziotta."

La voce voleva imporre una certa distanza, e Anita lo fissò giocherellando con la matita.

"Nessun problema, la prossima volta la preleviamo in ufficio con una macchina della Polizia e la interroghiamo in commissariato," replicò diretta. Bastò questo perché Biandrati perdesse immediatamente quell'atteggiamento di superiorità.

"No, va bene così, anzi... devo ringraziarla. Come posso esserle utile?"

"Conosceva il dottor Cortesi? Che tipo era?"

Lui si strinse nelle spalle. "Un parvenu, sempre attento a piacere a tutti. Per usare un gergo aziendale, assomigliava a un venditore. Non mi era particolarmente simpatico, e ogni tanto esagerava con i suoi ritrovi del venerdì e del sabato sera, ma tutto sommato devo riconoscere che portava un po' di brio nel palazzo."

"Non ha mai discusso con lui?" domandò Anita prendendo appunti.

"Se intende litigi, no," replicò deciso.

"Nessun rapporto lavorativo?"

"Nulla di rilevante, mi creda."

La risposta aveva un che di ambiguo, ma Anita non approfondì con altre domande, preferendo trovare un riscontro per conto suo.

"Dove si trovava ieri pomeriggio, tra le quindici e le sedici?"

"Nel mio studio, sono commercialista. Alle quattro e mezza da un cliente qui vicino, in corso Buenos Aires. Sono tornato a casa quasi alle otto e ho notato voi e quel gruppo di curiosi accalcati a caccia di notizie. Uno spettacolo indecente!"

Anita preferì non ribattere. "Vive da solo?" chiese cercando di essere più gentile possibile.

"Sì, da quando è morta mia moglie, quattro anni fa. Ho una domestica che viene a fare le pulizie tre mattine alla settimana e conduco una vita… abitudinaria. Esco raramente la sera e solo per motivi di lavoro. C'è altro?" domandò Biandrati con una punta di scortesia.

Anita attese qualche istante e sottolineò a matita la risposta sulla quale era necessario indagare più a fondo. "Per il momento è tutto, grazie."

Sulla soglia di casa, l'uomo le chiese ciò che anche gli altri condòmini avevano voluto sapere, ovvero se si trattasse di omicidio-suicidio. Anita usò la formula del caso: "Non abbiamo ancora tutti gli elementi, non posso dirle altro, mi dispiace".

Biandrati seguì con lo sguardo Anita entrare nell'appartamento di Cortesi e chiuse la porta.

In quel momento le squillò il cellulare, e Ardau le comunicò che avevano rintracciato Giusy Mondello: era ospite di un'amica a Milano, con la quale poi era partita per una festa al golf club di Montorfano, così l'aveva convocata in commissariato l'indomani in mattinata. Poi l'aggiornò su Salvatore Loporto: ex socio di Cortesi, anche lui amante della bella vita, delle donne e delle macchine di lusso. I due avevano tagliato i ponti per un disaccordo su un investimento immobiliare, ma Loporto non si dava per vinto. Lo avevano cercato nella sua abitazione a Milano, ma nessuno sapeva dove fosse, e peraltro il cellulare risultava fuori servizio, come se il numero non fosse attivo. Ardau propose di fare richiesta per mettere sotto controllo il telefono e Anita acconsentì.

"Altre novità?" chiese con un filo di speranza.

"Sì, ancora due cose: la segretaria di Cortesi ha messo in ordine i documenti in ufficio. Manca l'incartamento di un'operazione prospettata da alcuni imprenditori sloveni, che, tra l'altro, vede coinvolto anche Loporto. Infine, un elemento da non sottovalutare: la sparizione dell'agenda di Cortesi, un libretto rosso dove segnava appunti e questioni… diciamo delicate."

"Interessante. Nemmeno Curti potrebbe sostenere che l'ufficio sia stato messo sottosopra dallo stesso Cortesi, quindi significa che…"

"Giurerei che si tratta di duplice omicidio. L'assassino uccide Cortesi e la Kampf, prende le chiavi, scende in ufficio e ruba l'incartamento e l'agenda rossa," concluse Ardau.

"Dev'essere andata così. Domani convoca la segretaria per la deposizione. Chiamo subito Cambria," disse riattaccando.

Il vicequestore non nascose la soddisfazione. "Bene! Abbiamo una pista. Attendiamo la conferma della Scientifica e del medico legale, ma trattiamo il caso come duplice omicidio. Bel lavoro, Anita."

Finalmente un punto a suo favore, e Anita sorrise come le succedeva ormai di rado. Uscì dal palazzo sollevata e salita in macchina si diresse in via Baldissera, per approfondire alcuni aspetti sulla morte di Teresa Merli. Erano le sette e mezza. Doveva decidere dove mangiare e soprattutto dove andare a dormire. Il pensiero di passare un'altra notte sdraiata sul divanetto dell'ufficio la fece inorridire, oltre al fatto che avrebbe dovuto utilizzare il bagno in comune con i colleghi. Chiamò il numero fornitole da Ardau per avere, almeno quella notte, un vero letto sul quale tentare di riposarsi. Rispose la segreteria telefonica e decise di non lasciare un messaggio. Arrivò in via Baldissera forse solo per scusarsi con la povera donna morta in portineria, per aver dato priorità all'indagine di via Malpighi, come le aveva detto neanche troppo velatamente Mascherpa, il medico legale. Scese dall'auto e tentò di aprire il portone esterno in ferro. Si sentì chiamare senza immaginare che da quel momento il suo destino sarebbe cambiato.

5

"Ispettrice Landi, buonasera, vuole entrare?" chiese Giacomo Valli.

Anita si voltò e lo vide con la sua mise impeccabile e lo zainetto nero.

"Un'altra riunione condominiale?" domandò vagamente ironica, cosa che lui sembrò non cogliere.

"No. Ero in un altro stabile qui vicino e ho fatto un salto."

"E la sua bici?"

"Purtroppo ho forato e l'ho legata in cortile. Ci penserò domani. Ma lei ha bisogno di qualcosa?" domandò gentile.

"Nulla. Ma mi tolga una curiosità: lei è sempre così cortese con tutti?"

Ci fu qualche attimo di silenzio, ma Giacomo non mutò l'espressione cordiale. "Direi di sì, per lo meno ci provo, anche se temo che la gentilezza venga scambiata per invadenza. Le auguro una buona serata, ispettrice," disse congedandosi.

Anita si morse la lingua. Conosceva i propri difetti e in quel momento si rese conto di aver oltrepassato la soglia della buona educazione. "Dottor Valli, le chiedo scusa. Posso farmi perdonare dandole un passaggio a casa?"

"La ringrazio, ma non vorrei…"

"Lo prendo per un sì. Stia attento, c'è poco spazio," e lo invitò a salire aprendogli la portiera del passeggero.

Giacomo si allacciò la cintura di sicurezza e guardò i sedili posteriori.

"Sta traslocando?" domandò ingenuamente.

"È un po' più... complicato. Dove abita?" chiese facendo uno sforzo tremendo per rimanere calma.

"In via Sebenico al 14. È sicura che non sia un..."

Anita partì sgommando. Durante il viaggio in auto Giacomo le spiegò la rivoluzione urbanistica del suo quartiere, l'Isola, un tempo abitato da operai della Pirelli e della Brown Boveri, e che negli ultimi anni, a seguito di una speculazione edilizia nella vicina Porta Garibaldi, aveva assunto un altro sapore. Dove una volta venivano montati i tendoni del circo e i luna park, adesso si potevano ammirare i grattacieli delle più importanti multinazionali, e ardite realizzazioni residenziali. Giacomo abitava in un palazzo anni settanta a ridosso del famoso Bosco Verticale, e a ritmo inaspettato anche le case tipiche della zona, costruzioni popolari dei primi del Novecento, erano state prese d'assalto e ristrutturate dalla borghesia milanese. Anita si limitava ad annuire con la speranza di scaricarlo il prima possibile: quel passeggero era noioso come le televendite dei materassi. Giunti a destinazione, urlò un "Eccoci!" forse un po' troppo rapido, dando l'impressione d'essere entusiasta di liberarsi di Giacomo.

"Sta migliorando, ispettrice. Pensavo mi avrebbe zittito brutalmente: devo essere stato di una noia mortale," e le sorrise con aria divertita.

"Lo avrei fatto, se il viaggio fosse durato un chilometro in più." Anita gli restituì un mezzo sorriso e lo scrutò con lo sguardo. "Cos'era la sua, una vendetta?"

"Ma no, testavo la sua resistenza... Se posso permettermi, e se non ha impegni per cena, parcheggi l'auto nel mio garage, intanto avviso Francesco di preparare anche per lei."

"Non mi pare il caso," replicò secca.

"È solo un invito a cena, gentilezza, non invadenza," la provocò, ma vedendo che la risposta tardava ad arrivare, continuò:

"Se preferisce mangiare da sola, le consiglio un paio di ristoranti qui in zona. Ho capito che con lei è più saggio non insistere".

Ad Anita la situazione sembrò assurda, troppo diversa dai suoi standard, ma era così affamata e stanca che accettò la proposta. In ascensore chiese se Francesco fosse il figlio o un cameriere, al che Giacomo la guardò con una smorfia simpatica. "È un po' più... complicato," disse ripetendo le parole che aveva pronunciato lei qualche minuto prima.

Sulla soglia li accolse un uomo interessante, coetaneo di Giacomo, con i capelli grigi tagliati molto corti, gli occhi scuri e uno sguardo curioso. Era alto oltre il metro e ottanta e molto magro. Anita lo squadrò perplessa. Fu lui a rompere il ghiaccio: "Ciao, sono Francesco Gazzola e abito qui con Giacomo," si presentò stringendole la mano. "Immagino tu abbia bisogno del bagno... ti accompagno."

"Le chiedo solo di togliersi le scarpe, ispettrice. Una piccola mania di famiglia," s'inserì Giacomo offrendole un paio di pantofole. Anita, sempre più stupefatta, si tolse le sue inseparabili Adidas, calzò delle espadrillas blu di qualche numero più grandi e seguì Francesco superando una porta sulla sinistra che immetteva in un altro piccolo corridoio. Lui aprì l'anta di un armadio, le consegnò due asciugamani e le indicò il bagno.

"È quello di servizio. Perdonami ma il mio è impresentabile. Ti aspettiamo in sala, fai pure con calma," disse Francesco come se far entrare in casa un'estranea e trattarla con tutti quei riguardi fosse la cosa più normale del mondo.

In bagno Anita si guardò allo specchio domandandosi se non fosse pazza ad accettare l'invito a cena in casa di sconosciuti. Le sembravano persone perbene, ma mai nessuno le aveva mostrato la minima cortesia se non per avere favori o per portarla a letto. Si sciacquò il viso e si sistemò i ricci indomabili in una coda alta. Percorse il corridoio che conduceva all'ampio salone, caratterizzato da una lunghissima libreria in legno scuro stracolma di volumi che si interrompeva soltanto a metà del corridoio, per far spazio a due porte, una su entrambi i lati. Camminava lenta senza fare il minimo rumore; quando arrivò in salone, vide i due uomini seduti a un tavolo massiccio, dello stesso legno della libreria. Si alzarono contemporaneamente e le indicarono il posto a capotavola. Avevano apparecchiato in modo semplice, con tovagliette all'americana.

"Innanzitutto, chiedo scusa. Ho azzardato un 'tu' troppo amichevole e Giacomo mi ha rimproverato."

Rimase per un momento perplessa e mentre si sedeva disse che non era assolutamente un problema.

"Bene, sono contento. Stasera abbiamo tartare con contorno di pomodori confit, chips fatte in casa e qualche ingrediente segreto, spero ti piaccia," disse Francesco servendola; "la ricetta l'ho copiata da un concorrente di MasterChef," continuò con aria professionale, tradito da una smorfia simpatica. Intanto Giacomo le versò l'acqua e del vino rosso in un secondo bicchiere.

"Salute!" le augurarono, mentre lei li guardava sempre più stranita.

Francesco le chiese di dove fosse, intuendo la cadenza toscana.

"Talamone, in provincia di Grosseto," rispose con distacco.

Il tono lasciava intendere che volesse essere lasciata in pace, così la conversazione passò alla politica milanese, fin dai tempi di Tognoli sindaco. I due uomini parlarono poi di calcio, soprattutto dei successi passati del Leicester allenato da Ranieri. Di tanto in tanto la guardavano in attesa di un parere, che però non arrivava mai. Non toccarono argomenti personali e non le domandarono nulla della sua vita. Era come se sapessero tutto di lei, del perché fosse a Milano, del perché avesse tanti scatoloni in macchina e dei suoi progetti futuri. Oppure non gliene importava granché, ma l'effetto era lo stesso. Lentamente Anita iniziò a sentirsi a proprio agio, ma non smetteva di osservarli: si parlavano anche con gli occhi e a fine cena azzardò: "Siete una coppia?".

La domanda non stupì nessuno dei due. "Per te fa differenza?" chiese Giacomo in tono amichevole.

"Per nulla… chiedevo così, per curiosità."

"No, siamo semplicemente amici," rispose Francesco e si alzò.

"Anita… un nome d'altri tempi!" cambiò discorso e sparì in cucina.

"Sono d'accordo," intervenne Giacomo, "è bellissimo ed evoca bagni nelle fontane romane e storie di rivoluzioni di garibaldina memoria," aggiunse con enfasi.

"Verissimo", disse Francesco rientrato in sala, "e ho la sensazione, e ti prego di perdonare il mio azzardo, che tu hai proprio l'indole della persona che preferisce le eccezioni alle regole."

Anita sembrò non aver ascoltato l'ultimo commento e proseguì seguendo un suo pensiero: "Perché ti comporti così, Giacomo? Non mi conosci, non sai chi sono, anzi, solitamente passo per una stronza, scontrosa e fuori di testa".

"Lui è così," s'intromise Francesco, "è la persona più buona che conosca, soprattutto con gli stronzi, scontrosi e fuori di testa," e bevve un sorso di vino rosso.

"Allora ha trovato pane per i suoi denti."

Francesco non faceva una piega. "È chiaro che sei una combattente, ma risparmia la tua aggressività. Se pensi che ti voglia tirare scema facendoti domande per avere argomenti a sufficienza da propinarti una morale di mezz'ora, sei fuori strada."

"È stata solo una cena, nulla di più," si unì Giacomo. "Quando vorrai andare ti accompagnerò in garage, stai tranquilla che nessuno ti trattiene."

Anita s'imbarazzò. Avrebbe dovuto ringraziare per l'ospitalità e invece aveva immediatamente alzato le barricate, replicando piccata alle gentilezze dei due uomini, e passato qualche momento cercò di recuperare. "Scusate, non volevo essere scortese, ma da qualche anno a questa parte mi metto sempre sulla difensiva. Anni fa era tutto diverso."

"In che senso?" domandò Giacomo.

"Ero nella squadra di atletica della Polizia, le Fiamme Oro," spiegò Anita, ma vide lo sguardo dei due uomini perso nel vuoto, come se l'argomento fosse sconosciuto.

"Ho capito," proseguì con un velo d'ironia nella voce, "siete i classici sportivi da divano che pontificano solo sul calcio. Allora vi spiego: dovete sapere che le discipline sportive vere, quelle che fanno vincere medaglie ai Giochi Olimpici, sono per la stragrande maggioranza dei casi appannaggio di atleti non professionisti. Ci arrivate anche voi a capire che in Italia non si può campare con la scherma, il tiro con l'arco o l'atletica, a meno che non si tratti di un fenomeno come Bolt; esistono quindi organizzazioni sportive, per lo più militari e di forze dell'ordine, che consentono di dedicarsi esclusivamente allo sport cosiddetto minore. Certo, di fatto sei nella Polizia, nella Finanza o nei Carabinieri, sei stipendiato, ma passi il tuo tempo ad allenarti e non a prestare servizio per la comunità se non in occasioni particolari."

Giacomo e Francesco si lanciarono un'occhiata ancora più perplessa, così Anita rincarò la dose con una simpatica espressione del viso. "Valentina Vezzali, la più grande fiorettista della storia, vi ricorda qualcosa? È sovrintendente di Polizia. Magari Raimondo D'Inzeo, olimpionico d'equitazione? Era carabiniere, così come Alberto Tomba per un certo periodo, poi con gli sponsor e tutto il resto si è dimesso dall'Arma. Potrei continuare ma non voglio annoiarvi. Comunque ho abbandonato l'atletica e sono diventata effettiva in Polizia. Ho vinto il concorso per ispettore ed eccomi qui."

"Grazie della spiegazione, ammetto la mia ignoranza. Per farmi perdonare posso offrirti qualcosa di più forte?" chiese Francesco.

"No, grazie, ma ancora un po' di vino mi farebbe piacere."

Si accomodarono sul divano, ognuno con il proprio bicchiere, e Anita si guardò in giro cercando ancora di capire che legame ci fosse tra i due.

"Di cosa ti occupi, Francesco?" domandò.

"Sono un avvocato, ma non esercito più. Adesso insegno per un'università online. Hai presente quelle materie noiose tipo Diritto privato o Storia del diritto romano?"

Anita ridacchiò. "Per un momento ho avuto la velleità di studiare, ho anche sostenuto alcuni esami di Giurisprudenza, ma poi ho capito che non faceva per me."

"Per fortuna," ribatté Francesco, "saresti stata un osso duro da battere in tribunale."

"Per parlare d'altro," intervenne Giacomo, "ho fatto due chiacchiere con Melli, il custode di via Malpighi, che, per inciso, è un altro palazzo che amministro. Ti occupi tu anche di quell'indagine?" chiese sedendosi accanto ad Anita.

"Sì, ma non posso parlare di lavoro. Anche l'avvocato qui presente comprenderà i motivi."

"Concordo pienamente. Ma questo non impedisce a me e Giacomo di fare supposizioni. Magari potresti trarre qualche spunto per approfondire alcuni aspetti. Anita, ti consiglio di indossare i panni dell'uditore e ascoltare con attenzione; noi ti permetteremo di porci domande e non ci lamenteremo se non ci renderai partecipi delle tue informazioni e non dirai la tua opinione." Poi la guardò come per attendere il suo permesso, e Anita annuì a dir poco stupita. D'istinto avrebbe voluto impedire quella sorta di gioco, poi pensò che dopotutto non sarebbe stata una cattiva idea. Giacomo conosceva gli inquilini dei palazzi e Francesco avrebbe potuto dare un contributo sul piano legale.

"Come dicevo, Francesco," attaccò Giacomo, "ho parlato con il custode. Ha riferito di aver visto nel pomeriggio un tizio sotto l'appartamento del dottor Cortesi, un tale che lui non voleva più incontrare, e anche la sua ex moglie, una certa Giusy… ma sembra che la Polizia non abbia dato peso alla faccenda perché convinta dell'omicidio-suicidio," e lanciò un'occhiata ad Anita.

"Mhm… D'altra parte Cortesi era noto per agire al limite, lo ricordo bene," aggiunse l'amico.

A queste ultime parole Anita fu sul punto d'intervenire ma desistette.

"Pare che la donna abbia usato un cuscino per attutire gli spari," continuò Giacomo prendendo in mano il bicchiere vuoto. "Due colpi all'uomo e uno a se stessa."

"Che idiozia," gli fece eco Francesco. "Ti pare? Se vuoi uccidere qualcuno e poi suicidarti perché preoccuparsi di non far sentire i colpi di pistola?"

"È chiaro: li hanno uccisi," sentenziò Giacomo, e Francesco annuì.

Questa volta Anita sbottò. "Va bene, tre domande. La prima: posso avere dell'altro vino?" Francesco si alzò subito per servirla, ma la bottiglia era finita e ne aprì un'altra.

"E la seconda?" domandò Giacomo.

"La persona che ha visto Melli, così come l'ex moglie di Cortesi, potrebbe essere salita senza essere vista?"

Giacomo si fece pensieroso e appoggiò pesantemente sul tavolino il bicchiere che Francesco gli aveva riempito. "Una portineria non è un posto di blocco, quindi presumo sia possibile."

"La terza domanda," e Anita si rivolse a Francesco, "mi sembra di capire che conoscevi il dottor Cortesi: che tipo era?"

Lui gongolò; era evidente che gli piacesse essere al centro dell'attenzione, e si sistemò le maniche della camicia. "Lo conobbi anni fa per motivi di lavoro. Era molto abile, un passato in borsa in una società d'intermediazione mobiliare. In seguito a uno scandalo venne accusato di aggiotaggio, le imputazioni vennero smontate da un avvocato molto in gamba," fece una pausa e sorrise soddisfatto per far capire che parlava di se stesso, "ma nonostante questo," proseguì, "fu costretto a dimettersi e si mise in proprio. Che io sappia, con ottimi risultati."

"È vero che era un donnaiolo?" chiese Anita scostandosi i capelli dal viso.

"Sì, ma non solo. Ha avuto anche problemi di tossicodipendenza. A quanto mi risulta, tempo fa si prese una pausa per disintossicarsi dalla cocaina. Si diceva che non la pagasse, ma che gli venisse regalata in cambio di qualche consiglio di borsa," concluse scettico.

"E dei condòmini cosa mi sai dire?" chiese a Giacomo.

Lui scherzò sul fatto che Anita si fosse fatta prendere dal gioco, e che fosse andata oltre le tre domande. Lei lo fulminò con lo sguardo, così si fece serio e dentro di sé passò in rassegna gli inquilini.

"Sono persone perbene, direi. Certo, Cortesi faceva di tutto per stuzzicare chiunque con il suo sarcasmo, ma azzarderei che avesse qualche problema solo con Biandrati. Sono venuti addirittura alle mani sulla soglia dell'ufficio di Cortesi, e per fortuna era presente Potito, il mio manutentore, che stava sostituendo le luci d'emergenza dei pianerottoli. All'epoca mi sembrò una cosa assurda, conoscendo Biandrati, un uomo serio, distinto, forse un po' snob ma certamente non rissoso. Ricordo che la settimana successiva mi venne a trovare in ufficio e mi pregò di porgere le scuse al manutentore per il suo comportamento. Non mi spiegò il motivo della zuffa, ma Potito sentì distintamente che Biandrati gli dava del ladro e truffatore."

Anita fissò Giacomo dritto negli occhi, ma non disse nulla. E come se le avesse letto nel pensiero, intervenne Francesco.

"Cortesi non era uno stinco di santo. Aveva amicizie al limite, qualche cliente evasore fiscale e secondo alcuni era dedito al riciclaggio, e non sono soltanto dicerie, fidati. Azzardo una banalità, ma se di omicidio si tratta, il colpevole può essere interno o esterno al palazzo. Gli esterni possono essere entrati approfittando di un momento di distrazione del custode, mentre se l'assassino fosse uno degli inquilini, non avrebbe avuto neanche quel problema."

"D'accordo. Considerandolo un duplice omicidio," s'intromise Giacomo, "l'obiettivo potrebbe essere la donna, non necessariamente Cortesi. La conoscevi?" chiese a Francesco.

"L'ho vista qualche volta. Era un'industriale italo-svizzera, una bella donna. A volte sapeva essere scostante e sgradevole, trattava tutti con un'arroganza ai limiti della sopportazione. Ricordo una cena, alcuni anni fa. La mia ex moglie Victoria aveva avuto la brillante idea di farsi visitare dal marito, Davide Palmieri, perché voleva far sparire le rughe. I Palmieri erano molto amici di una coppia che frequentavamo assiduamente. Insomma, durante quella cena a casa nostra, una cameriera involontariamente aveva versato alcune gocce di champagne sulla mano della signora Greta e lei aveva commentato con disprezzo 'non ci sono più i servi di una volta'. Palmieri aveva riso di gusto di fronte a quella scena. La mia ex moglie non aveva dato peso alla cosa, ma da quel giorno io non volli più avere a che fare con loro," concluse Francesco scuotendo la testa.

"E Palmieri com'è?" chiese Anita.

Francesco si accalorò. "Non posso dire di conoscerlo bene, ma ho l'impressione che sia il prototipo dello stronzo, uno che pensa solo ai soldi e ha accumulato una fortuna rimodellando nasi e tette. Fosse per me, lo arresterei solo per metterlo in cella con un paio di ergastolani, così perderebbe il suo aplomb da milionario con la puzza sotto il naso."

"Anche a me non è piaciuto molto," si sbilanciò Anita sottovoce.

"Quindi," riepilogò Francesco, "abbiamo un personaggio dalla vita sregolata e dagli affari poco puliti, un vicino di casa con il quale ha avuto una rissa, un ex socio che non voleva più incontrare, che gironzolava per via Malpighi, e un'ex moglie vista nei paraggi. Come se non bastasse, un'amante snob e odiosa. E della povera Teresa Merli, la custode di Baldissera, cosa possiamo dire, Giacomo?"

"Non lo so. Suppongo sia stato un incidente, perché mi pare impossibile che qualcuno possa anche solo aver pensato di ucciderla. Certo, non le mandava a dire, ma non si uccide qualcuno perché ti rompe le scatole con la raccolta differenziata o perché non hai spento le luci della cantina."

Anita finì il bicchiere di vino, la testa cominciò a girarle e si rese conto che forse aveva esagerato. Prese il foglietto con il numero di telefono del residence scritto da Ardau e si alzò per chiamare, con la speranza che qualcuno finalmente le rispondesse. Francesco e Giacomo parlottavano fra loro e sentirono soltanto Anita che imprecava al termine della conversazione al cellulare.

"Qualcosa non va?" chiese Giacomo.

"Il residence non ha posto, dannazione! Forse si libera una stanza, se va bene, fra un paio di settimane," spiegò furibonda.

"Puoi dormire qui, abbiamo una camera libera, quella che occupava la cameriera di mio padre. Certo non è granché, ma è vicina al bagno di servizio, che potrai usare solo tu. Io e Francesco dormiamo dall'altra parte, non ci incroci nemmeno."

"Non è per questo, figurati, ma non posso accettare," replicò Anita di getto.

"Adesso però è un'impresa trovare una camera in albergo. Puoi fermarti qui, non ci sono problemi, ma se preferisci passare le prossime due ore a cercare un buco in una pensione o dormire in auto..." continuò Giacomo sperando di convincerla.

Sbuffò scuotendo la testa e alla fine si decise. "Non so cosa dire. Purtroppo hai ragione, si è fatto tardi e sono troppo stanca per cercare una stanza. Ti ringrazio, accetto, ma vi giuro che domani mi tolgo dalle p... vado via."

"Brava, ottima scelta," disse Francesco.

"Sì, ma a due condizioni: nessuna domanda sul mio lavoro e voglio pagare per questa notte."

Ci fu un attimo di silenzio, ma ci pensò Giacomo a romperlo: "Affare fatto. Ti aiuto con i bagagli".

Portarono il bagaglio nella camera che avrebbe usato Anita, mentre Francesco la riordinava. C'era un letto singolo sotto la finestra, un ampio guardaroba e un comodino a destra del letto.

"E qui dormiva la domestica di tuo padre? Non male," commentò sorpresa.

"Puoi dormirci fino a quando non troverai una sistemazione migliore."

Voltandosi per uscire, Giacomo urtò inavvertitamente la valigia di Anita facendo cadere una scatola di scarpe da atletica, che si aprì leggermente nell'impatto a terra. Fece per raccoglierla e Anita gliela strappò di mano. Si rese conto di aver fatto un gesto sgarbato e si scusò, ma il tono lasciava intendere che nessuno doveva sfiorarla. Quando i due uomini uscirono dalla stanza si preparò il letto. Era mezzanotte passata e l'indomani doveva lavorare sodo per non vedersi scippare l'inchiesta. Si spogliò e spense la luce, addormentandosi quasi subito con i pugni serrati, e quella notte cadde in un sonno profondo. Senza incubi.

Francesco invece, incuriosito dall'ospite inattesa, si sedette davanti al PC in camera e navigò in rete per cercare notizie su di lei. YouTube disponeva di una decina di filmati delle gare di eptathlon vinte da Anita, e cominciò a guardarli. Bellissima, un fisico statuario, i lunghi ricci legati in una coda. E sorrideva, sorrideva sempre, fino a pochi istanti prima dell'inizio delle competizioni. Francesco scosse la testa incredulo, e quando in un video, terminata la corsa degli ottocento metri, la regia si soffermò sul volto stanchissimo ma soddisfatto di Anita che non smetteva di saltare di gioia per aver vinto la medaglia d'argento agli Europei di atletica, si domandò: "Che ti è successo? Sembri un'altra persona ora".

Cliccò su un altro sito e lesse a bassa voce un articolo di un giornale sportivo: "Anita Landi, promessa dell'atletica italiana, lascia l'attività agonistica a causa di un terribile lutto. In un appartamento di Milano sono stati trovati i cadaveri del fratello Duilio accanto a quello della fidanzata, Roberta Annibaldi. La dinamica non lascia spazio a dubbi: Duilio Landi, dopo aver assunto una dose massiccia di droghe, ha massacrato a coltellate la ragazza e si è tolto la vita".

6

Mercoledì Giusy Mondello si presentò in commissariato verso le dieci. Era una bella donna dai classici tratti mediterranei, occhi e capelli neri, un viso dai lineamenti decisi, lo sguardo intrigante. Nell'ufficio di Anita era accompagnata dall'agente Tea Marini, una giovane poliziotta finita sotto l'ala protettrice di Ardau. Dopo le presentazioni e il controllo dei documenti, Anita attaccò senza convenevoli.

"Signora Mondello, come può immaginare l'abbiamo convocata perché stiamo indagando sulla morte del dottor Cortesi e della signora Kampf. Quando ha visto il suo ex marito l'ultima volta?"

La donna fissò Anita accavallando con naturalezza le gambe. "Un paio di mesi fa. Era venuto a Roma e abbiamo preso un aperitivo. Dai discorsi che faceva sembrava cambiato, più... professionale e responsabile, ecco! Abbiamo divorziato sei anni fa, non riuscivo più a sopportare il suo modo di vivere, sempre sopra le righe, sempre oltre il limite. Avevo bisogno di stabilità, di creare una famiglia, ma lui non ne voleva proprio sapere. Il divorzio non è stato traumatico, anzi, e nel corso del tempo gli ho anche fatto gestire i miei guadagni. Poi mi sono risposata e adesso ho un bellissimo bambino di quattro anni," disse serena, non dando affatto l'impressione di essere turbata dalla morte dell'ex marito. Anita scriveva il verbale al computer e intanto continuava con le domande.

"Lunedì pomeriggio alcuni testimoni l'hanno vista sotto casa di Cortesi, a Milano. Come mai?"

La donna accennò un timido sorriso. "Ero invitata a un pranzo di lavoro, non troppo lontano da via Malpighi, così nel primo pomeriggio sono passata a salutarlo. Potevano essere le tre e un quarto, le tre e mezza al massimo. L'ho chiamato al cellulare ma non ha risposto, così ho deciso di andare dal parrucchiere perché quella sera dovevo andare a una festa a Montorfano. Ho finito alle cinque e mezza, potete controllare: il parrucchiere si chiama Rinaldo ed è in Porta Venezia." Tirò fuori dal portafogli la ricevuta della carta di credito con l'orario, e la consegnò ad Anita.

Quell'ostentata sicurezza e il fatto che avesse fornito la ricevuta di sua spontanea volontà insospettirono Anita, che cercò di provocarla: "Grazie, signora Mondello, tuttavia qui c'è scritto solo quando ha pagato il conto, non quando è arrivata al salone". Ardau fece un cenno di approvazione e prese la ricevuta per farne una fotocopia. Giusy Mondello rimase per un momento perplessa e poi sorrise di nuovo cercando di dissimulare l'ansia.

"Non insinuerà che io…" ribatté con uno strano sguardo negli occhi, ma Anita la bloccò proprio quando il sovrintendente rientrò nella stanza. "Nessuna insinuazione: è una semplice constatazione. Ora, se fosse così gentile da consegnarci il suo telefono, potremmo controllare l'orario in cui ha chiamato il suo ex marito senza dover richiedere i tabulati."

"D'accordo," disse serrando un poco le labbra, e prese dalla borsa lo smartphone che consegnò ad Ardau con una calma eccessiva, come se cercasse di prendere tempo e studiare la situazione. Lui scorse le chiamate con attenzione.

"Qui vedo che le chiamate sono state addirittura cinque. Quattro la mattina e l'ultima alle tre e venti, senza risposta. Alle undici e mezza ha parlato per otto minuti," sottolineò Ardau, "possiamo sapere di cosa?"

"Una questione personale, non credo vi possa essere utile," rispose imbarazzata.

"Vediamo se ha ragione," replicò Anita, "cosa vi siete detti?"

Esitò, umettandosi le labbra. "Avevo bisogno di disinvestire parte del mio capitale per un'operazione immobiliare e lui sembrava volesse prendere tempo. Per me era una questione molto urgente, non potevo aspettare, e per questo ho insistito parecchio, era nel mio pieno diritto." Aveva un tono alterato ma si riprese subito. "In quella telefonata delle undici gli avevo detto che sarei passata nel pomeriggio, ma lui non ha più risposto. Così..."

"Così è passata da casa sua," terminò Anita.

"Già! Non è un reato, vero?" chiese quasi ironica.

L'agente Tea Marini bussò alla porta e la signora Mondello ne approfittò per alzarsi. "Se non c'è altro..." disse con aria un po' seccata, e Anita annuì. Stampò il verbale e glielo fece firmare, poi le anticipò che avrebbe potuto essere richiamata in qualsiasi momento. Ardau chiese a Tea di accompagnarla all'ascensore, quindi, rimasti soli, il sovrintendente guardò perplesso Anita.

"La signora Mondello non ce la racconta giusta, c'è dell'altro. Così come per quel Biandrati che hai interrogato."

"E non dimentichiamoci di Salvatore Loporto. A proposito, cosa hai scoperto?"

"È ancora irreperibile. Ieri siamo andati a cercarlo a casa sua e il vicino ha affermato di averlo visto partire martedì mattina, quasi all'alba: ha sentito del trambusto alle cinque e lo ha visto dallo spioncino della porta che prendeva l'ascensore con un borsone in mano. Sto aspettando l'autorizzazione per rintracciare il cellulare."

In quel momento rientrò Tea con dei fogli in mano. Riportavano informazioni sulla signora Kampf: lunedì era partita da Lugano verso le dieci, poi si era fermata a Chiasso per un appuntamento e successivamente aveva proseguito per Milano.

Assegnati i compiti, Anita decise di chiamare il medico legale, ma improvvisamente le squillò il telefono fisso: era Cambria che la convocava. Aveva pensato al solito incontro di routine, ma quando aprì la porta dell'ufficio del vicequestore, capì immediatamente che qualcosa non andava per il verso giusto. Di fronte a lui era seduto Chianese, diretto superiore di Anita, che non la degnò d'uno sguardo.

"Siediti, ci sono novità," esordì Cambria scuro in volto, "il procuratore Varesi ha affidato l'inchiesta alla Mobile della Questura."

Anita non ebbe il tempo di reagire perché bussarono alla porta, e rimase immobile in piedi nel punto in cui si trovava.

"È già qui, ispettore Curti?" La domanda retorica di Cambria non colpì il funzionario, che strinse cordialmente la mano ai due uomini, passando davanti ad Anita come se non esistesse.

"Cerco di non perdere tempo, dottor Cambria. E a questo proposito, posso chiedere l'aiuto di Chianese per raccogliere tutte le informazioni in vostro possesso? A breve ci raggiungerà anche il collega della Scientifica," disse con quel tono suadente che il vicequestore non sopportava.

"Certamente, andate pure."

Chianese e Curti uscirono dalla stanza da vecchi amici, senza celare la soddisfazione, mentre Anita, come in trance, guardava fuori dalla finestra e respirava a fondo per non sbottare. Tra tutti gli investigatori della Mobile, avevano deciso di affidare la sua indagine proprio all'ispettore Curti, ed era un rospo troppo grosso da ingoiare per lei.

"Buttana della morte!" imprecò a voce bassa un inviperito Cambria, che viveva lo scippo di quell'inchiesta come una sconfitta per il suo commissariato.

Anita si voltò e incrociò lo sguardo adirato del vicequestore. "Dottore..."

"Anita, per favore, non dirmi niente che non so. Adesso devi stare tranquilla e continuare il tuo lavoro. Lucida e calma, intesi?"

Calma 'na sega, pensò Anita ma si limitò a rispondere: "Certo. Mi occuperò della morte della custode di via Baldissera e poi le riferirò".

"D'accordo. Se non c'è altro..." la liquidò secco mentre chiudeva violentemente un cassetto della scrivania.

Anita si diresse verso l'ascensore e si sfogò con un pugno sulla pulsantiera. Dopo pochi istanti le porte si aprirono e trovò all'interno Origgi della Scientifica, che non mancò di mostrarle tutta la sua soddisfazione. "Cosa ti avevo detto? Le inchieste di una certa rilevanza non sono per te. Tu devi occuparti di altro."

"Ma vaffanculo, Origgi!" sbottò Anita e prese le scale.

Arrivata al primo piano, entrò nella sua stanza, che le sembrò ancora più squallida, guardò la lavagnetta che aveva rimediato in uno sgabuzzino e la bacheca in sughero con gli appunti.

"Posso entrare?" domandò gentile Ardau. Anita non riuscì a nascondere la rabbia, prese il bloc-notes e lo lanciò contro il muro. Lui non si scompose, lo raccolse e lo appoggiò sulla scrivania.

"C'era da aspettarselo."

"Già," fece lei sedendosi, "lo hanno affidato proprio a quella testa di..." ma si morse il labbro per evitare di lasciarsi andare agli insulti.

"Lo sapevi, se ci sono casi importanti o che potenzialmente fanno notizia, difficilmente rimangono affidati a un commissariato. A noi spettano morti accidentali, scippi e reati minori," commentò Ardau amareggiato.

"E non dimenticarti dei passaporti," aggiunse Anita con una punta di sarcasmo.

"Straccia quegli appunti," le consigliò Ardau, "ti farà solo male leggerli. Concentrati sulla custode dello stabile di via Baldissera. So che c'è qualcosa che non ti convince, e se posso darti una mano, non hai che da chiedere." Si alzò stancamente dalla sedia e sulla soglia si voltò verso Anita. "Una sera, se vuoi, vieni a casa mia a cena. Ti presenterò mia moglie e le mie figlie."

"Marco, qui dentro sei fra i pochissimi che... be', grazie." Lo seguì con lo sguardo e scosse la testa. Era senza amici, in una città che non amava ma nella quale doveva rimanere a tutti i costi. Sul lavoro subiva una sconfitta dopo l'altra, e in amore pure peggio. In due anni a Milano aveva avuto tre relazioni: un collega della Mobile sposato, un dentista e un magistrato di sorveglianza. E proprio con quest'ultimo aveva deciso di andare a convivere, ma le cose non avevano funzionato, probabilmente perché lei si era inceppata. Decise di uscire per cambiare aria e ignorò Chianese che con tono saccente rimbrottava Ardau, ricordandogli che il suo posto era dietro una scrivania e non a investigare con una giovane poliziotta inesperta. Le dispiaceva per Ardau ma era fin troppo palese che il vero obiettivo di quell'attacco fosse lei, l'ennesima provocazione che non aveva voglia di raccogliere. Andò a piedi in via Malpighi, dove c'erano alcune macchine dei suoi vecchi colleghi della Mobile. Aveva un groppo in gola mentre osservava i volti soddisfatti di Curti e Origgi vicino al portone e, poco dopo, anche una troupe di giornalisti. Il cellulare di Anita squillò e lei rispose. La voce di Cambria sembrò rincuorarla.

"Anita, mi dispiace, ma sai che non ho l'autorità per impedire che un'indagine ci venga sottratta. Ho provato a far ragionare Varesi, ma è stato irremovibile. Occupati del caso della custode e riferisci a me. Conferirò direttamente con il magistrato."

"D'accordo," rispose cercando di rimanere fredda. Terminata la conversazione, Anita ebbe l'impulso di gettare il cellulare a terra e calpestarlo, ma si trattenne. E nella disperata ricerca di qualcuno che potesse ascoltarla, prese dalla tasca dei pantaloni il biglietto da visita della dottoressa Sabatini e la chiamò. La voce professionale ma distaccata della segretaria la innervosì ancora di più. Fu sul punto di chiudere la telefonata, ma resistette e fissò un appuntamento per le cinque di quel pomeriggio stesso.

Doveva rimanere concentrata e si buttò a capofitto sul caso della custode. Più di qualcosa non la convinceva, ma non poteva dirlo senza prima avere prove concrete, altrimenti le avrebbero dato contro, e ripensò alle parole di un vecchio collega della Mobile: *devi lasciar perdere, te ne devi fregare, fai come Curti: segui l'onda e avrai la carriera assicurata.* Chiuse gli occhi per un momento e sentì montare la rabbia. Sulla strada di ritorno per il commissariato le squillò di nuovo il cellulare.

"Landi, mi dispiace per il caso di via Malpighi," le disse il medico legale.

"Grazie, Mascherpa," rispose con un filo di voce.

"Caspita, ma sei a terra! Posso fare qualcosa?"

"Il solo fatto di chiamarmi ti mette nei casini. Ma dimmi, piuttosto, hai novità sulla morte di Teresa Merli?" domandò rientrando appieno nel suo ruolo di investigatrice.

"Cara Landi, non ho ancora fatto l'autopsia, ma tutto lascia supporre che si sia trattato di un banale incidente. Non so se ti farà piacere," concluse e accennò la sua solita risata, un verso simile a un singhiozzo.

"Che palle! Ma non puoi darmi nemmeno un parere del tutto informale?"

Sentì un mugolio all'altro capo del telefono, seguito da un lungo sospiro. "Sei stressante… Te lo do, ma prendi tutto con le molle! Presenta una ferita alla testa, lesione dell'osso sfenoide e della zona temporale ed è morta probabilmente per emorragia."

"Una botta tremenda," aggiunse Anita.

"Non è molto scientifico, ma il concetto è quello."

"Lo prendo per un complimento. Piuttosto, la donna era minuta: una semplice perdita di equilibrio non penso che possa averle provocato una ferita mortale, che ne pensi?" lo stuzzicò.

"Non mi convinci, Landi! Ho capito dove vuoi andare a parare, ma adesso come adesso non ho elementi, abbi pazienza. Comunque, secondo me per una ferita del genere deve essere caduta sullo spigolo senza avere avuto il tempo di appoggiare le mani. Insomma, una sfiga pazzesca per usare i tuoi termini. Ciao Landi, devo andare, sono pieno fino al collo."

"No, aspetta," lo implorò. "Dai Mascherpa, è fin troppo ovvio che non sia scivolata e poi non ci sono i segni delle suole in gomma sul pavimento…"

"Ma che vuoi che ne sappia? Mi portano i cadaveri, li analizzo, faccio gli esami e lascio a voi esperti le congetture. Forse dall'autopsia emergerà che ha avuto un mancamento, un malore, e questo spiegherebbe anche la violenza dell'impatto… il fatto che sia, diciamo così, piombata a peso morto sullo spigolo e che per questo non se ne sia andata a spasso lasciando impronte.

Adesso basta, che se non finisco il caso di via Malpighi il direttore mi fa pulire i tavoli con la lingua."

"Ancora una cosa, ti prego."

"Dai, Landi... il tuo caso sembra abbastanza chiaro, a differenza di quello di Curti..." Finì la frase e si morse il labbro imprecando. Sapeva di aver sbagliato a dirglielo: ora la curiosità di Anita lo avrebbe sfiancato, e infatti non perse un istante. "Perché? Cosa hai trovato?"

"Maledetta la mia lingua! Sia chiaro, non ti ho detto nulla e se salta fuori che ho scambiato quattro chiacchiere con te su quest'indagine, ti avveleno. Curti è stato implacabile: non una parola con nessuno!".

"Sì sì, certo, ma adesso spiegami."

Anita sapeva che Mascherpa detestava l'ispettore Curti, e infatti dopo i soliti mugugni incomprensibili attaccò a parlare a bassa voce.

"C'è qualcosa nelle dita della donna: penso soffrisse di rizoartrosi, perlomeno al primo stadio."

"Rizoartrosi, ovvero?"

"In parole povere è la difficoltà a stringere qualcosa con il pollice e l'indice. Per usare un linguaggio ancora più semplice, sarebbe stato molto doloroso per la signora premere il grilletto, soprattutto per spararsi al petto," sussurrò. "Devo ancora ricevere la sua cartella clinica dalla Svizzera, ma sono certo di non sbagliarmi."

"Omicidio-suicidio un cazzo! Lo sapevo!" urlò Anita, e Mascherpa rise di gusto con quella specie di mezzo singulto.

"Se quello che penso sarà supportato da prove, dovranno ammettere che ci avevi visto giusto, ma non ti faranno mai i complimenti, né ti promuoveranno, stanne pure certa. Ehi, io non ti ho detto nulla, è chiaro?" ribadì il medico legale.

"Certo, Mascherpa e... grazie," lo salutò.

Tornò al commissariato e sulla soglia del suo ufficio vide l'agente Tea Marini chiudere una chiamata al cellulare.

"Riguarda l'indagine?"

"No ispettrice, era un collega della Postale. Sono tutti in fermento per rintracciare Sante Mallico, il super latitante della 'ndrangheta. Pare sia stato visto qualche giorno fa a Milano."

"Ho capito. Volevi qualcosa?" domandò incuriosita da quella strana ragazza.

"Il vicecommissario Chianese la vuole nel suo ufficio." Aveva un modo buffo di spalancare gli occhi prima di iniziare a parlare, come se fosse pervasa da un entusiasmo incontenibile, che però spariva appena apriva la bocca.

"Ti chiami Tea, vero?" chiese incuriosita.

"Tea Marini, ispettrice."

"E da dove vieni? In che sezione eri?"

"Fino al mese scorso ero nella Polizia Postale," rispose con la stanchezza di chi subisce un interrogatorio.

"Troppo noioso per te?"

"Diciamo che c'è parecchia invidia tra le colleghe e qualcuno ha fatto in modo che non venissero apprezzate le mie qualità. E quindi..." ma a quel punto fece una smorfia come se non potesse riferirle altro.

"Bene, se hai voglia mi racconterai che casini hai combinato."

Spalancò di nuovo gli occhi. "Una cosa, ispettrice: Chianese è incazzato nero. Mi ha ordinato di non rivolgerle la parola, e di non avere a che fare con lei se voglio fare carriera, ma io me ne frego. In più le ho inviato un resoconto su via Baldissera. Se avesse bisogno, ispettrice, mi chiami pure, lavorerò anche da casa per lei," disse con quel tono annoiato che le era abituale.

"Grazie, Tea. E così Chianese è incazzato..."

"Di brutto!" precisò lei, stavolta con più verve.

"Niente di nuovo. Magari ci prendiamo un caffè, uno di questi giorni. Ah! Una cosa importante: chiamami Anita."

Tea la guardò come se avesse detto la cosa più gentile del mondo e Anita la osservò allontanarsi. Era una ragazza dall'aspetto singolare. Di media statura e fin troppo magra, il viso incorniciato dai capelli castani tagliati a caschetto sotto le orecchie e una frangia molto corta. Un piccolo naso all'insù, grandi occhi scuri, quasi neri, e ciglia lunghe. La montatura rossa a farfalla degli occhiali faceva risaltare i suoi bei lineamenti. Provò una strana simpatia per quell'agente donna così particolare, pensando a quanto i colleghi del commissariato dovessero ritenerla fuori dal mondo, esattamente come lei.

Salì da Chianese. La porta era aperta, ma Anita bussò in attesa d'entrare. Lui sbraitava al telefono e le indicò la sedia. Aveva un fisico massiccio che incuteva timore, la faccia tonda, il collo taurino, mani che sembravano badili, e probabilmente pesava più di cento chili. Ambizioso e rispettoso delle procedure, non voleva scontentare a nessun costo il capo della sezione Omicidi della Squadra Mobile e l'ispettore capo Curti, col quale sembrava avere un feeling particolare.

"Non va bene, adesso ci organizziamo," e chiuse la comunicazione sbattendo la cornetta.

"Buongiorno," esordì Anita professionale, ma Chianese dopo averla squadrata da capo a piedi andò dritto al punto senza badare ai convenevoli.

"Talamona, anche se Cambria tenta di difenderti come un padre, sappi che potresti avere le ore contate. Gestisci al meglio il decesso della custode e, se dovessi scoprire che non si tratta di morte accidentale, ti ordino di riferirmelo subito. Se ometti qualche informazione per indagare a modo tuo, giuro che ti farò passare dei guai. Ogni sera voglio un rapporto sul tavolo, una relazione chiara e completa come se dovesse leggerla mio nipote. Ce la puoi fare?" concluse con un tono ironico ma pronto a trasformarsi in qualcosa di molto peggio.

"Penso di sì, evidenzierò le parti significative per rendere il rapporto comprensibile anche a un bambino," replicò senza timore.

Chianese si appoggiò alla poltrona e sbatté i pugni sul tavolo. "Complimenti, vedo che nonostante i molteplici fallimenti non perdi il senso dell'umorismo! Eravamo tutti preoccupati che avessi la testa impegnata a chiudere la relazione con il tuo fidanzato. A proposito, è vero che ti ha sbattuto fuori casa?"

Anita ignorò la provocazione. "Ero a buon punto con le indagini e avrei risolto il caso dimostrando che non si trattava di omicidio-suicidio," affermò sostenendo lo sguardo inviperito del vicecommissario ormai in collera.

"Sei molto sicura di te, Talamona, ma a essere sinceri, in questo commissariato non vogliamo metterci nelle tue mani perché ci faresti fare una figura del cazzo, e come ben sai non possiamo permettercelo. Basta un solo elemento, una sola mela marcia per gettare alle ortiche il buon nome del commissariato e la carriera di tutti. Te lo spiego in altre parole: se tu commetti un errore, i piani alti considerano responsabile anche me perché non sono stato capace di gestirti. Hai compreso?"

"Sì, dottor Chianese."

"Bene. Del caso di via Malpighi se ne occuperanno i colleghi della Questura, che hanno maggiore esperienza, ma che dico... sono di un altro pianeta rispetto a te." D'un tratto finse un tono paternalistico: "Cerca di riflettere: le Fiamme Oro sono acqua passata e oggi sei una poliziotta solo perché correvi, lanciavi il giavellotto e altre stronzate atletiche. Mettiti in testa che quella vita è morta e sepolta. In quell'ambiente eri famosa, ma qui non sei nessuno, e oggi vincere medaglie per te sarà impossibile. Conosco l'unica ragione per cui sei diventata effettiva. Sarai anche un'ispettrice ma non hai le competenze per investigare, fattene una ragione per il tuo e il mio bene."

Anita alzò le spalle. "Certo, se si tratta di duplice omicidio io non posso indagare, anche se..."

Chianese sbottò puntandole il dito. "Non una parola in più! Nessun 'se', 'ma' o 'forse'!" prese fiato e continuò alzando ancor di più la voce, "tu non ti occupi neanche lontanamente di quell'indagine! Sono stato chiaro? Non possiamo metterci becco, devi stare lontana, non puoi intrometterti in un caso della Mobile."

Squillò il telefono e il commissario rispose urlando: "Un attimo, per favore". Respirò a fondo per cercare di calmarsi, coprì il microfono con la mano enorme e fulminò Anita con gli occhi. "Landi, se combini qualche cazzata con la faccenda della custode o se ci metti nei casini con la Questura perché ficchi il naso nell'indagine Cortesi-Kampf, considerati fuori dalla Polizia. Ricordatelo bene," tuonò, e con un gesto della mano le ordinò di uscire.

Prese le scale e scese al primo piano.

Si chiuse nel suo ufficio con lo sguardo solo apparentemente perso nel vuoto. Chiunque si sarebbe rintanato in un rifugio, attento a non fare un passo falso, a stare nei ranghi, a non prestare il fianco al nemico, ma lei no. Le scattò qualcosa dentro, come se obbligarla a non indagare su via Malpighi equivalesse a toglierle la possibilità di mostrare a tutti di che stoffa era fatta, esattamente l'opposto del suo obiettivo, cioè ricostruirsi una credibilità che le permettesse anche di far riaprire il caso di suo fratello. Era così convinta di poter risolvere il duplice omicidio da rischiare il tutto per tutto. Purtroppo doveva agire con scaltrezza e molta prudenza, doti che sapeva di non possedere, e quel pensiero folle, indagare di nascosto col rischio d'essere radiata dalla Polizia, lo accantonò in un angolo della mente, pur essendo conscia che prima o poi sarebbe balzato fuori.

Si concentrò sulla morte di Teresa Merli, perché la sensazione che anche lì ci fosse qualcosa di poco chiaro ormai le appariva sempre più una certezza. Forse non tutto era perduto e avrebbe potuto sfruttare l'indagine per dimostrare il suo valore. Aprì una lattina di chinotto e, mentre beveva un sorso, lesse l'e-mail dettagliata di Tea con i nomi dei condòmini di via Baldissera, tutti già controllati dagli agenti del commissariato. Mentre stava predisponendo uno schema vide passare Ardau in corridoio con la sua solita flemma. Anita gli fece cenno d'entrare per leggergli il rapporto molto succinto dei colleghi della Volante.

"Al piano rialzato, oltre la portineria e l'alloggio della custode, si trova l'ufficio di un assicuratore, il ragionier Radaelli, che non ha precedenti penali. Sette dipendenti ma nessuno ha visto o sentito nulla. Al primo piano abita la vedova Martignoni, una signora benestante, mai un guaio con la legge. Al secondo un generale dell'esercito in pensione, Gianantonio Badoino, e la sua badante, una moldava in Italia da dieci anni. Anche loro sono a posto, però..."

"Però?" ripeté Ardau.

"Tea ha aggiunto una nota: 'consiglio interrogare nuovamente la badante'."

Anita scambiò un'occhiata con Ardau. "Probabilmente pensava che avesse qualcosa da nascondere," disse perplessa, e proseguì: "Sempre al secondo piano alloggiano tre studenti universitari del Veneto: Emma Dainese, Luca Gobbi e Mirko Cressoni. Nessun precedente. L'appartamento è di proprietà della signora Martignoni.

"Al terzo, l'avvocato Silvani, ma non era in casa, e l'ufficio accanto è occupato da un certo Gino Bosatra, titolare di una società di importazioni e, per inciso, anche questo appartamento è di proprietà della signora Martignoni."

Mentre parlava, tracciava su un foglio uno schema con i nomi dei condòmini e l'ubicazione dei relativi piani.

"Sbaglio o la signora Martignoni è piuttosto facoltosa?" la interruppe Ardau.

"Hai visto giusto, ma andiamo avanti. Al quarto ci sono i coniugi Nosetti e Cesare Anselmi, proprietario di un'impresa di pompe funebri. Ha un precedente registrato dalla Questura di Como e attendiamo particolari." Anita fece una smorfia. "Che avrà fatto quel tizio? Avrà sepolto qualcuno ancora vivo?" commentò sottovoce. "Al quinto piano Enrico Zoni, il DJ in arte Treb Fitt, professione artista. Eccolo qui: precedenti per rissa e spaccio di stupefacenti, condannato a due anni con la condizionale. Il vicino di casa si chiama Piero Giuliani, nessuna noia con la legge. Questi sono gli inquilini al completo." Anita affisse lo schema alla bacheca di sughero.

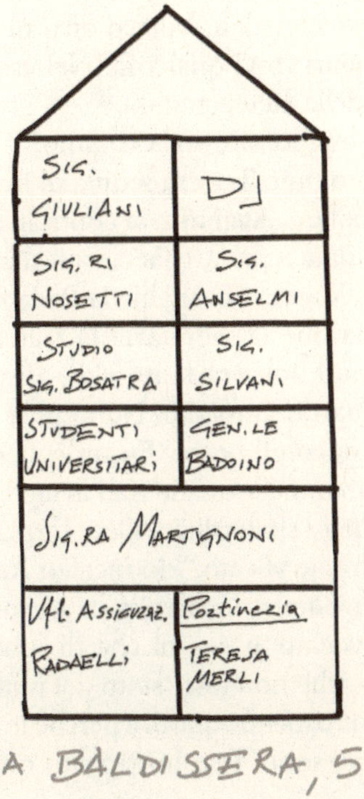

Non fece in tempo a conoscere l'opinione di Ardau perché in quel momento entrò come un bufalo Chianese.

"Ardau, ti ho cercato ovunque, maledizione! Ci sono diciotto pratiche di permesso di soggiorno e tu stai qui a chiacchierare con Talamona?"

Lui non replicò, si alzò dalla sedia e salutò Anita con un sorriso prima di uscire. Poi Chianese, senza dire altro, si sbatté la porta alle spalle.

"Che stronzo," disse Anita a bassa voce. Si alzò per leggere il suo schema. Aggiunse l'ora della morte – dalle diciotto alle diciotto e un quarto – e la riunione condominiale con un punto di domanda. La morte di Teresa Merli non la convinceva, ma non riusciva a capirne il motivo. In quel momento squillò il telefono fisso.

"Ciao Anita, sono Ardau. Volevo dirti di controllare la vita della custode, magari trovi qualcosa. Nel caso, fatti aiutare da Tea, è una maga della Rete, credimi."

"Grazie del consiglio, adesso la chiamo."

In meno di un minuto Tea era seduta di fronte a lei e Anita le spiegò cosa doveva fare. Aggiunse ai controlli anche Anselmi e il DJ. Lei sarebbe andata a parlare faccia a faccia con i condòmini.

Si diresse dall'avvocato Silvani in via Podgora. Attese un buon quarto d'ora e alla fine la segretaria la fece accomodare nella sala riunioni. Silvani non era tanto alto, aveva un portamento elegante e uno sguardo ambiguo. Non finiva di metterla a fuoco strizzando un poco gli occhi. Fu un colloquio breve, molto formale, e alla domanda se avesse mai avuto da ridire su Teresa Merli, lui replicò quasi sbalordito: "Con Teresa? E perché mai?".

"Nulla? È sicuro, avvocato?" lo incalzò Anita, ma lui scosse la testa e lei non insistette. Una volta in ascensore, Anita scrisse un appunto. L'avvocato aveva un che di subdolo, e l'istinto la spingeva a ritenere che non fosse stato del tutto sincero. Avviò il motore dell'auto ma aspettò a partire perché le squillò il cellulare.

"Ciao ispettrice, sono Tea, ho trovato qualcosa di interessante."

Anita mise in folle. "Spara pure."

"Ho fatto una ricerca rompendo anche le palle a un amico con cui... va be', lasciamo stare... vado al punto. Il nome di Teresa Merli compare in un processo della Corte d'Assise a Torino, vecchio di oltre vent'anni."

"Vai avanti," disse Anita incuriosita.

"Due uomini, armi in pugno, fecero irruzione in un ristorante per rapinare i clienti, e uno di questi, un carabiniere in pensione, tentò di reagire proprio quando i malviventi stavano per fuggire con l'auto, dove li attendeva il terzo complice. Nella colluttazione il pensionato fu ucciso con un colpo di rivoltella al torace, ma riuscì a strappare il passamontagna che copriva il volto dell'assassino. Alla lotta, quasi sulla soglia d'uscita, assistette una giovane cameriera che riuscì a descrivere nei minimi particolari il volto dell'uomo, che poi venne arrestato insieme al resto della banda. La donna si chiamava Teresa Merli."

Anita ebbe la sensazione di aver imboccato una buona pista. "Continua, Tea."

"Ho i nomi del terzetto criminale. Nicola Fiorveluti, guidava l'auto dei rapinatori, è uscito di prigione da tempo. Condannato a quindici anni, dopo quattro godeva già della semilibertà. Sembra abbia cambiato vita: si è sposato e vive a Imperia dove lavora in una ditta d'inscatolamento di pesce. L'altro, Gaetano Dalmasso, è morto dopo soli tre anni di galera nel carcere di Asti, accoltellato durante una rissa. E l'ultimo, Enzo Fusinato, l'assassino e capo della banda. Non gli è stato concesso nessuno sconto di pena e nemmeno alcuna misura alternativa alla detenzione. Ma…" si bloccò.

"Ma cosa? Vai avanti," insistette Anita tamburellando con le dita sul volante.

"Adesso viene il bello! È uscito di galera due mesi fa. Alloggia da un amico a Rozzano, un parente di un pregiudicato conosciuto in carcere, sospettato di essere affiliato a una famiglia 'ndranghetista. Ha l'obbligo di firma e può lavorare."

"Enzo Fusinato… Rozzano…" ripeté lentamente Anita.

"Esatto. Viene descritto come un uomo di ghiaccio, con un'infanzia allucinante: la madre era alcolizzata e il padre è morto in un incidente sul lavoro in una piccola fabbrica di Settimo Torinese. Da ragazzo ha frequentato le peggiori compagnie della Falchera, partecipando a furti e pestaggi. Due anni al Ferrante Aporti, il riformatorio di Torino, prima di spiccare il salto di qualità con le rapine a mano armata. Arrestato a più riprese e condannato due volte in modo lieve, aveva passato già sette anni al fresco, ma Teresa Merli ha finalmente posto fine alla sua carriera."

Anita si morse lievemente il labbro e le chiese l'indirizzo di Rozzano, quindi si appuntò qualcosa sul bloc-notes. "Ottimo lavoro, Tea, grazie. Farò un salto da questo Fusinato, avvisa Ardau per favore."

Controllò la pistola di ordinanza e sorrise ricordando le parole del suo istruttore di tiro: "È meglio usare il cervello che la pistola, questo vale per tutti, ma soprattutto per te". Il consiglio le calzava a pennello. In effetti non era una grande tiratrice, preferiva la lotta corpo a corpo. Anita non aveva praticato nessuno sport da combattimento, ma aveva vissuto l'adolescenza prevalentemente in strada, a Pisa, accudita dagli zii materni. Tra i ragazzi che frequentava, molto più grandi di lei, le questioni personali con le compagnie rivali, le battute, le offese e gli insulti non venivano gestiti con diplomazia, ma con metodi decisamente più sbrigativi. Negli anni era riuscita a elaborare una personale tecnica efficacissima a base di calci, dita negli occhi e pugni alla gola, abbinata a poche mosse essenziali di Krav Maga, l'arte marziale israeliana insegnatale in accademia, tanto che l'istruttore di difesa personale l'aveva soprannominata Nikita, dal nome della protagonista di un famoso film di Besson. Sulla strada per Rozzano, all'altezza di via dei Missaglia, squillò il cellulare e rispose in viva voce.

"Ciao Anita, sono Giacomo. Scusa ma avrei una richiesta."

"Dimmi pure."

"Riguarda la portineria di via Baldissera. I condòmini si lamentano del fatto che non c'è controllo e si stanno creando un sacco di disguidi per la posta. Posso mettere un sostituto... così il servizio può continuare?"

"D'accordo, ma non entrate in portineria, mi raccomando. A dopo," lo liquidò bruscamente.

Non passò neanche un minuto che squillò di nuovo il cellulare. Era Francesco.

"Scusa se ti disturbo, ma stasera per cena vorrei preparare degli spaghetti di kamut al sugo di pesce. Qualche obiezione?"

Anita appoggiò la testa al finestrino. "Gli spaghetti vanno benissimo, ma la prossima volta mandami un SMS, per favore. Sono in servizio, a stasera."

Gettò il cellulare sul sedile del passeggero e scosse la testa. Doveva trovare casa, non poteva rimanere con quei due. Erano premurosi, fin troppo, ma condividere un'abitazione le stava stretto. A diciott'anni aveva iniziato ad abitare da sola negli alloggi messi a disposizione per gli atleti delle Fiamme Oro e da allora aveva una vita indipendente, fatta di sport, qualche ora di studio e un sacco di amici. Sembrava tutto instradato al meglio: la convocazione in Nazionale, i Campionati europei di atletica leggera e i Giochi Olimpici a un passo. E poi con la morte del fratello il mondo le era crollato addosso.

Giunta a Rozzano allontanò quei pensieri. Parcheggiò poco lontano da un gruppo di palazzi di edilizia popolare, citofonò e si fece a piedi tre piani perché l'ascensore era guasto. Suonò il campanello dell'appartamento intestato a Nuccio Soldati e dopo qualche secondo un uomo in pantaloncini e maglietta rossa aprì la porta con una sigaretta in bocca e l'aria infastidita. Anita mostrò il tesserino della Polizia e lui le consegnò la carta d'identità senza dire una parola. La squadrava da capo a piedi con aria dura, lo sguardo di chi studia come fare del male. La guidò in cucina e si sedette su uno sgabello. Lei rimase in piedi. L'odore di caffè si mischiava a quello nauseabondo del sacchetto della pattumiera lasciato aperto vicino al frigorifero. Enzo Fusinato aveva gli occhi che bucavano le pareti, le dita gialle di nicotina, la barba incolta, e continuava a strofinare il pollice sotto il mento, su una lunga cicatrice, sorella di un altro paio sul sopracciglio sinistro. Pochi capelli lunghi, grigi e sporchi, legati in una coda con un elastico giallo, un'evidente bruciatura sul collo che partiva sotto l'orecchio destro per finire chissà dove, nascosta dalla maglietta. Tatuaggi tribali sull'avambraccio destro e, sull'altro, scritte scolorite e frasi incomprensibili. Piccole cicatrici sulle mani, e le nocche quasi piatte, ricordo delle risse in carcere. Puzzava di sudore e fumo.

"Sono qui, dica pure, ispettrice," attaccò con un tono indisponente.

"Conosce Teresa Merli?"

L'uomo appoggiò una mano sul piano cottura e s'inumidì le labbra. "Non ho mai scordato quel nome," rispose, e spense la sigaretta in una tazzina con un piccolo fondo di caffè che la fece sfrigolare.

"Dove si trovava due sere fa?"

"Lo sa, non posso uscire la sera. Rimango in casa tutto il giorno, tranne qualche pomeriggio perché aiuto un amico al bar di fronte. Come mai tutte queste domande?" chiese con fare arrogante riprendendo a grattarsi la cicatrice sotto il mento.

"Teresa Merli è morta."

In un istante l'espressione acida dell'uomo divenne radiosa.

"Da quando sono uscito di galera è la prima bella notizia che ricevo," esclamò soddisfatto. "Quindi pensate che io sia coinvolto?"

"L'idea mi è passata per la testa, lo ammetto," replicò Anita.

Fusinato rise e mostrò i denti quasi neri. "Non la prendo in giro, ispettrice: sono felice che sia morta e questo non è un reato. Mi dispiace solo non averla potuta vedere mentre crepava." Si alzò molto lentamente, poi proseguì: "Adesso, se è tutto, vorrei tornare a vedere la televisione e stapparmi una birra per brindare".

"Un'ultima cosa," lo bloccò Anita, "perché vive in questa casa?"

Lui indossò nuovamente la maschera di pietra. "Nuccio, il padrone di casa, è cugino di Franchino Stele, che è stato mio compagno di cella negli ultimi sette anni a Brissogne, il carcere di Aosta. Mi avevano trasferito perché al penitenziario di Torino qualcuno aveva tagliato la gola a un nigeriano e ritenevano che c'entravo con la sua morte. Le sembra possibile?"

Anita sostenne il suo sguardo. "Non mi stupisco più di nulla, signor Fusinato." Salutò e uscì da quello squallido appartamento mentre lui chiudeva con violenza la porta.

7

Aveva ceduto alle richieste insistenti di Toni, la reporter d'assalto, e aveva assunto quel ragazzo di neanche trent'anni seduto di fronte a lui: aria dimessa, laureato in Storia medioevale, aveva deciso di dare una svolta alla sua vita dopo una ricca esperienza d'inscatolatore di salmoni affumicati.

"Delle mansioni e degli orari abbiamo parlato, l'alloggio le verrà assegnato solo quando la Polizia chiuderà il caso. Prenderà servizio da domani. È solo un contratto di un anno ma, se si comporta come spero, avrà buone chance d'essere riconfermato."

Dal viso del giovane traspariva emozione. "La ringrazio, dottor Valli, non sa quanto sia importante per me."

Si alzò dalla scrivania e lo accompagnò alla porta. "Mi raccomando, Manuel. Dia sempre del lei a tutti: avrà a che fare con persone molto esigenti, stia al suo posto, educato ed efficiente."

Il ragazzo gli strinse con vigore la mano. "Grazie, grazie. A domani."

Giacomo rimase a fissarlo mentre il rumore dei suoi passi svaniva nel lungo corridoio. Chiuse la porta ma non ebbe il tempo di sedersi perché bussò Potito Mastrodomenico, il manutentore tuttofare, ormai diventato amico.

"Ciao, ho saputo del delitto. Ma chi poteva volere la morte di Teresa?"

"Cosa vai farneticando, Potito? Perché dici che l'hanno uccisa?" borbottò pulendosi gli occhiali.

"Conosceva i segreti di tutti, anche dei più insospettabili. L'hanno fatta fuori, stanne certo."

Non ebbe il tempo di replicare perché in quel momento entrò nella stanza Fina. "Ah, Potito! Abbiamo un problema al portone carraio di via Baldissera, solo Teresa aveva le chiavi. Visto che sei in zona per riparare il lucernario di via Hayez, fai un salto a cambiare la serratura: hanno già chiamato due volte."

"Vado, vado," disse, poi si rivolse a Giacomo che scriveva al computer: "Allora, com'è?".

"Com'è cosa?" rispose Giacomo inforcando gli occhiali per leggere alcune carte.

"Non 'cosa' ma 'chi', e non fare il finto tonto! Com'è quella ragazza che ti sei portato a casa? Alberto l'ha vista ma non ha saputo dirmi un cavolo."

"Bene. Sorvegliato anche dal mio vicino: ma non guida i taxi? E tu non dovresti andartene?"

Sbuffò. "Va bene. Una di queste sere passo da te e me la presenti. Non esiste che non ne sappia niente," e uscì di corsa. Giacomo mugugnò divertito e, mentre scriveva al PC, gli squillò il cellulare.

"Ciao, Sofia, niente scuola oggi?" chiese vagamente preoccupato.

"Papà, siamo al Museo del Novecento: visita culturale, una palla tremenda! Che dici se vengo stasera a cena? Venerdì ho una festa."

"Va bene," replicò lui senza pensarci, e chiuse la conversazione. Scrisse un SMS a Francesco per avvisarlo e riprese il lavoro, ma le parole di Potito gli tornarono in mente e le ripeté a bassa voce: "Ma chi poteva volere la morte di Teresa?". Cosa lo spingeva a essere così sicuro? In effetti, se si fosse trattato di una caduta accidentale, ci sarebbero stati almeno dei segni per terra: Teresa era piccolina e si sarebbe aggrappata al tavolo o al mobiletto della televisione. A quelle parole si bloccò, ebbe un'intuizione e prese il cellulare.

Anita vide il numero di Giacomo sul display del telefonino.

"Sì?" rispose secca.

"Spero di non disturbarti ma devo chiederti una cosa importante. Riguarda Teresa."

"Ah sì?" fece lei poco convinta. "Non eravamo d'accordo che non avremmo parlato di lavoro?"

"Per favore, ho bisogno di sapere se ti ricordi un particolare."

Anita parcheggiò l'auto di servizio e vide una persona che armeggiava al cancello di via Baldissera. Si avvicinò e lo squadrò. "Posso sapere cosa sta facendo?"

"Secondo lei?" rispose Potito. "Sto cambiando la serratura." Poi si voltò, e dopo qualche secondo sorrise ammiccante ad Anita.

"Sono l'ispettrice Landi del commissariato Nord-Est. Stiamo indagando sulla morte della custode."

"Buongiorno ispettrice, sono il manutentore della Amministrazioni Immobiliari Valli. Devo cambiare la serratura per eventuali emergenze, sa... per far entrare i mezzi dei pompieri, ambulanze e via dicendo," e si pulì le mani con uno straccio, "le chiavi sono nel primo cassetto del tavolino della portineria, contrassegnate dalla targhetta CANCELLO, ma visto che non si può entrare..." A quel punto Anita lo interruppe. "Venga con me," gli disse sbrigativa.

Tolse lentamente i sigilli e aprì la porta. Indossò dei guanti in lattice ed entrò. "Primo cassetto, ha detto?" e lo aprì mentre Potito la osservava ammirato, non perdendosi un millimetro del suo fondoschiena. Rovistò tra oggetti e documenti vari, disegni fatti da bambini e la cancelleria. Controllò anche l'altro cassetto più piccolo, ma delle chiavi non c'era traccia. Nel terzo invece c'erano alcuni mazzi di chiavi contrassegnati da biglietti colorati con i nomi di Giuliani, Zoni, Martignoni 2, Cantina, e un mazzo con un portachiavi a forma di cuore. Anita si girò verso di lui: "Sono queste?".

"No, ispettrice, le ripeto, c'è una targhetta con scritto CANCELLO."

"Non c'è altro, qui. Continui pure il suo lavoro, ma non butti via la vecchia serratura, mi raccomando." Poi accese la luce e ricontrollò il pavimento: non c'era nessun segno se non la chiazza di sangue coagulato vicina al tavolo. Si avvicinò al televisore e lo accese con il telecomando: immagini e silenzio. Aveva ragione Giacomo: perché accendere la tv e abbassare completamente il volume? Aprì di nuovo i cassetti in cucina e nel bagno, ma delle chiavi del cancello nemmeno l'ombra. Uscì dalla portineria e rimise al loro posto i sigilli, fotografandone la posizione.

Altre chiavi scomparse, rimuginò.

Congedò Potito, che la salutò con un largo sorriso, e guardò l'orologio: aveva ancora qualche ora prima di andare al primo colloquio con la psicologa e decise di sbrigarsi. Prese le scale e suonò al primo piano. Le aprì una domestica sudamericana molto gentile che la fece accomodare nel salone dopo essere passata da un corridoio col parquet scricchiolante. Anita notò subito gli arredi antichi, i quadri alle pareti, una grande libreria e dei divani dall'aria comoda.Tutto aveva il sapore dell'agio. Non fece in tempo a sedersi che entrò una signora elegante. La donna si presentò, le strinse la mano con un sorriso di circostanza e uno sguardo che esprimeva distacco e finta cortesia. "Piacere, Anna Martignoni. Ci siamo intraviste la notte della morte di Teresa, ma la prego, si sieda. Gradisce un caffè o qualcos'altro?"

"Nulla, grazie. So che ha già parlato con un agente, quindi la disturberò solo qualche minuto. Quando ha visto l'ultima volta Teresa?"

"La mattina della sua morte," rispose la donna senza esitare, "un saluto veloce."

"Se le chiedessi di descrivermela?" chiese Anita aprendo il suo bloc-notes.

"Una persona capace, discreta lavoratrice e fin troppo disponibile, ma solo con chi voleva lei."

La risposta lasciava intendere un certo disappunto.

"In che senso?"

La vedova Martignoni si strinse nelle spalle. "Andava d'accordo con tutti, beninteso, ma con qualcuno aveva un rapporto diverso, più amichevole."

Anita capì al volo cosa intendesse la signora, che tra l'altro non staccava gli occhi dai suoi jeans strappati e dalle Adidas. "Ma non con lei, mi sembra di capire."

La donna irrigidì la schiena e aggrottò per pochi istanti la fronte. "Ho rispetto dei ruoli. Per me era un po' troppo invadente. Anni fa si prese delle libertà e il mio povero marito fu costretto a parlarne con il vecchio amministratore, il padre di Giacomo Valli, che la redarguì severamente. Da quel giorno si mostrò fredda e distaccata, un atteggiamento che avrebbe dovuto tenere da subito," spiegò con fare altezzoso, e Anita si limitò a prenderne nota.

Dopo la signora Martignoni fu la volta del signor Badoino, un generale di ottantasette anni in pensione, accudito da una badante. L'uomo viveva nel suo mondo, nel passato, e sembrò ricordarsi a malapena che il palazzo avesse la portineria. La donna che lo accudiva lanciò un'occhiata ad Anita come per farle intendere che non avrebbe ottenuto alcuna informazione e l'accompagnò alla porta. Sulla soglia Anita squadrò la badante, ricordandosi della nota di Tea. "Lei ha qualcosa da dirmi, non è così?"

La donna s'impietrì stringendo la maniglia della porta. "È stato un incidente, secondo lei?" domandò stranamente preoccupata con un filo di voce.

"Stiamo ancora indagando e non escludiamo nulla al momento, ma immagino perché lo chiede. Lei pensa che qualcuno possa aver voluto così male a Teresa da ucciderla, non è così?"

La badante si lasciò scappare qualche parola in romeno e poi le rispose: "Non sono… come si dice… pettegola, ecco. Teresa non era simpatica a tutti".

"Lo so," disse Anita.

"Aspetti. Voglio dire che qualcuno qui, nel palazzo, non la sopportava proprio," aggiunse sempre a bassa voce e guardandosi intorno, come se rivelasse un segreto.

"Parla della signora Martignoni del primo piano? L'avevo intuito," precisò Anita, "ma lei vuole dirmi dell'altro, non è così?"

"Esatto," proseguì socchiudendo la porta. "L'avvocato Silvani del terzo piano e anche quel signore molto strano del quarto, Anselmi… sì, insomma… senta ispettrice, io non credo a un incidente."

La donna fraintese lo sguardo interessato di Anita, così si giustificò. "Non mi guardi così. Eravamo amiche. Teresa si confidava con me, niente di strano."

"Mi scusi, stavo solo ragionando, ma la prego, vada avanti."

La badante fece alcuni passi verso la stanza dove era seduto l'anziano e tornò da Anita. "Una notte di qualche giorno fa, erano passate le tre, Teresa ha sentito un… casino nell'androne. Appena uscita in vestaglia, ha visto un paio di ragazze ubriache o drogate che si spingevano proprio fuori dell'ascensore, mentre l'avvocato Silvani cercava di separarle."

"E fin qui non c'è nulla di anormale, mi pare," la interruppe Anita con l'intento di provocarla.

"Oh no, si sbaglia, qualcosa di strano c'è stato, Teresa mi ha raccontato ogni dettaglio. Una delle due ha tirato uno schiaffo all'avvocato e poi lo ha insultato, dicendogli di cacciare fuori i soldi promessi o lo avrebbe denunciato alla Polizia perché lei aveva solo quindici anni. Quando Silvani ha visto Teresa dietro di sé, è diventato bianco come un morto: 'È tutto sotto controllo, Teresa, vada pure. Sto accompagnando le signore a casa'," disse imitando alla perfezione la voce melliflua dell'avvocato.

"Questo particolare, in effetti, è molto interessante. E riguardo all'altro signore?"

"Anselmi? Fa paura. Per me è un parente di Dracula. Non stringe mai la mano a nessuno, indossa sempre i guanti e poi… lavora con i morti… ha capito, vero?"

"Pompe funebri, sì, lo sappiamo," spiegò Anita.

"Allora," continuò la badante, "pochi giorni fa, gli è caduta la sua valigetta proprio davanti a Teresa. Si è aperta praticamente in due e ne sono uscite delle foto di cadaveri… uomini dentro le bare," sussurrò portandosi le mani al petto e chiudendo gli occhi, come se volesse imitarne la posizione. "Teresa si è chinata per aiutarlo, ma Anselmi all'improvviso è diventato rosso. 'Vada via e non si impicci! Stia alla larga,' le ha gridato allontanandola in malo modo."

Anita annuì impercettibilmente e dopo aver mordicchiato la matita prese nota di tutto.

"Se le venisse in mente qualcos'altro, mi chiami a qualunque ora. È stata molto utile, grazie," e si congedò consegnandole il biglietto da visita.

Suonò all'altro appartamento del pianerottolo e le aprì Emma Dainese, studentessa di architettura al Politecnico. La ragazza l'accompagnò in salotto, dove gli altri due coinquilini consultavano concentrati i rispettivi PC. I tre erano amici di lunga data e nessuno aveva mai avuto screzi con Teresa, salvo Luca Gobbi, laureando in Informatica, per via di un sacchetto dell'umido inavvertitamente gettato nel bidone dell'indifferenziato. Teresa lo aveva preso di petto, persino esagerando con le parole, ma la cosa era finita lì, e una settimana dopo le avevano regalato una bottiglia di Valpolicella Ripasso per sancire la pace. Anita prese appunti e sulla soglia Mirko Cressoni, molto titubante, si lanciò. "Mi scusi ispettrice, posso farle una domanda personale?"

Lei s'irrigidì, ma gli fece un segno d'assenso col capo.

"Per caso era nella squadra nazionale di atletica? La sua specialità era l'eptathlon?"

Lo guardò con un impercettibile sorriso. Quel periodo le ricordava la parte più emozionante della sua vita, l'attesa di un avvenire carico di soddisfazioni. Le pareva che fosse trascorso un secolo.

"Perché vede, ispettrice," continuò, "mia sorella maggiore è stata sua compagna di nazionale, Enrica Cressoni, salto in alto, si ricorda?"

"Enrica," disse Anita a bassa voce, e bastò quel nome per ricordarle gli Europei di atletica leggera a Zurigo e l'indimenticabile competizione di eptathlon.

Si era presentata dopo aver vinto la medaglia d'oro ai Giochi del Mediterraneo. La Federazione puntava molto su di lei e su

Enrica Cressoni, primatista italiana di salto in alto. Per un caso avevano riservato loro la stessa stanza dell'hotel scelto dalla squadra azzurra, e le due atlete avevano stretto una bella amicizia.

Il primo giorno di gare Anita era partita alla grande. I cento ostacoli erano andati molto bene, aveva vinto i duecento metri ed eguagliato il record personale di salto in alto superando l'asticella a un metro e novanta. Purtroppo, durante il getto del peso aveva sentito una fitta fortissima al gomito e fortunatamente dopo due nulli era riuscita a ottenere una discreta misura, ma con quel punteggio aveva perso la seconda posizione. Il mondo le stava crollando addosso, l'infortunio avrebbe compromesso la sua competizione.

Dopo una notte insonne con Enrica che non smetteva di spronarla e gli impacchi al gomito per lenire il dolore, si era presentata per il salto in lungo conscia di dover dare il massimo per sperare ancora in un buon piazzamento finale, e proprio sull'ultimo slancio era atterrata a sei metri e venticinque. Un volo di tecnica e tenacia. Scrollandosi la sabbia di dosso aveva sentito che il dolore si era irradiato alla spalla. Si massaggiò il braccio destro e pianse di rabbia. Poi fu la volta del giavellotto e l'inevitabile pessima prestazione la fece scivolare al quinto posto.

L'ultima prova. Ottocento metri, il suo tallone d'Achille. Per una velocista come lei, quella gara rappresentava un muro invalicabile. Se sei agile nei cento ostacoli e una saetta nei duecento metri non puoi essere competitiva negli ottocento. La potenza muscolare nel lanciare il giavellotto e gettare il peso non può darti una mano per galoppare mezzo miglio. L'elasticità necessaria per il salto in alto o il lungo non aiuta a resistere in una corsa di due minuti. È tutto diverso: la predisposizione fisica, gli allenamenti, la capacità di calibrare lo sforzo. Certo, si possono ottenere discreti risultati, ma se sei punto a punto con una specialista del mezzofondo veloce non hai scampo. E Anita lo sapeva.

Allo sparo, Kim Greyson, la campionessa in carica, era scattata come una freccia e aveva fatto subito capire che tallonarla era impossibile. Con la furia di veder sfumare il suo sogno, Anita era rimasta nel gruppo di testa e aveva seguito l'andatura di Mary Winter, l'atleta olandese che aveva ottenuto sempre ottimi risultati in quella specialità, ma superati i quattrocento metri l'acido lattico aveva cominciato a farsi sentire.

Ultimo giro, il giro della morte.

Anita aveva smesso di pensare, restando con gli occhi piantati sulla schiena della Winter che aveva deciso di aumentare il ritmo. E si era francobollata a lei, senza capire da dove le venisse l'energia. Non aveva sentito gli incitamenti del pubblico e nemmeno i passi e gli ansimi delle avversarie accanto. Avevano staccato le altre atlete e si erano trovate in tre a cento metri dal traguardo. Gli ultimi cinquanta metri erano stati terribili. L'olandese si allontanava ogni passo di più, Kim Greyson era irraggiungibile e le gambe di Anita sembravano muoversi per inerzia. Ogni allungo era una fitta ai quadricipiti, ogni movimento del braccio destro così doloroso da svenire, e a dieci metri, col fiato sul collo di un'avversaria, aveva dato fondo a tutto. Era arrivata terza col cuore in gola, il sangue che pulsava forte nelle tempie e lo stiramento dei tendini del gomito che le impediva perfino di sollevare il braccio. Era così stremata da non aver considerato che con quella prestazione il suo punteggio finale l'aveva proiettata in alto nella graduatoria.

Enrica, impazzita di gioia, a bordo pista aveva gridato più volte il suo nome sventolando il Tricolore. Anita le si era avvicinata incredula, confusa e con le gambe pesanti un quintale.

"Argento! Hai vinto l'argento!" aveva urlato Enrica con le lacrime agli occhi.

Anita tossì e rispose al ragazzo che la guardava perplesso: "Enrica ha detto? Sì, la ricordo. Me la saluti". Il tono era di chi volesse troncare qualsiasi replica e uscì in fretta dall'appartamento molto turbata.

Anita cercava sempre di scacciare i pensieri e i ricordi del passato, quando tutto sembrava perfetto, quando credeva di aver già programmato il suo futuro e averlo in mano. Le Fiamme

Oro erano come una famiglia per lei. Gareggiare con la maglia cremisi era un onore. Nel gruppo femminile erano tutte amiche, si spronavano l'un l'altra, si allenavano insieme con il gusto della sfida solo per migliorarsi. Giornate, settimane, mesi sotto la cura scrupolosa degli allenatori e mental coach e poi le gare in tutte le regioni d'Italia e i meeting in giro per il mondo. Anita era la punta di diamante di quella squadra. Serissima durante la preparazione, e in prima fila quando si organizzavano scherzi alle compagne o allo staff. Anni di agonismo, di adrenalina, di divertimento, di soddisfazioni. E poi le era stato strappato tutto in una notte, e le conseguenze erano ben visibili, come cicatrici sulla pelle. Nonostante le amiche cercassero di starle vicino, imparò a conoscere la solitudine. Anita si era trasformata per difendersi dagli sguardi di compassione e da quella che riteneva fosse falsa pietà. Dall'oggi al domani aveva perso la fama di grandissima atleta ed era diventata la sorella di un assassino drogato. Dagli stadi pieni di pubblico e dal rispetto delle avversarie venne catapultata negli uffici di Polizia sotto gli occhi guardinghi e distaccati dei colleghi. Dal non avere il tempo di rispondere ai messaggi che le arrivavano quotidianamente, a non riceverne più uno. Secondo gli orientali un essere umano muore quando ha esaurito il suo numero prestabilito di respiri, e allo stesso modo Anita sentiva di aver terminato le occasioni di gioia, come se non avesse più il diritto di essere felice. Era anche convinta che la gioia fosse una sensazione momentanea, anzi, che spesso fosse il preludio di qualcosa di grave.

Salì le scale, ma a metà rampa si bloccò appoggiandosi al muro. Inspirò più volte come se dovesse tentare un record di apnea e ricacciò nel profondo quel senso di vuoto che la tormentava. Quando sentì di aver recuperato le forze e la concentrazione, fece gli ultimi gradini fino al terzo piano.

Bussò alla porta dell'ufficio del signor Bosatra, che la fece accomodare in sala d'attesa. Le disse di non ricordare nulla di particolare e di non aver mai avuto alcun rapporto con Teresa. Anita raggiunse il quarto piano, e suonò il campanello di una nervosissima signora Nosetti; definì Teresa metodica e affidabile, e sperava che l'amministratore trovasse un sostituto degno del buon nome del palazzo e della zona. Aveva un modo buffo di parlare: si avvicinava all'interlocutore allungando il collo di lato, senza smettere di gesticolare.

"Mi scusi se le sembro indiscreta, ma secondo lei qualcuno poteva avercela con Teresa..."

"Tanto da farle del male?" finì la domanda la signora Nosetti. "Non credo proprio, anzi, con qualcuno aveva un rapporto speciale. Ricordo che al dottor Giuliani, del quinto piano, stirava le camicie, per lui aveva sempre un occhio di riguardo. Con me e mio marito non ci sono mai stati problemi, anche se qualche volta le facevo notare che le scale non erano il massimo, particolare condiviso dal nostro vicino, il signor Anselmi."

"Che tipo è?" chiese Anita.

"La riservatezza in persona!" sentenziò. "Non si sente mai nulla provenire dall'appartamento, nemmeno l'abbaiare del cane. So che ha fatto applicare su soffitti e pareti di casa alcuni pannelli fonoassorbenti, in modo da attutire i rumori che provengono dal piano di sopra, e le giuro che di confusione quel gran maleducato di Enrico Zoni ne fa parecchia!"

Anita mosse il capo in segno d'approvazione. "Curioso questo signor Anselmi, continui," la invitò con garbo.

"Penso che sia il miglior vicino che si possa desiderare; certamente non il più socievole, ma a noi va bene così. Non ci ha mai chiesto nulla, nemmeno un po' di zucchero. Esce di casa la mattina presto, e porta fuori il cane almeno un paio di volte la sera. Francamente non posso dirne che bene."

"E con Teresa? Qualche diverbio?"

La donna attese pensierosa prima di rispondere e strizzò un poco gli occhi. "Adesso che mi ci fa pensare, tornavo dalla tintoria proprio il giorno della morte di Teresa, e l'ho visto che le parlava stizzito. Nessuno dei due mi ha salutato, un fatto molto strano."

"Non ha sentito di cosa stessero parlando?"

"No, mi dispiace. Ricordo solo che lui le ha detto: 'Riprenderemo il discorso più tardi'. Poi gli ho chiesto se volesse salire in ascensore e lui, con uno sguardo di ghiaccio, mi ha liquidato con un secco no. Quel tono di voce mi ha colpito molto, tanto che ne ho parlato a mio marito, ma sa come sono gli uomini, vero? Se la cosa non li riguarda da vicino o non si tratta di calcio, non prestano attenzione," aggiunse ironica. "Comunque ci siamo incontrati all'assemblea qualche ora più tardi e sembrava decisamente più calmo e sollevato."

Anselmi non era in casa e Anita decise di salire all'ultimo piano. Giuliani non rispose al campanello, mentre il vicino di casa le aprì mezzo nudo, con una sigaretta in mano, e la fece rimanere sul pianerottolo.

"Mi dispiace, ispettrice, non la faccio entrare perché è tutto un po' sottosopra," rispose ridendo, e si strinse il cordone dei pantaloni della tuta. Era un uomo alto, magro e senza capelli, il torace e le braccia tappezzati di tatuaggi. Cercava di nascondere la sigaretta dietro la schiena, evidentemente perché non conteneva solo tabacco, ma ad Anita non importava.

"La sua occupazione, signor Zoni?"

"Sono DJ e rapper. Mai sentito parlare di Treb Fitt?"

Anita scosse la testa: "Ascolto solo Gianna Nannini".

"Bravetta, niente da dire," proseguì, "comunque i miei fratelli rapper sono tutti incazzati con il mondo, mentre io seguo più uno stile di amore e fratellanza," e si piegò un poco sulle gambe.

"Capisco," rispose Anita, e attaccò con le domande di rito, ma ricevendo risposte troppo banali cambiò tattica cercando di stuzzicarlo.

"Un tipo come lei che partecipa alle assemblee condominiali, mi scusi, ma stento a crederlo."

"E perché? Mi diverto una cifra! Il capo della baracca sembra uno fuori dal mondo."

"Intende Giacomo Valli?"

"Sì, proprio lui. Minchia! Pare uscito dalla formaldeide e i problemi gli scivolano via come nulla. Non so come faccia. Ha a che fare con una massa di stronzi, credimi, a partire da quel pezzo di merda del terzo piano," disse tirando una boccata dalla sigaretta rollata a mano.

"A chi si riferisce?"

"All'avvocato Silvani! Tratta tutti dall'alto in basso, e si crede un grand'uomo. Ma io so che tipo è."

Anita usò il bloc-notes come ventaglio per allontanare il fumo. "Me lo descriva."

"Uno di quelli con il vizietto delle minorenni. L'ho beccato fuori da un locale con un altro stronzo come lui che circuivano ragazzine, che per un cellulare nuovo o una borsa firmata scopano con chiunque."

"E Silvani ha notato la sua presenza?"

"No. Sono entrato nel locale per fare serata e non l'ho più visto," e tirò un'altra boccata.

"Altri personaggi?" chiese quasi divertita dal gesticolare dell'uomo.

"Mah… sì… c'è quel fantasma del quarto piano, con il suo cane, un tipo che veste sempre di nero e non credo di sbagliarmi… secondo me dorme in una bara. Poi c'è la vecchia del primo, uscita dal *Trono di Spade*, la nonnetta 'Voi non siete un cazzo di nessuno' che mi ha venduto l'appartamento. Ma la peggio è quella sudicia vipera del piano di sotto, la Nosetti: davanti è tutto un 'Come stai? Tutto bene?' ma appena le giri le spalle ecco che diventi la merda dell'umanità. Insomma, se proprio mi dovessi chiedere chi sia più contento della morte di Teresa ti risponderei subito: lei!" Aspirò rumorosamente e gettò la cenere sul pavimento e il fumo all'interno del suo appartamento.

"Può essere più preciso?" lo pregò Anita quasi tossendo.

"Si lamentava sempre con tutti che non puliva bene, che sbagliava a mettere le lettere nelle cassette della posta e che si perdeva in chiacchiere, ma lo so io il vero motivo per cui Teresa le stava tanto sul cazzo."

"E quale sarebbe?"

"Quella iena gioca alle macchinette del bar dei cinesi e ci

lascia un mucchio di soldi e il coglione del marito manco se ne accorge. Teresa aveva cercato di dissuaderla, ma lei l'aveva presa a male parole: 'Ma come si permette? Si faccia gli affari suoi'," disse imitandone la voce stridula e quel modo singolare di allungare il collo.

"Signor Zoni, ha assistito alla scena?"

"No no, me lo ha riferito Piero," disse indicando la porta del vicino, "è l'unico simpatico in questo stabile e non rompe mai le palle, nemmeno quando organizzo le festicciole." Finì la sigaretta e la tenne in mano.

"Grazie, signor Zoni," lo salutò Anita mentre allontanava col bloc-notes l'ultima ventata di fumo.

"Ah cazzo scusami, ti dà fastidio?" domandò col mozzicone in mano.

"Non troppo. Ma ci metta anche un po' di tabacco in quelle sigarette."

Si voltò e scese le scale.

Adesso doveva affrontare l'incontro più difficile: la prima seduta con la dottoressa Sabatini.

8

Francesco aprì la porta e pagò il figlio del droghiere che gli aveva portato la spesa, due cartoni pesanti che trascinò in cucina. Sistemò i barattoli dei sughi, i biscotti, i cereali di Giacomo e i detersivi. Pensò che in dieci minuti avrebbe terminato di pulire il pavimento del salone, per poi iniziare con la prima lezione di Diritto romano sull'inadempimento disciplinato dalla *Lex Aquilia*. Le sue docenze, in diverse materie, erano frequentate virtualmente da parecchi studenti che per avere ulteriori spiegazioni o approfondimenti gli scrivevano delle e-mail. Guadagnava abbastanza bene e pagava le spese condominiali dell'appartamento di proprietà di Giacomo oltre al vitto. Aveva anche imparato a stirare, ma con le camicie aveva scarso successo, così affidava l'incombenza alla vicina di casa, barattandola con lezioni private di italiano e latino al figlio indolente. Lesse il messaggio di Giacomo che lo avvisava dell'arrivo di Sofia per cena e imprecò stizzito. Non nutriva molta simpatia per quella ragazza che, a dispetto dei suoi diciassette anni, era maliziosa e pungente, evidentemente fomentata dall'ex moglie di Giacomo. In più era grande amica di sua figlia Giada, che non vedeva da oltre quattro anni. Terminò le pulizie e si vestì di tutto punto con l'unico abito elegante che aveva salvato. Conclusa la lezione si cambiò e si mise comodo sul divano del salone. Mentre leggeva alcuni capitoli di un testo inglese di Diritto angloamericano suonò il campanello di casa. Erano le diciotto e trenta.

"Anita, cosa ci fai a quest'ora?" Capì subito che qualcosa non quadrava. Aveva il viso gonfio, come se avesse pianto a lungo. Si tolse le scarpe e corse in camera sua, a piedi nudi. Francesco rimase immobile per qualche secondo, poi chiuse la porta d'ingresso e tornò in salone lentamente, riprendendo la sua lettura. Ma dopo pochi minuti chiuse il libro, bussò alla porta di Anita e sentì che non smetteva di piangere.

"Anita, che succede? Posso fare qualcosa? Stai bene?"

Nessuna risposta, solo singhiozzi. "Ascolta, quando sono a pezzi, e credimi capita spesso, m'infilo sotto la doccia, mi rannicchio in un angolo, alzo la testa e sento scendere l'acqua in faccia che si confonde con le lacrime. Penso ai momenti più magici della mia vita e poco alla volta smetto di piangere. A volte bastano cinque minuti, in alcuni casi un'ora: questo è il mio metodo." Attese qualche istante e fece due passi indietro. "Io sono di là, se avessi bisogno di me..." disse col tono più dolce possibile, e solo allora Anita aprì la porta: "Puoi prestarmi un accappatoio?".

Uscì dalla doccia dopo un'ora abbondante. Si rilassò come non aveva mai fatto da quando era arrivata a Milano. Asciugò i folti capelli ricci, convinta che non poteva più rimandare un salto dal parrucchiere per una sistematina, e poi, come d'abitudine, li avvolse in una sorta di chignon che fermò con la matita. Si truccò gli occhi con un po' di mascara e si lavò i denti. Ancora in accappatoio andò in cucina e trovò Francesco che metteva una teglia nel forno.

"Mi fa piacere che tu abbia seguito il mio consiglio. Stai un po' meglio?"

Da tanto tempo non era abituata a quelle premure, e provò una piacevole sensazione. Lo guardò con tenerezza e un filo di curiosità: il grembiule bianco gli conferiva un'aria da gran cuoco. Si sistemò su uno sgabello cercando le parole giuste. Non aveva certo intenzione di raccontare la sua prima seduta dalla dottoressa Sabatini, ma doveva cercare una giustificazione plausibile al suo stato d'animo.

"Posso parlarti? Non vorrei che mi considerassi completamente matta. Stamattina, dopo una deposizione, mi ha chiamato il mio capo per darmi una bella notizia: mi hanno tolto l'indagine su via Malpighi."

Francesco si bloccò. "Temo di non aver capito," disse incredulo.

Anita si strinse nell'accappatoio. "Ma sì, hai capito benissimo. Non mi giudicano all'altezza, così la Mobile si è presa il caso. Certo, mi dispiace, ma non è una tragedia," replicò con un'espressione negli occhi che lasciava intendere esattamente il contrario.

"Non so cosa dirti. Forse tu mi prenderai per pazzo, ma avevo sperato di poterti essere utile, non succedeva da tanti anni... e anche Giacomo, pure lui si era immedesimato nella parte di Archie Goodwin," aggiunse simpaticamente mal celando l'irritazione.

"Non voglio mentire né fare la superiore, è ovvio che sento un po' d'amaro in bocca, ma per adesso mi rimane il caso di Teresa Merli. Mi sono già buttata a capofitto sull'indagine e sono sicura di risolverlo prestissimo." Gli regalò un sorriso, uno di quelli tristi che Francesco ricambiò semplicemente con un cenno del capo.

Mentre passava per il corridoio in accappatoio per andarsi a vestire, suonarono alla porta e andò ad aprire.

"E tu chi sei?" chiese sbigottita una ragazza dai capelli neri con minigonna, top bianco e giacchino di jeans.

"E tu invece?" ribatté da poliziotta.

"Sfortunatamente la figlia di Giacomo Valli... ma sei mezza nuda! Sei una escort?" domandò con aria impertinente.

"Ehi pallina! Frena la lingua!" rispose dura Anita, e le lanciò un'occhiata di fuoco.

"E perché?" ribatté la figlia di Giacomo con sguardo di sfida.

Per un momento ebbe l'istinto di sbatterle la porta in faccia, ma intervenne Francesco dopo aver visto la scena e tentò di smorzare i toni. "Okay, buone, i complimenti ve li siete già scambiati, ora le presentazioni: Anita, lei è Sofia, la figlia di Giacomo. Sofia, lei è Anita, un'amica che starà da noi per qualche tempo. Fossi in te non la farei innervosire: è un'ispettrice di Polizia." Cercò di mostrarsi simpatico, ma non riuscì a nascondere il sarcasmo.

La ragazza lo fissò per un istante, poi si tolse le scarpe, indossò le ballerine che il padre le aveva acquistato e si spostò in salone.

"Quando torna lui?" strillò acida dal salone. Francesco incrociò lo sguardo attonito di Anita e sospirò. "Sarà qui a momenti. Accendi pure la televisione," e ritornò in cucina.

Alle venti erano tutti a tavola in un silenzio irreale. Si sentivano solo le posate che toccavano i piatti. Fu Giacomo a rompere il ghiaccio.

"A scuola tutto bene?" domandò gentile.

"Come sempre," tagliò corto la figlia, molto più interessata ad Anita, che però non la degnava di uno sguardo. "E voi invece?" continuò maliziosa, "per quanto tempo sarete qui in tre?"

Il padre sorrise nella speranza di alleggerire il clima pesante. "Anita starà da noi il tempo necessario."

"E quanti giorni sono 'il tempo necessario'?" insistette la ragazza.

"Vedremo," s'intromise Francesco mentre andava in cucina. "Ma poi a te che importa? Tanto hai detto che non dormirai mai più sotto questo tetto."

"E vorrei vedere," alzò la voce la ragazza, "adesso c'è pure questa, vedrai cosa dirà mia madre quando lo saprà!"

"Sofia... per favore..." ribatté Giacomo con la sua classica flemma che indisponeva e fomentava chi avesse voglia di litigare.

"Ma per favore cosa?" urlò lei. "Hai preferito tenere in casa lui piuttosto che me. E adesso ospiti anche una donna?"

"Tranquilla. Andrò via molto presto," la fulminò Anita, "tuo padre è stato solo gentile e non voglio essere un problema in più."

Sofia ebbe l'ennesimo gesto di stizza. "Non è questo! Tu non sai un cazzo di noi e nemmeno di quello lì, o ti hanno già raccontato tutta la storia?"

Giacomo si alzò spostando la sedia rumorosamente. "Adesso basta. Calmati e modera il linguaggio. Francesco vive qui, in questa casa, che per te è sempre aperta. Anita rimarrà fin quando vorrà! Dillo pure a tua madre. È lei che non ha voluto che tu dormissi qui e ti ha convinto raccontandoti chissà che cosa."

"E tu come hai reagito?" sbottò la figlia alzandosi anche lei. "Hai combattuto per quelli che dicevi di amare? Ma no, figurati, hai fatto come sempre, sei scappato e poi ti sei portato in casa lui, anche se ti reputava un debosciato inconcludente come il resto del mondo. E adesso c'è pure questa qui!" E si rivolse ad Anita: "Tu che storia triste hai? Sei una lesbica che ha ucciso qualcuno? Hai tentato il suicidio?"

Anita era l'unica ancora seduta a tavola, e contro ogni previsione rimase impassibile. "No, niente del genere, tranquillizza la mamma." Di fronte a tanta indifferenza, Sofia sospirò e riprese il suo posto.

"Bene, il tema familiare è stato analizzato, adesso passiamo a quello culinario: vi sono piaciuti gli involtini di carne? È una ricetta della nostra vicina di casa." Le parole di Francesco crearono solo una smorfia di compatimento sul viso di Sofia, che sbuffò. Il resto della cena proseguì senza altri scatti d'ira e alle ventidue Giacomo accompagnò la figlia in via Mozart, a casa della madre e del nuovo compagno, col quale la donna aveva avuto altri due figli.

Rimasti soli, Anita si lasciò andare ai commenti sulla serata, mentre Francesco riordinava la cucina.

"Un bel peperino," attaccò Anita mentre lo aiutava a sistemare i piatti nella lavastoviglie.

"Decisamente, ma qualcosa di vero l'ha detto: conosco Giacomo da tanti anni, le nostre ex mogli sono da sempre molto intime, le nostre figlie praticamente sorelle, e io per anni l'ho considerato un deficiente. Io avvocato con una discreta clientela, e lui amministratore di condominio, che ho sempre considerato una delle professioni più squallide al mondo. Poi è successo un episodio, in verità qualcosa che covavo dentro da tanti, troppi anni… e io…" Chiuse lo sportello dell'elettrodomestico, l'avviò e si sedette sullo sgabello della cucina: "Giacomo è stato l'unico a starmi vicino, anzi, a prendermi letteralmente dal buco dove mi ero rifugiato e a portarmi in questa casa".

"E vivi qui da quattro anni?" chiese Anita sedendosi di fianco a lui, sistemandosi la minigonna di jeans.

"Più o meno. La cosa più strana è che fino a quel momento, pur con un'assidua frequentazione, non lo conoscevo per nulla. È una persona eccezionale, altruista, generosa e non ha mai preteso nulla in cambio. E mi sono ricreduto anche sulla sua professione: occorre avere la pazienza di Giobbe per sopportare quella marea di rompicoglioni che prendono schiaffi in casa e in ufficio ma si trasformano in persone di potere solo perché possiedono dei millesimi in un condominio."

"Giacomo in effetti sembra proprio fuori dal mondo."

Lui si fece serio. "All'inizio può dare quell'impressione, ma credimi sulla parola, è un uomo di cultura, appassionato di storia, e conosce Milano meglio di Alberto, il nostro vicino di casa tassista. Sarebbe stato un ottimo insegnante, oppure un giudice conciliatore perché cerca sempre la mediazione. Trova il buono in ogni essere umano e non gli sentirai mai parlare male di qualcuno. Purtroppo ci sono persone che si approfittano della sua gentilezza e del carattere accondiscendente, prima fra tutti la sua ex moglie che – in combutta con il padre di Giacomo – l'aveva convinto a scegliersi una professione perfetta per uno psichiatra."

Anita lo ascoltò in silenzio e per non apparire invadente e forse per mantenere le distanze cambiò discorso. "Non starò qui per molto, lo sai, però devo confessarti che questa convivenza è decisamente sorprendente."

"Anche per noi, te lo assicuro. Comunque, mi rincresce per la tua inchiesta. Ci stavamo divertendo a fare ipotesi. In definitiva non è da tutti frequentare un vero ispettore di Polizia," disse smorzando il disappunto.

"Meglio non parlarne," replicò poco convinta.

Dopo un po' Francesco le diede la buonanotte e andò in camera, mentre Anita si fermò in salotto a fare zapping distrattamente. A un certo punto sentì dei passi dietro di lei.

"Ancora alzata?" chiese Giacomo, e si sedette accanto a lei. "Scusa per prima: mia figlia ha la lingua lunga."

"È evidente che non sopporta che ci sia una donna in questa casa, ma può stare tranquilla, leverò le tende molto presto." Fermò la replica di Giacomo con un gesto della mano: "Non so se potrò mai ricambiare la tua generosità, e sappi che quello che stai facendo è assolutamente inusuale e per certi versi assurdo".

Lui sospirò e Anita cambiò discorso giocherellando con il telecomando: "Hai avuto un'ottima intuizione per la televisione: era senza volume".

"Lo ricordavo bene ma c'è anche un'altra cosa che..." e pensieroso si passò la mano tra i capelli.

"Comunque è certo che in quel condominio le persone non sono come sembrano: quasi tutti avevano da ridire su Teresa, chi più chi meno."

"Ti riferisci a quel matto di Zoni?"

Era l'ultimo nome che avrebbe ipotizzato di sentire. "Cosa vuoi dirmi?" I suoi occhi s'illuminarono di curiosità e spense la televisione.

"Mhm..." mugugnò Giacomo. "Diciamo che con la custode non aveva questo gran feeling. Teresa mi aveva raccontato che in un weekend dello scorso agosto, durante una festicciola del DJ era successo di tutto: aveva persino trovato una coppia che faceva sesso sulle scale. Il giorno dopo fu indispensabile pulire l'androne, l'ascensore e quasi tutti i pianerottoli dalle cicche di sigaretta e dal vomito degli amici di Zoni. Io gli ho addebitato interamente i costi e lui ha pagato senza battere ciglio. Dopo qualche giorno, però, il DJ ha aggredito a male parole Teresa minacciandola pesantemente, e per fortuna c'era il nostro manutentore."

"E così uno dei pochi esclusi entra di diritto nella lista," affermò Anita con un velo d'amarezza.

"Perché? Credi quindi che si tratti di omicidio? Sospetti che qualcuno dei condòmini abbia ucciso Teresa?" chiese Giacomo sbalordito.

"Eravamo d'accordo che le mie questioni di lavoro non devono essere oggetto di conversazione," lo ammonì, pur usando un tono decisamente amichevole.

Giacomo sprofondò sul divano. "Ma pensaci, potrei esserti utile, potrei fornirti informazioni, tipo quella che ti ho appena dato. Se solo ti lasciassi aiutare..." buttò lì con la speranza di convincerla.

Anita ci pensò qualche istante e poi sbuffò. "E va bene, ma le domande le faccio io! Dammi il tuo parere sulla sera dell'assemblea, sui partecipanti, se c'è qualche particolare che ti ha colpito. Dobbiamo ipotizzare che Teresa sia stata uccisa e non devi avere alcuna riserva mentale. Non possiamo escludere nessuno."

"D'accordo, cominciamo!"

Giacomo si fece serio e riflessivo mentre Francesco, tornato in sala incuriosito dalla conversazione, prese posto su una poltrona.

"Disturbo se mi siedo ad ascoltare?" chiese Francesco. I due non gli risposero nemmeno. Anita aprì il bloc-notes e prese la matita che le fermava i capelli, che caddero scomposti sulle spalle. "Allora, ipotizziamo che Teresa sia stata uccisa e che il colpevole sia un inquilino. Ripeto, è solo un'ipotesi, chiaro?"

Giacomo e Francesco annuirono.

"Okay. Teresa è morta tra le sei e le sei e un quarto di pomeriggio, quindi qualcuno del palazzo ha atteso la fine del servizio, è sceso in portineria, l'ha ammazzata, e ha avuto tutto il tempo di tornare nel proprio appartamento per poi partecipare all'assemblea condominiale, come se nulla fosse. Da via Baldissera a via Redi sono pochi minuti a piedi. Ripeto Giacomo, devi ricordarti com'erano, il loro atteggiamento: agitati, normali, irascibili... Ci siamo?"

"Certo! Vai con i nomi." Si alzò dal divano e cominciò a camminare avanti e indietro, ormai entrato nella parte del testimone.

"Mi piace!" intervenne Francesco.

Giacomo lo zittì con uno sguardo, e Anita partì con le domande. "Se ti dico Silvani, tu cosa rispondi?"

Lui si coprì il volto con le mani per rivivere quei momenti. "Era più taciturno del solito, sembrava vagamente preoccupato e meno combattivo. È da quando è morto mio padre che vuole revocarmi l'incarico, e l'ha proposto anche quella sera, ma alla prima obiezione si è zittito e non ha insistito, un atteggiamento insolito per lui."

Anita prese nota. "Passiamo ad Anselmi."

Ci pensò un po' su. "Anche lui… non so spiegarmi… all'apparenza era calmissimo, ma secondo me nascondeva qualcosa, come se avesse un altro impegno," rispose pensieroso, "continuava a togliersi i guanti e asciugarsi le mani con un fazzoletto, lo ricordo bene perché era seduto di fianco a me per redigere il verbale dell'assemblea."

Francesco osservava la scena e ascoltava borbottando parole incomprensibili.

"La signora Nosetti, invece?" chiese Anita.

"Senza dubbio era la più nervosa, direi inviperita. Soprattutto ce l'aveva con chi aveva parcheggiato un'auto nello spiazzo vicino alle rose nel pomeriggio. Sembrava un fiume in piena, quasi dovesse sfogarsi."

"E madame Martignoni?" chiese con una punta d'ironia.

Giacomo tornò a sedersi di fianco ad Anita. "Più pacata del solito, come se avesse ricevuto una notizia che in qualche modo l'aveva tranquillizzata. Hai presente quando ti chiama il medico per dirti che le analisi del sangue sono a posto?"

"Tocca al nostro DJ Treb Fitt."

"Ora che mi ci fai pensare… anche lui era diverso. Mi osservava, non guardava in giro con la sua solita espressione svampita e irriverente. Pareva assente, focalizzato su altro, come se dovesse rimanere lì per qualche motivo, ma non era minimamente interessato alla discussione. In genere interviene con richieste fuori luogo, provoca e spara stupidaggini solo per il gusto di far incavolare qualcuno, ma quella sera no."

Anita chiuse il bloc-notes e rimase un attimo concentrata, mordicchiando la matita, "Osservi sempre le persone con tutta questa attenzione, Giacomo?" chiese d'un tratto.

Lui si fece serio. "Durante le riunioni condominiali… come dire… studio il nemico, però sì, in generale sono attratto dagli esseri umani e dalle loro mille sfaccettature."

Francesco prese la parola con un tono da consumato avvocato. "L'atteggiamento di ognuno può essere letto come colpevolezza. Se consideri impossibile l'ipotesi che tutti abbiano partecipato all'omicidio, dobbiamo procedere per esclusione. Indagherei sulla Martignoni. Le persone troppo calme non mi convincono."

"Per favore, Francesco, non stiamo giocando a Cluedo," lo redarguì Anita.

"Certo che no. Durante la mia attività ho avuto a che fare con migliaia di persone e confermo quanto dichiarato prima. Ovvio, non è matematico, ma se dovessi fare il terzo grado a qualcuno partirei da lei o dal tizio che continuava ad asciugarsi le mani, sempre che quella reazione non sia un gesto abituale: chi sfoga l'agitazione con il sudore nasconde sempre qualcosa."

Anita tamburellò sul quaderno con la matita. "Sta di fatto che sono tutti possibili criminali."

"Hai ragione," annuì Francesco, "tutti presenti sulla scena del crimine e ognuno con la possibilità di commettere un omicidio. Sui moventi… mah… per qualcuno un semplice rimbrotto può scatenare reazioni inconsulte, per altri un insulto pesantissimo non provoca un bel nulla."

"Già," commentò Anita. "In più ho un altro nodo da sciogliere, il più importante: *cui prodest*, come continuava a ripetermi il vecchio capo della Omicidi. Chi potrebbe aver tratto beneficio dalla morte di Teresa Merli?"

Giacomo e Francesco si lanciarono un'occhiata. L'omicidio di Teresa, se di delitto si trattava, doveva essere stato ritenuto indispensabile da qualcuno. Cosa aveva scoperto la donna? Cosa ci poteva essere in quel condominio di così torbido e pericoloso tanto da ammazzarla?

Anita fissò dritto negli occhi Francesco. Era gentile, colto, un tipo particolare e con una vasta esperienza ed ebbe la conferma che Giacomo era un acuto osservatore. Si alzò. "Domani chiederò al sostituto procuratore i tabulati telefonici per verificare gli spostamenti di tutti," ma poi pensò che difficilmente li avrebbe ottenuti, se non si fosse esposta con la tesi dell'omicidio.

"Ottima idea," rispose Giacomo, "e del duplice omicidio sai qualcosa? Ho visto al telegiornale un'intervista del marito e poi un ispettore che assomiglia a un manichino, un tipo insignificante, magrissimo e spavaldo. Sostiene che le indagini stanno convergendo su un uomo, ma non ha detto di chi si tratti. Vuoi vedere che è lo stesso soggetto indicato dal custode?"

"Non so che dire", disse Anita scuotendo la testa, "non mi occupo più di quel caso, ma qualcosa mi dice che non stanno scavando a fondo. La signora Kampf aveva la chiave per accedere ai garage del piano interrato e non è stata trovata nel mazzo che aveva nella borsa. In più il portafogli era rimasto a casa sua, e sono entrambi elementi che mi lasciano perplessa."

"Scusa, non capisco, non è più tua l'indagine?" chiese Giacomo con aria dubbiosa.

"Te lo spiegherò io," s'intromise Francesco, che mentalmente ripeté le parole di Anita: *la chiave del garage… il portafogli.*

Anita li salutò mentre i due amici rimasero seduti in sala. Quando Francesco udì la porta del corridoio chiudersi, raccontò a Giacomo dello scippo dell'inchiesta di via Malpighi ai danni di Anita. Vide l'amico rabbuiarsi e poi gli fece una proposta: "Ascolta, che ne dici se ci mettiamo a indagare noi?".

"Ma cosa ti salta in testa? E cosa pensi che otterremmo? La Polizia ha mezzi e modi molto più convincenti… e poi da dove potremmo partire?" esclamò scuotendo la testa.

"Tu sei amico di quella matta di Toni, la blogger, conosci tutti gli inquilini, ti sai muovere. Potremmo dare una mano a risolvere il caso e magari aiutare Anita a fare bella figura con i suoi superiori. Che ne dici?" domandò eccitato.

"Non scherzare. Mi manca solo di coinvolgere quella pazza di Toni. No, non se ne parla."

"Ti prego. Facciamolo per Anita, dai!"

Giacomo ci pensò su. Forse Francesco era stanco di essere

solo un docente di un'università telematica, e magari voleva riprendersi la vita a cui aveva volontariamente rinunciato. E anche lui era in qualche modo stuzzicato dall'idea di lanciarsi nell'impresa. A cinquantatré anni non aveva mai ricevuto un'offerta così assurda e al tempo stesso intrigante. Si strinsero la mano promettendosi che se avessero scoperto qualche elemento importante l'avrebbero rivelato ad Anita.

9

L'ennesima notte di incubi aveva regalato ad Anita un risveglio carico di malumore e un fortissimo mal di testa. Il giovedì mattina, dopo aver fatto colazione poco lontano dal distretto, s'incamminò per andare al lavoro. Non era mai stata appassionata di architettura e storia dell'arte, sebbene avesse vissuto a Pisa con gli zii dai sei ai diciott'anni. Non era attratta dai palazzi signorili milanesi dei primi del Novecento, sensazione imparagonabile rispetto all'essere quotidianamente immersa nello spettacolo di piazza dei Miracoli o del Lungarno, ma quel giorno fu misteriosamente affascinata da un portone spalancato di via Morgagni, che pareva ospitasse una foresta nel cortile. Due magnolie si stagliavano alte e maestose proprio nel mezzo, circondate da aiuole di rose. Entrò silenziosa per scoprire il giardino segreto di quella casa, e dopo pochi passi si bloccò. Alzò lentamente lo sguardo sugli alberi e pensò a quante volte era transitata da quelle parti senza accorgersi di quella piccola oasi. Fu un flash. Prese il suo fedele blocco e scrisse un appunto sotto forma di domanda: di chi era l'auto parcheggiata quel pomeriggio nel cortile di via Baldissera?

La suoneria del cellulare la distolse dai suoi ragionamenti: era il medico legale, più laconico e diretto del solito.

"Teresa Merli è stata uccisa. Aveva una scheggia dello stesso metallo che ricopriva lo spigolo del tavolo, conficcata nella tempia in una posizione tale da rendere impossibile la teoria della perdita di equilibrio. In più aveva una doppia frattura temporale a pochi centimetri di distanza, segno più che evidente che le hanno proditoriamente sbattuto la testa contro lo spigolo un paio di volte."

Anita ascoltò in silenzio e Mascherpa si stupì.

"Ci sei ancora, Landi? Sei caduta dalla sedia?"

In quegli attimi azzardò un pensiero, una richiesta assolutamente poco ortodossa, e una volta in strada prese il coraggio a due mani.

"Senti, Mascherpa, devo chiederti un enorme favore. So che ti sembrerà folle, ma ti prego, rifletti prima di darmi una risposta."

"Mi spaventi, Landi. Cosa vuoi?"

Lei esitò ancora qualche istante. Si trovava di fronte a un bivio, quando una scelta può condizionare la carriera. Poteva richiedere immediatamente il referto ufficiale su Teresa Merli, ma sapeva che Chianese avrebbe informato la Mobile e, anche solo per farle un dispetto, le avrebbero tolto di mano pure quell'indagine. Oppure poteva pregarlo di soprassedere un attimo, di mettere in un cassetto la documentazione sull'autopsia di Teresa Merli e attendere qualche giorno, giusto il tempo per indagare e mettere all'angolo il colpevole. Essere a un passo da quel baratro la eccitò e si decise a rivelargli il suo piano.

"Ma cosa stai dicendo, Landi? È un rischio pazzesco!"

"Ti prego, Mascherpa. Lo sai cosa succederà, vero? Mi toglieranno l'inchiesta per affidarla a qualche ispettore leccaculo. Credimi, sono a un passo dalla soluzione, dammi qualche giorno, ti supplico."

La richiesta di Anita scalfì l'etica irreprensibile del medico, che iniziò a balbettare.

"Che cazzo, Anita," disse a mezza voce, "prima mi rompi le palle per avere in fretta il referto e ora vuoi che lo tenga nascosto. Sei impazzita?"

"Solo qualche giorno, ti prego," ribadì.

Sentì i suoi soliti mugugni incomprensibili, come se stesse

parlando con qualcuno sottovoce e in una lingua sconosciuta. "Invierò un'e-mail a un indirizzo sbagliato, così non la riceverai. Ma lunedì prossimo mi accorgerò dell'errore e te la manderò di nuovo. Di più non posso," sussurrò al telefono.

"Grazie Mascherpa, grazie, ti devo un favore," rispose lei raggiante.

"Altro che favore. Quando mi licenzieranno non potrò più pagare l'affitto e verrò a vivere da te con i miei due gatti e il canarino, contenta?"

Tornò di corsa in ufficio, aveva pochi giorni, e doveva darsi da fare. Prese un foglio e scrisse con un pennarello rosso: *2 possibili scenari: N°1 – Dal passato di Teresa: Enzo Fusinato, vendetta. N°2 – Quasi tutti i condòmini hanno opportunità e movente. NB: auto parcheggiata all'interno del cortile. Importante???*

Si rese conto che da sola avrebbe impiegato molto più tempo, così decise di chiamare Ardau e Tea. Spiegò quel che bastava per non metterli nei guai e farsi dare una mano all'insaputa dei superiori.

"Quindi non puoi chiedere l'autorizzazione alle intercettazioni, dovremo agire alla vecchia maniera: appostamenti, interrogatori e congetture." Ardau aveva intuito qualcosa di poco chiaro nelle parole di Anita, al contrario di Tea che appariva eccitata e pronta a investigare.

"Tea, trova tutto quello che puoi su quest'elenco di persone," ordinò porgendole un foglio.

Poi si rivolse ad Ardau: "Marco, ho bisogno della tua presenza per altri interrogatori".

La ragazza uscì dalla stanza, impaziente di cominciare il nuovo lavoro; una volta soli, Ardau scosse la testa.

"Anita, lo sai che non posso muovermi dal commissariato se non quando sono di reperibilità notturna. Qui dentro non mi dà retta nessuno, mi osservano con diffidenza e aspettano solo che faccia un passo falso per inchiodarmi una volta per tutte. Sono stato vent'anni alla Mobile e ho partecipato a una montagna d'indagini. Ti aiuterò, ma nessuno lo deve sapere, per il tuo e il mio bene," disse cercando di non farsi prendere dall'emozione. Anita lo conosceva poco e nessuno le aveva raccontato la sua storia che, qualunque fosse, gli aveva causato il trasferimento in un commissariato di zona, e questo aspetto li accomunava.

"D'accordo. Farai quello che puoi e lo sapremo solo noi, ti ringrazio."

"Allora, dimmi cosa pensi, ispettrice Landi," fece Ardau spezzando il clima d'imbarazzo.

"Questo omicidio è alquanto strano. Non si uccide la custode di un palazzo se non per un motivo: la donna era a conoscenza della vita segreta di qualcuno, e ne abbiamo di sospettati!"

Ardau appoggiò le mani sulla scrivania. "Aggiungo che la vita della Merli mi lascia qualche dubbio. Quando ti trovi di fronte a un caso di omicidio devi conoscere a fondo la vittima, e solo allora individuerai il colpevole, questa è la prima regola della vecchia scuola."

"Be'... si può chiedere in giro, ma dubito che avremo grandi rivelazioni."

Il sovrintendente prese la sua agendina in pelle scura e su un post-it giallo scrisse due numeri di cellulare. "Ti passo un paio di confidenti che puoi chiamare a nome mio. C'è solo un problema: li avevo contattati per il duplice omicidio di via Malpighi, quindi dovrai spiegare che non indaghi più su Cortesi e la Kampf ma su Teresa Merli. Parleranno solo se si fideranno di te e se potrai essergli utile in futuro. Se vuoi diventare un vero investigatore ti toccherà avere a che fare con personaggi del genere: gli omicidi si risolvono anche così, non solo con la tecnologia e le celluline grigie di Hercule Poirot. Ma stai attenta: gestire i rapporti con questi soggetti non è facile. Chiedono molto più di quanto ti danno e sta alla tua capacità di relazione trovare un equilibrio."

Ardau misurava le parole, da uomo di esperienza, da vero detective.

"Grazie, Marco. Cercherò di essere all'altezza."

Le consegnò il post-it. "Il primo numero è di Pino Imondi, è informato un po' su tutto quello che succede, e con i suoi agganci ti potrà dare informazioni importanti. Agente immobiliare di facciata, in realtà è fra gli uomini di fiducia di un certo personaggio che non posso dire. Non si muove foglia senza che Pino lo sappia. Capirai di andargli a genio se ti parlerà di sua figlia che gli procura sempre qualche problema. L'altro cellulare appartiene a Maso Lazzeri, di professione antiquario, ma vero artista della contraffazione. Anni fa riusciva a falsificare certificati del Tesoro americano così perfetti che li ritiravano persino le banche statunitensi. Adesso ha messo la testa quasi a posto ma, se qualche personaggio di rilievo fosse in difficoltà e disposto a retribuirlo profumatamente, Maso riuscirebbe a consegnargli carta d'identità e patente nel giro di un giorno. Questi due possono esserti di grande aiuto, e se Teresa Merli avesse avuto una doppia vita, nessuno meglio di loro te lo potrebbe rivelare."

Anita si alzò di scatto e, mentre passava vicino ad Ardau, gli diede una pacca sulla spalla.

"A dopo Marco, grazie."

Uscita dal commissariato chiamò il primo numero. Si presentò facendo il nome di Ardau e chiese con molta educazione di poter scambiare due chiacchiere.

"Lei è molto giovane, e la cadenza tradisce le sue origini toscane. Esattamente dov'è nata?"

"Talamone, in provincia di Grosseto, ma poi... ci siamo trasferiti a Pisa," rispose gentile.

"Ha una bella voce, ispettrice Landi. Io adoro il gelato. Possiamo incontrarci in piazzale Lavater, che ne dice? C'è un posto che produce con buoni risultati le granite che mangiavo da ragazzo a Palermo. Allora, siamo d'accordo?"

Dieci minuti dopo era seduta a un tavolino esterno della gelateria Wally. Ordinarono una granita all'anguria e una macedonia. Imondi aveva il volto segnato dalle rughe e la carnagione scura. Portava occhiali dalla montatura sottile di metallo e aveva occhi vispi e vigili. Poteva avere sessant'anni, ma l'espressione perennemente corrucciata lo faceva sembrare un po' più anziano nonostante non avesse nemmeno un filo grigio tra i folti capelli neri. Si muoveva con disinvoltura e i camerieri gli riservavano una certa deferenza. Sovrappeso, stretto in un vestito di buona fattura in lino chiaro, aveva un anello al mignolo destro che mostrava ogni volta che tirava una boccata del sigaro toscano. Parlò qualche minuto di Ardau rimanendo sul vago. Dava per scontato che Anita sapesse per filo e per segno la disavventura del collega. Poi andò dritto al punto. Perlomeno iniziò a parlare di quello che riteneva essere l'oggetto dell'incontro.

"Ispettrice, quindi non pensate più che si tratti di omicidio-suicidio?"

Anita nascose la sorpresa con una risatina. "Signor Imondi, per un po' è quello che abbiamo lasciato credere alla stampa per indagare indisturbati."

"Il solito metodo, ma non mi dia del lei, chiamami Pino, anzi, se non ti dispiace ti darò del tu anch'io, mi fa sentire meno vecchio. Comunque non posso aiutarti, mi piacerebbe molto, ma non posso darti una mano," disse guardandosi intorno con nonchalance.

In un attimo Anita pensò che non poteva prendere in giro quell'uomo, allora gli raccontò che l'indagine le era stata sfilata dalla Mobile: avrebbe voluto occuparsi ancora lei del caso, ma non era possibile. Lui sorrise come se Anita avesse superato un esame.

"Lo sapevo. Mi hanno riferito che adesso se ne occupa l'ispettore Curti: che persona sgradevole! Così altezzoso e scortese. Preferivo Ardau, con il quale non ti nascondo abbiamo avuto anche parecchi scontri, ma è un uomo leale e questo conta molto più dei gradi e di tutto il resto. Se vuoi la mia opinione è stato un professionista, probabilmente assoldato da qualcuno che aveva subito un torto da Cortesi," sentenziò, "ma se desideri altre informazioni per fare bella figura con i tuoi superiori, dammi il tempo di chiedere un po' in giro, e se avrò qualche novità ti farò sapere."

Terminò la granita e riaccese il sigaro.

"Grazie, Pino, ma su una certa Teresa Merli, la custode di uno stabile di via Baldissera, hai sentito qualcosa?"

Lui rise. "Ah, sì, l'ho saputo. Tutti nello stesso giorno, vero, ispettrice? Quindi a Curti assegnano il caso eclatante e a te la morte della portinaia. Cosa hai combinato per meritarti questo trattamento?"

"Una lunga storia, ma te la racconterò volentieri un'altra volta, promesso," rispose per nulla infastidita dalla domanda, anche perché era sicura che Pino Imondi avrebbe saputo tutto con una semplice telefonata a qualche amico in Questura.

"Lo sai che ho una figlia? Quanti anni hai Anita, se posso permettermi?" chiese cambiando argomento.

"Ventotto."

"La mia Lucia ventisei. Si è laureata in Medicina e vuole specializzarsi in Chirurgia d'urgenza per poi andare all'estero. Le ho detto che c'è bisogno di buoni medici anche a Milano, ma lei si è messa in testa che vuole partire, stare lontano da me. Non ho nessuno a parte lei, però non so cosa fare per convincerla a rimanere," spiegò estraendo il portafogli dalla tasca interna della giacca e porgendole una fotografia. "Vedi, mi sfugge anche in foto."

Anita osservò l'immagine di una ragazza dai lunghi capelli neri seduta sulle gradinate del Duomo di Milano, piuttosto isolata dalle altre persone intorno. Con una mano teneva fermo il grosso libro appoggiato sulle gambe, probabilmente un testo universitario, l'altro braccio era alzato nel tentativo mal riuscito di nascondere il viso.

"Pensa solo a studiare… ore e ore sui libri. Esce molto raramente ed è così timida. Cosa farà da sola in un paese straniero? Questa storia mi preoccupa."

"Mestiere duro il genitore," lo assecondò.

"Decisamente, ma magari affronteremo l'argomento un'altra volta."

Lanciò un'occhiata all'angolo con via Morgagni e si accorse improvvisamente che la figlia era lì e li stava osservando. Sorpreso, fece un gesto per invitarla al tavolo, ma lei rifiutò muovendo la testa a scatti.

"È Lucia," disse con un sorriso carico d'affetto, e insistette ancora per farla avvicinare, ma la ragazza rimase immobile con le braccia conserte, lo sguardo fisso sul padre e Anita. "Mi dispiace, oggi non è in vena di fare nuove conoscenze," si giustificò. "Va bene, lasciami fare qualche domanda in giro sulla custode. Mi faccio sentire io, d'accordo?" E si alzò con molta calma. "Ci rivedremo, ispettrice, così mi spiegherai come mai una ragazza bella come te ha deciso di diventare poliziotta."

Si salutarono e Anita lo vide raggiungere la figlia per poi allontanarsi insieme a lei verso via Jan. D'un tratto Lucia si voltò in direzione di Anita come se volesse memorizzarne il viso, e poi prese sottobraccio il padre e proseguirono a camminare. Anita aprì il bloc-notes per rileggere gli appunti. Le cadde l'occhio sulle pagine dedicate al duplice omicidio di via Malpighi e scrisse una piccola nota sul fatto che poteva trattarsi di un killer professionista, eventualità che non aveva preso in considerazione. Il tavolino tremò leggermente con l'arrivo di un messaggio di Francesco, che le anticipava il menu della cena e chiudeva con un'emoticon sorridente. Per qualche istante rimase perplessa: iniziava ad affezionarsi a quei due. Fino a qualche giorno prima abitava con un magistrato di sorveglianza di trentacinque anni, una relazione durata quasi un anno. I due mesi di convivenza però avevano portato a galla quella parte oscura del suo carattere fatta essenzialmente di voglia di libertà, di non rendere conto a nessuno, di non lasciarsi andare completamente per non rischiare d'essere felice, tutto per evitare il passo successivo che era certa comportasse delusione e malinconia. Una situazione inconcepibile analizzata dall'esterno. Anita non era certo innamorata del magistrato, ma le piaceva. A letto era più che soddisfacente, un decoroso sette nella sua scala da zero a dieci, ma il vero nodo era il forte desiderio dell'uomo di consolidare il rapporto, magari con un figlio, un'eventualità che lei assolutamente in quel periodo escludeva. Erano bastate poche settimane sotto lo stesso tetto perché tutto crollasse e finisse in malo modo. I suoi ricordi s'interruppero bruscamente quando squillò il cellulare.

“Sono Tea, hai un minuto?” chiese con voce squillante.

“Novità?”

“Ho radiografato i soggetti che mi avevi indicato. Parto dall’avvocato Silvani: cinquantaquattro anni, divorziato senza figli. Lavora in uno studio associato in via Podgora; tre case di proprietà, nessuna denuncia. Cesare Anselmi, sessantaduenne, socio in un’impresa di pompe funebri, celibe. Due proprietà immobiliari. Nel 1978 era stato denunciato dal custode del cimitero di Canzo perché lo aveva scoperto a dormire tra le tombe, ma il magistrato decise di non perseguirlo perché la considerò una bravata da liceale. Del DJ forse non sai che ha una figlia da una relazione con una ragazza-immagine di una discoteca in cui lavorava, e non si è mai sposato.”

Anita prese nota. “L’avvocato Silvani e il DJ li ho già interrogati. Mi mancano Anselmi e Giuliani. Dove posso trovare il becchino?”

“L’ho scovato tra un funerale e una cremazione, una cosa tremenda! Tornerà a casa nel tardo pomeriggio, però ha detto che preferirebbe parlarti al telefono. Dalla voce non mi è sembrato rilassato e questo insospettisce; così ho chiesto a un mio amico, uno che… vabbè lasciamo stare… comunque non può darmi una mano perché sono tutti impegnati a stanare quel boss della ’ndrangheta. Ma io non demordo, tranquilla, se esiste qualcosa in Rete su di lui, lo scopro.”

Anita percepì quanto fosse entusiasta di dedicarsi a quelle ricerche e la ringraziò.

“Ma figurati! Mi diverto un botto. Ciao ispettrice.”

Quasi alla stessa ora suonò la campanella della ricreazione in una scuola privata del centro di Milano. Sofia si avvicinò a Giada, la figlia di Francesco, per riferirle cosa era successo la sera prima.

“Ho letto i tuoi messaggi ieri, ma pensi che me ne freghi qualcosa?” disse stizzita a bassa voce.

Sofia ci rimase male per il tono della risposta e le lanciò

un'occhiata dispiaciuta. Giada capì d'aver esagerato e le diede una carezza sul braccio per scusarsi. Aveva un viso particolare, non sembrava proporzionato, tuttavia era affascinante. Gli occhi verdi, le labbra carnose e quello sguardo maturo su un volto ancora da bambina erano come una calamita per i ragazzi. Fisicamente era già una donna perfetta, con un corpo modellato dagli allenamenti in palestra. E anche il carattere aveva una marcia in più. La sua situazione familiare l'aveva fatta crescere di parecchio e considerava i coetanei assolutamente noiosi, e così preferiva uscire con ragazzi molto più grandi di lei.

"Scusami, non volevo attaccarti, ma mio padre per me è morto anni fa."

"Era soltanto per aggiornarti su quei due. Credo che mio padre sia affetto dalla sindrome di Madre Teresa di Calcutta, quella dell'aiutiamo tutti. La prossima volta a cena mi aspetto anche dei senzatetto," aggiunse inviperita.

Giada strinse i pugni e scosse la testa. "La psicologa continua con la menata del superare lo shock ed entrare in una fase nuova, quella dell'accettazione. Per due sedute non ha fatto altro che blaterare sulla differenza tra perdono e comprensione," disse guardando l'amica dritta negli occhi. "Ma che ne sa lei di cosa ho provato? Come può pretendere che io comprenda? Dice che potrei uscirne addirittura arricchita, una stronzata tremenda. Non può capire come ci si sente ad avere un padre mitizzato e poi all'improvviso arrivare a odiarlo dal più profondo del cuore. Mi ha abbandonato, è stato lui, lo sai bene, per quell'essere non esisto." Si guardò intorno per cercare le parole giuste. "Perdonami. Ti ho annoiato mille volte con i miei sfoghi, ma una cosa posso dirtela: prima di richiedere il cambio di cognome e usare quello di mia madre, devo incontrarlo un'ultima volta. Lo devo guardare negli occhi e dirgli che mi è totalmente indifferente. Poi potrà andare a fanculo o sottoterra, non m'interessa."

Con gli occhi fissi nel vuoto abbracciò Sofia e con rabbia ricacciò indietro le lacrime.

Anita guardò l'orologio e, prima di dedicarsi completamente all'omicidio di Teresa Merli, decise di fare un salto in via Malpighi, stuzzicata anche dalle parole di Imondi. Sapeva di correre un rischio ma non poteva proprio farne a meno. Non stimava Curti per molte ragioni ed era sicura che non avrebbe indagato a dovere. Quell'uomo tralasciava particolari fondamentali, anche se all'apparenza insignificanti; ne aveva le prove, eppure Curti riusciva sempre a cavarsela con una buona dose di fortuna. Aveva anche la capacità d'ingraziarsi i superiori e in più di un'occasione attribuiva le sue carenze investigative ai colleghi. Fondamentalmente era un gran leccaculo e grazie a questa dote era soprannominato "il lumaca", per via della scia di bava che lasciava quando parlava con il capo della Mobile. Esattamente l'opposto di Anita: se riteneva qualcuno un perfetto idiota glielo si leggeva in faccia, era incapace di fare buon viso a cattivo gioco; considerava la diplomazia una perdita di tempo; cocciuta, s'incaponiva soprattutto quando le vietavano di agire per il buon esito delle indagini, e oltretutto gli ottimi risultati che otteneva non facevano che accrescere la sua ostinazione. Appena arrivata, notò l'auto di Origgi e fece in tempo a nascondersi dietro un furgone quando vide Curti uscire dal portone. Dal suo nascondiglio alzò gli occhi e fu rapita dalle decorazioni in ceramica del palazzo di fronte (che raffiguravano figure femminili e motivi floreali), quello che il mondo intero considerava un'opera d'arte, una delle più alte espressioni del liberty milanese. Non l'aveva mai notato, pur passando in quella zona da giorni, e se ne rammaricò. Sbuffò e controllò le mosse di Curti, che parlottava con il custode. Quando lo vide salire in auto, stava per attraversare la strada ma si bloccò nuovamente alla vista di Giacomo in bicicletta, vestito come sempre in giacca e cravatta con lo zainetto sulle spalle. Salutò il custode e si fermò anche lui a scambiare due chiacchiere.

Mentre s'incamminava per tornare al commissariato, Anita si ripromise di chiedere spiegazioni sull'improvvisata di Giacomo in via Malpighi: certo, era amministratore di quel condominio, ma vederlo lì le aveva provocato una strana sensazione.

"Tutto bene?" domandò Giacomo al custode con il suo fare diplomatico, legando la bicicletta a un palo di divieto di sosta.

"Dottor Valli, buongiorno," rispose il custode e poi, a bassa voce: "Ho appena finito l'ennesimo colloquio con un ispettore così indisponente da farmi rimpiangere mia suocera".

"Sempre le solite domande?"

"Incredibile. Sembra che non si parlino tra loro. Ripeto le stesse cose almeno tre volte al giorno a persone diverse e poi, quando glielo faccio notare, mi guardano con quell'aria di superiorità e ordinano: 'Bene, lo dica anche me'," disse con voce pomposa, suscitando una risata di Giacomo.

"Le signorine Campanini sono in casa?"

"Sì, sono tornate ieri sera. So che quell'ispettore magro e saccente le ha interrogate poco fa. Pensavo lo trattenessero almeno per un'ora… le conosce, quando attaccano a parlare non smettono più," rispose seguendo Giacomo che entrava nel palazzo.

Salì al quinto piano e si sistemò la cravatta prima di suonare il campanello. Un cane abbaiò. Dopo qualche secondo una signora anziana dallo sguardo dolce aprì la porta.

"Buongiorno, dottor Valli, che piacere, si accomodi pure."

"Signorina Campanini, la trovo in splendida forma," disse Giacomo stringendole la mano, poi accarezzò energicamente il cane che scodinzolava felice di quella visita.

"Stia attento a non scivolare. Questa mattina la nostra Ines ha dato la cera al parquet," e chiamò il cane che non smetteva di fare le feste all'ospite. Arrivati in salone, l'altra sorella gli sorrise e gli porse la mano per salutarlo. Le gemelle vivevano in circa trecento metri quadri in compagnia di Ines, loro domestica da oltre trent'anni, e un simpaticissimo cocker color cioccolato molto affettuoso. Nei giorni precedenti avevano richiesto spiegazioni su alcune spese condominiali e Giacomo si era offerto di andare personalmente a fornire delucidazioni. Con quella scusa sperava di poter ottenere informazioni sul duplice omicidio, ma sapeva di doverla prendere alla larga per non insospettirle. Conosceva bene le sorelle: erano benestanti e conducevano una vita tranquilla e riservata. I loro genitori, autentici melomani, le avevano chiamate Leonore e Carmen in onore di protagoniste di opere liriche, e per decenni i coniugi Campanini, facoltosi commercianti di stoffe, avevano potuto godere di un palco alla Scala di Milano. Le figlie avevano portato avanti la passione di famiglia non perdendosi un concerto di musica sinfonica trasmesso dalla televisione, e avevano chiamato il loro inseparabile amico a quattro zampe Alfredo, come il protagonista della *Traviata*. Erano pressoché identiche nella fisionomia, negli atteggiamenti e nel modo di vestire, sempre eleganti e inappuntabili; si truccavano per mettere in risalto il viso ovale e gli occhi scuri. Sul naso pronunciato poggiava un paio di occhiali da miope dalla identica montatura per entrambe. Un loro vezzo caratteristico erano alcune sfumature un po' troppo violacee dei capelli grigi. Ci vollero pochi minuti per dare le spiegazioni richieste, e Giacomo ebbe la sensazione che non fosse casuale che avessero accettato d'incontrarlo proprio quella mattina. Sondò il terreno e chiese come stessero vivendo il trambusto causato dall'ormai accertato duplice delitto, pronto a gustarsi il loro modo divertente di colloquiare, in cui una sorella attaccava a parlare e l'altra portava a termine la frase.

"Non se ne può più. Alcuni poliziotti sono cortesi, altri si credono i padroni del mondo. Ma quanto tempo ci vorrà ancora?" domandò retoricamente la signorina Leonore.

"E mi chiedo," le fece eco Carmen, "quante volte devono entrare in quell'appartamento? Dico io… benedetti figlioli, se volete fare le cose per bene dovete concentrarvi sul luogo del delitto per ventiquattr'ore di fila, prendere tutte le impronte e poi finirla lì! Non gli entra in testa che ci sono altre persone nel palazzo che vogliono essere lasciate in pace," aggiunse scocciata.

"Invece no!" continuò la gemella. "Entrano ed escono in continuazione. E mi domando, a cosa serve indossare i calzari se poi esci in strada, sali sul furgone della Scientifica, ti fumi una sigaretta, ti fai un giretto e poi ritorni sulla scena del delitto? Non hai paura di contaminare il posto?"

"Leonore ha ragione. Sa, dottor Valli, non possiamo considerarci esperte, ma non ci perdiamo una puntata di *CSI*, anche se la nostra passione rimangono i gialli inglesi. Hanno un fascino intramontabile!"

Giacomo non nascondeva il piacere di conversare con le due donne ma, per metterle alle strette, disse che non voleva più abusare del loro tempo e si alzò lentamente dopo aver preso da terra lo zaino.

"Ancora un minuto, per favore, vorremmo riferirle un episodio," lo bloccò Carmen con una vocina emozionata.

"Ma certo, ditemi pure," rispose lui sedendosi nuovamente sulla poltrona, compiaciuto del fatto che le signorine volessero parlargli di qualcos'altro.

"Questa mattina, proprio poco fa, mentre guardavamo alla televisione una trasmissione che ci piace tanto," attaccò Leonore per poi lasciare il campo libero alla sorella. "... Un rotocalco sull'attualità condito da telegiornali. Be', ha suonato il campanello ed è apparso un ispettore di Polizia, un tipo magro, mi lasci dire... odioso, con le labbra sottili. Per prima cosa ci ha fatto uscire sul pianerottolo perché non ama i cani e poi, senza guardarci negli occhi, con distaccata sufficienza, ci ha domandato se avessimo qualcosa da dichiarare."

"Ditemi, sono curioso," fece lui con un sorriso.

"Gli abbiamo detto che non c'era stato nulla di anomalo quel lunedì, se non la mancata consegna di un pacco alle quattro del pomeriggio da parte di uno strano personaggio che poi è stato visto sulle scale da Ines. Lui ci ha degnato di uno sguardo arrogante trattandoci da rimbambite, ha preso nota ed è andato via," terminò Leonore.

Giacomo attese un istante e diede una carezza ad Alfredo senza distogliere lo sguardo dalle gemelle. "Invece voi pensate che non sia un dettaglio, non è così?" le stuzzicò con aria interessata.

"Precisamente. Era tutto strano, molto strano, dottor Valli," riprese Leonore.

"Se quell'ispettore fosse stato educato, meno indisponente, e se ci avesse lasciato spiegare come si erano svolti i fatti, avrebbe capito che è un elemento da non sottovalutare per l'inchiesta," aggiunse Carmen con un tono misterioso.

"Al contrario, sembrava avesse già in mano il colpevole e dovesse solo seguire una procedura, vale a dire interrogare tutti i condòmini," concluse la gemella.

"Va bene, allora, raccontatemi esattamente cosa è successo. Vi dico da subito che ho un'amica nella Polizia che senz'altro darà il giusto peso alla vostra dichiarazione, ve lo garantisco." La risposta di Giacomo illuminò gli occhi delle sorelle Campanini.

"Quand'è così… inizia tu, Carmen," disse alla sorella, che si schiarì la voce.

"Partiamo dal principio: quel giorno, alle quattro meno qualche minuto, ha citofonato il custode dicendoci che un fattorino doveva consegnarci un pacchetto."

"Alle quattro meno qualche minuto?" ripeté Giacomo.

"Sì, lo ricordiamo bene perché alle quattro inizia un programma radiofonico di musica classica, ed eravamo piuttosto infastidite che venissero a disturbarci proprio in quel momento. Ines era alle prese con la pulizia del forno, così quando hanno suonato siamo andate noi ad aprire. Sta di fatto che non ci ha consegnato un bel niente: quella persona diceva che per ritirare il pacchetto avremmo dovuto pagare centocinquanta euro."

"Ovviamente ci siamo rifiutate," continuò Leonore, "e lei non ha battuto ciglio: con tono piatto e fin troppo sbrigativo, ha detto che ogni tanto alcune aziende tentano d'imbrogliare la gente. Ci ha salutato e ha preso le scale."

Giacomo aggrottò le sopracciglia. "Scusate ancora, sapreste riconoscere il fattorino?".

"Certamente. Poteva avere al massimo venticinque anni, non era molto alta, aveva una faccia mascolina con un naso alla francese. I capelli erano raccolti e coperti da uno di quegli odiosi berretti con la visiera, e aveva un tatuaggio sotto l'orecchio sinistro, una chiave di 'do'," spiegò Carmen.

"Una chiave di 'do'? Scusate, ma la mia competenza musicale

si limita al periodo delle medie, quando mi costringevano a suonare il flauto," disse stringendosi nelle spalle.

Le donne ridacchiarono all'unisono, coprendosi le labbra con la mano. Carmen si alzò, aprì un cassetto, prese un pezzo di carta e disegnò una chiave di 'do'. "Eccola, dottor Valli!" disse porgendogli il disegno.

Giacomo guardò l'immagine che assomigliava a un 3 stilizzato, e lo conservò nella tasca della giacca. "Torniamo alla descrizione, avete detto che aveva un viso mascolino? Cosa intendete?"

"Oh, cielo! Che per essere una ragazza aveva lineamenti molto marcati," precisò Leonore, come fosse la cosa più ovvia del mondo.

"Una donna? Siete sicure? Avevo capito che il custode avesse parlato di un fattorino e che voi aveste visto un uomo," ribatté Giacomo perplesso.

"Dottor Valli, abbiamo compiuto da poco ottant'anni, lo sa, ma siamo ancora in possesso di tutte le nostre facoltà mentali e non abbiamo la minima difficoltà a riconoscere una donna da un uomo, soprattutto quando questa cerca di parlare con un timbro di voce basso. Sì, ci ha stupito il suo modo di fare, per questo l'abbiamo osservata bene," aggiunse Carmen quasi stizzita.

Giacomo le fissò per qualche istante annuendo pensieroso. "Dicevate che per scendere ha preso le scale?"

"Sì. Leonore le ha persino detto che erano cinque piani a piedi e lei, per tutta risposta, ha alzato le spalle, si è messa la sua anonima sacca gialla a tracolla ed è scesa."

"Questo è molto importante," commentò Giacomo stupito dalla loro precisione.

"Ma non è tutto, adesso viene la parte più succosa: Alfredo ha i suoi orari e ogni giorno alle quattro e un quarto Ines lo porta giù al parco per un'oretta."

"È fondamentale che sgambetti un po'," aggiunse Leonore, "insomma, quel lunedì l'ascensore faceva le bizze e Ines ha deciso di prendere le scale. Giunta al primo piano ha incrociato quella ragazza, proprio mentre usciva dal pianerottolo..."

"Del primo piano?" chiese Giacomo per fugare ogni dubbio.

"Sì, del primo piano, dove c'è l'ufficio del povero dottor Cortesi," rispose decisa la signorina Carmen.

"La ragazza aveva una gran fretta ed è scesa saltando i gradini, tant'è che Alfredo le ha anche abbaiato dietro. Ines è di là, se vuole la chiamiamo," aggiunse Leonore.

"Non c'è bisogno, mi fido di voi," rispose Giacomo mentre un largo sorriso compiaciuto comparve all'unisono sul viso delle gemelle Campanini.

10

Nel tardo pomeriggio Anita parcheggiò davanti al passo carraio con le quattro frecce in funzione. Scesa dall'auto, un ragazzo di circa trent'anni dal viso pulito le tenne aperto il cancello in ferro e si presentò. "Posso esserle utile? Sono Manuel, il nuovo custode."

"Piacere," rispose lei, "sono l'ispettrice Landi, sto indagando sulla morte di Teresa Merli. È in casa il signor Anselmi?"

Il ragazzo ci pensò qualche secondo. "È rientrato qualche minuto fa con il cane, ma non posso avvisarlo con il citofono per via dei sigilli." Anita si appuntò sul bloc-notes nome e cellulare del ragazzo, lo salutò e prese l'ascensore. Suonò il campanello. Udì armeggiare dietro la porta, come se qualcuno la stesse osservando dallo spioncino."Chi siete?"

Anita si presentò e mostrò il distintivo. "Ispettrice Landi, ho bisogno di parlare con lei."

"Ma io non so nulla," replicò indispettito da dietro la porta.

"Meglio! Ci vorrà meno tempo. Ho fatto una chiacchierata con tutti i condòmini e mi manca solo lei, abbia pazienza ma devo insistere." Ci furono attimi di silenzio rotti dal persistente ma quasi impercettibile guaire di un cane e dal rumore della serratura che veniva aperta.

"Voglia perdonarmi," disse l'uomo spalancando la porta, "ma non capisco. Cosa mai potrei riferirle?"

Anita non si fece scrupoli e varcò l'ingresso. Lui si spostò di un paio di passi, un gesto dovuto più al timore di un contatto fisico che per consentirle di entrare, poi chiuse la porta precedendola nel salone. Il barboncino toy bianco correva frenetico annusando i jeans di Anita, scappando verso il suo padrone per poi tornare a saltarle sulle gambe. Ogni tanto emetteva uno strano guaito e sembrava felice di ospitare un altro essere umano. L'ispettrice cercò di apparire indifferente mentre osservava con attenzione le movenze dell'uomo e l'arredamento della casa. Tutto era disposto in un ordine maniacale: alla parete destra del corridoio c'era una lunga libreria in legno bianco con i volumi perfettamente allineati e ordinati in base all'altezza. Sulla parete opposta, una serie di fotografie d'epoca, in bianco e nero, di uguale dimensione, tutte con la medesima cornice e gli stessi soggetti. Ritraevano persone vestite in abiti ottocenteschi, sedute su poltrone o divani. Qualcuno aveva gli occhi sbarrati, altri strane espressioni. Entrati nel salone stile Luigi Filippo, Anselmi la fece accomodare su una poltrona simile a una di quelle immortalate in una foto, che, nonostante sembrasse comoda per via dello schienale imbottito, in realtà era rigida come il marmo del pavimento. Sulle pareti bianco sporco trovavano posto foto d'altri tempi che ritraevano carrozze sontuose trainate da coppie di cavalli neri e una serie di immagini di mummie e sarcofagi egizi. Tutto aveva un che di lugubre, anche per via delle tapparelle completamente abbassate e di un odore di chiuso persistente e angosciante. L'uomo si sedette di fronte a lei e il cane saltò con un balzo sulle gambe del padrone per farsi accarezzare. Entrambi davano l'impressione di attendere con ansia le domande di Anita; lei, dal canto suo, aprì il bloc-notes e sorrise all'uomo dopo averlo squadrato da capo a piedi. Sessant'anni circa, praticamente calvo, fatta eccezione per un prodigioso riporto di capelli neri che si arrampicava da destra a sinistra nel tentativo di coprirgli la testa; il volto bianco lucido, le mani pallide e le unghie lunghe e curatissime. Dopo le domande di rito, Anita chiese se avesse mai mosso qualche appunto a Teresa e se fosse a conoscenza di qualcuno con il quale la donna non andava d'accordo. Gli occhi neri dell'uomo brillarono per qualche istante. "Forse solo con i ragazzi del secondo piano, quelli non stanno attenti a differenziare la spazzatura," rispose lentamente, come se pesasse le parole a una a una, ostentando sicurezza e distacco.

"Di che cosa si occupa, signor Anselmi?"

L'uomo respirò profondamente prima di rispondere. "Ho un'impresa di pompe funebri ereditata da mio padre e sono in società con mia cugina che si occupa dell'amministrazione. Posso permettermi di chiederle una cosa: esattamente, com'è morta Teresa?" Marcò più del dovuto l'avverbio "esattamente", tanto che Anita prese un appunto e replicò nascondendo la sorpresa: "Un forte trauma alla testa".

"Capisco. E ritiene che si tratti di un incidente?" chiese accarezzando il cane.

"Direi di sì," mentì col sorriso, senza dare spazio ad alcuna incertezza, "perché me lo chiede, ha qualche dubbio?"

Anselmi scosse la testa. "Assolutamente no, una curiosità."

Anita si guardò intorno, mordicchiando la matita. "Lei ha vissuto sempre in questo palazzo?"

L'uomo aggrottò le sopracciglia, quasi ritenesse la domanda fuori luogo. "Dalla nascita, ispettrice. Per qualche tempo con i miei genitori abbiamo vissuto a Canzo, un paesino sopra Erba, per via di una mia forma asmatica che fortunatamente è scomparsa. Adesso ci torniamo solo per le vacanze, non è così, Tolstoj?" e guardò il cane in attesa di un'altra carezza.

Canzo, pensò Anita, *dove il giovane Anselmi si era beccato una denuncia.*

"E l'ultima volta che ha visto Teresa?" chiese con aria apparentemente indifferente.

Si passò una mano sotto il mento e socchiuse gli occhi prima di rispondere. "Il giorno dell'assemblea, forse alle cinque e mezza... comunque poco prima che terminasse il servizio."

"E le sembrava normale?" domandò, gli occhi fissi sul cane.

"Non so cosa dirle, ci siamo limitati a un 'buonasera'."

Anita provò a metterlo in difficoltà. "Qualcuno sostiene che lei non avesse un buon rapporto con Teresa per via di un piccolo incidente alla sua ventiquattrore."

L'uomo s'irrigidì. Bloccò la mano che accarezzava il barboncino e spalancò gli occhi. "Non so chi le abbia raccontato una simile idiozia. Per essere preciso, quel giorno mi erano caduti alcuni documenti e io... magari bruscamente... ho invitato Teresa a non raccoglierli. Sono molto riservato e non amo che le persone tocchino le mie cose." Anita notò che la voce di lui era diventata più decisa e lo sguardo meno indifferente. Poi strinse la presa sul corpo del barboncino, che guaì. L'uomo si accorse d'aver esagerato, e recuperò con un paio di carezze.

Il gesto non sfuggì ad Anita, che si alzò con un sorrisetto. Il cane scese immediatamente dalle ginocchia del padrone saltellandole sulle gambe.

"La ringrazio, non sa quanto mi sia stato utile, molto utile, parlare con lei," pronunciò lentamente e con tale enfasi ogni sillaba da fargli intendere d'averlo messo in cima alla lista dei sospettati. Nell'uscire si fermò in corridoio a osservare incuriosita una delle fotografie appese. Un uomo abbracciava una donna, ed entrambi erano seduti su un divano: "Sono suoi parenti?".

"No, erano una coppia inglese di fine Ottocento. Sono entrambi morti," rispose vagamente rapito.

"Certo, fine Ottocento... immagino che ormai siano due cadaveri," fece Anita dando un'occhiata ai ritratti accanto.

"Mi spiego meglio: la foto li ritrae da morti," e sottolineò le ultime due parole con un pizzico di soddisfazione. Anita si voltò verso di lui, perplessa. Lui proseguì. "Così come tutte le altre foto. Deve sapere che molti anni fa si usava fotografare i cadaveri dei propri cari per serbarne il ricordo. Li vestivano con abiti eleganti, si sceglieva la posizione, per lo più naturale, e poi si scattava."

"Di sicuro non c'era alcun rischio che la foto venisse mossa," replicò Anita ironica.

Lui si fece serio, offeso dalle sue parole. "So cosa sta pensando: che ho una passione macabra. Le ricordo che il mio lavoro è a contatto con i defunti e il dolore dei familiari. Guardare queste immagini mi dà, come dire… un senso di pace."

"Non c'è dubbio," si limitò a rispondere lei. Gli porse la mano, ma lui non la strinse e le aprì la porta.

"È stato un piacere, ispettrice Landi," la congedò Anselmi. Il cane la seguì oltre la soglia di casa in cerca di una carezza, e Anita lo assecondò.

In ascensore cercò di metabolizzare l'incontro. Indubbiamente Anselmi era bello strano, una sorta di necrofilo, ma oltre a quello era sicura che nascondesse qualcosa.

Arrivata al piano terra fu attirata da una discussione animata: accanto alla portineria, il giovane custode tentava di tranquillizzare una ragazza molto agitata.

"Mi vuoi ascoltare? Te l'ho detto: non è rientrato in ufficio dopo le ferie e il cellulare è spento da tre giorni. Se hai le chiavi andiamo su da lui, cosa ti costa?"

"Anche se le avessi, non è possibile. La Polizia ha messo i sigilli alla portineria e non posso aiutarti, mi dispiace."

Anita si fermò accanto a loro. "Cosa succede?"

"Ispettrice," esordì lui, "la signorina teme che sia capitato qualcosa al signor Giuliani dell'ultimo piano."

In preda all'ansia la ragazza congiunse le mani per supplicarla. "Lei è della Polizia? Meno male. La prego, non è da Piero, avrebbe chiamato. Temo proprio che sia successo qualcosa."

Non ebbe bisogno di sentire altro. Con un movimento lentissimo staccò i sigilli, accese la luce ed entrò nel piccolo andito prima dell'alloggio della custode. Aprì con attenzione il terzo cassetto e prese le chiavi con la targhetta GIULIANI. Uscì dalla portineria sotto gli sguardi silenziosi e attoniti dei due giovani.

"Rimanete qui," ordinò aprendo la porta dell'ascensore, "nessuno deve entrare in portineria, avete capito?" Suonò il campanello di Giuliani. Attese qualche secondo e poi inserì la chiave. L'aria era pesante e accese la luce dell'ingresso. "Signor Giuliani, sono l'ispettrice Landi del commissariato Nord-Est," disse a voce alta camminando rasente il muro, "sono entrata nel suo appartamento." Nessuno rispose. Sentì il cuore accelerare e l'angoscia invaderle a poco a poco lo stomaco. Man mano che percorreva il corridoio, l'odore di chiuso si faceva più soffocante e si trasformava in qualcosa d'inconfondibile per un ispettore della Omicidi, molto intenso e sgradevole, tanto da doversi coprire naso e bocca con un fazzoletto di carta. Arrivata in fondo accese le luci del salotto e, varcata la soglia, lo vide seduto sul divano, la bocca leggermente aperta, gli occhi semichiusi e una smorfia di sorpresa. Un braccio era allungato sul divano mentre l'altro era adagiato sulle gambe unite. Indossava una tuta e scarpe da ginnastica molto colorate. Anita imprecò e chiamò Ardau.

"Marco. C'è un altro morto in via Baldissera: Piero Giuliani, quello dell'ultimo piano. Mandami un paio di volanti e avverti la Scientifica, per favore."

Poi avvisò con un messaggio Francesco di non aspettarla per cena. Rimase di fronte al cadavere qualche secondo prima di iniziare a scattare foto, mentre nella sua mente prendeva corpo un'idea assurda.

11

Prima dell'arrivo dei colleghi, Anita ebbe il tempo di controllare il cadavere e le tasche della tuta. Il cellulare appoggiato sul divano di fianco a Giuliani era spento. Fotografò tutto l'appartamento, aprì armadi e cassetti, ma non trovò nulla d'interessante, salvo un frac fuori moda, un paio di costumi da clown, una trousse dei trucchi, lenti a contatto colorate, in pratica tutto l'occorrente per serate all'insegna del trasformismo. Osservò con attenzione il corpo, soprattutto la postura. Il volto, il braccio disteso, le ricordava qualcosa, come avesse un déjà vu. Scattò altre foto e si diresse in camera da letto: una parte dell'armadio era completamente svuotata, i vestiti gettati anche per terra, e sul comò diversi medicinali che le ricordavano lo stipetto della zia di Pisa. Nel bagno un numero incredibile di prodotti di bellezza che avrebbero fatto invidia a qualunque donna, e davanti al lavandino una sedia con un accappatoio appoggiato sopra. Nel piatto doccia notò strane chiazze nerastre e accanto un grande cesto in vimini utilizzato per la biancheria sporca. Arrivato Origgi, lo salutò senza ottenere risposta e rimase accanto a lui per alcuni minuti interminabili, durante i primi rilievi, poi finalmente l'uomo si decise a parlare.

"È inutile che mi stai addosso," ringhiò, "non ci sono fori di proiettile, pugnalate o altro. Così, a prima vista, può essere morto d'infarto e, dalla posizione, direi fulminante. Aveva il cellulare accanto e non ha avuto nemmeno il tempo di afferrarlo per chiamare aiuto. Lo facciamo portare via, Mascherpa avrà modo di divertirsi," disse senza guardarla in faccia.

Anita non rispose e chiese a un agente di piantonare l'ingresso dell'appartamento. Scesa al piano terra si scontrò fisicamente con Toni, la giornalista e blogger, intenta a intervistare l'amica di Giuliani in lacrime. Una spallata fortuita la fece barcollare per un momento, si voltò e la riconobbe immediatamente.

"Ispettrice Landi, è incaricata delle indagini?" chiese con il registratore acceso, ma Anita non la degnò neppure di uno sguardo e proseguì oltre, tallonata dalla reporter.

"Qualche domanda, ispettrice... si tratta di un incidente o pensate a qualcos'altro?" chiese ansimante parlando al registratore, per poi piazzarglielo vicino al mento.

Più Anita la evitava più Toni insisteva e, con un balzo, le si parò davanti. "La gente deve sapere, deve poter..." Anita la fissò dritta negli occhi, le afferrò il braccio e glielo strinse per un momento, poi mollò la presa e uscì dal portone. Toni, testarda e combattiva, non si diede per vinta. Spense il registratore e raggiunse Anita che si avvicinava a passo svelto ad Ardau, appena arrivato.

"Senti, so cosa pensi di me, ma sappi che ho solo risposto alle domande dei tuoi colleghi," e allargò le braccia. Non ottenendo alcuna reazione, a parte un altro sguardo di fuoco, proseguì: "Cosa credi che avrei dovuto fare? Raccontare la tua assurda teoria?".

Anita strinse i pugni e, pochi istanti prima che accadesse l'inevitabile, spuntò Giacomo. "Vi conoscete?"

"È una storia lunga," rispose Toni col fiatone, "riguarda il fratello dell'ispettrice."

Anita si avvicinò a lei. "Non nominarlo nemmeno! Un'altra parola e ti stacco le braccia, così scriverai le tue cazzate con le dita dei piedi!"

"Calma!" s'intromise Giacomo con il suo solito tono pacato. "Toni non voleva..." ma Anita non lo fece terminare.

"Stanne fuori, Giacomo!" urlò, poi si rivolse ad Ardau: "Devo fare un paio di telefonate e al mio ritorno non voglio più vedere 'sto tegame," e uscì sbattendo il cancello, sparendo dalla loro vista. Fece un giro dell'isolato e chiamò Cambria. Gli parlò della morte di Giuliani e di un possibile collegamento col decesso della custode, senza accennare minimamente al fatto che si trattasse di omicidio. Lui ascoltò senza interromperla e poi, molto tranquillo, le disse che aveva tutto il suo appoggio, ma era indispensabile che approfondisse. Chiese come fosse andata la prima seduta dalla dottoressa Sabatini e Anita gli fece un resoconto dettagliato.

"Sono contento, vedrai che ti farà bene. Adesso indaga come sai fare tu, senza tralasciare nulla: devi dimostrare anche agli altri di essere in gamba, poi informeremo chi di dovere sugli sviluppi."

"Grazie del sostegno," lo salutò Anita, e rientrò nel palazzo appena in tempo per parlare con Origgi.

"Forse la teoria dell'infarto non è campata in aria. Abbiamo trovato dei medicinali per il cuore che evidentemente non è riuscito a prendere. Comunque, come ti ho già detto, il medico legale sarà molto più preciso."

"Quando è morto secondo te?"

"Landi, dal rigor mortis potrebbero essere tre giorni, sembrava quasi di legno."

"Lo stesso giorno della custode?"

"Ma di chi parli? Quella che ha battuto la testa sul tavolo? Direi di sì," poi le si avvicinò e le sussurrò con un tono da presa in giro: "Forse in zona vive un serial killer che uccide le custodi e quelli che abitano negli attici! Indaga a fondo su questa teoria, Landi, avrai un mucchio di tempo fra poco, quando ti occuperai solo di redigere denunce." Le sorrise beffardo e uscì con il suo assistente che ridacchiava. Anita ritornò all'ultimo piano, e trovò il DJ che parlava con il poliziotto di guardia all'appartamento.

"Non ci credo ispettrice, è incredibile, non sai quanto mi dispiace. Piero era veramente una brava persona. Com'è morto?"

"Probabile infarto; forse il giorno stesso della riunione di condominio. Lei non lo ha visto? Non ha sentito niente?"

Il DJ scosse la testa e si accese una sigaretta. "Proprio quel giorno no," rispose tirando una boccata, "ma la settimana scorsa mi ricordo che voleva ascoltare un vecchio cd dei Sottotono, diceva che gli ricordava un periodo felice della sua vita. Cazzo, quanto mi dispiace. Era a posto, simpatico, un artista dentro, gliel'ho sempre detto."

Il poliziotto in divisa lo guardava perplesso e Anita s'incuriosì. "Cosa intende per artista dentro?"

"Prendeva per il culo tutti i condòmini, era bravissimo a imitarne la voce e le movenze. A proposito, posso riavere il mio cd?"

"Stasera no, signor Zoni."

"Ma non puoi chiamarmi Treb Fitt? Il signor Zoni è mio padre, che cazzo!"

Anita lo guardò seria e gli si avvicinò. "A proposito, non mi aveva raccontato del litigio con Teresa per via di una festicciola organizzata l'estate scorsa."

Per la prima volta abbandonò la sua aria da stralunato e fece un paio di passi indietro mettendosi sulla difensiva. "Una storia morta e sepolta. Con qualche amico rimasto ad agosto a Milano abbiamo fatto un po' di casino, è vero, però Teresa era stata pesantissima. Quando partiva di testa non si tratteneva e diceva cose pazzesche."

"Ma mi pare che qualche suo amico abbia scambiato i pianerottoli per bagni e altri siano stati sorpresi ad amoreggiare sulle scale," proseguì lei.

Dopo i primi momenti d'incertezza, lui riprese con il suo solito piglio. "Per dirla tutta scopavano proprio. Cazzo, in casa c'erano almeno venti persone, la camera da letto era occupata, dove potevano andare?" e tirò un'altra boccata. "Ispettrice, però ti avranno anche detto che ho pagato tutte le pulizie extra," si giustificò.

Anita socchiuse gli occhi, non curandosi del fumo che le dava fastidio. "Sì, ha pagato, ma so pure che ha litigato con Teresa," aggiunse seria.

"Ma certo, le ho detto che potevamo sistemare la cosa senza fare casino, invece ha iniziato a urlare e la mattina dopo ha chiamato Valli. Comunque, in fatto di litigi e mandarsi a fanculo, anche Piero aveva avuto una bella discussione."

"Sia più chiaro, per favore."

"Non con Teresa, per carità, ma con lo zombie del quarto piano. Poco tempo fa, in ascensore, Piero aveva accarezzato il suo cane e la mummia gli ha detto in malo modo di non toccarlo. Per fare incazzare Piero ce ne voleva, credimi, ed è stata la prima volta che l'ho sentito alzare la voce. Gli disse che era un essere abietto, sì, usò proprio questo termine."

"Solo perché non voleva che gli toccasse il cane?" chiese stupita mentre prendeva un appunto.

"No, Piero aveva intuito che quel morto in piedi aveva fatto operare il barboncino alle corde vocali perché non abbaiasse. Per questo fa sempre quello strano verso tipo guaito. Io ero sul pianerottolo, ho sentito tutto, e poi, quando l'ascensore è arrivato al quinto, ho scambiato due parole con Piero. Credimi, ispettrice, era incazzato di brutto." In quel momento gli squillò il cellulare e salutò Anita. "Adesso devo andare. Se hai bisogno sono qui, poi esco a mezzanotte per una serata. Ciao."

Lei rimase perplessa per qualche istante e quando vide i colleghi della Polizia mortuaria uscire dall'ascensore entrò con loro in casa di Giuliani. Un addetto imprecò perché era molto difficile piegargli le gambe, così portarono via il cadavere dentro un sacco grigio scuro con le maniglie, che assunse una strana forma. Anita seguì con lo sguardo il corteo, e l'agente che piantonava la porta le si avvicinò per consegnarle la chiave dell'appartamento e avvisarla che il suo compito era finito.

Si appoggiò allo stipite per riflettere quando arrivò Ardau. Entrarono insieme nell'appartamento: la tipica casa di un single, arredata IKEA con fotografie alle pareti in cui appariva sempre sorridente, al mare, alle feste con gli amici e mascherato da carnevale. Fu attratta da una foto appesa in corridoio: era vestito da clown e aveva in braccio un bimbo dal viso bianco come il latte e completamente senza capelli. "Interessante," esordì Ardau, "doveva essere una persona speciale." Anita annuì pensierosa e lo invitò a seguirla in salotto.

Accanto a quell'immagine, un chiodo reggeva soltanto il perimetro nerastro di un rettangolo di polvere, segno di una foto che era stata rimossa.

"Ho una sensazione strana, Marco, forse perché non credo alle coincidenze. A detta di Origgi, Giuliani è morto lo stesso giorno di Teresa Merli. Trattiamo anche questo caso come omicidio, dammi retta. Interroghiamo parenti, amici e colleghi. Dobbiamo sapere cosa ha combinato lunedì scorso."

"La sua collega sostiene che aveva preso un giorno di permesso," aggiunse Ardau.

"Partiamo da lì. Cosa doveva fare? Chi doveva incontrare? Che telefonate ha fatto?"

"Perdonami, Anita, ma adesso devo andare. Lo sai che voglio aiutarti, ma non lo deve sapere nessuno. Chiamami se hai bisogno. Ah... spero che parlare con Pino ti sia stato utile," aggiunse prima di congedarsi.

Rimasta sola, s'infilò la chiave in tasca e fece un ultimo giro per essere sicura di non aver tralasciato nulla. Camminò lentamente nel salotto, lo sguardo attento, e notò un iPad appoggiato su un tavolino di fianco a una poltrona. Era completamente scarico. Rovistò in una cesta sotto una finestra con dentro decine di giornali, lettere commerciali, blocchetti per appunti di molte società e riviste di cinema. Aprì altri cassetti del salotto e poi quelli dell'ingresso. Decise di prendere lo smartphone e l'iPad e li mise in una busta di plastica che trovò in cucina. Le squillò il cellulare: dal commissariato l'avvisavano che Giuliani non aveva familiari che dovevano essere informati della morte, e Anita tirò un sospiro di sollievo. Odiava quella parte del suo lavoro. Spense le luci e scese al piano terra. Lì trovò Giacomo con un'espressione dispiaciuta, lo fissò per un attimo e frenò l'istinto di continuare il battibecco di mezz'ora prima. Tutto sommato, lui non c'entrava niente. Anita odiava Toni, giornalista troppo d'assalto per i suoi gusti, troppo invadente e piena di sé, ma rimproverava un difetto a quell'uomo sempre inappuntabile e dai modi pacati: cercava di continuo una mediazione, quasi volesse evitare lo scontro. Respirò a fondo prima di parlare e gli fece una smorfia che lui interpretò subito nel modo giusto. "Prima sono stata un po' brusca, ma non ce l'avevo con te. È quella stronza di Toni che mi fa salire il sangue alla testa." Si morse il labbro e sbuffò.

"Sono delle scuse?" chiese lui simpatico, e lei annuì: "Ma ti prego, stasera non chiedermi spiegazioni su quello che hai sentito".

Giacomo abbozzò un sorriso mentre Anita tirò fuori dalla tasca la chiave dell'appartamento di Giuliani. Cominciò a giocherellarci per sottrarsi all'imbarazzo, e in quel momento ebbe un'intuizione.

12

“Ma certo, la chiave!” esclamò Anita.

“Quale chiave?” domandò Giacomo perplesso.

“La chiave dell’appartamento di Giuliani! Dov’è?”

“Si direbbe che ce l’hai in mano.”

“Ma no. Questa è quella di riserva che ho trovato nel cassetto della portineria! Sto parlando delle *sue* chiavi. Ho controllato le tasche della tuta che indossava e in tutto l’appartamento e sono sicura che non ci siano.” Poi si voltò per aprire le porte dell’ascensore. Giacomo la seguì vagamente stranito.

“Non capisci? Se non la troviamo in casa di Giuliani, e sono certa che non troveremo un bel niente, significa che qualcuno l’ha ucciso, ha chiuso la porta e si è portato via la chiave. Io ho dovuto utilizzare quella di riserva per entrare e ho dato due giri per aprire,” aggiunse in tensione. Giacomo sembrava non capire il discorso di Anita e non fece commenti.

Entrati in casa controllarono dappertutto, nei cassetti, negli armadi, dentro le tasche di cappotti e vestiti, persino in uno che era stato lasciato in bagno, nel cesto della biancheria sporca. Nulla. Sollevarono i cuscini dei divani, guardarono sotto il tappeto in salotto e nei vasi vuoti. Niente neppure lì. Anita ne approfittò per fotografare la parete d’ingresso e le foto che ritraevano Giuliani. Alla fine capirono che il fantomatico mazzo di chiavi non sarebbe comparso neppure usando un metal detector.

"Che ti avevo detto? Voi uomini non vi fidate mai," disse Anita con una smorfia di disappunto. Era soddisfatta della sua intuizione. Guardò l'ora e chiese a Giacomo di tornare a casa per fare il punto della situazione e scaricare le foto sul PC. Era così eccitata che evitò di chiedergli cosa ci facesse ore prima in via Malpighi.

Venti minuti dopo erano seduti sul divano in un silenzio carico di domande. Francesco aveva preparato dei sandwich al pollo ma nessuno dei due rispondeva alle sue domande su come era morto Giuliani e sul litigio con Toni, e a un certo punto sbottò: "Ma insomma, mi dite che succede?".

"Giuliani è stato ucciso, ne sono matematicamente certa," rispose Anita di getto, stupita dall'uscita di Francesco.

"Perché credi che l'abbiano ammazzato?" domandò Giacomo.

"Un attimo! Avete approfittato di me, ho abbassato un istante la guardia e subito tentate di carpire informazioni sul caso. Sono stata chiara: il mio lavoro non può essere oggetto di discussione," sbottò alzandosi nervosa.

"Scusa Anita: pensavo che farmi entrare nell'appartamento di Giuliani per cercare la sua chiave di casa fosse stato..."

"Un grosso errore che non avrei dovuto commettere," lo interruppe.

Andò in cucina, prese un'altra birra e chiese se anche loro ne volessero. Non le rispose nessuno, quindi tornò in sala e si sedette. Giacomo si incupì, mentre Francesco accese la televisione imbronciato e selezionò uno di quei canali che trasmettono notizie ventiquattr'ore su ventiquattro.

Ascoltarono in silenzio un'intervista a Davide Palmieri, l'ex marito di Greta Kampf. Come al solito era molto compassato, al punto che anche il giornalista sembrò stupirsi del fatto che rimanesse sempre lucido e inespressivo. Gli mostrarono la foto di Salvatore Loporto, che lui non riconobbe, e attaccarono a parlarne: il finanziere d'assalto e cocainomane caduto in disgrazia forse proprio per colpa di Luigi Cortesi.

Anita si alzò perplessa. "Vado in camera a scaricare le foto sul PC. Sono stanca morta. Buonanotte."

Quando furono sicuri che non potesse ascoltarli, Francesco lanciò un'occhiata a Giacomo e iniziò a parlare. "Non prendertela. Non è convinta del fatto di farsi aiutare da due estranei, e poi, diciamola tutta, non solo va contro le regole, ma corre anche un bel rischio."

"Dovremmo smettere di giocare agli investigatori."

Francesco sorrise. "Dovremmo, ma visto che il caso di via Malpighi non è più di sua competenza, nulla ci vieta di fare qualche domanda in giro."

"Non vuoi mollare, non è così?"

"Nemmeno tu, sii sincero. E poi non mi sembra che il telegiornale abbia accennato a quello che hai scoperto, al fattorino donna."

"Probabilmente pensano che non sia importante," ribatté Giacomo, e per qualche secondo si perse con lo sguardo nel vuoto. "E va bene," disse a un tratto. "Continuiamo. Gli omicidi sono stati commessi alle quindici e trenta e quella ragazza, che cercava di camuffarsi da uomo, si è intrufolata con uno stratagemma alle sedici," rispose tamburellando le dita sul bracciolo del divano.

"È tutto molto strano, concordi? Due omicidi e un finto fattorino, una ragazza che è stata vista scappare dal primo piano. Dobbiamo scoprire chi è e cosa ha fatto."

"Forse ho una pista," esclamò Giacomo raggiante, "la ragazza aveva una borsa gialla. Devo scoprire quali agenzie utilizzano borsoni di quel colore."

"Potrebbe essere lunga, ma se è l'unica pista..." replicò sconfortato Francesco.

"Devo chiedere da chi provenisse quel pacchetto, cosa contenesse, magari sarebbe più facile."

"È un punto di partenza. Speriamo bene," concluse, e gli diede una pacca sulla spalla.

Passate alcune ore e vinta dalla curiosità, Giada decise di chiamare la sua amica. "Allora, dai, dimmi com'è!"

Sofia ci pensò un attimo prima di rispondere. "È vecchia, avrà trent'anni, ma in forma. Non si trucca quasi per niente e ha modi grezzi e indisponenti. Capirai, fa la poliziotta! Indossava una minigonna jeans e una camicetta bianca, roba comprata al mercato. Si vede che non ha gusto: entrerebbe da Prada solo se fosse la scena di un crimine." Le due ragazze risero.

"Poliziotta... quindi avrà anche una pistola," disse sottovoce Giada.

"Magari la userà per fare una strage in casa," replicò Sofia, ma l'amica rimase piuttosto fredda. "Sempre convinta... di quella cosa?"

"Di cambiare cognome, intendi? Non lo so ancora. Credimi, a volte è l'ultimo dei miei pensieri, altre non vedo l'ora di compiere diciott'anni e fare domanda. Ci devo pensare, ho ancora un anno, più o meno."

"Posso parlarti da sorella? Sento qualcosa di strano che non ho mai provato prima," disse Sofia enigmatica.

"Spara!"

"Quando torno a casa e vedo il mio patrigno e i miei fratellastri... non so, ho la sensazione che mi manchi qualcosa. Non sono mai riuscita a considerarlo un padre e non l'ho mai chiamato papà. Li vedo quando sono insieme, lui e mia madre. Si dedicano ai loro figli e io mi sento di contorno, una di passaggio. D'altro canto, il mio vero padre si può dire che non lo conosco, ma sento che... perdonami, Giada... mi vuole bene, ecco! Quando vado da lui mi fa sentire al centro dell'attenzione, s'interessa sul serio a me. Oppure..." si bloccò per trovare le parole.

"Oppure?" ripeté l'altra.

"Non lo so, forse è quello che voglio credere, forse mio padre non è la persona che spero."

"In ogni caso, è diverso dal mio," ribatté Giada.

"Può darsi. Mi vuole bene, con tutti i suoi difetti, le sue mancanze, il suo carattere debole e meschino, e non è capace di prendere un'iniziativa, come continua a ripetermi mia madre. Comunque... vedere in casa sua un'estranea mi ha dato fastidio. Forse perché non ho mai pensato che potesse trovarsi un'altra," concluse sbuffando.

"Ma perché, pensi che stiano insieme?" domandò Giada con sarcasmo.

"No, no... non saprei. Lei è giovane, troppo giovane, ma magari ha capito il tipo e lo sta circuendo," aggiunse dispiaciuta.

"Non so cosa dirti. Certo, l'immagine che hai di lui non lascia molto spazio all'ottimismo, ma ci sta anche che uno sfigato con quel lavoro di merda si trovi una stupida," disse senza girarci intorno. All'altro capo del telefono sentì Sofia irrigidirsi: "Magari dentro di te non vuoi che tuo padre abbia un'altra. In definitiva, sei gelosa!".

"Non lo so."

"Non posso aiutarti, ma probabilmente tuo padre non è così male: ricordati che la tua opinione di lui è influenzata da quella di tua madre. Forse non è il cretino che pensano tutti."

"Sì, è vero, non avevo mai immaginato che potesse piacere a qualcuno. E per te?" azzardò Sofia.

"È molto diverso, lo sai. Io l'opinione me la sono fatta la Vigilia di Natale di quattro anni fa. Un giorno che non dimenticherò mai. E poi è stato lui a dichiarare che non voleva più vedere nessuno, me compresa. È semplicemente un pazzo. Ho tentato di perdonarlo, dentro di me, senza dirlo a nessuno, ma non ce la faccio. Sono passati anni senza un gesto o un tentativo da parte sua e oggi mi è totalmente indifferente, quindi portare il suo cognome, no! L'unica soluzione è cancellarlo dalla mia vita," spiegò con amarezza.

"Hai ragione, per te è diverso. Non sai quanto mi dispiace e quanto vorrei esserti d'aiuto."

"Lo sei, mi vuoi bene. Grazie, Sofia. Buonanotte". Giada spense il telefono. Chiuse gli occhi e, nonostante quello che aveva appena detto, sentì un groppo in gola.

Quasi nello stesso momento, Anselmi si alzò dal letto con un sospiro e il barboncino si drizzò sulle zampe di colpo. Un'ansia opprimente lo tormentava e non riusciva a prendere sonno. Mentre indossava la vestaglia, ripensò allo sguardo indagatore di Anita e gli parve fin troppo evidente che lo considerasse un elemento da tenere d'occhio. E non poteva permetterselo. Entrò nello studio, aprì un armadio e, dalla parte bassa, sollevò uno scatolone. Lo aprì con cura ed estrasse una cartella bianca, adagiandola sul tavolo come se fosse un preziosissimo e delicato reperto archeologico. Sciolse un nastro e tirò fuori una fotografia a colori delle dimensioni di un foglio A4; un primo piano di una testa di donna con la tempia fracassata. Anselmi sembrava in trance, gli occhi sbarrati. Cambiò espressione, contrasse la mandibola e dilatò le narici. Portò l'immagine stampata vicino al naso: gli sembrava di respirare l'odore del sangue, e aspirò a occhi chiusi, come se tenesse in mano un fiore dal profumo intenso, inebriante. Finito il rito, posizionò la foto sull'angolo in alto a destra della scrivania e passò a una seconda immagine, nella quale la stessa donna veniva ritratta a figura intera, sempre sdraiata per terra, e questa volta era visibile un tavolo con le gambe in metallo e una larga chiazza di sangue. In pochi minuti aveva messo insieme un piccolo reportage, nove immagini con un unico soggetto senza vita. Pensò che oggigiorno, grazie agli smartphone, era molto più facile scattare foto. Anni prima doveva portarsi dietro la macchina fotografica, decisamente più ingombrante, anche se garantiva risultati irripetibili: non sopportava di osservare foto di cadaveri dal cellulare e dover ingrandire i particolari con le dita sullo schermo. Gli amici del suo gruppo di necrofili la pensavano in maniera diametralmente opposta, ormai assuefatti alla tecnologia. Lui non voleva scendere a compromessi, anche a costo di complicarsi la vita. Digeriva malvolentieri ricorrere all'e-mail per inviare e ricevere foto, rimpiangendo i metodi di scambio di anni prima, la tensione eccitante di quando apriva le buste anonime che contenevano fotografie. Sentiva il bisogno di stampare le immagini, sfiorare con le dita il volto dei cadaveri, quasi volesse farne parte, viverci dentro.

Quel corpo senza vita era uno dei suoi pezzi migliori. Era calda, non come i morti che doveva lavare e vestire per renderli presentabili agli occhi dei parenti. I cadaveri non mentono, non si lamentano, sono docili, accondiscendenti, e solo per loro il signor Anselmi si sfilava i suoi immancabili guanti e li toccava, li accarezzava. Ma adesso doveva nascondere la sua collezione privata, farla sparire finché le acque non si fossero calmate, e pensò di utilizzare il nascondiglio di quando era bambino, un ripostiglio nella soffitta della casa di Canzo. Ripose tutte le immagini con la stessa cura con cui le aveva tolte dalla scatola e nascose il suo inestimabile tesoro dentro l'armadio. Vedere quelle fotografie lo aveva tranquillizzato, tornò a letto seguito dal suo barboncino e si addormentò immediatamente.

13

Il giorno dopo, venerdì, alle nove meno un quarto Anita si presentò nell'ufficio di Giuliani, una costruzione moderna in vetro e acciaio di via Valtellina. Era facile intuire che fosse un'agenzia di pubblicità, un luogo per creativi, dove la fantasia dell'arredo multicolore caratterizzava ogni ambiente. Alla reception chiese di Anna Pisani, la collega di Giuliani, e attese seduta su una poltrona rossa a forma di palmo di mano con le dita che facevano da schienale. Ebbe il tempo di osservare le persone che si aggiravano, alcune fin troppo eleganti e formali, altre con jeans stracciati, piercing e tatuaggi in bella mostra.

"Ispettrice, buongiorno, ha scoperto qualcosa?" domandò d'un tratto la donna piazzandosi davanti a lei con l'aria preoccupata.

"Purtroppo no," rispose Anita alzandosi, "mi dispiace molto, volevo farle qualche domanda," disse stringendole la mano. Salirono al primo piano, e percorsero un corridoio che dava su grandi open space occupati da persone indaffarate tra PC e bozzetti di disegni. Vennero sfiorate da due uomini vestiti di tutto punto seguiti da una ragazza con i capelli verde smeraldo che trasportava con affanno un grande cartello su cui era disegnata una tazzina da caffè. Entrarono nell'ufficio di Piero Giuliani: un ambiente singolare, senza una vera e propria scrivania ma con un grande tavolo da riunioni quadrato, al centro del quale c'era un'apertura per le prese elettriche e i cavi di rete. Alle pareti, poster di campagne pubblicitarie famose e fotografie che ritraevano Giuliani con diversi personaggi noti. Anna si sedette e girò la poltroncina con le ruote, fissando una foto di lui che ritirava un premio.

"È stato due anni fa. La campagna contro l'abuso del consumo di zucchero... fu un successo. Con Piero avevamo un rapporto speciale, un'intesa... mi lasci dire... perfetta."

"Eravate intimi?" chiese Anita senza mezzi termini.

"Non so cosa dire. Abbiamo avuto una storia. Può immaginare, in ufficio quattordici ore al giorno, lo vedevo più di chiunque altro. È durata sei mesi, ma non è scattato quel qualcosa in più," rispose a mezza voce.

Anna era una trentenne molto graziosa, con due vispi occhi azzurri che le donavano uno sguardo simpatico. Tentava di fingere che Piero fosse solo un amico. Lo descrisse come un mito: geniale sul lavoro, generoso con il prossimo, sempre disponibile, sempre affabile, sempre positivo. Era un artista, suonava la chitarra, era un mimo discreto e un imitatore eccezionale, oltre a essere impegnato nel volontariato. Frequentava un'associazione che si prendeva cura di bambini malati, organizzava campus e feste e, mentre descriveva minuziosamente la sua attività extralavorativa, indicava alcune foto appese alle pareti. In genere, quando Anita si trovava di fronte a persone che apparivano o venivano dipinte come angeli caduti dal cielo, sentiva affiorare lo scetticismo. Si alzò per osservare meglio alcune immagini. Fece qualche scatto con lo smartphone e notò che molte delle foto appese avevano la stessa cornice di quelle che c'erano nell'appartamento di Giuliani.

"Quindi non le viene in mente nessuno che poteva avercela con lui? Nessun collega o vicino di casa, un amico, un marito geloso?" azzardò Anita interrompendo l'elogio di Giuliani.

"No, ispettrice, è impossibile. Ma perché queste domande? Piero aveva problemi di cuore, lo sanno tutti, e ha avuto un infarto. Ho sentito che glielo diceva anche quel poliziotto della Scientifica. Cosa c'entrano i nemici?"

"Non voglio turbarla, mi scusi. L'indagine prevede di valutare ogni ipotesi. Comunque, non ha niente da dirmi al riguardo?" chiese assumendo un atteggiamento più formale.

La ragazza rifletté. "Non sono sicura, non lo so, ma ho avuto una strana sensazione: a volte Piero riceveva delle telefonate sul cellulare che lo infastidivano. Guardava il numero, si alzava e rispondeva a bassa voce, sempre con la solita frase: 'Ti chiamo dopo'." Il tono di Anna lasciava intendere che fosse gelosa di Giuliani.

"Una donna?"

"Non lo escludo, oppure un concorrente con in mano un'offerta di lavoro. Non posso saperlo, poteva essere chiunque."

"E lei non ha mai chiesto spiegazioni? In quanto sua amica..."

"Ci ho provato, ma solo una volta, poco tempo fa. Piero mi ha liquidato subito dicendo che non era niente, l'ennesimo favore che doveva a una persona, un esperimento o qualcosa del genere, e non mi ha dato modo di insistere."

"Un favore?" chiese Anita perplessa, e si appuntò l'informazione sul bloc-notes. "Ancora una domanda: perché ha atteso così tanto per dare l'allarme?"

Anna s'irrigidì. "Sapevo che lunedì aveva preso un giorno di permesso e pensavo avesse prolungato una vacanza."

"Vacanza? Sa dove dovesse andare e con chi?"

"Non lo so, ispettrice, ho solo tratto delle conclusioni: quando stavamo insieme e andavamo al mare ci prendevamo anche il lunedì di ferie, così ho pensato che... ma quando non è rientrato in ufficio martedì, mi è suonato un campanello d'allarme... non so... l'istinto... e ho iniziato a chiamarlo. Per due giorni il suo cellulare risultava sempre spento e mi sono preoccupata sul serio, così sono andata a controllare di persona."

"Capisco," disse Anita, "ma non ha idea se fosse partito e nel caso con chi, giusto?"

"Le giuro che non lo so, ispettrice."

Magari con chi lo chiamava ultimamente, pensò Anita mentre usciva dalla stanza dopo averla salutata.

Prima di parcheggiare l'auto sotto il commissariato, Anita ricevette una telefonata. Era Pino Imondi che la invitava per un caffè, così s'incontrarono di nuovo in piazza Lavater.

"Stasera vedrò mia figlia, che tormento! Te l'avrei voluta presentare durante il nostro primo incontro, ma Lucia a volte fa fatica ad aprirsi a nuove conoscenze. Però è strano, continua a ripetermi che partirà per lasciare questo paese che non offre prospettive, e io non so cosa fare, non ho armi per combattere questa battaglia."

Anita bevve il caffè e gli sorrise. "Secondo me una cosa la puoi fare per dimostrare quanto tieni a lei: dille che la seguirai, che partirete insieme perché lei è troppo importante e che non la lascerai mai sola. Questo non significa che abiterete insieme ma, se dovrete trasferirvi a Maputo o in Alaska, tu ci sarai. Vedi cosa ti risponde," propose sistemandosi i capelli.

"Facile a dirsi. Io..." balbettò.

"Non raccontarmi che non puoi lasciare gli affari e che la tua vita è qui, lo sai che è una scusa. Falle capire che molli tutto per lei e vedi la sua reazione," replicò audace, immaginando che potesse essere rischioso parlare senza peli sulla lingua a quell'uomo; eppure le sue parole sortirono l'effetto sperato.

Imondi cercò il sigaro toscano nella tasca della giacca e si rabbuiò, poi le fece un mezzo sorriso. "D'accordo, accetto il tuo consiglio, ispettrice. Ardau mi aveva detto che sei una donna particolare, sotto quella scorza aspra." Si schiarì la voce con un colpo di tosse. "Bene, andiamo al punto. Ti ho chiamata per darti alcune notizie. Teresa Merli frequentava un bar all'angolo con via Majocchi e sembra proprio che la sua riservatezza venisse meno dopo un paio di spritz. A volte si fanno confidenze all'amica barista ma, inavvertitamente, altri possono carpire informazioni, e riferirle a terzi... Ci sono strani soggetti in quel palazzo: mi hanno parlato di un tipo particolare con un cane, di un musicista con amicizie stravaganti, e di qualcuno che forse ha bisogno di soldi per vizi inconfessabili. Teresa s'impicciava di cose che non la riguardavano e forse ha pestato i piedi a un certo Bassanini, titolare di un negozio di ferramenta che ogni tanto presta denaro, tanto per arrotondare. Se vuoi un consiglio, mi concentrerei su di lui," disse Imondi convincente.

"Bassanini," annotò Anita.

"Magari ha fatto solo qualche stupida battuta o è andata oltre, sta di fatto che a questa gente non bisogna togliere le fonti di guadagno e minacciarli di andare alla Polizia. Peraltro, la custode aveva raccontato in giro di aver spedito un assassino in galera, anni prima."

"Sì, lo so, abbiamo già indagato ma sembra che non c'entri nulla."

"Ah sì? Quella è gente che non dimentica, ricordatelo! Prova a pensare di passare anni in una cella per colpa di qualcuno che ha testimoniato contro di te. Tu cosa faresti? Magari non ha agito in prima persona. Cerca meglio per sgombrare il campo da ogni dubbio."

Il consiglio l'aveva colpita, e soprattutto il tono profondo della voce, come se Imondi volesse indicarle una strada che Anita aveva già escluso di percorrere.

Nel frattempo, Giacomo era di nuovo andato a far visita alle signorine Campanini. Sperava che la loro memoria potesse dargli una mano, anche perché trovare l'agenzia di recapito che utilizzava borsoni gialli di pelle lucida era un'impresa quasi impossibile.

"Le vostre informazioni sono state molto utili e la Polizia sta già setacciando la città," iniziò deciso, "ma per stringere il cerchio, per caso vi ricordate cosa voleva consegnarvi la ragazza?"

"Sembrava che il caso fosse chiuso, dottor Valli," rispose Leonore. "E che il colpevole fosse stato individuato," aggiunse Carmen.

"Ci sono ancora dei punti oscuri," spiegò lui sottovoce, "è possibile, anzi, direi certo, che l'assassino avesse una complice. Per questo sono qui. La mia amica della Polizia sta svolgendo un'indagine parallela."

Le sorelle si scambiarono un'occhiata d'intesa. "Erano tre profumi."

"Sì, tre," confermò Leonore, "costavano ottanta euro ciascuno, ma se li avessimo acquistati tutti ci avrebbe fatto un forte sconto."

"Invece di duecentoquaranta euro, centocinquanta. Ma a noi non interessava, usiamo la stessa acqua di colonia da anni," terminò Carmen.

Giacomo rimase un po' deluso: la speranza di un aiuto sembrava sfumare, ed era costretto a verificare la divisa di decine di agenzie di recapito, anche perché sarebbe stato assurdo girare per tutte le profumerie milanesi.

"Comunque, il pacchetto era di quella catena di profumerie..." disse Leonore, come se avesse colto il disappunto di Giacomo. "Sì, Loredana e Alessandra," aggiunse Carmen, "brava Leonore! Ti ricordi che parlammo dell'abbigliamento della ragazza, di quanto fosse fuori luogo rispetto alle commesse di quei negozi, che sono sempre carine ed eleganti?"

"Tra l'altro ci ha fatto vedere la locandina della promozione," terminò Leonore.

Uscito dall'appartamento entusiasta, Giacomo chiamò subito Francesco, che aprì il sito Internet delle profumerie Loredana e Alessandra. Dodici negozi nella sola Milano: quattro nella prima cerchia, quattro nella seconda e quattro nella terza e, mentre parlavano, l'amico gli propose un itinerario, partendo dal più vicino a via Malpighi per arrivare al più periferico. Giacomo guardò l'ora: avrebbe impiegato tutta la giornata anche se non avesse trovato traffico, così per i primi negozi pensò di utilizzare la bicicletta e per quelli più distanti il servizio di auto a noleggio del comune. S'inaugurava la stagione della caccia.

Tornata in commissariato, Anita passò dall'ufficio di Ardau. Lo vide alle prese con un imbufalito Chianese, così si rifugiò nella sua stanza per riordinare le idee. Pino Imondi l'aveva indirizzata verso quattro soggetti: il signor Anselmi, il DJ, un personaggio legato al passato di Teresa, e infine la signora Nosetti, la quale, in base alle dichiarazioni del DJ su una presunta ludopatia, poteva essere in cerca di soldi. Indagare da sola sarebbe stato troppo lungo, perciò chiamò Tea.

"Devi farmi un controllo accuratissimo su Anselmi. È un

personaggio ambiguo, e ha una passione morbosa per i cadaveri."

"L'avevo previsto e sono già riuscita a farmi dare qualche dritta. Comincerò stasera. Certo, un tipo bello fulminato."

Anita allargò le braccia. "Che cosa vuoi che ti dica… ognuno ha le sue manie. Probabilmente collezionare francobolli è troppo banale per lui. Cerca nel Web, scova i siti di amanti del genere, magari salta fuori qualcosa. Poi fai una verifica su un certo Bassanini, titolare di una grossa ferramenta. Presta soldi a usura e, se le mie informazioni sono corrette, è in contatto con la signora Nosetti. Ricontrolla anche le amicizie del DJ e le vite di tutti gli altri: forse qualcuno ha legami con i soggetti della rapina di cui Teresa Merli è stata testimone."

Tea prese nota e, mentre si stava alzando, Anita tirò fuori dallo zaino l'iPad e il cellulare di Giuliani.

"Un'ultima cosa: voglio vedere il contenuto. Li ho presi nell'appartamento di Piero Giuliani."

"Cavolo Anita, mi stai chiedendo una cosa molto complicata: senza password è praticamente impossibile," ribatté, mal celando l'entusiasmo per quel genere di compito.

"Non prendermi in giro, Tea, lo so che non aspetti altro!"

Si tolse gli occhiali, sgranò gli occhi e prese in mano l'iPad. "Una volta ho impiegato novantasei ore per sbloccarne uno, e per fortuna avevo un amico che… be'… lasciamo stare."

"Il solito amico 'vabbè… lasciamo stare'?"

"Oh no! Questo è un altro."

Anita la guardò uscire dalla stanza e si sistemò i capelli divertita. Mancavano pochi giorni all'ultimatum del medico legale, che avrebbe dichiarato che la morte di Teresa Merli non era stata accidentale. Non poteva perdere nemmeno un minuto e chiamò Mascherpa: doveva chiedergli di controllare accuratamente il cadavere di Piero Giuliani per capire se fosse stato davvero ucciso come supponeva.

14

"No, mi dispiace," gli rispose una commessa gentile, "non ricordo nessuno con quel tatuaggio e nessuna di noi ne ha uno simile. Allora, il dopobarba le piace? Vuole una confezione regalo?"

Per sostenere la parte del cliente senza destare sospetti, Giacomo annuì. Negli altri tre negozi della catena aveva comprato un deodorante, un profumo da uomo e due creme idratanti. Pensò che di quel passo avrebbe riempito lo scaffale del bagno e, nonostante si sentisse un perfetto idiota, l'idea lo fece sorridere. Prese l'auto a noleggio e si diresse in un'altra profumeria. Fortunatamente il traffico non era intenso, arrivò in poco tempo e parcheggiò non troppo lontano. Entrato in negozio, una ragazza dai capelli rosso rame gli andò incontro.

"Posso esserle utile?" domandò.

Giacomo, colto alla sprovvista, chiese un profumo da donna pensando che avrebbe potuto regalarlo ad Anita. Gli vennero proposte diverse opzioni e, quando la ragazza si abbassò per prendere la nuova fragranza di Acqua di Parma sistemandosi i capelli dietro l'orecchio, mostrò un tatuaggio. Si accorse che Giacomo la fissava e lo guardò perplessa.

"Qualcosa non va?" chiese stupita.

"Oh no, mi scusi, stavo guardando il suo tatuaggio. Mi pare sia una nota musicale," si giustificò.

“Ma cosa, questo?” rispose lei toccandosi sotto l’orecchio. “È un drago. Mi chiamo Giorgia. Ha presente? La leggenda di San Giorgio e il drago?”

“Sì certo,” disse leggermente deluso.

“Le note musicali sono la passione di Doriana,” disse indicando la collega, e Giacomo sembrò illuminarsi. La ragazza aveva ascoltato la conversazione, sebbene fosse impegnata con due signore, e quando passò di fianco a loro sorrise divertita esibendo il suo tatuaggio: una chiave di ‘do’. Giacomo la squadrò provando un vuoto allo stomaco, convincendosi che dalla fisionomia poteva essere la persona descritta dalle Campanini. La commessa che lo stava servendo gli mise sotto il naso una striscia sottile di cartone su cui aveva spruzzato il profumo.

“Cosa ne dice?” chiese un po’ sospettosa, pensando che Giacomo fosse uno di quei cinquantenni affascinati dalle ragazze molto giovani.

“Mi perdoni, le sarò sembrato scortese, ma la sua amica assomiglia in modo incredibile a un’amica di mia nipote,” disse, e la commessa annuì con un sorriso di circostanza.

“Sì, certo, sua nipote. Allora, è interessato?” chiese quasi severa, come se volesse liberarsi di Giacomo.

Uscì dal negozio con il pacchettino regalo, ma senza sapere cosa fare: avrebbe dovuto appostarsi come una spia vicino al palo della luce o entrare nel bar di fronte e sedersi a osservare i movimenti della ragazza? Indeciso, chiamò Francesco.

Anita era alle prese con un minuzioso controllo degli stati di famiglia di tutti i condòmini del palazzo di via Baldissera quando le squillò il cellulare.

“In che casino mi hai messo?” disse sottovoce Mascherpa, agitato.

“Scusa, di cosa stai parlando?” fece lei preoccupata.

“Dalle analisi del sangue di Piero Giuliani abbiamo trovato tracce di benzodiazepine, un sedativo e una dose letale di atropina, un acceleratore del battito cardiaco. Cavolo, in casa c'erano solo fluidificanti e farmaci a base di mexiletina, perché era tachicardico. Anche Curti capirebbe che se avesse assunto volontariamente un farmaco che accelera il battito significa che si è suicidato..."

"Se invece gliel'avessero somministrato... vuol dire che è stato ammazzato."

"Eh già! E questo spiegherebbe la presenza del sedativo: prima l'hanno stordito e poi ucciso con l'atropina."

"Dev'essere andata così!" disse Anita pensierosa.

"Ma che cavolo di condominio è quello? Che razza di gente ci vive? Avrei paura solo a prendere l'ascensore."

E partì con la sua caratteristica risata.

"Ed è morto lo stesso giorno della custode?" domandò Anita ignorando la battuta.

"Non fare domande sceme, Landi. Certo che sì! Pensa, lo stesso giorno uccisi la custode e questo Giuliani e, in base ai miei calcoli e analisi, a distanza di massimo mezz'ora l'uno dall'altra."

"Senti, Mascherpa..." cominciò Anita con quel tono che preannunciava una richiesta, ma lui la zittì.

"Al più tardi martedì avrai i referti di via Baldissera, tutti e due. Devo ancora controllare un paio di cose strane."

"Grazie, Mascherpa, sei un amico."

"Mica tanto: te lo ripeto, quando mi licenzieranno dovrai ospitarmi, non potrai far finta di cadere dalle nuvole!" disse salutandola.

Da quel momento le montò un'ansia che aveva provato solo prima delle gare importanti di atletica. Mancavano pochi giorni per chiudere la vicenda e non esisteva ancora un nesso tra Giuliani e la Merli. Stava prendendo appunti quando Tea entrò a razzo.

"Quel mio amico della Postale, ricordi?" e proseguì tutto d'un fiato, "comunque, nonostante sia sempre sotto stress per rintracciare il super latitante, mi ha dato una mano e, credimi, mi sembra d'essere entrata in un universo parallelo."

"Mi stai dicendo che hai trovato qualcosa?" chiese Anita ansiosa, raccogliendosi i capelli e fermandoli con la solita matita.

Tea le si sedette di fronte e sollevò gli occhiali sopra la testa come se in quel modo potesse mostrare meglio lo stupore. "È un mondo allucinante: ci sono persone che si scambiano foto di cadaveri! La Polizia Postale ha in pista tre siti nel Deep Web."

"Ha in pista? Vuoi dire che li tiene sotto controllo?"

"Sì, Anita. Da tutti i paesi del mondo scaricano foto, si danno voti e scrivono commenti in inglese. Ci sono migliaia di immagini, per lo più di incidenti stradali e di tavoli di obitorio con i cadaveri, e qualcuno si fa pure i selfie, roba da pazzi," disse esterrefatta.

"Ma possiamo collegare Anselmi a questi siti?"

"Non lo so, ispettrice, non è facile. Mi daranno i siti più cliccati e vediamo cosa trovo. Però non lo posso fare qui, devo lavorare da casa."

"Hai il mio numero di cellulare e, mi raccomando, chiamami appena trovi qualcosa. E per Giuliani?" domandò Anita.

"Mi ci metto stasera, promesso, ma non sarà facile."

Di nuovo sola, Anita chiamò il secondo informatore di Ardau e fissò un appuntamento. Il suo istinto le diceva di approfondire la vita extralavorativa di Giuliani e di scavare a fondo su tutti gli altri condòmini, anche quelli all'apparenza estranei agli omicidi. L'assassino doveva essere tra loro, ne era certa, magari qualcuno fino a quel momento non considerato tra i sospetti: la badante del generale Badoino, la signora Martignoni o uno degli studenti universitari. Mentre cercava di ricordare i volti e le parole di ognuno di loro, parcheggiò l'auto in via Castel Morrone. Maso Lazzeri aveva un negozio di antiquariato in fondo a via Ristori. Anita suonò il campanello e un uomo di bassa statura e un po' ingobbito la fece entrare. La postura lasciava intravedere una chierica tra i capelli bianchi tagliati corti. Doveva essere sulla settantina. Le fece strada tra tavoli di legno, lampade, mobili, comodini e quadri. Arrivati in fondo al negozio le indicò un comodo divano ottomano con i cuscini in tessuto rosso, mentre lui si appollaiò su una sedia di fronte. Aveva le dita corte e le muoveva lentamente come se stesse suonando il pianoforte; indossava pantaloni da lavoro marrone chiaro e una camicia bianca a maniche corte di almeno una taglia più grande. La guardò attraverso le lenti spesse che gli ingigantivano gli occhi, e si inumidì le labbra prima di parlare.

"Come posso esserle utile?" domandò con una voce meno impostata di quella che aveva al telefono.

"Ho sempre trovato affascinante il suo lavoro. Vengo da una famiglia di decoratori e quest'odore mi ricorda tanto la mia infanzia," disse sincera, e l'uomo allargò le braccia sorridendo.

"Magnifico, veramente magnifico," replicò lui sgranando gli occhi per la sorpresa. "E perché non ha portato avanti l'attività di famiglia?"

"Non ho mai creduto di esserci tagliata. Occorre avere un tocco d'artista, una sensibilità particolare. Io ho altre caratteristiche."

"I miei complimenti. È una dote riconoscere i propri limiti e accettarli," osservò lui mentre la squadrava come se dovesse prenderle le misure.

Anita si guardò intorno, attratta da quegli oggetti e dal loro profumo di vissuto.

"Le rifaccio la domanda, ispettrice: come posso aiutarla?" chiese con eccessiva gentilezza, senza smettere di spogliarla con lo sguardo.

"Come saprà sto indagando..." attaccò Anita.

"Sì, so tutto. Sembra anche a lei che certe volte la verità non voglia emergere, vero?" e da una consolle prese un blocco di fogli bianchi e una matita.

Anita lo fissò incuriosita: quello strano uomo era davvero il falsario eccezionale che le era stato descritto? Indubbiamente un personaggio enigmatico, per qualche verso di un fascino oscuro. Impiegò meno di due secondi per capire cosa stesse facendo e riprese a parlare. "Ha ragione. La verità spesso si nasconde, ma prima o poi salterà fuori. Le chiedo solo una mano. Per caso ha sentito dire qualcosa d'interessante a proposito dell'inchiesta? Ho ancora molti dubbi."

Ogni tanto l'antiquario sollevava lo sguardo scrutandola in viso, poi s'immergeva nel disegno. "Lei è molto bella, lo sa? Non si offenda, la prego, voglio essere sincero: mi piacciono le donne come lei, che non si valorizzano. Sembrano avere voglia di essere pulite, smussate, di essere modellate come i blocchi di marmo di Carrara che nascondevano le opere di Michelangelo."

Aveva una voce calma, asciutta, ma non incuteva timore, anche se la maggior parte delle persone lo avrebbero bollato come maniaco. Al contrario, in Anita prevaleva la curiosità e l'uomo parve leggerle nel pensiero. "Non si allarmi, non sono pericoloso, non lo sono mai stato," dichiarò serafico mentre continuava a tracciare linee su un foglio. "Sono d'accordo con lei, ispettrice," proseguì, "anch'io nutro qualche dubbio sugli omicidi di via Malpighi. Troppe voci, troppe richieste del passato mi fanno pensare ad altro."

Sentì come un pugno allo stomaco. Come Imondi, Lazzeri si stava riferendo al duplice omicidio di Cortesi e della Kampf e non alle morti di via Baldissera. Che fosse un segno del destino? Decise di lasciarlo continuare per conoscere la sua versione. Mentre continuava a ritrarla, parlava come se stessero chiacchierando del più e del meno. "Certo, sono solo voci, si tratta di qualche anno fa, ma il passato a volte ritorna. Se si guarda intorno, ispettrice, sono sicuro che capirà a cosa mi riferisco: siamo circondati da oggetti antichi che raccontano una storia. Per quanto ci sforziamo, il passato non si cancella." La osservò immobile, non solo per cogliere i particolari del viso, ma quasi per testare la sua abilità. "Le darò una mano, ispettrice: qui in negozio ci sono alcuni pezzi, diciamo pure 'rivisitati'. Basta sostituire piccole parti, usare con accortezza l'umidità ed ecco che una consolle appare diversa, assume un altro valore, cambia aspetto." Poi si bloccò. "Mi ripete il suo nome?"

"Anita Landi."

In quell'angolo appartato del negozio l'unico rumore era lo sfregare della matita sul foglio bianco.

"Quindi cosa pensa?"

"Quanta fretta!" replicò divertito con una smorfia timida, gli occhi fissi sul suo lavoro. "Devo riflettere, mi dia qualche giorno. Non si può puntare il dito su qualcuno se non si è più che certi. È stato un piacere immenso conoscerla, Anita," rispose porgendole il foglio su cui aveva realizzato uno schizzo del suo viso.

Rimase colpita dalla dolcezza dello sguardo e dal sorriso timido con cui l'aveva ritratta. Vedere quel disegno non fu come guardarsi allo specchio, ma qualcosa di più profondo, d'intimo.

"È bellissimo, grazie, io… non so cosa dire," commentò stupefatta.

Lui si alzò, le consegnò una cartelletta per conservare il disegno e le fece strada verso l'uscita.

"Lo sa, Anita, se posasse per me come… le modelle di Schiele… potrei condividere tanti altri ricordi," disse aprendole la porta del negozio.

"Ci penserò," rispose lei sulla soglia.

"Io non smetterò di pensarci," le fece eco quando Anita era già lontana.

15

Erano quasi le cinque del pomeriggio di venerdì. Giacomo avvertiva la stanchezza e sentiva montare la tensione. Stazionava in quel bar ormai da ore, e sebbene ne avesse approfittato per lavorare al cellulare, il tempo sembrava non passare mai. A un certo punto vide la ragazza del tatuaggio uscire dalla profumeria, accendersi una sigaretta, tirare due boccate e gettarla sul marciapiede. Si voltò, salutò con un gesto della mano le colleghe e s'incamminò verso la metropolitana. Giacomo fece un balzo, pagò lasciando una discreta mancia per la fretta e si lanciò all'inseguimento a distanza di venti metri o poco più. Si confuse tra la folla per cercare di non essere visto. Salirono sullo stesso vagone affollato della metropolitana in direzione Gessate-Cologno Nord, e nessuno dei due riuscì a trovare posto a sedere. Giacomo si nascondeva dietro il "Corriere della Sera" ogni volta che la ragazza lanciava un'occhiata nella sua direzione. Si reggeva a stento, soprattutto quando il treno decelerava e rallentava bruscamente, i pacchetti in una mano e il giornale nell'altra.

La ragazza uscì alla fermata di Lanza e si mise sotto la pensilina ad attendere il tram numero 12. Quando salì nel mezzo poco affollato, Giacomo la seguì con finta indifferenza. Poco dopo lei rispose al cellulare, e parlò fino alla sua fermata, via Monte Altissimo. Sarebbero scesi solo loro due, un rischio che Giacomo era obbligato a correre. In vita sua non aveva mai pedinato nessuno e si sentiva piacevolmente eccitato. Una volta fuori dal tram attraversò immediatamente la strada e si fermò con la scusa di digitare qualcosa al cellulare, in modo da distanziarla un po'. L'adrenalina cominciò a montargli, nel timore che da un momento all'altro la ragazza si voltasse e si accorgesse di lui, e studiò una serie di giustificazioni da dare nel caso lo avesse riconosciuto. Fortunatamente la giovane ricevette una seconda telefonata che la tenne occupata fino all'arrivo a casa, quasi all'angolo con via Varesina. Con la poca batteria rimasta, Giacomo inviò un messaggio a Francesco per fornirgli l'indirizzo preciso in cui si trovava, nella speranza che la sua avventura fosse quasi giunta al termine. Conosceva il nome della commessa, Doriana, ma non il cognome. Attese che entrasse nel palazzo e si avvicinò cauto al portone. Inforcò gli occhiali per leggere il nome sul citofono, ma non ebbe fortuna: ogni pulsante era associato a un numero. Borbottò stizzito, ripose gli occhiali nella custodia e prese il cellulare per avvisare Francesco che la caccia era finita. In quell'istante incrociò un'anziana signora uscita dal palazzo; rimase per un momento perplessa, ma dopo aver squadrato Giacomo vestito in giacca e cravatta, con una faccia che trasmetteva un misto tra sicurezza e tenerezza, gli chiese se poteva essergli d'aiuto.

"Lo spero, signora. Sto cercando Doriana, la ragazza che lavora nella profumeria di piazza Sant'Agostino," le rispose mostrando i pacchetti. "Devo darle questi. Ce li siamo scambiati per errore. L'hanno contattata dal negozio e mi hanno dato questo indirizzo," disse con un'espressione che avrebbe rassicurato chiunque.

"Ah, sì, Doriana Belli. Abita al quarto piano. Deve superare il cortile e citofonare al numero 8. Sa, sua madre e io siamo amiche… Quella ragazza ne ha passate di cotte e di crude," cominciò a raccontare la signora.

Giacomo aveva sempre avuto la capacità di far parlare le persone, anche se non era in confidenza. Era un ottimo ascoltatore e si mostrava interessato anche quando l'argomento avrebbe annoiato chiunque. Indossò la maschera della persona premurosa e scosse la testa. "Mi permetta di presentarmi, sono Giacomo

Valli. Come ben sa, nessuno ama parlare di queste cose, ma sono certo che con pazienza, buona volontà e una discreta dose di fortuna..."

"Oh sì, fortuna!" annuì la donna. "Scommetto che lei è dei servizi sociali. La storia dei sacchetti scambiati non mi ha molto convinta, ma lei ha un'aria così rispettabile e lo sguardo a modo," azzardò.

"E io che speravo di rimanere nell'anonimato... ma tant'è..." mentì lui sorridendo.

"L'ho capito subito! E mi son detta: 'Finalmente qualcuno dall'alto ha deciso di dare una chance a Doriana'. Trovare un posto di lavoro dopo due anni di carcere, con l'accusa di furto... è una manna dal cielo, no?" disse la donna con un sorriso compiaciuto.

A Giacomo si drizzarono le antenne, ma fece finta di niente e proseguì a recitare la parte dell'angelo custode di peccatori redenti. "Certo, ma non voglio raccontarle cose che lei sa già. A difesa di Doriana posso solo dire che sono spesso le cattive compagnie a trascinarti sulla brutta strada, è d'accordo?" domandò retoricamente Giacomo, che non sperava certo di avere tutte quelle informazioni in meno di un minuto.

"Sono convinta anch'io. Adesso però devo lasciarla. È stato un piacere, signor Valli."

"Piacere mio, signora..."

"Monzini," rispose lei e gli porse la mano. La donna lo fece entrare e Giacomo attese qualche secondo prima di andarsene. Prese il cellulare e cercò una macchina a noleggio nei paraggi. Attese pochi secondi, ne trovò una a duecento metri e pensò ai successi di quella giornata.

Arrivato a casa raccontò tutto a Francesco, ma non ebbe il tempo di scendere nei dettagli perché suonò il campanello. Era Anita.

"Stasera vi offro una pizza. Qui all'angolo c'è un locale che mi hanno consigliato, una bomba. Dai, faccio un salto in bagno a sistemarmi intanto che vi preparate," esordì togliendosi le scarpe.

Francesco s'irrigidì e Giacomo approfittò di quell'attimo d'incertezza. "Perdonami, Anita, ma sono troppo stanco per cenare fuori. Però la pizza la prendo volentieri. Se volete la ordino e ce la facciamo portare a casa, che dite?"

C'era qualcosa di strano nell'aria e Anita li guardò perplessa. "Ho detto qualcosa di sbagliato? Avevate già preparato? Volevo proporvi qualcosa di diverso e iniziare a sdebitarmi in qualche modo."

"Non ce n'è bisogno. Allora, come la vuoi la pizza?" chiese Giacomo cambiando argomento.

"Lascia stare," rispose Anita, "vado io. Cosa vi prendo?"

Attendeva che le consegnassero i cartoni della pizza in strada, a fianco dell'ingresso del ristorante. Non le erano certo sfuggiti né il pronto rifiuto di Giacomo a uscire, né la reazione di Francesco, rimasto di sasso e improvvisamente imbarazzato. Ebbe una strana sensazione, di elementi fuori posto, cose non dette, e si ripeté mentalmente di non fidarsi mai delle persone perché tutto prima o poi finisce, soprattutto il clima di serenità, quello che non aveva sentito da tanto tempo, e che solo quei due strani personaggi erano riusciti momentaneamente a farle vivere. Decise di rimanere un po' sulle sue e si ripromise di trovare una soluzione per andarsene il prima possibile.

In venti minuti erano seduti a tavola in un'atmosfera decisamente migliore. I due amici iniziarono a discorrere di politica, mentre Anita si limitava a osservarli. Poi, terminata la pizza, si ricordò di chiedere a Giacomo perché fosse in via Malpighi il giorno prima.

"Sono passata di lì e ti ho visto entrare," buttò lì, ma vide Giacomo lanciare un'occhiata a Francesco ed ebbe la conferma che ci fosse qualcosa di strano.

"Nulla, solita routine," rispose, "ho qualcosa per voi, vado a prenderlo in camera," e si alzò da tavola.

"Per noi?" chiese Anita a Francesco, che le rispose con uno sguardo incuriosito. Dopo qualche secondo Giacomo ricomparve e porse a ciascuno un pacchetto della profumeria.

Anita si rigirò il pacchetto tra le mani e poi domandò perplessa: "Cosa mi state nascondendo voi due?".

"Nulla, che ti salta in mente?" replicò Giacomo.

Anita batté un pugno sul tavolo e li fece sobbalzare. "Non prendetemi per il culo anche voi, vi prego."

Colti alla sprovvista, si guardarono senza aprire bocca e lei proseguì. "Le buste dei regali! La mia ha l'indirizzo di piazza Sant'Agostino, quella di Francesco di corso Monforte, e sono un bel po' distanti. A meno che Giacomo non avesse intenzione di girare tutta Milano in cerca di un profumo, ho il vago sospetto che ci sia dell'altro. Senza contare il fatto che l'ho visto in via Malpighi," aggiunse con un'amarezza che non si preoccupò di mascherare.

"Dille tutto, Giacomo," lo invitò Francesco.

L'inizio fu un po' titubante, ma nel giro di poco Giacomo si caricò e con un insolito entusiasmo raccontò nel dettaglio del colloquio con le signorine Campanini e della giornata alla ricerca della fantomatica "chiave di 'do'". "... e così ho scoperto che il nostro finto fattorino in realtà si chiama Doriana Belli ed è stata in galera per furto." Concluse con l'aria soddisfatta di chi attende un applauso, consapevole di aver appena dato prova di una prestazione eccellente.

Anita ascoltò in silenzio, ma alla fine sbottò.

"Siete due incoscienti! Ma lo sapete che potremmo finire in un mare di guai? Merda, e se pensano che sono stata io a chiedervi di indagare?"

"Ma non capisci? Questo può cambiare le cose!" s'intromise Giacomo. "Hanno detto che Cortesi e la Kampf sono stati uccisi al più tardi alle tre e mezza e noi sappiamo che una ladruncola è entrata nell'ufficio di Cortesi dopo le quattro."

"Ci troviamo di fronte a due reati distinti: un duplice omicidio e un furto commesso da questa Doriana Belli," aggiunse Francesco.

Anita si mise le mani tra i capelli come se volesse strapparli, poi li raccolse con un gesto nervoso sopra la testa, ma non avendo nulla a portata di mano per fermarli li lasciò ricadere sulle spalle. "E pensare che la mia analista considera una fortuna che vi abbia conosciuto: due uomini maturi con i piedi per terra."

Borbottò un paio di insulti in dialetto toscano e li guardò come se stesse decidendo la punizione. "Sento puzza di guai, sento che mi metterò nei casini. È probabile che dovrò cercarmi un altro lavoro... D'accordo, siamo in pista? Corriamo allora! Cosa dicevi, Giacomo, a proposito di Doriana Belli? Precedenti per furto?"

Giacomo annuì. "E abita in via Monte Altissimo, citofono 8," aggiunse.

"Prendi la giacca che andiamo a trovarla," ordinò senza la minima esitazione.

In mezz'ora arrivarono a destinazione e durante il tragitto lo pregò di stare in silenzio. L'inchiesta di via Malpighi la perseguitava e da quel momento decise di assecondare il suo istinto. "Aspetta qui," disse perentoria. Giacomo la guardò citofonare ed entrare nel palazzo.

Ad aprirle la porta di casa fu proprio la ragazza descritta da Giacomo.

"Doriana Belli? Sono l'ispettrice Landi, ha qualche minuto da dedicarmi?"

La giovane si guardò intorno, come in cerca di una via di fuga.

"Ti avviso che corro più veloce di te, quindi non tentare di scappare e nemmeno di raccontarmi stronzate, non è serata. Ora dammi i documenti," la aggredì Anita.

Quando la ragazza consegnò la carta d'identità senza battere ciglio, Anita varcò la soglia e chiuse la porta dietro di sé. In quel momento si accorse della presenza della madre di Doriana, una signora anziana che si stava avvicinando in vestaglia. "Torna pure a letto. Devo parlare con questa amica, non preoccuparti," la rassicurò lei, e Anita la tranquillizzò con un sorriso.

"Andiamo di là," la invitò Doriana, e si sedettero su un piccolo divano una di fianco all'altra.

"Vado subito al punto: che ci facevi lunedì pomeriggio in via Malpighi nell'ufficio di Cortesi?" chiese Anita.

"Io? Ma cosa sta dicendo, e chi è questo Cortesi?"

"Due testimoni ti hanno riconosciuta," insistette Anita.

"Non so di cosa sta parlando, glielo giuro," ribatté Doriana portandosi una mano al petto come per ribadire l'estraneità all'accaduto.

"Ho capito, fai la tosta come tutte quelle che sono state in gabbia. Nessun problema, ti arresto per duplice omicidio e furto e ti rimando dritta in galera," la minacciò afferrandole il polso, poi prese le manette. "Sei finita," le sussurrò Anita all'orecchio.

"Aspetti, la prego!" la implorò perdendo quel poco di sicurezza. "Io non volevo, ma mi ha obbligato."

"Di chi stai parlando?"

Giacomo la vide arrivare con l'andatura nervosa e salire in macchina sbattendo la portiera.

"Cosa ti ha detto?" le chiese.

"No," ribatté, "non so più se posso confidarmi con voi, e nel caso decidessi di farlo non mi va di ripetere le stesse cose a Francesco, quindi mi fai il santo piacere di aspettare."

Giacomo si risentì, scosse la testa e guardò dal finestrino le vie di Milano che scorrevano veloci.

"Insomma, sì, è vero, abbiamo sbagliato a non dirti nulla ma volevamo aiutarti," si giustificò Giacomo una volta a casa, "non c'erano altri fini. Ti chiediamo scusa. Adesso… ci vuoi dire cosa sta succedendo?"

"Quando inizio a star bene, ecco, è proprio allora che penso a quando finirà. La nostra strana convivenza è a tempo e oggi ne ho avuto la certezza!" Bloccò le repliche chiudendo gli occhi e abbozzò un gesto secco della mano come chi non vuole sentire ragioni. "No, no, no. Lasciatemi finire e non sprecate tempo per convincermi del contrario. Chiudo la parentesi personale e vado al punto, ormai siamo in ballo e finiremo insieme. Sto seguendo due casi, uno più ingarbugliato dell'altro, e non posso continuare così. Il primo mi è stato sfilato da un idiota che pensa di averlo già chiuso, e l'altro farà la stessa fine se non lo risolvo entro martedì. Sì, miei cari! Andrà dritto dritto sulla scrivania della

Mobile. Ma procediamo con ordine. Via Malpighi: la ragazza con la chiave di 'do' tatuata, Doriana Belli, è un topo d'appartamento, una semiprofessionista, in gamba ma con qualche difetto. Salvatore Loporto l'ha ricattata, e le ha dato quattro soldi per rubare dei documenti nello studio di Cortesi. Le aveva fornito gli orari e soprattutto le abitudini del finanziere e degli altri inquilini. Sapeva che l'ufficio del primo piano, come ogni lunedì pomeriggio, era vuoto. Doriana si è presentata in via Malpighi alle quattro meno dieci travestita da pony express. Aveva studiato il colpo, sapeva delle due anziane dell'ultimo piano e ha pensato di utilizzare lo stratagemma del fattorino con loro per entrare indisturbata nel palazzo. Peccato che si sia trovata di fronte due vecchiette vispe e attente."

"E un amministratore di condominio con il fiuto da detective," aggiunse Francesco lanciando un'occhiata all'amico.

"Sì, certo," commentò ironica, "comunque... una volta lasciate le Campanini, è scesa al primo piano e ha trovato la porta aperta."

"La porta era aperta?" chiese Francesco stupito.

"È possibile. Quel giorno il mio collega mi aveva riferito d'averla trovata così e mi è sembrato parecchio strano, e se ricordo bene le chiavi dell'ufficio erano sotto la scrivania di Cortesi, tra i fogli gettati per terra."

"Perdonami, Anita, ma può essere stata Doriana. Può averti mentito," s'intromise Giacomo turbato.

"Non credo. Una professionista, o presunta tale, non fa tutta quella confusione, anche perché sapeva cosa e dove cercare. In più, se avesse voluto uccidere Cortesi e la Kampf non avrebbe voluto testimoni, nemmeno le due signorine dell'ultimo piano. E da ultimo Doriana è una ladra, non un'assassina. Quindi lei non entra in casa Cortesi ma va diretta nello studio, trova i documenti che servivano a Salvatore Loporto e li ruba. Ripeto, sapeva dove cercare, gliel'aveva detto lo stesso Loporto: erano nel secondo cassetto della scrivania, in una cartelletta azzurra intestata con il nome di un'operazione immobiliare che stavano studiando Loporto e Cortesi, e che è saltata per un ripensamento di quest'ultimo, almeno a detta di Doriana. Una volta uscita dal palazzo ha consegnato la cartelletta a Loporto, che l'aspettava impaziente in Porta Venezia." Anita si alzò e aprì il suo bloc-notes. "Io credo al racconto di Doriana e ritengo che Loporto non sia colpevole. Quel pomeriggio era nei pressi dell'abitazione, ma non c'entra con gli omicidi."

"Quindi?" domandò Francesco.

Anita attese qualche istante, intenta a rileggere alcuni appunti. "Ricordavo bene! Nell'ufficio di Cortesi mancano due cose: la cartelletta azzurra e un'agenda rossa, quella dove Cortesi si segnava progetti particolari."

"Ma se Doriana ha detto di aver rubato solo la cartelletta azzurra..." disse Francesco.

"C'è una sola spiegazione che, tra l'altro, è coerente con i fatti: l'assassino ha ucciso la Kampf e Cortesi, ha preso le chiavi dell'ufficio, ha cercato l'agenda rossa e poi è fuggito via con quella. Dopo una mezz'ora, è entrata Doriana e ha compiuto il furto di cui sappiamo," rispose Anita soddisfatta.

"Quanto a Loporto, Doriana non sa dove si trova?" chiese Giacomo.

"Sembra che si sia nascosto in Slovenia, aspetterà che si calmino le acque. Secondo la ragazza frequenta un giro pesante ed è in società con gente molto pericolosa. Volete un succo di frutta?" domandò andando in cucina, senza ottenere risposta. Tornò in sala e si accomodò di nuovo.

"Il tuo simpatico collega ha preso una cantonata mostruosa," affermò Giacomo.

"Sì, ma siamo al punto di partenza, in un vicolo cieco," rispose Anita.

"Allora facciamo così: mettiamo un attimo da parte via Malpighi, non pensiamoci per un po' e vediamo se ci viene in mente qualcosa. Veniamo a via Baldissera..." propose Francesco sistemandosi meglio sul divano.

Anita attese qualche secondo, si passò la mano tra i capelli, li guardò sbuffando e si decise. "Va bene, ma sappiate che passerei seri guai se dovesse uscire qualcosa, e soprattutto non osate prendere altre iniziative personali, chiaro?"

"Tranquilla," risposero quasi all'unisono i due amici.

"È appurato che Teresa si intrometteva spesso in questioni che non la riguardavano ed è probabile che avesse cercato di dissuadere la signora Nosetti dal chiedere soldi a un usuraio. Non so se ci sia riuscita, e questo potrebbe essere un probabile movente. Poi c'è Anselmi: è vero che è un necrofilo, ma francamente non ce lo vedo a uccidere la custode. La cosa più incredibile in ogni caso è la morte di Giuliani. È stato un omicidio e non un attacco di cuore a ucciderlo. Oltretutto è morto lo stesso giorno della custode, anzi mezz'ora prima, quindi bisogna trovare il legame perché io non credo alle coincidenze. Forse Anselmi poteva avere qualcosa da ridire anche su Giuliani." Raccontò il battibecco tra i due per la storia del cane e di quando ad Anselmi cadde la valigetta piena di fotografie che ritraevano cadaveri, e aveva preso a male parole Teresa che voleva aiutarlo.

"Quindi per adesso è l'unico che possiamo considerare un sospettato," disse Francesco pensieroso.

"Qualcosa non funziona," intervenne Giacomo. "Lo conosco da anni e non penso proprio sia in grado di uccidere due persone. Ha paura del contatto fisico, stringe malvolentieri la mano, conduce una vita anonima... no, per me non può essere lui il colpevole."

"Allora anche qui siamo in un vicolo cieco," sentenziò Francesco.

"Bene, alcol test positivo e c'è una puzza di marijuana da far spavento in questa macchina," disse l'agente della Stradale rivolgendosi al collega. "Scendete, uno alla volta," ordinò poi ai quattro giovani, due ragazzi in giacca e due ragazze in abiti provocanti. Li fecero stare in piedi appoggiati al muretto della strada.

"Documenti, per favore", chiese l'agente, e le due ragazze glieli consegnarono non troppo intimorite. Il poliziotto lesse i nomi ad alta voce: "Sofia Valli e Giada Gazzola. Ah... siete pure minorenni!"

"Le lasci in pace," s'intromise uno dei due ragazzi, "lei non sa chi sono io!"

"Se mi fornisce i documenti, lo saprò," rispose il poliziotto infastidito da quella frase.

"Questo è un abuso, non potete," disse il più alticcio del quartetto.

L'agente lo ignorò. "Che ti dicevo, Berionni? Abbiamo due personalità dell'aristocrazia, inizia a preoccuparti," disse e rise di gusto.

"Mi scusi, posso chiamare casa? Saranno in pensiero se non torno in orario," domandò Sofia con la voce che le tremava per il freddo.

"Temo che avrai ben altro di cui preoccuparti: avete fumato cannabis?"

"Sì," ammise la ragazza senza titubanze. "Anch'io," si accodò Giada.

"Va bene, chiama pure i tuoi genitori. Ora datemi le vostre borse."

Mentre l'agente spulciava il contenuto, Sofia si rivolse all'amica. "Che ne dici se chiamo mio padre? Forse ci salverà. Se lo viene a sapere mia madre non mi fa più uscire per un anno."

Giada sbuffò, ma non le venne in mente un'alternativa.

Quaranta minuti dopo arrivò un'auto rossa che Sofia non aveva mai visto. Anita si diresse verso gli agenti della Stradale che tentavano di far ragionare i due ragazzi, mentre Giacomo fece cenno a Giada e a sua figlia di salire in macchina.

"È vestita come una zingara," disse sottovoce Sofia.

"E non è neppure truccata!" aggiunse Giada.

Lui attese fuori dall'auto mentre Anita parlottava con gli agenti della Stradale.

"Non attaccherà mica con una delle sue prediche? Piuttosto torno a casa a piedi," disse Giada a bassa voce.

"Non lo so. Ma non credo. Quando è veramente arrabbiato ha una reazione strana: ti guarda fisso e sta zitto," rispose Sofia.

"Speriamo sia incazzato nero, allora," ribatté Giada, e scoppiarono a ridere, per poi zittirsi soltanto quando Giacomo si voltò a guardarle. Poco dopo Anita salì in macchina, imitata da Giacomo.

"Al vostro amico toglieranno la patente per un bel po', mentre per voi due non ci saranno problemi," esordì con il tono tipico da poliziotto, "allacciatevi la cintura di sicurezza," ordinò mentre accendeva il motore.

"Potreste almeno ringraziare," intervenne Giacomo con il suo fare compassato.

"Grazie," biascicarono le ragazze quasi all'unisono, ma bastò che si scambiassero un'occhiata per scoppiare di nuovo a ridere sotto gli effetti della marijuana.

Dopo alcuni chilometri Sofia crollò dal sonno, mentre Giada si lamentava.

"Tutto bene?" chiese Anita osservandola dallo specchietto retrovisore.

"Mi viene da vomitare," disse la ragazza toccandosi lo stomaco con le mani.

"Oh diavolo!" commentò Giacomo.

Anita accostò subito.

"Giacomo, falla scendere!" urlò e, una volta fuori dall'auto, Anita l'accompagnò vicino a un albero. Quando Giada si riprese, chiese a Giacomo di portarle la bottiglietta d'acqua che aveva nel vano portaoggetti.

"Ecco, sciacquati la bocca e sputa. Poi bevi un paio di sorsi lentamente e quando starai meglio torneremo in macchina. Prenditi il tempo che vuoi, tanto non ho più sonno." Si scostò un poco e Giada per un momento barcollò, ma dopo qualche altro sorso e un paio di respiri profondi sembrò stare meglio. La ragazza la fissò con aria di sfida, e provò a sostenere lo sguardo duro e glaciale di Anita, che quelle situazioni le aveva vissute tante altre volte.

"Chi portiamo prima all'ovile?" chiese Anita a Giacomo.

"Puoi lasciarmi a un taxi," ribatté acida Giada, ma Anita non le diede retta. "E così tu saresti l'ispettrice di Polizia che vive da Giacomo?" domandò.

"Momentaneamente," rispose Anita.

"Momentaneamente," ripeté ironica Giada con l'intento di portare al limite la pazienza di Anita.

"Mi aspettavo una ramanzina sulle canne," riprese la ragazza, che sembrava ci godesse a tentare di esasperarla.

"E perché mai? Non sono tua madre."

"Mi avevano detto che eri vecchia, ma non mi pare proprio."

"A me invece sembra che apri la bocca per dar fiato a bischerate."

"Stronza," replicò Giada a voce bassa, ma non a sufficienza e Anita le lanciò un'occhiataccia.

"Ehi bimba, non sono tua sorella e bada a come parli! Pensi di essere tosta, ma per il tuo bene ti conviene tacere. Ho una buona memoria e la pazienza di aspettare la tua maggiore età per venirti a tirare quei due schiaffi che non ti ha mai dato nessuno."

Nella macchina calò il gelo e la ragazza si mise a braccia conserte, mordicchiandosi il labbro. Per tutto il resto del viaggio guardò distrattamente fuori dal finestrino.

Accompagnarono prima Giada e poi Sofia. Giacomo impiegò un po' per svegliare la figlia, e la sostenne dall'ascensore fin sulla soglia dell'appartamento, dove la ragazza lo supplicò di non dire nulla alla madre.

Una volta soli in auto, Giacomo ringraziò Anita.

"Tranquillo, non c'è problema. Promettimi che mi sparerai un colpo alla nuca se un giorno dicessi di volere un figlio."

Giacomo non replicò e fissò un punto indefinito davanti a sé riflettendo su dove avesse sbagliato con Sofia. Anche Anita era perplessa: negli occhi di Giada aveva letto una rabbia profonda, quasi un odio verso il mondo, un sentimento che conosceva fin troppo bene, e decise che avrebbe scelto il momento giusto per chiedere a Francesco cosa fosse successo tra loro. Poi ci ripensò. Sarebbe stato entrare ancor di più in confidenza con lui, ed era esattamente quello che voleva evitare, così cercò di convincersi che in fondo non erano affari suoi.

16

Tornata a casa alle prime luci dell'alba del sabato, Anita non riuscì a chiudere occhio. Evitò di rispondere a Francesco sulla figlia e si rintanò in camera. Cercava sempre di non intromettersi in quegli argomenti, visto che per lei la famiglia era un tema molto delicato. Ripensò ai suoi genitori, morti prima che compisse sei anni. Aveva ben impresso nella mente quel giorno, quando vide gli zii all'uscita della scuola: "Verrete a stare da noi per un po', tu e il tuo fratellino," le avevano detto. Anita per un momento era stata felice: andare a Pisa era sempre un'avventura e una gioia speciale perché gli zii, non avendo figli, li trattavano come due principi. Partiti per Pisa, Anita abbracciata al fratello che giocava con una macchinina chiese: "Zia… dove sono babbo e mamma?". Lei non aveva risposto ed era tornata a guardare la strada con gli occhi gonfi, mentre lo zio spostava la mano dal cambio per asciugarsi una lacrima. Anita aveva capito tutto.

Il ricordo le esplose dentro. Scacciò quei pensieri con un colpo di tosse e si alzò. Prese il bloc-notes e rilesse alcuni appunti sul caso di via Baldissera; non riusciva a concentrarsi, così decise di uscire e andare a correre.

Anche Giacomo e Francesco rimasero svegli a parlare per il resto della notte. Giacomo non aveva mai ipotizzato che la figlia fumasse spinelli, mentre Francesco sentiva un macigno sullo stomaco al pensiero di Giada. L'ultima immagine di lei lo tormentava nel profondo: la Vigilia di Natale. Accarezzò la foto appesa sulla parete di fianco al letto: una tenera Giada che si proteggeva dal fotografo abbracciando la gamba del suo papà, l'unica fotografia che aveva preso con sé dal vecchio appartamento. Era impossibile allontanare quei ricordi, così si alzò e fece una delle sue lunghe docce accucciato in un angolo. Uscito dal bagno andò in cucina.

"Sei andata a correre?" chiese sorpreso ad Anita che mangiava una fetta di pane integrale e marmellata.

"Buongiorno Francesco. Sì, quando non sono tranquilla mi torturo con gli addominali e corro. Stancarmi fisicamente mi rilassa, dovresti provarci anche tu," disse addentando il pane.

"Sono sempre stato refrattario all'attività fisica. Giocavo a golf, anche con discreti risultati, ma non mi è mai realmente piaciuto. Più che altro era un modo per fare pubbliche relazioni. In verità non ero un vero appassionato e quando ho smesso è stata una liberazione," spiegò mettendo la moka sul fornello.

Anita seguì il suo istinto e contro ogni proposito di mantenere le distanze andò dritta al punto. "Tua figlia è proprio una stronzetta pungente e si comporta come se avesse trent'anni. Da quant'è che non le parli?"

"Da un bel po'," rispose lui palesemente a disagio. "In effetti non so più niente di lei. E francamente vorrei evitare di discuterne. Sono un debole, lo so."

"Scusami, Francesco, non volevo essere invadente."

"Scusami tu. Dovrei solo trovare il coraggio di affrontare certe situazioni, comunque preferirei farlo quando mi sentirò pronto," disse troncando il discorso. "Abbiamo degli omicidi da risolvere."

Anita capì d'aver scelto il momento sbagliato e si morse la lingua. "Giusto. Torniamo ai casi."

In quell'istante entrò Giacomo vestito di tutto punto. Salutò e si mise seduto sullo sgabello della cucina già invasa dal profumo di caffè.

Francesco attaccò. "Per il caso di via Malpighi cambierei strategia. Diamo per scontato che la pista seguita dalla Polizia non porti a nulla e che Salvatore Loporto non sia il colpevole, ma solo il mandante di un furto. Infatti, se avesse voluto la morte di Cortesi, oltre a rubare un dossier, non avrebbe assoldato una ladra ma un sicario, non trovate?"

"Non fa una grinza," rispose Giacomo.

Anita continuò a mangiare la sua fetta di pane e fece cenno a Francesco di proseguire. Intanto si tolse la T-shirt da running con una naturalezza disarmante, rimanendo in leggings e microcanottiera, il seno modellato dal sudore. I due uomini si guardarono tra il divertito e il perplesso, e Francesco tossicchiò.

"Vorrei attirare la vostra attenzione sulla signora Kampf: ho letto sul giornale che il suo avvocato è Dario Paletti, una mia vecchia conoscenza." Scrisse qualcosa su un foglietto e lo consegnò a Giacomo. "Vai da lui. Anche se è sabato, lo troverai nel suo studio di via Corridoni. È uno di quelli che pensano solo al lavoro… le brutte abitudini non si perdono mai. Digli che ti mando io, basta dirgli 'Pratica Lancetti', una questione riservatissima che abbiamo trattato insieme e che conoscono solo gli interessati. Vedrai come abbasserà le difese! Fagli capire che indaghi per qualche organizzazione senza fare nomi: lui è sempre stato attratto dalle vicende oscure e dalle leggende sui gruppi di potere che governano il mondo. Il tuo obiettivo è scoprire la verità: chiedi degli spostamenti della signora Kampf nel giorno della sua morte e scopri il più possibile su di lei. Ripeto, ipotizziamo che qualcuno volesse la morte della Kampf, e non per soldi. Con le informazioni in nostro possesso dobbiamo escludere l'ambito familiare. Sia lei sia quell'odioso arrivista del marito avevano relazioni extraconiugali stabili, e in più erano divorziati."

Giacomo guardò l'orologio. "Pensavo di andare prima a fare la spesa," disse con lo sguardo pronto a entrare in azione, "e tu, Anita, cosa farai?"

Lei inghiottì l'ultimo boccone. "Voi vi occupate del caso eclatante e io delle morti di via Baldissera: farò un salto in un negozio di ferramenta. Pare che il titolare presti soldi a usura e che conoscesse Teresa. Non mi sono mai piaciuti questi soggetti.

Tornando a voi, mi raccomando: non siete poliziotti, non potete indagare come tali. Discrezione e… per favore state attenti."

"Permettimi un consiglio, Anita: con gli strozzini ho avuto a che fare per motivi professionali. Sono persone melliflue, appaiono miti ma sono degli scorpioni. Mettilo alle strette immediatamente e fagli capire che sai molto più delle poche notizie in tuo possesso, ma poi cambia argomento, destabilizzalo. Lasciagli intuire che non mollerai l'osso e che gli starai con il fiato sul collo. Il lavoro di usuraio, sotto molti punti di vista, ha bisogno di discrezione e deve essere svolto sotto traccia nella prima fase. Ma in caso di mancato pagamento ecco apparire l'altra faccia della medaglia: minacce, lesioni e l'accaparramento di qualsiasi bene del malcapitato che possa avere un qualche valore. Se la Polizia punta uno di questi individui gli rovina gli affari e loro non possono permetterselo. Stai attenta, non è escluso che ti offra dei soldi per essere eliminato dalla lista dei sospettati. Tu guardalo dritta negli occhi e sparisci."

Un'ora dopo Anita entrò nella ferramenta in fondo a via Nöe. Si trovò nel classico negozio con decine di scaffali e migliaia di piccoli contenitori, e un lungo tavolo in metallo dietro al quale lavoravano due commessi. S'intravedeva una porta che dava sul retro, dalla quale provenivano i rumori di una fresa. Uno dei ragazzi si rivolse ad Anita amichevolmente.

"Ciao, dimmi tutto."

"Posso parlare con il signor Bassanini?"

"È nel retro, sicura che non posso darti una mano io?" ribatté il ragazzo.

Anita mostrò il distintivo e fece in modo di esibire la Beretta calibro 9 che aveva nella fondina legata alla cintura. A quella vista il commesso non insistette oltre.

"Lo chiamo subito," si affrettò a rispondere con un'espressione intimorita. Si diresse come un fulmine nel retro e il rumore della fresa s'interruppe. Passarono pochi secondi e dietro di lui apparve un uomo piccolo di statura, quasi calvo. Aveva il fisico asciutto di un ragazzino, ma le rughe di un ottantenne. Lì per lì sembrava un mite vecchietto, ma il suo sguardo scrutatore metteva a disagio. Indossava un grembiule blu scuro con macchie e aloni, e si strofinò le mani lungo i fianchi. Fece una smorfia che voleva sembrare un sorriso e invitò Anita a seguirlo nel retro con un gesto della mano. Dietro quel bancone si apriva un magazzino molto grande e profondo, con file di scaffali metallici. Di fianco alla porta, dietro il muro che separava il magazzino dalla zona vendita, un piano di lavoro con tutte le attrezzature da fabbro e un odore di grasso e di limatura di ferro.

"Come posso aiutarla, signorina...?"

"Ispettrice Landi," rispose lei mostrandogli il distintivo.

"Sono tutt'orecchie," disse lui, forzatamente cordiale.

"Vado al punto: vorrei informazioni su Teresa Merli, la custode morta di via Baldissera."

La schiettezza di Anita parve turbarlo per un momento, ma poi riprese quell'atteggiamento tra l'indifferente e lo spavaldo.

"Conosco tante persone e questo nome mi dice poco, mi dispiace, e poi mi scusi, perché lo chiede proprio a me?"

"È strano che non se la ricordi. Secondo alcuni testimoni la conosceva molto bene per via di una storia di soldi... un prestito a qualcuno col vizio del videopoker..." ribatté Anita guardandosi intorno. "Ma riesce ancora a resistere alla concorrenza delle grandi multinazionali che vendono di tutto, dalle viti alle scale a chiocciola?" domandò cambiando argomento, come le aveva consigliato Francesco.

Bassanini si trovò spiazzato da quelle domande così diverse e, non sapendo cosa rispondere, la guardò stranito.

"Le rifaccio la domanda: conosceva Teresa Merli?"

Lui sospirò tradendo un leggero imbarazzo. "Non sono sicuro che fosse la persona che dice lei, ma qualche settimana fa, poco prima che chiudessi il negozio, è entrata una donna sulla sessantina, piccola di statura e con la lingua tagliente. Mi ha urlato di lasciare stare una persona, non ricordo il nome, tutto qui," fece lui con il tono di chi vuole chiudere la conversazione.

"L'aiuto io: Nosetti," disse Anita avvicinandosi e appoggiando la mano sul calcio della pistola.

"Le giuro che non ricordo," ribatté l'uomo sicuro di sé, "minacciava di denunciarmi, diceva che la stavo circuendo per farle del credito, o roba del genere, ma si sbagliava, mi creda sulla parola." Pronunciò la frase piegando un poco il capo e serrando le labbra.

"Ah… se me lo giura, allora siamo a posto," esclamò ironica. "Scusi il disturbo, signor Bassanini."

Lui non aveva del tutto inquadrato la situazione ma sorrise sperando che la questione fosse davvero risolta. "Ma quale disturbo, ispettrice!" le disse, e fece per accompagnarla fuori dal magazzino.

"Le scuse non riguardano la mia visita, ma le seccature che avrà in futuro. Odio essere presa per il culo perché questo significa piantonarla, seguire ogni sua mossa, chiedere al magistrato d'intercettare i suoi telefoni, avvisare i colleghi della Finanza, insomma, noie a non finire. Stia bene, signor Bassanini. Arrivederci," e accennò un passo verso l'uscita.

"Aspetti!" gridò l'uomo, "un momento, la prego," aggiunse a voce più bassa e con il suo falso sorriso, questa volta carico d'odio. Si mise seduto su uno sgabello di fronte al banco di lavoro, prese un fazzoletto di stoffa bianco dalla tasca del grembiule e si asciugò i lati della bocca, una mossa per prendere tempo.

"Ero stato avvicinato da una persona, amica di un conoscente. Disse di avere bisogno di una mano, perché momentaneamente in difficoltà economiche. Ovviamente non potevo dare una risposta subito, lei capirà, sono cose che richiedono tempo. Così, proprio quando avevo deciso di non voler rischiare di prestare denaro a sconosciuti, ecco che una sera entra questa signora nel negozio e inizia a insultarmi. Confesso, l'ho trattata male e l'ho anche minacciata con una chiave inglese se non fosse uscita immediatamente. Non si doveva permettere di dire certe assurdità. Ho più di cinquant'anni di onorata carriera. Ecco come sono andate le cose." Attese la replica di Anita, poi proseguì deciso. "Glielo dico nel modo più chiaro possibile: io non c'entro nulla con la morte di quella donna, mi creda!"

"Crederle?" rispose Anita con un ghigno enigmatico. "A presto, signor Bassanini."

Questa volta lui non la fermò. Appena la porta del negozio fu chiusa, prese il cellulare e fece due passi all'interno del magazzino, tra gli scaffali.

"Sono io... no, non puoi richiamarmi, fai silenzio e ascoltami: è venuta in negozio una poliziotta, una certa Landi... sì, Landi! Ha attaccato a farmi domande sulla Merli... no! Non m'interessa il tuo parere: toglimela di dosso, usa il metodo che preferisci, incastrala, falla rapire, quello che ti pare, non m'interessa, ma non voglio sentirne parlare, non voglio avere grane, non deve più permettersi di venire da me, siamo intesi?" urlò e chiuse la telefonata senza attendere replica.

Giacomo suonò al citofono dello studio Avvocato Paletti e Associati.

"Sono Giacomo Valli, cerco l'avvocato Paletti."

"Sono io, ma sono impegnato. Prenda un appuntamento lunedì con la mia segretaria."

"Mi manda Francesco Gazzola."

"Francesco? Terzo piano."

Gli aprì la porta dell'ufficio un uomo massiccio, con un naso pronunciato e due occhi castani molto ravvicinati. Aveva i capelli tirati indietro, che rendevano ancora più ampia la fronte. Sembrava più giovane di quanto avesse immaginato. Lo squadrò e gli sorrise.

"Conosce Francesco Gazzola?" chiese stringendogli la mano.

"Sì, avvocato, molto bene, e le porto i suoi saluti."

Quello sulle prime indossò l'espressione tipica di chi vuole mettere alla prova un interlocutore sconosciuto.

"Dov'è adesso Francesco?" chiese ancora sulla soglia, aggrottando la fronte.

"Come saprà, da anni non esercita più ma cura i nostri interessi senza bisogno di ricorrere in tribunale," rispose Giacomo ripetendo la frase che aveva imparato a memoria.

"I vostri interessi? Di chi?"

"Dobbiamo parlarne sulla porta?"

L'avvocato scosse la testa. "Sì, ha ragione, andiamo in sala riunioni."

Entrarono in una stanza molto ampia con una libreria stracolma di volumi, e sul lato opposto fotografie in bianco e nero della vecchia Milano appese alla parete.

"Sono immagini antecedenti il…"

"1929, prima che modificassero la città interrando i Navigli," spiegò l'avvocato Paletti come se non avesse tempo da perdere, e gli indicò la sedia: "Bene, mi dica".

"Vorrei porle alcune domande sulla signora Greta Kampf," esordì Giacomo.

"Kampf ha detto?" domandò perplesso. "Scusi, risponda prima a me. Chi siete e di cosa vi occupate esattamente?"

"Amministrazioni condominiali, avvocato, anche se uno degli obiettivi aziendali è quello di cercare la verità," e gli porse il biglietto da visita.

"E cosa c'entra… non capisco…"

"La prego, non mi chieda più nulla," lo interruppe Giacomo.

"Gestioni immobiliari… Francesco Gazzola che sparisce dal mondo… il duplice omicidio… d'accordo, le concedo cinque minuti."

"Vado subito al punto: la signora Greta Kampf è stata uccisa, ma noi ipotizziamo che il colpevole non sia l'uomo che tutti stanno cercando, probabilmente rifugiato in un paese dell'Est, forse in Slovenia. E anche la storiella della sua industria svizzera… rapporti con il Medio Oriente… come può immaginare siamo a conoscenza di tutto, ma qualcosa ci dice che non è lì che dobbiamo cercare."

"Ho già riferito ogni cosa alla Polizia. Se ho intuito chi siete realmente, dovreste avere accesso ai verbali, o mi sbaglio?" domandò sempre più perplesso.

"Ovviamente, ma Francesco mi ha consigliato di sentire i fatti direttamente dalla sua voce. Non le chiederò informazioni riservate, solo le sue impressioni personali," mentì risultando molto convincente.

L'avvocato si appoggiò allo schienale.

"Comprendo la situazione, ma non penserà che basti il nome di Francesco Gazzola e un biglietto da visita potenzialmente falso per riferirle informazioni su una cliente importante come la defunta signora Kampf. Chi mi dice che lei non sia un giornalista o qualche concorrente della società Kampfe Hederle?"

Si avvertiva una certa tensione nell'aria, ma Giacomo la gestì in modo superlativo, ostentando un'inaspettata sicurezza.

"Se fossi nei suoi panni la penserei esattamente come lei. Le assicuro che ciò di cui parleremo rimarrà segreto, forse più della Pratica Lancetti."

Giacomo usò un tono enigmatico e allo stesso tempo naturale e l'uomo rimase a bocca aperta. Gli servì qualche secondo per metabolizzare l'ultima frase, ma il nome "Lancetti" sembrò abbattere tutte le barriere.

"Come posso aiutarvi?"

L'avvocato Paletti assunse l'espressione di chi è motivato alla massima collaborazione. Giacomo si sistemò sulla poltrona con un piglio molto più deciso. "Ho bisogno di conferme sugli spostamenti di lunedì scorso della signora Kampf: ai cellulari si può far apparire qualsiasi cosa, ma lei forse è a conoscenza di qualche particolare, magari in apparenza insignificante, che potrebbe esserci utile. La prego, ci dia una mano," e lo fissò dritto negli occhi.

L'uomo prese in mano una stilografica e cominciò a giochererellarci. "La signora Kampf aveva una riunione a Chiasso e poi è venuta a Milano intorno alle tre meno venti. Abbiamo parlato al telefono del suo divorzio dal dottor Palmieri e dell'efficacia di un trust al quale la signora aveva deciso di lasciare le sue sostanze in caso di morte," rispose, gli occhi piantati su quelli di Giacomo.

"Quindi adesso sarà questo trust a gestire il patrimonio della defunta signora Kampf?"

"Sì, aiuterà organizzazioni internazionali a favore dell'ambiente," rispose sicuro.

"E chi controllerà le donazioni?" chiese Giacomo ancora più incuriosito.

"Una commissione di sei membri alla quale parteciperò anch'io. Gli altri sono tutti legali internazionali molto rispettabili," spiegò Paletti.

"L'ultima volta che ha sentito la signora Kampf avete parlato di questo?"

"Sì, dottor Valli. Alle tre meno venti, proprio mentre stava facendo benzina. Lo ricordo bene perché mi lasciò in attesa al cellulare per pagare."

"E le sembrava normale?"

"Certamente. Era serena e su di giri." La voce tradiva una qualche emozione forse perché non comprendeva la funzione del suo interlocutore. Nei suoi occhi era palese che s'immaginasse gli obiettivi più disparati, e proprio in quel momento gli squillò il cellulare. Rispose lanciando ogni tanto un'occhiata a Giacomo, come per studiarne le mosse. Appoggiò la stilografica sulla scrivania per ascoltare, si rabbuiò e strabuzzò gli occhi. "Oh, è terribile, non ci posso credere. D'accordo… adesso non posso, ti chiamo dopo. Ciao…"

"Brutte notizie?" chiese Giacomo alzandosi dalla sedia.

"Salvatore Loporto è stato ucciso a Lubiana, durante un raid della Polizia slovena. Nell'appartamento dov'era nascosto hanno trovato una cartelletta dello Studio Cortesi, contenente un dossier sparito dall'ufficio."

Giacomo nascose la sorpresa e guardò l'orologio. "Hanno fatto prima del previsto."

"Lei l'aveva detto," disse ad alta voce puntandogli contro il dito, "poco fa ha parlato della Slovenia."

"Ha una buona memoria," disse col tono di chi non può aggiungere altro, "è stato un piacere, avvocato. Porterò i suoi saluti a Francesco."

"Arrivederci, dottor Valli." *Sempre che questo sia il suo vero nome,* pensò, e gli strinse la mano.

17

A pranzo, dopo aver raccontato le ultime novità e visto i telegiornali che parlavano del caso Cortesi-Kampf, nell'appartamento di Giacomo si respirava un'aria scoraggiata. Ascoltarono ammutoliti le dichiarazioni concise del dottor Palmieri che pregava la stampa di essere lasciato in pace. Ispettore di Polizia, capo della sezione Omicidi, capo della Mobile e questore di Milano apparivano tronfi e soddisfatti nei servizi giornalistici.

"Io non mollo," disse Francesco convinto. "Non è stato Loporto, non può essere: mi spiegate cosa poteva esserci scritto in quel dossier di così fondamentale da uccidere Cortesi? No, non è questo il movente."

"E poi non hanno parlato dell'agenda rossa," aggiunse Giacomo, "questo non fa che avvalorare la tesi di Anita, la nostra tesi."

Lei rimase stranamente in silenzio, lo sguardo perso nello schermo.

"Non dici nulla?" le domandò Francesco.

"Voi non sapete cosa pagherei per sputtanare l'ispettore Curti, non potete immaginarlo." Diede un pugno sul divano e scattò in piedi. "Scusate, non volevo. Il fatto è che se anche avessi la soluzione in mano non mi crederebbe nessuno, se non Ardau e Tea," disse mascherando un poco la tensione, "magari anche il vicequestore Cambria, ma potrebbe fare ben poco. È inutile, devo solo pensare al caso di Teresa Merli e Piero Giuliani: sono sicura che ci sia qualcosa che li lega, anche se non ho una pista, a parte un necrofilo squilibrato che non farebbe male a una mosca. Lasciamo perdere via Malpighi, vi prego."

Francesco fece cenno ad Anita di sedersi accanto a lui. "Se vuoi smetto di pensarci. Sono un campione a cancellare le cose che mi premono di più, e un maestro a evitare situazioni che mi costringono a mettere tutto in discussione. La tragedia è che sono consapevole di comportarmi in modo sbagliato. La premessa è doverosa, perché tu sei diversa. So che non mollerai, è nel tuo DNA, però quello che non capisco è perché. Non può essere soltanto per gettare fango su un collega inetto, non è sufficiente come motivazione."

Le appoggiò delicatamente una mano sulla sua. "Non sei obbligata a raccontarci la tua storia, ma per favore permettici di continuare le indagini e di aiutarti. Non vorrai stroncare sul nascere le capacità di segugio di Giacomo?" disse con la speranza di strapparle un sorriso. "Nonostante tu faccia di tutto per dimostrare al mondo il contrario, nei pochi giorni trascorsi insieme ci siamo affezionati a te." Le sollevò il viso, teneramente, e la invitò a guardarlo negli occhi. "Ci piace averti tra i piedi, ispettrice, completi il nostro quadretto familiare già abbastanza bizzarro."

"Non è per voi, davvero, vi devo molto e sto bene qui, ma una parte di me mi dice d'andarmene: la felicità dura un istante. Non sapete nulla di me. La tua amica giornalista, quella Toni, conosce parte della mia storia," disse rivolgendosi a Giacomo, "ma vorrei raccontarvi la mia versione, quella vera."

Fissò un punto indefinito davanti a sé con gli occhi sbarrati. "Quattro anni fa, mio fratello si trasferì a Milano per studiare all'università e conobbe una ragazza, Roberta Annibaldi."

"Il nome non mi è nuovo," disse Giacomo sottovoce.

"Una mattina trovarono il corpo di Roberta nella vasca da bagno del suo appartamento: aveva ferite su tutto il corpo. Era stata torturata, massacrata. Accanto a lei il corpo di mio fratello Duilio con la gola tagliata, morto dissanguato. Lo trovarono in una posizione strana: teneva una mano sulla testa della ragazza, come se avesse voluto spingerla sott'acqua. Le sue impronte erano sul coltello, e aveva lembi di pelle di Roberta sotto le unghie, i capelli tra le dita, il sangue della ragazza sul corpo. Avevano fumato, bevuto, si erano impasticcati e strafatti. Nessun'altra impronta fu trovata in casa se non le loro, almeno così sembra. Senza sprecare troppo tempo, confermarono la tesi dell'omicidio-suicidio." A questo punto Anita fece un respiro profondo stringendo i pugni. "Quell'episodio ha sconvolto la mia vita: all'epoca gareggiavo nelle Fiamme Oro, il mio interesse era concentrato sui risultati per partecipare alle Olimpiadi e quella mattina mi svegliai finta poliziotta con un fratello assassino. Lasciai le competizioni contro il parere di tutti, studiai per il concorso di ispettore e lo vinsi con un unico scopo."

"Scoprire la verità," disse Francesco.

"Fui assegnata a Pisa, dove entrai quasi subito nella Squadra Mobile, e poi chiesi il trasferimento a Milano. Oltre a investigare sui casi di ruolo, decisi di indagare sulla morte di mio fratello e di Roberta. Chiesi in giro, interrogai i testimoni sperando di poter compilare un dossier da presentare al questore e successivamente al magistrato. Volevo riaprire il caso a tutti i costi, riabilitare il nome di mio fratello e trovare il vero responsabile." Anita si alzò e si avvicinò alla finestra scostando la tenda. "Non era stato lui, lo conoscevo troppo bene. Abbiamo perso i genitori da piccoli e siamo cresciuti insieme legati a doppio filo. Mi raccontava tutto, era studioso, meticoloso, appassionato di teatro. Certo, aveva fatto le cazzate che fanno tutti i ragazzi… qualche canna, una sbronza ogni tanto, ma non era violento e non avrebbe mai fatto uso di droghe pesanti. Un suo amico era morto per aver ingerito una pasticca di ecstasy e mai, ve lo giuro, mai avrebbe preso allucinogeni. Poi successe quello che vi ho detto: chiesi aiuto perfino alla giornalista che conosce Giacomo perché diceva d'essere in possesso di alcune fotografie scattate la sera prima a una festa. Finse di darmi una mano e io le rivelai la mia teoria. Toni spifferò tutto al capo della Mobile solo per entrare nelle sue grazie. Iniziarono a tenermi d'occhio e mi beccarono sul punto di rompere i sigilli della scatola delle prove materiali. Litigai con l'ispettore Curti, a quel tempo collega alla Mobile, che tra l'altro aveva chiuso il caso di mio fratello. Ebbi anche uno scontro con il procuratore titolare dell'indagine, e subito dopo fui sospesa per un mese e trasferita al commissariato Nord-Est. Non m'interessa screditare quello stronzo solo per il gusto di farlo, ma dimostrare la sua incapacità e avere una speranza di poter riaprire il dossier di Duilio e Roberta, per trovare il vero colpevole." La pacatezza della voce non si sposava col suo temperamento e con l'atteggiamento combattivo. Era scossa, ma pareva studiare qualcosa, gli occhi vagavano inquieti per tutta la sala. Riprese posto accanto a Francesco.

"Mi dispiace tanto," disse Giacomo avvicinandosi, "se risolvere il caso di via Malpighi potrà in qualche modo esserti utile devi consentirci di aiutarti. Potremmo avere una chance in più, insieme."

"Manca il movente," riprese lei dopo qualche istante di silenzio. "È tutto molto ingarbugliato, troppo. La risposta deve essere in quell'agenda rossa, le operazioni segrete di Cortesi." Si andò a stendere sul divano lasciato libero da Giacomo. "Sono stanca, stanca di tutto," disse mentre si rannicchiava e stringeva di nuovo le mani a pugno. Giacomo le diede una carezza sul viso, guardò l'amico ed entrambi si ritirarono nelle rispettive camere da letto.

Giada prese il cellulare e chiamò Sofia. "Tua madre ti ha detto qualcosa?"

"No, figurati. Dormiva beata. Piuttosto, stamattina ho un mal di testa tremendo."

"Con tutto quello che abbiamo fumato e bevuto! Per fortuna non ci hanno ricoverato," scherzò Giada.

"Così l'hai vista anche tu. Che ne pensi della poliziotta?"

"Se non fosse amica di quei due potrebbe persino starmi simpatica. Si vede che sa il fatto suo," rispose Giada sbadigliando.

"Ma te li vedi i nostri padri in casa con quella? Di che parleranno?"

Giada s'incupì. "Ti ho pregato di non chiamarlo mai più così.

Quello non è mio padre, è l'ex marito di mia madre, punto! Io non ho più un padre," sbottò.

"Scusa Giada."

"Fa niente, ma secondo me non ha una storia con tuo padre. Né tantomeno con quell'altro! Forse è realmente una disperata che ha bisogno di un tetto. Scusa, adesso ti devo salutare."

"No… aspetta," la bloccò Sofia, "guarda qui cosa ho beccato!"

"Che stai dicendo?"

"T'invio subito il link," disse Sofia tutta eccitata. "Ti è arrivato?"

"Un attimo… adesso sì."

"Anita Landi entra diciottenne nella squadra di atletica della Polizia, è stata campionessa italiana di epthatlon moderno, primatista del mondo juniores, e medaglia d'argento agli Europei, oltre a vantare il record italiano di punti tuttora imbattuto. Poco prima di partecipare alle Olimpiadi di Rio de Janeiro rinuncia per motivi personali: il fratello Duilio ha ucciso la fidanzata e si è suicidato, una tragedia che ha destabilizzato la giovane atleta. Per questo motivo ha lasciato l'agonismo per diventare una poliziotta effettiva," lesse Giada.

Anita si svegliò poco prima delle diciotto in un silenzio di tomba. Si mise seduta sul divano e si strofinò gli occhi. Prese il cellulare e chiamò Ardau.

"Ciao Marco, Ti disturbo?"

"Dimmi tutto," rispose lui gentile. Anita gli raccontò ogni dettaglio, soffermandosi sulla figura di Bassanini, il ferramenta.

"Vacci piano con quel soggetto. Ho il sospetto che qualcuno dei nostri lo protegga, deve avere aderenze con un personaggio che lo copre in cambio di informazioni o altro. Non mi è mai piaciuto."

Anita rimase stupita, e lui anticipò la domanda.

"Ho avuto a che fare con lui anni fa, e la cosa non è finita bene. Non so chi sia il suo contatto, comunque potrebbe essere una buona pista. Magari ha mandato qualcuno per far tacere quell'impicciona della Merli e la cosa è degenerata. Sì, potrebbe starci."

"Un'altra cosa Marco. Ho parlato con Lazzeri, l'antiquario. Mi ha detto qualcosa sugli omicidi di via Malpighi… su qualcuno o qualcosa che viene dal passato."

Ardau attese qualche secondo prima di rispondere. "So cosa vuoi dire, ma lascia stare. Ormai hanno trovato il colpevole e il caso è chiuso. Ti devi concentrare sulla tua indagine e non perdere tempo su altro."

Anita esitò.

"Tu hai altre informazioni?" domandò perplesso Ardau intuendo che ci fosse dell'altro, "sai qualcosa che non vuoi riferire alla Mobile?"

"Non è stato Loporto, ne sono sicura," ribatté decisa Anita.

"Non cacciarti in quella situazione, sta' molto attenta: Curti è ben inserito ed è vendicativo. Se gli pesti i piedi ti farà male, e molto."

Finita l'ennesima intervista, Curti si avvicinò al capo della sezione Omicidi, il dottor Alberti, indaffarato a ricevere i complimenti da uno stuolo di giornalisti.

"Caso chiuso, dottore," esordì l'ispettore con i suoi modi servili.

"Sì, con soddisfazione di tutti," aggiunse mentre salutava con la mano un altro cronista.

"A proposito dei due morti di via Baldissera," proseguì Curti, "ritengo opportuno un nostro intervento diretto. Con tutto il rispetto, non penso che il commissariato Nord-Est sia in grado di scoprire se ci sia sotto qualcosa."

"Se ne occupa Cambria, e sa il fatto suo," ribatté Alberti.

"Veramente ha affidato le indagini alla Landi," sibilò Curti sarcastico.

L'uomo ebbe un moto di sorpresa e fissò in faccia Curti. "Devo pensarci. Mi dispiace per quella ragazza, la stimavo molto e comprendo che il trauma subìto possa anche averle obnubilato il cervello. Ci rifletterò e lunedì le dirò cosa ho deciso, ma oggi dobbiamo festeggiare! Complimenti a lei e alla sua squadra, questo è un grande giorno."

Curti lo vide allontanarsi e scambiò un'occhiata soddisfatta con il suo sovrintendente. Era certo che avrebbe sottratto anche quel caso ad Anita, e già vedeva la sua carriera spiccare il volo.

Tea era rimasta sveglia praticamente tutta la notte. Un suo ex collega della Polizia Postale le aveva fornito alcuni siti Web inseriti nella parte oscura di Internet. Aveva gli occhi rossi, ogni tanto si costringeva ad alzarsi per sgranchirsi le gambe, e più di una volta era andata a sciacquarsi la faccia. Non beveva caffè perché le causava tachicardia, così si teneva sveglia con la musica pop giapponese in cuffia. Guardò per un istante il suo apparato per la ricerca delle password, collegato all'iPad di Giuliani: era in funzione da oltre diciotto ore ma ancora non dava risultati. S'immerse nuovamente nel Deep Web e cercò nell'ultimo sito gli pseudonimi degli utenti che postavano fotografie di cadaveri, quindi avviò la ricerca su uno in particolare: ölüm. Iniziò a scorrere le foto pubblicate finché una attirò la sua attenzione: ritraeva una donna morta sul pavimento di quella che sembrava una cucina. Faticava a tenere gli occhi aperti, ma quella foto le ricordava qualcosa e all'improvviso s'illuminò. Pronunciò una raffica di parolacce e scaricò l'immagine per lavorarla su un altro schermo. Sì, era Teresa Merli, fotografata di tre quarti. Oltre al volto insanguinato, era riconoscibile la gamba del tavolo e, sullo sfondo, una lavatrice. Ingrandì lo scatto, molto definito, e notò gli occhi semichiusi della custode. Mentre spostava il cursore per analizzare altri elementi, un'ombra riflessa sull'oblò della lavatrice la incuriosì: ingrandì ulteriormente la fotografia, la ripulì per darle maggiore nitidezza ed ecco apparire la sagoma di un barboncino bianco. Stampò la foto. Eccitata dalla scoperta decise che non avrebbe potuto aspettare lunedì, così chiamò Anita al cellulare per metterla al corrente.

"Cosa farei senza di te?" esclamò Anita, e prima di salutarla aggiunse: "Ma hai idea di quanto vale questa scoperta?".

18

L'ispettore Curti si recò all'Istituto di Medicina Legale, sempre più deciso a dimostrare che Anita Landi non era all'altezza dell'indagine. Attese da solo nell'ufficio di Mascherpa e, mentre questi parlava al cellulare, gli cadde l'occhio su un incartamento con un'etichetta scritta in stampatello: VIA BALDISSERA. Lo aprì senza farsi scrupoli e gli bastò leggere le conclusioni per provare un'immediata soddisfazione.

"Ti ho in pugno, maledetta stronza!" urlò.

Tutto lasciava supporre che Teresa Merli non fosse morta per cause accidentali: si trattava di omicidio bello e buono. Continuò a scorrere il rapporto che riguardava la morte di Piero Giuliani e, pagina dopo pagina, eccitato come un bimbo che scarta un regalo, lesse nelle conclusioni la causa del decesso: assunzione di un farmaco che accelera il battito cardiaco. Anche una mente non particolarmente brillante come la sua intuì che si poteva trattare di uno strano caso di duplice omicidio e che probabilmente Anita stesse tergiversando, con l'intento di tenere nascosti dei particolari ai suoi superiori. Chiuse il dossier gongolando. Non solo sognava di risolvere brillantemente un'altra indagine, ma intravide anche l'occasione per primeggiare agli occhi dei suoi superiori e levarsi di torno una volta per tutte la Landi e, aspetto di non poco conto, eliminare la possibilità che Anita s'intromettesse negli affari del suo amico Bassanini. Uscì dalla stanza con il fascicolo stretto sottobraccio. Insieme al suo sovrintendente si diresse al commissariato Nord-Est e nel tragitto telefonò prima al dottor Alberti e successivamente a Chianese. Gli raccontò tutto e lasciò intendere che la Mobile avrebbe avocato a sé le indagini su via Baldissera. All'altro capo del telefono si udì una sonora risata: Chianese avrebbe messo Anita ai margini, o l'avrebbe addirittura radiata.

Ignara di tutto, Anita si complimentava con Tea per aver trovato un'immagine che, in qualche modo, sembrava incastrare Anselmi, sebbene qualcosa non la convincesse. Era possibile che lo stesso giorno Anselmi avesse deciso di vendicarsi di Teresa Merli e di Piero Giuliani? In quel momento entrò Ardau e diede una carezza sulla spalla di Tea, che sembrò non gradire il contatto fisico con un altro essere umano. Non ebbero il tempo di rallegrarsi perché comparvero Chianese e Curti seguiti da un altro agente.

"Da quando sapevi che le morti di Baldissera non erano accidentali?" la aggredì il vicecommissario. "E da quando non riferisci le novità importanti ai tuoi superiori? I rapporti che avevi inviato erano zeppi di banalità, e invece ho le prove che le cose non stanno così!" tuonò Chianese.

Anita fu colta alla sprovvista ma ribatté subito. "Dottor Chianese, era solo un sospetto, non ne ero ancora sicura."

"Io invece sono certo che sei in combutta con quel medico da strapazzo per far ritardare l'invio ufficiale dei referti. In ogni caso da questo istante non ti occupi più dell'indagine. Consegna tutti i documenti a Curti, immediatamente!" urlò Chianese sbattendo un pugno sul tavolo.

"Lei non può, sono vicina alla soluzione, non adesso, la prego!" lo implorò Anita, ed era la prima volta che lo faceva.

"Non posso? Farò di più: da adesso sei in ferie obbligate. E sappi che avvierò un'inchiesta preliminare per ostacolo alle indagini e mancata consegna dei rapporti ai superiori per i due omicidi di via Baldissera," gridò soddisfatto. "Ti farò radiare, Landi, così potrai fare l'investigatrice privata. È da quando sei arrivata che sentivo puzza di guai, e non mi sbagliavo. Esci da qui e consegna la password del tuo PC. Ci faremo vivi noi. Sei finita e per il bene di tutti ti consiglio vivamente di pensare alle dimissioni."

Anita uscì dall'ufficio, frastornata come un pugile suonato. Fece due passi e si voltò. Vide Curti prendere posto alla sua scrivania con aria soddisfatta. Poi lo sentì rivolgersi ad Ardau: "Hai qualcosa da dirmi? In caso contrario esci e portati dietro questa qui!" disse con il dito puntato su Tea.

"Questa qui? Ma come ti permetti? Ti sei visto allo specchio? Sfigato!" Tea fece per andarsene, poi ci ripensò e tornò verso di lui. "Prova a dirlo un'altra volta!"

Curti fu colto di sorpresa dalla reazione, sembrava che la ragazza fosse sul punto di mollargli uno schiaffo, e rimase immobile a fissarla. Ardau si avvicinò e spostò Tea prendendola delicatamente per un braccio, poi si rivolse a Curti con lo sguardo durissimo. "Noi non prendiamo ordini da te!"

L'ispettore capo lanciò con lo sguardo una richiesta d'aiuto a Chianese, che intervenne per salvarlo. Si mise di fronte a lui come scudo e urlò ai due agenti di uscire.

Tea indietreggiò per nulla intimorita, gli occhi fissi su Curti: "Gliela farò pagare a quei due stronzi," disse sottovoce in modo che solo Anita sentisse, e quando toccò ad Ardau passarle accanto nel corridoio la rassicurò: "Faremo in modo di aiutarti, te lo prometto".

Non erano neanche le dieci di lunedì mattina e tutto il suo piano era andato gambe all'aria. Anita si avviò verso l'uscita del commissariato, tra gli occhi divertiti dei colleghi e qualche sguardo di compatimento. Salì in auto. Tutto le era stato tolto in pochi minuti. Riaprire il caso del fratello ormai era impossibile, un'utopia fare bella figura risolvendo il caso di via Malpighi con l'aiuto di Giacomo e Francesco, e trovare il colpevole dei due omicidi di via Baldissera. Per lei era l'ennesima dimostrazione di dover stare in guardia quando le cose filano per il verso giusto. Rimase seduta al volante con gli occhi colmi di lacrime di rabbia. Le vibrò il cellulare tra le mani e la fece sussultare. Era Cambria.

"Dove sei?" le chiese dolcemente.

"Sono in macchina, sto andando a casa. Devo riflettere. Da quando ho smesso con l'agonismo non ne faccio una giusta. Quando sono vicina all'arrivo qualcosa mi frena, quando mi manca un metro precipito in un burrone. Non me la faranno passare liscia, mi metteranno in croce e lei farebbe bene a starmi lontano," disse agitata.

"Non preoccuparti per me, ho le spalle larghe. Non puoi mollare adesso."

"Mollare? Il problema è proprio questo. Non riesco a farlo! Ho un carattere di merda, lo so. Dottor Cambria, mi creda, sono convinta di essere nel giusto, ma devo andare avanti da sola, non posso mettere nei casini gli altri."

"Io sono dalla tua parte, prenderò le tue difese. Sono responsabile anch'io di quello che è successo, e quindi andremo avanti insieme. Adesso calmati. Lasciami il tempo di studiare la situazione. Ti chiamerò io," rispose il vicequestore prima di riagganciare.

Anita ebbe come un sussulto. Era così carica di adrenalina da poter tornare nel suo ufficio e affrontare a viso aperto Chianese e Curti. Ma doveva rimanere lucida e concentrarsi come faceva prima di una delle decine di gare che aveva vinto, e ricorse a tutto il suo autocontrollo per non farlo. Doveva agire d'astuzia, mettere da parte l'aggressività e sfruttare il fatto che in quell'impresa non era da sola: poteva contare su Cambria, su Tea e Ardau, senza dimenticare il sostegno di Giacomo e Francesco, e soprattutto c'era quella sensazione di essere a un passo dal traguardo.

Il cellulare squillò di nuovo: era la segretaria operativa della società organizzatrice dell'evento al quale aveva partecipato il dottor Palmieri. Anita si ricordò di non aver avuto modo di raccogliere la sua testimonianza, e la lasciò parlare senza interromperla. La donna raccontò di aver avuto un breve colloquio con l'ex marito della Kampf, e di averlo poi accompagnato al suo posto perché assistesse alla conferenza. L'evento fu un grande successo e narrò anche di un piccolo incidente capitato a Palmieri: durante la pausa, una dottoressa tedesca un po' maldestra gli aveva rovesciato sul vestito una tazza piena di caffè bollente.

Arrivata a casa, trovò Francesco in procinto di tenere le sue lezioni online. Lo salutò frettolosamente, s'infilò la tuta e uscì a correre. Quando tornò c'era anche Giacomo seduto sul divano del salone.

Li guardò appena, e improvvisamente come un fiume in piena raccontò quanto era successo in commissariato. Giacomo e Francesco si lanciarono un'occhiata, ma non di quelle compassionevoli, da piangersi addosso, tutt'altro. Decisi più che mai cominciarono a spronarsi l'un l'altro.

"Allora cosa facciamo?" domandò Francesco

"Non esiste!" balzò in piedi Giacomo. "Non gliela diamo vinta, anzi sapete che vi dico? Raddoppiamo gli sforzi!"

Anita osservò sbalordita la reazione dei due amici e cercò d'essere realista. "Siete stati gentili e premurosi con me, mi avete accolto come una di famiglia senza conoscermi, senza sapere nulla della mia vita, d'istinto. Non potrò mai sdebitarmi come meritate. Senza contare che avete anche rischiato grosso, mi avete aiutata, e invece io ho servito su un piatto d'argento il colpevole degli omicidi di via Baldissera a quel pezzo di fango di Curti. Vado a fare la doccia," disse e si allontanò di corsa.

Rimase a lungo sotto l'acqua scrosciante e quando uscì fu attirata in salotto da una conversazione. Entrò a piedi nudi, avvolta in un asciugamano che la copriva a malapena, e vide Ardau comodamente seduto sul divano con Francesco e Giacomo.

"Ecco la mia rivoluzionaria preferita," esclamò Francesco.

Ardau le andò incontro. "In questa chiavetta c'è il rapporto completo di via Malpighi e il contenuto dell'iPad del povero Giuliani. Quella maga di Tea ne ha fatta una delle sue: è riuscita a scoprire i codici d'accesso." Si alzò e le consegnò anche un foglietto: "E questo è il numero di una sindacalista della Polizia che devi chiamare. È stata lei a salvarmi, ma questa è un'altra storia," disse con il sorriso sulle labbra. Le diede una carezza, salutò Francesco e si diresse con Giacomo alla porta.

Anita era rimasta impietrita, non aveva avuto neppure la forza di ringraziarlo, così Francesco prese in mano la situazione.

"Allora, io stampo il rapporto di via Malpighi e tu scarichi il contenuto della chiavetta. Se trovo qualcosa lo approfondisco con Giacomo." Poi la guardò e aggiunse: "Tesoro mio, riesci a metterti qualcosa addosso?".

Andando in camera lanciò un'occhiata a Giacomo, che prese il coraggio a due mani. "So perfettamente come ti senti, sto parlando della tua idea riguardo la felicità. Be'... la vita mi ha insegnato che non ci possono essere solo momenti sereni ma nemmeno le disgrazie durano all'infinito. Un vecchio adagio recita: non può piovere per sempre!"

Anita non replicò, frastornata e commossa dal coinvolgimento generale. Corse in camera a vestirsi e cinque minuti dopo bussò alla porta di Francesco. La sua stanza era molto ampia: oltre al letto alla francese e all'armadio, spiccava una libreria piena di testi giuridici in italiano e in inglese, e alla parete tre fotografie. In un lato della stanza, quasi accanto al letto, una piccola scrivania con uno schermo ultrapiatto, un mouse ottico e una webcam.

"Scusa Francesco, ho un problema con il PC," disse quasi intimorita. Lui si fece consegnare la chiavetta USB e la inserì per scaricare il contenuto. In quel momento entrò anche Giacomo.

"Siediti qui. Io lavoro sul letto, non preoccuparti. Giacomo, fammi un favore, prendi un bloc-notes e scrivi quello che ti dico."

Rimasero lì fino alle nove di sera, ognuno assorto nei propri compiti. Giacomo e Francesco parlottavano: uno scriveva appunti, orari, disegnava gli schemi; l'altro leggeva rapidamente le pagine, riprendeva testi già letti, guardava strani diagrammi. Poi Anita chiese di poter scaricare anche le immagini dei due casi di duplice omicidio che aveva archiviato nello smartphone. Francesco, per rilassarsi un attimo, preparò dei tramezzini al tonno, una sua specialità, mentre gli altri due rimasero concentrati sul lavoro.

"Anita hai ragione, c'è qualcosa che non funziona in via Malpighi," esordì Francesco rientrando in stanza. "Nel rapporto di

Curti non si menziona la questione della chiave del passo carraio, solo nel tuo se ne parla: mettili a confronto. Gli orari coincidono, ma con qualche buco che devo approfondire. Si parte dall'assunto che il colpevole sia Loporto. L'uomo entra nel palazzo, sale nell'appartamento di Cortesi, si fa aprire e lo trova in compagnia della Kampf; a quel punto le prende la pistola che aveva nella borsetta e inscena il finto omicidio-suicidio. Poi ruba le chiavi dello studio del primo piano, trova il dossier e l'agenda rossa e se la fila, lasciando le stesse chiavi per terra. Non farebbe una grinza, se non sapessimo che in realtà il dossier gli viene consegnato dalla ladruncola… come si chiama?"

"Doriana Belli," rispose Giacomo.

"Andiamo avanti. Dalla cella dello smartphone di Loporto risulta che si trovava nei pressi di via Malpighi fra le due e mezza e le quattro e mezza, su questo non ci sono dubbi. Ma ci sono altre persone che sono state controllate e poi non considerate dall'indagine di Curti: la prima è l'ex moglie di Cortesi, Giusy Mondello, che con la scusa di un pranzo lì vicino lo chiama, ma a suo dire non riesce a parlarci né tantomeno a incontrarlo. Sappiamo però che rimane in zona ben oltre le cinque e mezza. Lei sostiene di essere andata da un parrucchiere in zona. La sua posizione è senz'altro meno pesante perché dalla carta di credito sembra proprio che sia uscita dopo le cinque e mezza, sebbene nessuno possa affermare a che ora sia entrata in negozio. Secondo me avrebbe avuto tutto il tempo di farlo fuori, scendere in studio, cercare qualcosa, scappare via ed entrare dal parrucchiere per crearsi un alibi. Poi il nostro Curti ha analizzato un'altra posizione, a tratti più interessante: Ludovico Biandrati."

"Lo conosco bene," intervenne Giacomo, "un commercialista che… be'… sembra abbia avuto qualche problema finanziario."

"Esatto! Dal rapporto abbiamo le prove che per un certo periodo ha seguito alcune attività di Cortesi e ora naviga in cattive acque. Per quel giorno ha fornito un alibi un po' traballante: afferma d'essere stato in tribunale per un'udienza e poi, alle quattro e mezza, d'essere andato a un appuntamento da un cliente in corso Buenos Aires. Nessuno però può confermare dove fosse dalle tre fino all'ora del suo appuntamento pomeridiano. Per lui sarebbe stato ancora più facile: entra dal passo carraio, sale in casa con l'ascensore di servizio, uccide i due, poi fa un salto nello studio al primo piano per cercare qualcosa, e se ne esce tranquillo dal garage del palazzo, per andare al suo incontro di lavoro. Comunque, si è sottoposto volontariamente all'esame del guanto di paraffina per scoprire residui di polvere da sparo e non è stato rinvenuto nulla, ma tutti sanno come si può risultare negativi a quell'esame."

"E quindi cosa pensi?" chiese Anita.

Francesco addentò il tramezzino e fissò Anita. "Primo, Loporto non è colpevole. Secondo, non c'è niente che spieghi la questione della chiave mancante dal mazzo della Kampf. Certo, possiamo liquidare la faccenda come ha fatto Curti, ritenendo semplicemente che l'abbia persa, ma qualcosa mi dice che non è così. In ogni caso, caro Giacomo, ti toccherà fare un paio di approfondimenti su questi due soggetti. Io avrei in mente un piano."

"E tu, Anita, per via Baldissera?" chiese Giacomo.

"Nulla. Le prove indicano Anselmi."

Raccontò dell'immagine trovata da Tea nel Deep Web che ritraeva il suo barboncino riflesso dall'oblò della lavatrice, a pochi passi dal cadavere di Teresa. "Ma anche qui… sinceramente trovo un po' improbabile che possa avere avuto la capacità di prendere Teresa, sbatterle la testa sullo spigolo del tavolo e fotografarla, sempre con il cane al seguito. Sarà anche ossessionato dai cadaveri, ma non tanto da ammazzare una persona per vederla morta."

Il cellulare di Giacomo squillò, lui rispose come al solito cortese, ma subito si rabbuiò. Rimase senza parole per alcuni secondi, poi riagganciò. Francesco lo guardò stranito.

"Chi era?" domandò con un gesto che tradiva la sua impazienza.

"La signora Martignoni. Poco fa la Polizia ha arrestato Anselmi per l'omicidio di Teresa e di Piero Giuliani."

Nessuno ne fu davvero sorpreso, se l'aspettavano tutti quell'arresto. Anita si alzò dallo sgabello, fece due passi e tornò a sedersi.

"Ma certo, Anselmi! Ecco cosa non riuscivo a ricordare!" esclamò Giacomo schioccando le dita. "Quella sera, dopo la riunione, mi ha invitato a parlare con Teresa nonostante fosse molto tardi perché aveva luce e televisione accese. Come faceva a sapere che c'era la tv in funzione? Non era possibile che l'avesse sentita da fuori perché il volume era al minimo. Ti ricordi, Anita?"

"Complimenti, Giacomo, hai ragione, questo però non significa che Anselmi sia l'assassino. Lui sapeva soltanto che Teresa era già morta e voleva che fossi tu a trovare il cadavere."

"Una conclusione un po' tirata per i capelli," commentò Francesco, e Anita sollevò un poco la mano: "Ora vi racconto come la penso io. Non credo che Anselmi sia colpevole dell'omicidio di Teresa, così come sono matematicamente certa che non possa essere l'assassino di Giuliani. Nel cassetto della portineria erano in bella mostra le chiavi di riserva del suo appartamento; se avesse voluto ucciderlo, avrebbe preso la chiave per entrare indisturbato e coglierlo di sorpresa. Secondo voi è possibile che abbia preferito suonare il campanello? Non ha senso. E cosa lo ha spinto a uccidere Giuliani? La storia del cane? Mhm... questo è ancora più inverosimile".

"E come spieghi la foto del cadavere con il barboncino?" domandò Francesco.

"Avrà bussato alla porta dopo l'orario di chiusura della portineria e avrà visto Teresa morta sul pavimento. A quel punto, invece di chiamare l'ambulanza, da buon necrofilo le ha scattato le foto col cellulare."

"D'accordo, non mi convince del tutto ma voglio credere al tuo istinto. Chi altro ci rimane? Cosa hai trovato nell'iPad di Giuliani?" intervenne Francesco.

"Migliaia di foto, file di lavoro che avevo iniziato a leggere, ma sono tantissimi," rispose scoraggiata.

“Va bene, ti diamo una mano,” disse Giacomo e si misero tutti al lavoro.

Dopo un paio d’ore squillò il cellulare di Anita. Era Mascherpa.

“Scusami, so che è quasi mezzanotte, ma è urgente.”

“Senti, mi dispiace averti messo nei guai, me ne assumo tutta la colpa e…”

“Non ti ho chiamata per ricevere le tue scuse. Stammi bene a sentire, Landi. C’è qualcosa di strano sul corpo di Giuliani, anzi, a dirla tutta, più di una cosa mi lascia perplesso. Ah, per inciso, continuo a dirti queste cose anche se non dovrei, perché quel simpaticone di Curti è venuto nel mio ufficio e ha sottratto i referti delle analisi dei miei cadaveri. Un comportamento da sbirro dell’Ottocento, insopportabile. Tu sei pazza, ma almeno sei onesta e simpatica,” le disse strappandole una risatina. “Comunque Giuliani aveva appena fatto la doccia, ma aveva del residuo di tinta dietro la nuca, un piccolo frammento di lattice sul viso e soprattutto una leggera ma estesa bruciatura recente dall’ombelico al basso ventre. Non so se sia importante, forse non c’entra niente. È stato prima sedato e poi gli hanno iniettato nell’arteria ascellare un composto a base di atropina, molto efficace. Certo è interessante, con tutti i posti che poteva trovare, l’assassino ha scelto proprio quello.”

“Cosa ne pensi?” domandò Anita sorpresa.

“Sei tu che devi pensare! Io leggerò un po’ prima di spegnere la luce. Buonanotte, ispettrice,” e chiuse la telefonata.

“Chi era a quest’ora?” domandò Giacomo come se stesse parlando alla figlia.

“Il medico legale. Mi ha dato alcune informazioni sulle quali ragionare,” rispose Anita pensierosa.

Francesco stava ancora sfogliando le foto di Giuliani. “Era proprio un bel tipo: feste in maschera, teatro. Doveva essere simpatico,” aggiunse.

“E dei file che restano?” domandò Anita sedendosi accanto a lui.

“Ancora una montagna,” rispose Francesco alzandosi per sgranchire le gambe.

Anita ne aprì uno a caso. Conteneva un certificato di nascita di ventun anni prima. Sgranò gli occhi evidentemente colpita da qualcosa e aprì subito il bloc-notes, cominciando a scorrere alcuni nomi.

“Dove l’ho scritto?” ripeté ad alta voce continuando a sfogliare le pagine. Improvvisamente si bloccò e fece un salto sulla sedia. “Eccolo! Gaetano Dalmasso, cavolo, una luce in fondo al tunnel!” urlò.

“Spiegheresti anche a noi, per favore?” la incalzò Francesco.

“Vent’anni fa Teresa aveva mandato in galera dei rapinatori. Uno di questi si chiamava Dalmasso… e…”

“Non c’è nessun Dalmasso in quel palazzo,” s’intromise Giacomo.

“Oh sì che c’è! Solo che usa il cognome della madre!”

19

L'indomani mattina, Anita bussò alla porta del secondo piano di via Baldissera e le aprì Emma Dainese, che non riuscì a nascondere la sorpresa. Avvicinò una tazza di caffè al petto e sgranò gli occhi.

"Ispettrice, buongiorno, è successo qualcosa?" domandò preoccupata.

"Ho bisogno di parlare con lei. Ci sono stati sviluppi incredibilmente interessanti," rispose Anita varcando la porta senza essere invitata.

La ragazza si spostò per lasciarla passare e dissimulò l'ansia offrendole un caffè, che Anita rifiutò.

"Oggi devo andare presto in università, mi deve perdonare," e le fece strada in sala, dove spostò alcuni libri dal divano per farla accomodare. "Scusi, ma ieri abbiamo studiato fino a tardi e non ho fatto in tempo a riordinare," si giustificò, e con un sorriso forzato cercò di nascondere la tensione.

Anita rimase in piedi e la fissò per qualche secondo. "Non mi aveva detto che suo padre era Gaetano Dalmasso, uno dei rapinatori che Teresa Merli aveva fatto arrestare," attaccò senza preamboli. La ragazza deglutì, s'inumidì le labbra e arrossì.

"So cosa sta pensando, ma è completamente fuori strada, e poi non avete arrestato il colpevole? Ieri i suoi colleghi hanno portato via il signor Anselmi e credevo che..." ma non riuscì a proseguire e abbassò lo sguardo. Era una ragazza dolce, dai tratti molto femminili, con due occhi verdi che trattenevano a stento le lacrime. Appoggiò tremante la tazza sul tavolino e incrociò le braccia, un gesto di difesa istintivo.

"Parta dal principio, Emma," la invitò Anita, "e non tralasci nulla."

La ragazza attese qualche secondo prima di decidersi a parlare, sempre a testa bassa. "Lo so, ho sbagliato, avrei dovuto dirlo subito, e adesso lei penserà che io..." e cominciò a piangere.

"Vada avanti! Le sto offrendo l'occasione di dirmi tutto."

La ragazza si asciugò le lacrime e annuì. "È stato un caso, lo giuro. È successo alcuni mesi fa. Ero in portineria per ritirare una raccomandata ed è saltato fuori il cognome di Teresa. Le ho chiesto se avesse mai abitato a Torino e lei mi ha risposto di sì. Sono rimasta di sasso e lei dev'essersi accorta che ero arrossita." Fece una breve pausa. "Mi capita sempre quando sono agitata o in imbarazzo, non posso evitarlo, non riesco a fingere."

"Continui, per favore."

"Teresa non era stupida. Sono poche le persone che potevano rimanere sorprese sentendo il suo cognome associato a Torino."

"Quindi non le ha detto nulla di suo padre?"

"Non in quell'occasione. Cercavo sempre di evitarla, sapevo che aveva intuito qualcosa. Una sera di un paio di settimane dopo bussò alla porta verso le sette e mezza. Era con Piero Giuliani, l'inquilino dell'ultimo piano che è morto. Mi disse che aveva scoperto tutto, di mio padre, del mio cognome. Io ascoltavo in silenzio. Forse Teresa si aspettava una mia reazione ma, glielo giuro, ispettrice, non sapevo cosa dirle! Mio padre non l'ho mai conosciuto, non ho ricordi di lui. Mia madre, anni dopo, mi ha raccontato chi fosse, la vita che conduceva, le compagnie che frequentava, la storia della rapina, del processo, e di Teresa Merli. Dopo la morte di mio padre in carcere, ci siamo trasferiti a Vicenza per cominciare una nuova vita." Il tono di voce era più disteso e con un sospiro scaricò la tensione in attesa della replica di Anita, che invece la invitò a continuare.

"Sono stata adottata dal secondo marito di mia madre, ma dallo stato di famiglia risulta che il mio padre naturale era Gaetano Dalmasso," rispose un po' più sicura di sé. Bevve un sorso del caffè che si era raffreddato e fissò Anita che apriva il bloc-notes. Lesse le poche righe del primo interrogatorio avvenuto il giorno degli omicidi, durante il quale Emma aveva dichiarato di essere stata in università fino alle sei e mezza, alibi poi controllato da Tea.

"Non c'entro nulla con la morte di Teresa, glielo giuro."

L'ennesimo buco nell'acqua. Emma era stata sincera, Anita lo sapeva.

Uscita dall'appartamento chiamò la sindacalista della Polizia. Dalla voce possente si accorse subito di quanto fosse aggressiva, e per nulla intimorita dall'autorità. Aveva saputo di una preriunione della commissione, sollecitata da Cambria, al fine di verificare se sussistessero elementi per proseguire con la radiazione oppure se ci fosse la possibilità di risolvere la cosa con un semplice richiamo. Quel gruppo di persone si sarebbe riunito il pomeriggio dell'indomani. Anita incontrò la sindacalista quella mattina stessa presso la sede di piazza Sant'Ambrogio, per sviscerare il problema e trovare soluzioni. A questo incontro improvvisato partecipò anche Cambria, che si sentiva responsabile di non aver tutelato a dovere Anita. Dopo un'animata discussione, la sindacalista li tranquillizzò, citando numerosi appigli giuridici per richiedere l'archiviazione.

Sulla strada di casa, Anita ricevette una telefonata da Francesco che le chiedeva di acquistarle l'ultimo numero di Diabolik, l'unica lettura rilassante che si concedeva. Lei gli riferì del colloquio con Emma Dainese, e che si era trattato solo di una incredibile coincidenza. Quando arrivò, bussò alla camera di Francesco.

"Mi sto preparando, fra poco ho lezione," disse aprendo la porta e sistemandosi la cravatta.

"Ecco qui il tuo Diabolik, una lettura istruttiva," commentò ironica Anita.

"Non sai quanto! Fughe, trasformismo, furti, gioielli… e poi lui assomiglia incredibilmente a un mito di bellezza maschile: Tyrone Power!"

"Piaceva molto anche a mia nonna!" esclamò lei.

"Che battuta esilarante, ispettrice! Dai, prendi il tuo dossier e fila via, fra pochi minuti inizio la lezione e non posso essere disturbato," disse scherzando.

In corridoio le scivolarono alcuni fogli, li raccolse e si diresse in salone per appoggiarli sul divano. Poi fece due passi verso la sua stanza e si bloccò. Rimase pietrificata per mezzo minuto. Tornò indietro con gli occhi sbarrati e prese in mano le pagine cadute. Nella testa passarono veloci tutti gli elementi del caso di via Malpighi e di via Baldissera, come se incrociasse dei dati. "Non può essere!" disse a voce alta, e tornò verso la stanza di Francesco, ma lo sentì declamare brocardi in latino per introdurre la lezione e non si azzardò a disturbarlo. Corse fuori e si precipitò in via Baldissera. Parcheggiò la macchina sul passo carraio, entrò di corsa nell'androne e vide il nuovo portinaio, Manuel, vicino alla porta dell'alloggio.

"Hanno tolto i sigilli?" chiese senza accennare nemmeno un saluto.

"Ispettrice," balbettò il ragazzo, "non so cosa dire. Stamattina è venuto un poliziotto, li ha strappati e mi ha permesso di utilizzare la portineria. Per fortuna era presente il dottor Valli, e per scrupolo ha fotografato tutti gli oggetti nei cassetti."

"Dammi la chiave di Giuliani, svelto!" ordinò Anita agitata.

"Ecco, non posso… è in mano alla Polizia. Il resto è tutto qui," continuò come se dovesse giustificarsi.

"Non fa niente. A dopo, Manuel."

Prese l'ascensore e quei cinque piani le sembrarono durare un'eternità. Uscì e vide i sigilli sulla porta. Non poteva certo manometterli e sfondarla a spallate, così decise di bussare al DJ. Dovette insistere prima di sentire alcuni passi pesanti avvicinarsi, e degli insulti.

"Chi cazzo è?" fece lui con una voce tra l'assonnato e lo stordito.

"Ispettrice Landi, ho bisogno di entrare."

Lui aprì la porta praticamente nudo. "Non posso farla entrare, c'è un po' di confusione…"

"Ma che vuoi che me ne importi!" esclamò spalancando la porta e dandogli una leggera spinta tanto da farlo barcollare.

"Ehi, non puoi... che cazzo... devi avere un mandato," cercò di difendersi, ma Anita raggiunse il salotto. Trovò un ragazzo nudo semiaddormentato su un divano con in mano una bottiglia di liquore e, accanto a lui, due ragazze, anche loro senza vestiti, che fumavano beatamente marijuana.

"Non è come sembra," si giustificò il DJ, coprendo con le mani la sua nudità.

"Per me potete sballarvi fino a Natale. Devo entrare nell'appartamento di Giuliani."

"E come? O sfondi il muro o salti dal balcone su quello di Piero, ma non lo farei neanche da strafatto," e rise coinvolgendo anche gli altri.

Anita aprì la porta-finestra del salotto e controllò la distanza dal balcone di Giuliani. Erano oltre due metri e doveva balzare praticamente da ferma. Diede un occhio in basso: un'altezza considerevole.

"Devo essere proprio impazzita," disse tra sé a bassa voce.

Esitò un attimo, si piegò sulle gambe, inspirò ed espirò tre volte, poi salì sulla ringhiera appoggiandosi al muro perimetrale. Il DJ e i suoi amici uscirono sul balcone per vedere la scena senza preoccuparsi d'indossare qualcosa.

"Per me si sfracella," disse una delle due ragazze mentre passava la canna all'amica.

"No, sono sicuro che ce la farà," ribatté serio il DJ senza staccarle gli occhi di dosso, ammirato dal coraggio e dalla follia di Anita.

Lei si concentrò qualche secondo, e con un balzo felino atterrò sul balcone di Giuliani sfiorando appena la ringhiera. Il cuore le pulsava in gola, respirò pesantemente e salutò con un cenno del capo le amiche nude del DJ che applaudivano. Forzò la porta-finestra con una leggera spallata, entrò nell'appartamento e si diresse immediatamente in bagno. Dopo neanche due minuti ritornò in balcone con un sacco di plastica in mano e sentì il DJ litigare con la signora Nosetti del piano di sotto.

"... ma non rompermi i coglioni, stronza, in casa mia faccio quello che voglio!" urlò alla signora che inveiva contro di lui per il gruppetto di nudisti affacciati alla ringhiera che la prendevano in giro.

"Zoni! Vada dentro con i suoi amici!" ordinò Anita.

Lui sbuffò: "Solo perché me lo dici tu, ispettrice".

La signora Nosetti si sporse per guardare in alto. "Ha visto, ispettrice, che indecenza? Ma io lo denuncio, mi sono stufata!"

"Ha tutte le ragioni, posso fare un salto da lei?" domandò Anita.

"Ma certo, quando vuole."

Anita scavalcò la ringhiera con il sacco in mano, scivolò lentamente fino al bordo basso e, con un piccolo balzo e un colpo di reni, atterrò nel balcone sottostante evitando un paio di vasi di rose.

"Ma è impazzita ispettrice?" chiese sbalordita.

"Volevo fare in fretta," rispose lei, come se calarsi da un balcone all'altro fosse la cosa più naturale del mondo.

"Di cosa voleva parlarmi? Ieri avete arrestato il colpevole, o no?" domandò ancora sbigottita.

"Non saprei, signora Nosetti, mi scusi ma adesso non ho tempo, mi sono resa conto che è molto tardi," disse guardando l'orologio, "tornerò da lei il prima possibile, non ne dubiti."

La donna non era per nulla soddisfatta e si sentì presa in giro. "Ispettrice, mi rincresce dirle che mi sarei aspettata un comportamento diverso. Deve arrestare quei maleducati, anzi, sa cosa le dico? Chiamerò il suo superiore e gli racconterò tutto, anche quello che le ho visto fare. Non è una cosa ortodossa entrare in casa mia dal balcone, mi spiace," disse con aria compita, la voce stridula.

"Chiami pure in commissariato e racconti tutto, senza tralasciare nulla, neppure i suoi rapporti con un certo ferramenta," ribatté Anita mentre usciva senza salutare, sicura che le minacce della Nosetti non avrebbero avuto seguito.

Pochi minuti prima, Giacomo stava pedalando verso l'ufficio ripensando a quello che aveva fotografato nella portineria di via Baldissera. D'un tratto frenò e accostò. Prese lo smartphone, individuò la foto che gli interessava e la ingrandì finché mise a fuoco il particolare che cercava.

"Non ci credo!" urlò, e tornò in via Baldissera contromano. Notò l'auto di Anita parcheggiata sul passo carraio. Appena varcata la cancellata, Manuel gli andò incontro e lui gli lasciò la bicicletta.

"Dottor Valli, è arrivata l'ispettrice Landi come una furia ed è salita all'appartamento di Giuliani," spiegò agitato.

"Sì, va bene," fece lui con il fiatone, ed entrò in portineria. Aprì il primo cassetto e tirò fuori un bloc-notes e una penna. Mentre usciva soddisfatto incontrò Anita con un sorriso radioso.

"So chi è stato!" disse lui.

"Anch'io!" rispose lei mostrandogli il sacco di plastica.

Terminata la lezione, Francesco aprì per sbaglio una cartella sul suo computer in cui Anita aveva archiviato le foto di Giuliani scaricate dall'iPad. Gli cadde l'occhio su un'immagine, si alzò, prese dal comodino Diabolik e iniziò a sfogliarlo. Improvvisamente si pietrificò.

"Non può essere così semplice, dannazione!" Fece due passi e si piazzò davanti al computer per rivedere la foto. Rimase imbambolato per qualche secondo e cacciò un urlò. Prese il cellulare e chiamò Giacomo, non sapendo che era insieme ad Anita.

"Cosa facciamo adesso?" chiese eccitatissimo Giacomo dopo aver chiuso la conversazione con l'amico.

"Torniamo a casa, ma..." Anita fissò il pavimento dell'androne.

Giacomo si rabbuiò. "Cosa c'è che non va? Abbiamo le prove, possiamo risolvere il caso!"

"Perché? Perché? Che motivo nasconde per organizzare tutto questo?"

Manuel li raggiunse. “Dottor Valli, lo sa che la sua bici è incredibile? Sembra che venga dal passato: il colore, i freni a bacchetta, insomma...”

“Cosa hai detto?” lo aggredì Anita con un tono che spaventò anche Giacomo.

Il ragazzo indietreggiò impaurito. “La bici è qui fuori, non l’ho usata ispettrice, l’ho solo guardata!”

“Cos’hai detto prima? Dal passato! Ma certo! Dal passato. Come ho fatto a non pensarci prima? Grazie Manuel. Ci vediamo a casa, Giacomo, vado a trovare una persona,” e si precipitò fuori dal palazzo.

Parcheggiò in via Ristori ed entrò nel negozio di Maso Lazzeri. Rimase vicino alla porta aperta e attese che il proprietario le venisse incontro. Non sentì i passi, solo un fruscio, poi l’uomo sbucò da dietro una grande madia in legno scuro.

“Ispettrice Landi, a cosa devo l’onore della sua visita?”

Anita si chiuse la porta alle spalle e si avvicinò. “Ho riflettuto sulle parole che mi ha detto durante il nostro primo incontro, perché anche lei non è convinto che sia stato trovato il vero colpevole: *Per quanto ci sforziamo, il passato non si cancella*, mi ha detto. Be’, io le farò un nome e lei mi riferirà tutto quello che sa.”

“E in cambio cosa avrò, ispettrice?” domandò con gli occhi che s’illuminavano.

“Ho sempre voluto posare per un artista,” disse più divertita che ammiccante e si slacciò un bottone della camicetta tanto per fargli capire che sarebbe stata la sua modella.

L’uomo deglutì: “Mi faccia quel nome”.

Giacomo annullò tutti gli appuntamenti e Francesco prese la lavagna a fogli mobili che usava per schematizzare alcuni passaggi durante le sue lezioni. Attendevano Anita impazienti, come genitori che rimangono alzati la notte ad aspettare la figlia che torna da una festa. Sentirono bussare e Giacomo corse ad aprire.

“Ma dove sei stata?” domandò Francesco.

"Abbiamo capito chi è stato, e io so perché!" disse lei raggiante mostrando la fotocopia di una carta d'identità.

Rimasero a bocca aperta e Anita continuò. "Dobbiamo solo controllare un paio di cose, e ho già allertato Tea; tra poco avremo in mano tutti gli elementi." Srotolò un cartoncino bianco mostrando l'opera di Maso Lazzeri: il corpo nudo di Anita disteso beatamente su un divano.

20

Su consiglio di Francesco, il mercoledì mattina, Anita fece un salto dal parrucchiere, mentre Giacomo portò la divisa da ispettore in lavanderia per una rinfrescata. Sembrava assurdo che per l'udienza di una precommissione disciplinare fossero tutti così in fermento. Anita tornò a casa con i capelli morbidi e setosi. Si truccò un po', giusto per far risaltare i profondi occhi castani e le labbra carnose. Si mise un paio di orecchini che la illuminavano, e le fedi nuziali dei genitori, una al pollice e l'altra all'indice della mano destra. Dipinse le unghie con uno smalto nero e si spruzzò il profumo che le aveva regalato Giacomo.

Uscì dalla stanza in divisa, con un'aria dolce e rilassata. Era molto diversa dalla prima volta che aveva varcato quella soglia, in jeans strappati, T-shirt scolorita, capelli arruffati e sguardo scuro e guardingo. Vedere Anita così solare lasciò i suoi amici senza parole.

"Sei bellissima," esordì Francesco.

"Davvero!" gli fece eco Giacomo quasi sottovoce, stupito dalla trasformazione.

Appoggiò per terra la ventiquattrore prestatale da Giacomo che conteneva il dossier stampato, alcune foto e le prove recuperate, e li abbracciò.

"Ci vediamo presto," disse sorridendo.

Poco prima di uscire si girò e li guardò negli occhi. "Due cose: la prima: grazie… grazie di tutto, io vi…".

"Basta così," disse Giacomo emozionato.

"E la seconda?" chiese Francesco.

"Spezzerò le gambe a quello stronzo di..."

"Okay... Okay basta," la interruppe Francesco, "rimani concentrata, tieni a mente per filo e per segno i passaggi, la cronologia, e ricordati di gestire l'incontro come fosse la gara dei duecento metri agli Europei di eptathlon: i preparativi, lo sguardo di sfida delle avversarie, i commenti per confonderti, lo sparo della partenza e gli occhi fissi sul traguardo! Adesso vai!"

Entrò in Questura con la sindacalista della Polizia, che si stupì di vederla in divisa. "Stai bene, oggi, sembri serena, molto compita, sicura, perfetta, ma cosa è successo?" domandò.

"Niente, oggi dimostrerò che avevo ragione e qualcuno farà una grandissima figura di merda," rispose Anita.

"Sì, dicevo proprio... compita," aggiunse ironica.

Attesero un quarto d'ora, che ad Anita sembrò un'eternità. Non smetteva di ripetere mentalmente le parole di Francesco, che sembrava aver previsto tutto, anche la tattica di tenerla volutamente in tensione. Finalmente le fecero accomodare in sala riunioni, dove tutti gli altri partecipanti avevano già preso posto. Seduto di fronte a lei il dottor Funes, il questore, un uomo piccolo di statura, molto in gamba e decisamente intelligente, e al suo fianco la dattilografa che doveva redigere il verbale.

"Buongiorno," esordì Funes, "Rita, iniziamo: alle ore quindici e un quarto dichiaro aperta la seduta della precommissione disciplinare. Sono presenti, oltre al sottoscritto, il vicequestore Cambria, il vicecommissario Chianese e Roberta Angelini, funzionaria del SIULP," sospirò prima di riprendere, come se quella riunione fosse solo una perdita di tempo. "Continuiamo: il capo della Mobile, la dottoressa Nicoletta de Magistris, il capo della sezione Omicidi, Michele Alberti, l'ispettore capo Fabio Curti e il dottor Alberto Bonfanti del ministero dell'Interno. Questo comitato è stato richiesto dal vicequestore Cambria e ha lo scopo di stabilire se sussistano gli elementi per proseguire con l'inchiesta disciplinare nei confronti dell'ispettrice Anita Landi."

Anita salutò tutti e fece un cenno del capo a Bonfanti, un uomo sulla sessantina in giacca e cravatta, l'unico che non aveva mai incontrato prima. Funes invitò Curti e Chianese a esporre la vicenda. Entrambi usarono espressioni di rimprovero sul comportamento di Anita ai quali solo la funzionaria del SIULP controbatteva, tanto che, più di una volta, dovette alzare la voce per contrastarli. Anita sembrò non curarsi della discussione, e il primo a rimanere perplesso fu Cambria. Si era immaginato una reazione violenta di Anita e vederla così serafica fu del tutto inaspettato. Terminata la relazione degli accusatori, con un gesto della mano, Funes invitò Anita a replicare.

"Lo scorso lunedì sera sono stata chiamata per un intervento in via Malpighi. Fin da subito ho avuto il forte sospetto che si trattasse di duplice omicidio e poi ho riscontrato un elemento importante che mancava: la chiave di accesso ai box della signora Kampf."

Chianese lanciò un'occhiata a Curti, che si mise a ridacchiare.

"La sera stessa abbiamo interrogato il dottor Palmieri, il marito della signora Kampf, anzi ex marito, un uomo freddo e distaccato, e dal colloquio non è emerso nulla di rilevante. Nei giorni successivi ci siamo occupati delle testimonianze di tutti i condòmini e le persone legate in qualche modo a Cortesi, e abbiamo puntato l'attenzione su due soggetti in particolare: Ludovico Biandrati, inquilino del secondo piano, e l'ex moglie di Cortesi, Giusy Mondello. Non abbiamo avuto il tempo di rintracciare Salvatore Loporto perché il caso è stato successivamente assegnato alla Mobile."

"E con discreto successo," s'intromise Funes suscitando una leggera ilarità, ma Anita proseguì come se nulla fosse.

"Torno a lunedì sera, signor questore," riprese pacata.

"Va bene," rispose lui, girando la sedia di lato e appoggiando il gomito sul tavolo, un gesto che ai più parve disinteresse.

"La sera stessa sono stata chiamata per un altro decesso, quello di Teresa Merli. Sembrava una morte accidentale, ma l'ho trattato come omicidio perché il mio istinto mi diceva che qualcosa non quadrava."

"Il suo istinto?"

"Sì signor questore, e non mi sbagliavo. Nei giorni a seguire ho interrogato tutti gli inquilini del palazzo e ho scoperto che ognuno di loro aveva da ridire sul comportamento della signora Merli. Successivamente è stato scoperto un altro cadavere, quello di Piero Giuliani, morto per infarto… indotto."

"Landi, ha una fine questa storia?" chiese Curti sottovoce, ma Anita non se ne curò e andò avanti.

"Mi sono concentrata su alcuni soggetti, in particolare sul signor Anselmi."

"La persona arrestata," intervenne Funes.

"Sì, dottore. Con l'aiuto di due colleghi del commissariato abbiamo scoperto che Anselmi aveva condiviso una foto del cadavere di Teresa Merli in un sito nel Deep Web."

Anita esponeva i fatti con un tono professionale e poco alla volta tutti i membri della commissione cominciarono a mostrare stupore e interesse. Solo Curti tentava di infastidirla con sospiri e risatine.

"Chi sono questi colleghi del commissariato?" domandò il dirigente del ministero.

"Il sovrintendente Marco Ardau e l'agente Tea Marini," specificò Anita, e con la coda dell'occhio vide il dottor Bonfanti scrivere il nome di Ardau su un foglio.

"Bene," disse Funes, "questo resoconto ci porta da qualche parte o vuole essere solo una giustificazione del fatto che non ha informato il vicecommissario Chianese che si trattava di duplice omicidio? Conosce la prassi? Le regole le sono note?" domandò nel pieno di un mormorio generale.

"Non è mia intenzione giustificare l'ispettrice Landi, ma sono convinta che la causa di questo comportamento oltre il limite dell'accettabile sia da ricercare nella tragedia del fratello," intervenne Nicoletta de Magistris, che aveva fama di essere una dura.

Anita si ricordò i consigli e le parole di Giacomo: guardò il questore, poi la de Magistris, e poi ancora il questore. "Da una lettura semplicistica potrebbe apparire che io sia condizionata dalla morte di mio fratello, ma non è così. E, se mi darà ancora qualche minuto, le dirò come si sono svolti realmente i fatti." Sottolineò le ultime parole marcandole con un tono più alto, tanto che Funes scosse la testa e alzò un braccio per tranquillizzare tutti: "Per favore, un attimo di silenzio, sentiamo cosa vuole dirci l'ispettrice Landi".

"Per i delitti di via Malpighi la Squadra Mobile ha posto la sua attenzione su Salvatore Loporto, un faccendiere, ex socio di Cortesi. Dal rapporto dell'ispettore capo Curti risulta che quel giorno si trovava in zona Porta Venezia dalle quattordici e trenta alle sedici e trenta. Il custode dello stabile ha affermato che aveva ricevuto l'ordine preciso da Cortesi di non farlo più salire, e proprio quel pomeriggio l'ha notato passeggiare sul marciapiede opposto al portone. Nello stesso momento, anche l'ex moglie di Cortesi era in zona: un pranzo in centro, una telefonata all'ex marito e un appuntamento dal parrucchiere poco lontano. È uscita dal negozio alle cinque e venticinque. Infine Ludovico Biandrati, che abita nello stesso palazzo di Cortesi, anche lui un tempo in affari con la vittima. Dagli approfondimenti emersi sappiamo che i due hanno avuto un forte litigio per una questione economica. Ecco, fino a qualche giorno fa questi erano i tre possibili sospettati."

"Fino a qualche giorno fa?" domandò ironico Funes. Poi si rivolse a Curti: "Ispettore, lei ha preso in carico l'indagine. Non voglio pensare che abbia tralasciato qualcosa."

"Oh, no di certo! Se mi permette, signor questore, ho la sensazione che l'ispettrice Landi voglia screditare il lavoro dei suoi colleghi. Per rispondere alla sua domanda, ho valutato ogni possibile ipotesi e ho interrogato tutti, nessuno escluso," replicò con il suo ghigno irritante.

"Anche le gemelle Campanini dell'ultimo piano?" chiese Anita senza guardarlo in faccia.

"Chi sono?" chiese la de Magistris incuriosita.

"Che le dicevo?" rispose Curti. "Ormai è chiaro l'obiettivo dell'ispettore Landi, ma non attacca! Quelle due ottantenni non avevano nulla di rilevante da dire. E poi è tutto scritto qui, nel mio rapporto," disse posando un incartamento sul tavolo riunioni. Fissò Anita con uno sguardo di superiorità, ma lei non ci fece caso.

"Quando l'ispettore Curti le ha interrogate loro hanno dichiarato che una persona aveva bussato alle quattro per una consegna particolare," puntualizzò Anita.

"Precisamente," fece lui, "è tutto verbalizzato, basta leggere."

"E allora?" chiese Alberti, il capo della sezione Omicidi.

Curti mostrò segni di nervosismo. "È la dichiarazione di due vecchie, assolutamente irrilevante."

Ma Funes scosse la testa. "Per favore ispettrice Landi, continui."

"Alle quattro e un quarto, la domestica delle signorine Campanini, scendendo le scale per portare fuori il cane, ha incrociato al primo piano del palazzo il fattorino che andava giù di gran carriera."

"Che scoperta sensazionale!" esclamò Curti. "Peccato che è successo quasi un'ora dopo gli omicidi commessi da Loporto!" gli fece eco Chianese prendendola in giro, ma Anita proseguì senza battere ciglio. "Il fattorino, che in realtà è una ragazza, aveva il compito di sottrarre un fascicolo presente nell'ufficio di Cortesi, ed è quello che ha fatto, ma ha trovato la porta aperta e tutto sottosopra, segno che qualcuno era stato lì a rovistare prima di lei."

"Ma cosa vai blaterando?" ribatté Curti inviperito. "Abbiamo trovato il dossier nell'appartamento che Loporto aveva a Lubiana. L'aveva rubato dopo aver ucciso Cortesi e la Kampf. Non so cosa ti salti in testa, ma faresti meglio ad ammettere i tuoi errori invece di inventare ricostruzioni assurde e fantasiose."

"Un momento," s'intromise Nicoletta de Magistris, "lei ha le prove di questo, ispettore? E nel caso, chi è questa ragazza che si è intrufolata nell'ufficio di Cortesi?"

"Posso spiegare tutto e la ragazza è disposta a testimoniare," disse Anita generando lo stupore generale.

"Vada avanti," la invitò Bonfanti.

"In sintesi: la ragazza entra nello stabile con uno stratagemma, ruba l'incartamento, esce dal palazzo, s'incontra con Loporto e gli consegna il dossier, quello che è stato ritrovato in Slovenia. Leggendo il tabulato della localizzazione del cellulare di Loporto, lui scappa da Milano dopo aver abbandonato lo smartphone la mattina seguente. Perché un omicida dovrebbe ingaggiare una ladra per commettere un furto dopo aver ucciso due persone, e attendere una notte per fuggire? È assurdo. E perché non si trova l'agenda rossa, quella che Cortesi utilizzava per prendere appunti sui progetti particolari?"

"Ti stai scavando la fossa, Landi," tuonò Chianese, ma Anita non rispose neppure a quella provocazione.

"A detta della segretaria di Cortesi, l'agenda rossa era la cosa più importante che conservasse in ufficio," proseguì Anita senza dare retta ai commenti che piovevano da tutte le parti.

Il questore redarguì i presenti e si rivolse ad Anita: "Un momento, per favore. Mi perdoni, ispettrice Landi, mi pare che stia cercando di dirci qualcosa di nuovo. Secondo lei Salvatore Loporto non è l'assassino di Cortesi e della signora Kampf?".

"Esattamente, signor questore," rispose Anita con sicurezza.

"È un'accusa molto grave. Lei sta insinuando che la Squadra Mobile ha puntato l'uomo sbagliato, che tutte le teorie finora accertate sono errate. Se si sbagliasse, la sua posizione si aggraverebbe di molto. È sicura di voler andare avanti?" chiese concentrato sullo sguardo di Anita.

"Sì, signor questore."

"Proceda pure, allora. Rita, si metta tutto a verbale," disse rivolto alla sua assistente. Si girò sedendosi dritto, appoggiandosi con i gomiti sulla scrivania e intrecciando le dita.

"Grazie signor questore. Due omicidi, tre sospettati, un'agenda rossa e una chiave che non si trovano. Scartato Salvatore Loporto per i motivi appena esposti, ho preso in considerazione gli altri sospettati. Partiamo da Ludovico Biandrati. In base agli orari avrebbe potuto commettere gli omicidi, ma a che scopo rubare l'agenda rossa di Cortesi? Avevano troncato i rapporti da tempo e nessuno dei due voleva avere più niente a che fare con l'altro. E poi, perché rubare la chiave di accesso ai box? Lui stesso ne possiede una. Da ultimo, la signora Giusy Mondello: per lei è diverso. Era in zona, voleva incontrare l'ex marito per disinvestire il suo capitale immobilizzato. Quel giorno lo ha chiamato più volte, l'ultima alle tre e venti, senza ottenere risposta. Mi ha disorientato la sua reazione: non sentendolo al cellulare non si è preoccupata, non lo ha più richiamato, nonostante avesse un impellente bisogno di liquidità. Invece è andata tranquilla dal parrucchiere."

"Ho capito," s'inserì Funes, "lei ritiene colpevole la ex moglie, giusto?"

"L'ho pensato, ma poi ho riflettuto: se avesse ucciso Cortesi sarebbe rientrata in possesso del suo patrimonio, come tutti gli altri clienti dell'ex marito, in tempi lunghi. Il tribunale infatti deve ancora nominare un amministratore delle attività di Cortesi." Ci fu un attimo di silenzio, e grazie a quella semplice considerazione giuridica, con un linguaggio che non apparteneva certo ad Anita, sembrò finalmente che la sala iniziasse a prenderla sul serio. Nessuno si sarebbe immaginato che a imbeccarla fosse stato la sera prima il suo amico Francesco.

"Situazione kafkiana, ispettrice Landi," azzardò il questore. In conclusione, secondo lei non sono stati uccisi e si è trattato di un omicidio-suicidio?"

"No, si tratta di duplice omicidio, ma i colpevoli non sono le persone che ho nominato finora. Per scoprire l'assassino occorre analizzare un altro contesto. I morti di via Baldissera," proseguì con tono cupo.

"Sta tentando di confonderci?" chiese Nicoletta de Magistris. "Che nesso ci sarebbe con il duplice omicidio di via Baldissera?"

"Lo so, può apparire assurdo: l'assassino di Cortesi e della Kampf è lo stesso di Teresa Merli e Piero Giuliani. Anzi, vi dirò di più: se non avesse ucciso Teresa Merli, forse l'avrebbe fatta franca. La chiave di tutto è in quella portineria."

Nella sala riunioni calò nuovamente il silenzio.

"Vada avanti," intervenne Funes, "ha tutta la mia attenzione.

Le ricordo che anche per questo duplice omicidio è stato arrestato il colpevole, quindi presumo che ci dimostrerà che il nostro uomo non è Anselmi."

"Esatto! Quel pomeriggio in via Baldissera erano presenti tutti i condòmini, ognuno con un episodio poco piacevole che vedeva coinvolta Teresa Merli, quindi con un possibile movente. Per capire la dinamica dei fatti però si deve analizzare anche la morte di Giuliani, dirigente di un'agenzia di pubblicità con l'hobby dello spettacolo, del teatro e del trasformismo. La sua abitazione è piena di foto che lo ritraggono mentre gioca con bambini malati, recita e si traveste da clown. Pare fosse una brava persona. Quel giorno aveva preso ferie perché, come aveva confidato a una sua collega, doveva fare un favore a un amico."

"Vale a dire?" chiese Bonfanti.

"Doveva prendere parte, inconsapevolmente, a un piano congegnato in maniera perfetta. Tuttavia, anche il più meticoloso dei progetti criminali non può prevedere un banale intoppo. La sera era in programma una riunione condominiale, e proprio durante l'assemblea qualcuno si era lamentato di un'auto parcheggiata nel cortile interno, successivamente sparita. È un particolare fondamentale, determinante, come le chiavi del passo carraio di via Baldissera che non si trovano più, e le chiavi dell'appartamento di Giuliani, anch'esse sparite. E non dimentichiamoci di quelle della Kampf."

"Basta, Landi, andiamo al punto!" ordinò Funes.

"Mi dia ancora un minuto, la prego," ribatté Anita educata ma decisa. "Sono stata sviata nelle indagini perché mi sono concentrata sul passato di Teresa Merli. In quel palazzo abita Emma Dainese, la figlia di un rapinatore morto in carcere, che Teresa aveva fatto condannare vent'anni prima, e all'apparenza poteva avere un solido movente per ucciderla, voleva vendicarsi, ma questo non aveva nulla a che vedere con Giuliani. Ho controllato gli spostamenti di Fusinato, il rapinatore appena uscito dal carcere, e sono entrata in un vicolo cieco. Teresa Merli era un'impicciona, aveva un carattere a tratti scorbutico, ma quella pista ha portato alla luce solo i difetti degli inquilini, le loro manie, e certamente le loro colpe, come nel caso di Anselmi. E alla fine ho capito: uccidere la custode è l'errore commesso dall'assassino, perché non era previsto nel suo piano criminale. Il colpevole è una persona che conosceva Cortesi, la signora Kampf e Giuliani. Ammazzare Teresa Merli è lo sbaglio eclatante del dottor Palmieri."

Tutti i presenti fissarono Anita, e anche Rita, l'assistente di Funes, alzò le mani dalla tastiera del computer con la bocca aperta. Un silenzio irreale, di stupore, rotto solo da un colpo di tosse della de Magistris.

"Ma ti sei bevuta il cervello? Landi, ti sbagli di grosso," urlò Curti. "Palmieri ha un alibi di ferro, era andato a un convegno con decine di persone che hanno testimoniato!"

"Dottor Cambria, dica qualcosa," intervenne Chianese.

"Fatela terminare!" alzò la voce Cambria.

"Silenzio!" si unì il funzionario del ministero dell'Interno: "Finisca, ispettrice, la prego".

"Palmieri sottrae la chiave del passo carraio di via Malpighi dal mazzo dell'ex moglie, lo può fare perché per esclusione è l'unica chiave che non conosce, le altre sono dell'appartamento di via Cerva. Frequentava da tempo Giuliani perché entrambi avevano partecipato anni prima a un campus per bambini malati: lui come medico e Giuliani come animatore. Abbiamo una foto che li ritrae insieme, una foto sparita da casa di Giuliani, ma Palmieri non poteva sapere che una copia era appesa anche nell'ufficio del pubblicitario," e Anita la tirò fuori dalla borsa per mostrarla. "Vista la passione per il trasformismo, le imitazioni, e la forte somiglianza tra i due, lo convince con una scusa a impersonarlo durante un convegno, probabilmente stuzzicando quella parte di ambizione teatrale di Giuliani, ecco perché quel giorno aveva preso ferie dicendo di dover fare un favore, o come ha riferito alla sua collega, partecipare a un esperimento. Palmieri doveva far credere d'essere presente per crearsi un alibi, e non essendo un relatore i rischi erano ridotti al minimo. I due avevano la stessa corporatura, il taglio degli occhi simile, e con le lenti a contatto colorate, la barba finta e un trucco ben fatto, Giuliani poteva farsi passare per Palmieri, bastava non eccedere, non rilasciare dichiarazioni, essere visto ma non partecipare alle conversazioni. La mattina fanno lo scambio di persona, di auto e di cellulare, in modo che tutto appaia perfetto. Palmieri aspetta l'ex moglie sotto casa di Cortesi, la vede parcheggiare in un garage a pagamento ed entrare nel palazzo. Lui sale usando la chiave di accesso ai box che le aveva sottratto, in modo da non farsi notare da nessuno, arriva al secondo piano e uccide Cortesi e l'ex moglie, utilizzando la pistola che la donna conservava nella borsa, in modo da inscenare l'omicidio-suicidio. Però commette un primo errore: per evitare che si scopra immediatamente il nome dell'ex moglie, e per avere il tempo di concludere il suo piano, le sottrae il portafogli, non sapendo però che la donna, tornando da Chiasso, aveva fatto benzina alle tre meno venti, fatto dichiarato dal suo avvocato, al telefono con lei in quel momento, e confermato grazie al controllo dell'agente Tea Marini sulla tessera carburante. La Kampf non avrebbe mai avuto il tempo di fare benzina, arrivare in via Cerva, lasciare il portafogli, riprendere l'auto e andare da Cortesi. E poi non avrebbe senso, non trovate?" chiese Anita retoricamente, e proseguì: "Palmieri uccide i due, prende le chiavi dell'ufficio di Cortesi e ruba l'agenda rossa, quella che contiene i progetti speciali, le informazioni riservate. Cortesi era a conoscenza di un segreto di Palmieri risalente a molti anni prima e per questo lo ricattava. Ed ecco spiegati i bonifici mensili estremamente rilevanti che inviava a Cortesi".

"Di quale segreto si tratta?" domandò Bonfanti.

"Alcuni anni fa il dottor Palmieri aveva eseguito una plastica facciale a Mimmo Matranga, uno dei capi più feroci di Cosa Nostra e ancora oggi latitante," rispose.

"Matranga? Mimmo Matranga ha detto? Lei ha prove inoppugnabili?"

"Sì, dottor Bonfanti. Ho la fotocopia della sua carta d'identità con tanto d'indirizzo, falso nome e nuovi connotati," rispose senza alcuna intenzione di rivelare la sua fonte di informazioni: Maso Lazzeri.

"Tornando alla nostra inchiesta, il dottor Palmieri arriva a piedi in via Baldissera intorno alle cinque e mezza. Quel giorno, alcuni lavori sul manto stradale impediscono di parcheggiare in strada con facilità, per questo nota la sua auto parcheggiata da Giuliani nel cortile, il particolare che spiega tutto, a cui facevo riferimento prima. Sale al quinto piano, Giuliani gli apre la porta senza sospettare nulla e torna a sedersi sul divano. Si scambiano i cellulari e poi Palmieri lo stordisce con un sedativo. Infine lo uccide con l'atropina. Successivamente stacca dalla parete e si porta via la foto che li ritraeva insieme durante quel campus con i bambini, senza sapere che era appesa anche nell'ufficio di Giuliani, oltre a essere nel suo iPad. Gli sottrae le chiavi di casa e chiude la porta. Quando scende, trova il cancello chiuso e, dato che nessuna delle chiavi rubate è in grado di aprirlo, è costretto a chiedere aiuto alla custode, che ha terminato il lavoro da pochi minuti. Ecco l'imprevisto: è costretto a ucciderla perché sarebbe l'unica testimone in grado di riconoscerlo. Con le chiavi del cancello esce da via Baldissera in auto, torna a casa sua in via Cerva, nasconde il portafogli dell'ex moglie in un cassetto della camera da letto e aspetta che la Polizia gli comunichi la notizia della morte di Greta Kampf. Ma altri tre errori lo incastrano: il primo, l'abbiamo già analizzato, non poteva sapere che l'ex moglie avesse fatto benzina utilizzando la tessera carburante aziendale. Il secondo, che lo lega senza ombra di dubbio a Giuliani: durante il convegno, una dottoressa tedesca rovescia del caffè bollente sul vestito del finto Palmieri, tanto che il medico legale trova tracce di scottatura sul cadavere di Giuliani. La dottoressa in questione gli lascia il suo biglietto da visita per risarcirlo delle spese di lavanderia, e sia il vestito sia il biglietto da visita erano nel cesto della biancheria sporca di Giuliani. Il terzo, sempre Giuliani, che sicuramente in macchina aveva già iniziato a svestirsi dei panni di Palmieri, non riuscendo a parcheggiare all'esterno del palazzo aveva ottenuto da Teresa il permesso di lasciarla nel cortile, contravvenendo alle disposizioni condominiali. Poco gli importava che lei notasse che non era la sua auto e, nel caso avesse fatto domande, avrebbe facilmente trovato una giustificazione. Per ringraziarla di questo trattamento di favore, le regala un bloc-notes e la penna a sfera con il nome della società organizzatrice del convegno, materiale trovato in portineria. Come avrebbe potuto farlo se non fosse andato lui stesso a quel convegno travestito da Palmieri?"

"Sono impressionato," intervenne Funes, "ma per chiudere il cerchio vorrei sapere il movente di questi quattro omicidi. Pensa che Cortesi fosse a conoscenza del segreto di Palmieri?"

"Sì, signor questore. Probabilmente imbeccato da Greta Kampf. Per questo aveva deciso di eliminare entrambi, e per mettere una pietra sopra tutto, ha ucciso anche l'unico testimone che poteva incastrarlo, l'unico che potesse affermare che non aveva un alibi: Piero Giuliani."

Anita prese fiato. Il cuore le batteva forte come dopo una gara, ma era felice di aver tagliato il traguardo. Curti cercò qualcuno con cui scambiare un cenno, ma trovò solo il capo della Mobile, Nicoletta de Magistris, visibilmente insoddisfatta.

"Ispettore Curti," disse la donna, "venga subito nel mio ufficio. Dobbiamo parlare." L'ispettore deglutì, intimorito dal tono e preoccupato delle sicure conseguenze per aver gestito due indagini in modo approssimativo.

Intanto il funzionario del ministero dell'Interno incrociò lo sguardo con il questore, come se stessero studiando qualcosa, e poi si rivolse ad Anita. "Lei è sicura che potremo inchiodarlo, vero?"

"Certamente," rispose.

"Occorre contestare questi fatti al dottor Palmieri," disse Funes guardando a uno a uno i presenti. "Cambria, controlla le prove dell'ispettrice Landi, poi chiameremo insieme il procuratore Varesi," e aggiunse sottovoce: "Riccardo, tu eri a conoscenza di questi fatti?".

"Sapevo che l'ispettrice Landi non molla mai la presa, per

questo mi sono sempre fidato di lei," rispose e annuì all'indirizzo di Anita.

Bonfanti chiese ad Anita di seguirlo fuori. "Ottimo lavoro, davvero. Le lascio il mio biglietto da visita. Pensa che il dottor Palmieri possa aver eseguito altri interventi negli anni? E magari che nei giorni scorsi abbia incontrato Sante Mallico, il super latitante?"

"Non lo escluderei affatto, ma non ne ho le prove."

"Bene, organizzeremo una minuziosa perquisizione della clinica e del suo appartamento, ho la sensazione che questa storia non si concluda oggi."

Anita gli strinse la mano e azzardò una domanda: "Mi scusi, dottor Bonfanti, una curiosità: perché ha scritto il nome di Ardau su un foglietto?".

Lui fece un cenno negativo col capo. "No, ispettrice, si sbaglia."

Palmieri venne arrestato e portato davanti al procuratore. Gli vennero contestati i quattro omicidi e lui si limitò a chiedere la presenza di un legale col quale rimase a colloquio per un'ora, dopodiché si dichiarò colpevole. Due squadre della Scientifica fecero un sopralluogo minuzioso nell'appartamento del medico e trovarono in un cassetto della cucina la chiave d'accesso ai box del palazzo di Cortesi, e nella sacca da golf le chiavi di casa di Giuliani, quelle del cancello di via Baldissera sottratte a Teresa dopo averla uccisa e la foto rubata nell'appartamento di Giuliani.

Anita si avviò verso casa accompagnata da una sensazione che non provava da troppo tempo. Aveva dimostrato il suo valore e stupito tutti, persino il capo della Mobile, Nicoletta de Magistris, con la quale in passato aveva avuto più di un problema. Le avevano appuntato al petto una medaglia con un lato luccicante, ma l'altro lato sarebbe stato fonte di problemi: da quell'istante Curti sarebbe stato suo nemico giurato, e i giorni a seguire per lei non sarebbero stati facili. Uscita dalla Procura chiamò Francesco e Giacomo: erano tutti e due in fibrillazione e le sembrò che Francesco fosse addirittura commosso. Cercò anche Marco

Ardau per condividere con lui quella giornata spettacolare, ma il collega non rispose. Infine Tea.

"Non avrei nemmeno lontanamente ipotizzato di gioire per una questione di lavoro. Adesso scusa ma devo..." e d'improvviso bloccò la comunicazione. Tea corse con le lacrime agli occhi dalla nonna e le raccontò tutto.

Anita scacciò dalla mente i soliti pensieri negativi e si disse che forse stava imboccando la via giusta, quella che le avrebbe permesso di raggiungere il suo obiettivo: far riaprire il caso e scovare il vero assassino del fratello e della sua fidanzata.

21

Appena parcheggiò sotto casa le squillò il cellulare.

"Allora, è andata bene!" esclamò Ardau come se fosse già a conoscenza dei dettagli.

"Sì, e non so come ringraziarti: senza il tuo aiuto non sarei mai riuscita a parlare con Lazzeri e a scoprire il reato di Palmieri," rispose Anita emozionata.

"Ricordati: per una latitanza tranquilla, un criminale ha bisogno di una nuova identità e solo un falsario in gamba può essergli d'aiuto," spiegò.

"Ma la signora Kampf conosceva la verità," disse Anita, "e sono certa che lo abbia confidato a Cortesi, che da quell'informazione voleva guadagnarci. Negli ultimi tempi Palmieri gli versava mensilmente delle notevoli somme e di questa notizia devo ringraziare Tea. Poi, se Cortesi li tenesse in tasca o li investisse, lo scopriremo," concluse serena.

"Ottimo, sono felice per te, Anita. Adesso devi guardarti le spalle e stare attenta. Non c'è niente di peggio che pestare i piedi a colleghi più alti di grado, e modestamente sull'argomento potrei scrivere un saggio," disse ridendo.

"Ti saluta Bonfanti, un dirigente del ministero," buttò lì Anita, ma lui cambiò argomento come se non avesse mai sentito quel nome.

"Una di queste sere verrai a cena a casa mia, così ti presento la mia famiglia. Ancora complimenti, Anita. Ti abbraccio forte."

Il fatto che Ardau non le avesse risposto faceva pensare a qualcosa di importante, e Anita cominciò a fare le ipotesi più incredibili per spiegare perché un mite sovrintendente di Polizia conoscesse quel funzionario del ministero.

Francesco l'aspettava sulla soglia. Appena gli fu davanti l'abbracciò teneramente e ad Anita vennero gli occhi lucidi.

"Ce l'abbiamo fatta," gli disse con la voce commossa.

"Hai fatto tutto tu. Sei stata bravissima e quando sarai più tranquilla ci racconterai i dettagli."

"Dov'è Giacomo?"

"Ha fatto un salto in ufficio, ma tornerà presto."

"Andiamo a trovarlo," disse Anita prendendolo sottobraccio per trascinarlo amichevolmente sul pianerottolo.

"No, dài," rispose lui divincolandosi con forza, tanto che Anita lo guardò stupita.

"Perché non vuoi venire?"

"Non… posso," ribatté Francesco appoggiandosi al muro.

"Che succede? Usciamo, passiamo a prendere Giacomo e andiamo a festeggiare insieme," insistette.

"No, senti, andate voi. Io ho da fare qui… davvero."

Era sbiancato, aveva lo sguardo terrorizzato. Anita non l'aveva mai visto in quello stato. E notò che Francesco fissava il pianerottolo spaventato.

"Stai bene?" chiese preoccupata.

"Non posso uscire, non ce la faccio," replicò a fatica.

"Non capisco, cosa stai dicendo? Spiegami, ti prego! Ho fatto qualcosa di sbagliato?"

Francesco scosse la testa. "Tu? No, Anita… veramente non hai capito?"

"Cosa?" domandò e fece un passo indietro.

"Io non sono come gli altri, non vivo come voi. Non sono mai uscito da questo appartamento."

Improvvisamente piombò nell'ingresso un silenzio pesante e imbarazzato e Anita si sentì smarrita.

"Sono anni che non varco quella soglia: il mio mondo è questo, il mio universo sono le mura dell'appartamento di Giacomo." Chiuse gli occhi e trattenne il respiro. Poi d'un tratto si voltò e andò in camera sua, lasciandola attonita.

Lei attese qualche secondo, non sapendo cosa fare, poi chiuse la porta e andò a cambiarsi. Mentre appendeva la divisa, ripensò alle parole di Francesco e cercò di ricordare se l'aveva visto fuori casa: mai. La prima sera era stato Giacomo ad aiutarla con i bagagli, era sempre Giacomo che andava in giro, anche per conto di Francesco, e quando li aveva invitati fuori per una pizza Francesco si era irrigidito e Giacomo, sempre premuroso, le aveva detto che preferivano non uscire. Si considerava una poliziotta in gamba, aveva risolto un caso intricato, eppure non aveva intuito che Francesco aveva una fobia così limitante. Aveva letto qualcosa del genere, ma riguardava adolescenti che volontariamente si rinchiudono nella loro stanza in compagnia solo del computer, ma erano casi sporadici anche se in aumento. Francesco no, non era possibile, e si rammaricò di essere stata così superficiale da non accorgersene. Indossò i suoi jeans preferiti e una T-shirt, si raccolse i capelli e li fermò come sempre con una matita, poi andò da Francesco a piedi nudi. In corridoio sentì la doccia in funzione. Se lo immaginava rannicchiato in un angolo a piangere e capì che non voleva essere disturbato. Ma Anita bussò ugualmente alla porta: "Francesco? Ho bisogno di parlarti".

Non ottenne risposta e si sedette lì per terra, spalle al muro, in attesa. Pensò alla sera precedente, a quella mattina, a quanto fosse stato utile con le sue intuizioni, la sua esperienza, prevedendo le contestazioni, le domande e l'atteggiamento dei membri della precommissione. In vita sua non era mai stata aiutata così tanto. Fosse stato per lei, avrebbe aggredito Curti dandogli dell'incompetente e raccontando i fatti in preda all'ansia, ma non avrebbe ottenuto lo stesso risultato. Sì, Francesco era una persona eccezionale, le era bastato poco per capirlo. Cosa gli era successo, e perché non usciva più di casa? C'entrava forse sua figlia Giada? Mentre Anita rifletteva, lui uscì dal bagno e non si stupì di vederla fuori ad aspettarlo.

"Francesco, ti devo una spiegazione," esordì ancora accovacciata contro la parete. "Per favore, ascoltami. Oggi è stata la giornata più incredibile che ho vissuto da quando sono effettiva in Polizia, e desideravo condividerla con te e Giacomo che siete stati fondamentali. Mi sto anche sforzando di non pensare che domani mi arriverà una mazzata, ne sono sicura, ma ora voglio assaporare questo momento che non tornerà."

"Non esagerare," rispose lui, "ti abbiamo aiutato, sì, ma l'artefice della tua vittoria sei tu. Mi devi scusare, Anita, sei stata sincera con me e io non lo sono stato altrettanto. Avrei dovuto parlarti prima del mio problema. Tocca a me darti una spiegazione."

Arrivati in cucina la fece sedere sullo sgabello. Si guardò intorno, come se cercasse le parole giuste. "Senza falsa modestia, posso dire che ero un avvocato molto quotato, con uno studio importante. Avevo due soci, in effetti li ho ancora, ma qui dovrei aprire un altro capitolo e ti annoieresti a morte. Comunque, per andare al sodo, vent'anni fa ho sposato Victoria, una donna affascinante e ricchissima. La sua famiglia possiede industrie tessili, case sparse in Italia ed Europa, e con lei frequentavo il cosiddetto jet set. Si può dire che fossi felice, ma dopo la morte di mia madre, qualcosa dentro di me si è inceppato. Qualche tempo dopo è nata Giada, e lentamente, come un verme che scava la sua galleria nella mela, quel mondo cominciò a darmi fastidio. Non era certo perché la noia stava prendendo il sopravvento o per quell'ambiente pieno di persone sopra le righe che con la vita vera, quella di tutti i giorni, avevano poco a che spartire. Sentivo il bisogno di escludermi, di stare da solo, e quella voglia mi condizionò a tal punto da andare in ufficio solo quattro giorni alla settimana. Non è che facessi grandi cose nel giorno libero in più, anzi, rimanevo in casa a leggere o a guardare un vecchio film. Sulle prime Victoria pensò che fosse un modo per rilassarmi, visto che nei periodi di picco lavoravo anche sedici ore al giorno, però poco per volta le giornate in ufficio divennero tre, e dopo nemmeno un anno non varcai più la soglia di casa."

Lei non volle interromperlo neanche un momento, attenta a non perdersi una parola.

"Ritenni di poter operare da casa, mi ero organizzato una stanza-ufficio con connessione Internet sicura, deviazione di chiamata per le conferenze telefoniche e tutto il resto. I soci dello studio pensavano che fosse stress, mentre per gli amici ero diventato strambo. Il mio matrimonio sarebbe anche durato se non fosse per un dettaglio, tutt'altro che insignificante per Victoria: la sua vita sociale. Non avevo più intenzione di andare a prime teatrali, vernissage, feste, anniversari, montare in auto per i weekend, salire su un aereo per le vacanze, o semplicemente passare le serate a giocare a bridge e a sparlare degli assenti, e tutto questo per mia moglie era peggio di un tradimento. Così, iniziammo una vita da separati in casa che durò molto poco. Caddi in depressione e rifiutai ogni aiuto per ritornare a essere quello che tutti si aspettavano da me. Scelsi di curarmi con i farmaci e per un po' la mia condizione sembrò migliorare. Arrivò la Vigilia di Natale del 2014, il giorno che Giada attendeva da mesi. Era il terzo anno che avevamo istituito un rito tutto nostro: passeggiare per le vie del centro per comprare gli ultimi regali, quelli che consideravamo più importanti e personali: il suo e il mio."

Bevve un sorso d'acqua e continuò. "Quel giorno stavo meglio, ma erano mesi che non uscivo di casa e che non guidavo. Giada fu così felice di vedermi fuori dall'appartamento che mi tenne per mano tutto il tempo. Ovviamente m'imbottii di medicinali e senz'altro il mio passo doveva somigliare più a quello di un automa che a quello di una persona normale. Conosci via della Spiga, sai quanto è stretta? Immagina alla Vigilia di Natale… era letteralmente invasa dalla folla. Spingevano, urtavano, si fermavano a osservare le vetrine per commentare i prezzi e Dio sa cos'altro. Sentivo il fiato di tutti sul collo, le voci che non smettevano un istante, i corpi che premevano sul mio, la confusione. L'ansia si stava trasformando in qualcosa di decisamente peggio."

Si bloccò e fissò il pavimento della cucina come un bambino rimproverato. Anita non mosse un muscolo e gli lasciò il tempo di riprendersi.

"Una vampata di calore partì dallo stomaco per arrivarmi alle tempie. Il panico mi avvolse come una cappa ed ero certo di venire schiacciato e soffocato. Pensai subito alle pastiglie, le mie inseparabili compagne, ma ne avevo già prese una dose massiccia per affrontare quella passeggiata. Non erano servite, non c'era più nulla da fare. Cominciai a tremare, respiravo a fatica, il cuore batteva all'impazzata e mi appoggiai al portone di un palazzo, sudato come dopo una corsa, la bocca secca. Giada era accanto a me e io ritirai la mano. Rammento il suo viso spento, lo sguardo attonito. Lentamente scivolai e mi sedetti per terra con le mani sulle orecchie per non sentire più le migliaia di voci che mi rimbombavano in testa. Sentivo addosso gli occhi di tutti i passanti, avrei voluto sparire in un lampo. Non avevo nemmeno la forza di urlare e poco dopo svenni. Mi risvegliai in ambulanza. Giada non c'era più. L'infermiere mi stava addosso, mi opprimeva, e diedi di matto mentre mi provava la pressione. Lui cercava di tranquillizzarmi, ma il mio unico pensiero era quello di tornare a casa, nella mia stanza-ufficio dove conoscevo l'esatta posizione di tutti gli oggetti. Rimasi due giorni in ospedale, poi Victoria decise di farmi ricoverare in una struttura in Brianza, una di quelle cliniche per VIP depressi, alcolizzati o drogati, desiderosi o magari obbligati a disintossicarsi. Il metodo della struttura era semplice: un periodo di stabilizzazione con farmaci per poi cominciare una terapia e individuare le cause del malessere. Nel frattempo Victoria chiese la separazione. Non mi amava più e non sopportava il pensiero d'aver accanto un uomo come me."

Si fermò ancora e scosse la testa. "E poi dissi una cosa spaventosa: non volevo più vedere nessuno, né lei né Giada. Rifiutavo il mio mondo, volevo cancellare tutto e tutti, e non fu per nulla difficile. Ci aveva già pensato Victoria a farmi terra bruciata attorno. Non seguii alcuna terapia, scappai da quel lager e mi rifugiai nella foresteria poco distante dallo studio. Uscivo solo lo stretto indispensabile per ritirare i farmaci e fare un minimo di spesa."

Respirò profondamente. "Finché un giorno il dolore allo stomaco fu insopportabile e l'angoscia mi tormentò al punto da non riuscire ad alzarmi dal letto. Non vedevo il domani, mi odiavo. Fu il segnale che mi aveva anticipato il medico della clinica: l'anticamera del suicidio. Non avevo alcuna ragione per non farla finita," la sua voce stava lentamente diventando più profonda, "ero un inutile spreco di spazio su questa terra."

Si avvicinò alla finestra della cucina e guardò fuori ricordando quei giorni. Per un momento Anita ebbe paura che Francesco la aprisse e si lanciasse nel vuoto. Lui girò la testa verso di lei. "Nessuno mi aveva chiamato per un mese, se non i soci di studio per motivi di lavoro e di dividendi. Sapevo come uccidermi senza grandi scene o colpi a sorpresa. Presi due scatole di medicine..." si portò le mani semichiuse al petto e abbassò lo sguardo come se rivivesse quel momento. "E in quell'istante squillò il cellulare. Era Giacomo. Parlammo pochi minuti e poi venne a trovarmi. Mi convinse a trasferirmi a casa sua per qualche tempo. Poi le settimane divennero mesi e i mesi anni. Trovai un equilibrio, anche se i periodi di down arrivavano all'improvviso, però da un po' di tempo sto meglio, e sono convinto che qui mi posso sentire protetto, al sicuro. Il mondo esterno, il mio passato lo detesto, anche se Giada... è un discorso complesso... se non mi avesse fatto sentire un essere inutile, un codardo, un inetto... se solo io... trovassi il coraggio di parlarle... di spiegarle che mi odio per come sono... ma non posso essere altro."

Si bloccò esausto, gli occhi chiusi. Anita gli balzò al collo abbracciandolo forte. "Possiamo festeggiare questa giornata restando qui, non c'è bisogno di uscire. Voglio stare con le persone che mi hanno aiutato e che considero..." gli sussurrò.

Udirono dei passi in corridoio e la voce di Giacomo che li chiamava. Arrivò in cucina e notò immediatamente che non c'era il clima di festa che si aspettava. Appoggiò la bottiglia di champagne sul tavolo e lanciò un'occhiata a Francesco.

"Ho annoiato Anita con la storia della mia vita," spiegò lui con le lacrime agli occhi, ma con un senso di liberazione.

"Comunque," riprese Francesco dopo un lunghissimo sospiro, "ritengo sia la prima volta che accada che tre soggetti così diversi e con motivazioni indipendenti abbiano capito tutto praticamente nello stesso momento: io, un ex avvocato, avevo in mano Diabolik mentre osservavo una foto scaricata dall'iPad di Giuliani che lo ritraeva insieme a Palmieri; Giacomo, amministratore di condominio, per il bloc-notes trovato in portineria con il logo della società che aveva organizzato l'evento; e tu, ispettrice Anita Landi, donna acuta, intelligente e piena di sorprese, per il vestito di Giuliani macchiato dal caffè della dottoressa tedesca, recuperato battendo il record mondiale di salto dal balcone!"

La serata proseguì tranquilla, ma Anita iniziò a sentire uno strano presentimento, come se quel che era accaduto, la ricostruzione degli eventi, i volti increduli dei vertici della Polizia, le congratulazioni del questore, fossero già dimenticati. Forse era stata la rivelazione di Francesco, la sua storia, il non aver intuito il suo malessere sfociato in una claustrofilia invalidante: era turbata al punto da non gioire come avrebbe voluto.

Giacomo e Francesco si complimentavano a vicenda, ma lei si perdeva nelle sue riflessioni cercando di non apparire assente. Era conscia di quanto fosse fuori luogo quello stato d'animo e cominciò lentamente a preoccuparsi. Ogni tassello era al suo posto, il quadro completo, tutto funzionava a meraviglia, eppure un senso di incompiutezza le premeva sullo stomaco.

Si convinse che tutto aveva avuto inizio dopo aver incrociato più volte lo sguardo del dottor Palmieri, seduto di fronte al sostituto procuratore Varesi, il quale aveva giustamente preteso che Anita fosse presente al primo interrogatorio, per la contestazione degli omicidi.

La sconfitta era disegnata sul viso dell'uomo, che aveva ormai perso l'aplomb del chirurgo famoso, la sicurezza, la superbia del professionista ricco e affermato, ma soprattutto i suoi occhi tradivano stupore, perplessità. Gli occhi non mentono mai.

Durante l'esposizione dei fatti di via Malpighi da parte del PM, ad Anita non era sfuggito il comportamento di Palmieri. Dava l'impressione di sforzarsi per contenere l'istinto di difendersi: ansimava, si mordeva il labbro, lanciava occhiate al suo legale che rimaneva inespressivo, e solo in un paio d'occasioni sembrò sul punto di replicare alle accuse. Spesso abbassava la testa per fissarsi le mani di abile chirurgo diventato assassino. Anita aveva atteso impaziente le sue giustificazioni per metterlo all'angolo e distruggere qualsiasi difesa velleitaria. Ma l'uomo era rimasto in silenzio, e non aveva risposto neppure all'unica sua domanda: che fine aveva fatto l'agenda rossa di Cortesi. Il medico si era limitato a fissarla per qualche secondo con un'espressione indecifrabile e il suo avvocato aveva avuto un'insolita reazione, tra lo stizzito e il sorpreso. Terminata la sfilza dei capi d'accusa, sembrava che all'improvviso Palmieri si fosse reso conto di non avere scampo: si era acquietato, aveva abbassato lo sguardo dichiarandosi colpevole dei quattro omicidi. Il procuratore aveva ottenuto il suo scopo, e dopo un gesto d'intesa con il legale, il reo confesso si alzò di scatto, come se non vedesse l'ora di uscire da quella stanza ed essere sbattuto in una camera di sicurezza.

Durante il tragitto verso casa Anita aveva riflettuto sull'inconsueto e irrazionale atteggiamento di Palmieri, ma una volta arrivata iniziò a rilassarsi e quei pensieri sfumarono.

La cena si risolse in un lungo aperitivo e in tarda serata, dopo due bottiglie di Ribolla Gialla, stapparono lo champagne. Si respirava un'aria di spensierata allegria, era stata una vittoria all'ultimo secondo, recuperata con le unghie e contro ogni pronostico.

Anita però era sempre più distratta. Non riusciva a smettere di pensare allo strano comportamento di Palmieri davanti al PM e si rendeva conto di fingere d'essere appagata e soddisfatta, così esagerò col bere nel tentativo di scacciare quel sapore d'inconcludenza. I due amici si convinsero che quel rabbuiarsi di tanto in tanto fosse solo stanchezza e la lasciarono in pace, sperando che l'indomani avrebbe recuperato il suo solito piglio. Quando si ritirò in camera sua, rimase seduta sul bordo del letto con la testa tra le mani a ricordare le parole della dottoressa Sabatini, la sua psicologa.

Ti comporti come se fossi colpevole di tutto quello che è accaduto e per questo ti punisci privandoti di qualsiasi situazione che potrebbe darti una sensazione positiva. Ti trattieni dal gioire per i tuoi successi perché temi siano presagio di una disgrazia. Anita, devi fare pace con i fantasmi del passato e con te stessa se vuoi tornare a vivere.

"Tutte stronzate!" pensò. Prese la scatola dove conservava il suo passato, foto, lettere, medaglie, la macchinina del fratello e il mazzo di chiavi di casa, telegrammi e altri piccoli oggetti. Si sdraiò sul letto. Strinse i suoi ricordi al petto mentre due lacrime le rigavano le guance: la dottoressa in realtà aveva ragione e lo sapeva anche lei, ma la spaventava dover fare i conti con il suo dolore per uscire da quel labirinto di tormento. Non riusciva a riconoscere di essere stata in gamba.

Ormai nello sconforto più totale, chiuse gli occhi e si addormentò.

Il sonno gradualmente si fece meno profondo. Udì dei colpi sempre più percettibili e spalancò gli occhi. Dopo un attimo di smarrimento realizzò di essere a casa di Giacomo, in quello che ormai era diventato il suo letto. La porta della sua stanza era socchiusa e il bagliore lontano di una luce si rifletteva in corridoio. D'istinto si mise seduta a fissare la fessura della porta, e intravide un'ombra fuggevole.

"Giacomo… sei tu?"

Nessuna risposta. Si alzò, e aprì pian piano la porta a piedi nudi. Il corridoio era buio, ma filtrava la luce accesa del bagno. I colpi sordi che aveva udito provenivano proprio da lì. Si avvicinò senza fare rumore, e sulla soglia sentì di camminare sul bagnato. Guardò in basso: il pavimento era coperto di sangue. Il cuore prese a batterle all'impazzata, voleva urlare, chiamare aiuto, assicurarsi che Giacomo e Francesco stessero bene, ma non le usciva la voce. Improvvisamente la porta del bagno si aprì e vide una figura nera di spalle che infliggeva delle coltellate a un corpo immerso nella vasca con un braccio penzolante dal bordo. L'acqua e il sangue ormai strabordavano. Rimase paralizzata. Qualcuno la chiamava: "Anita... Anita... aiutami... Anita...!" e sentendosi toccare un braccio, si girò. "Chi è?" urlò. Nessuno alle sue spalle. Si voltò a fatica verso l'assassino, le gambe inchiodate a terra. Non poteva muoversi. Francesco, in piedi di fianco alla vasca, la fissava in trance, mentre la figura nera continuava meticolosamente a torturare il corpo immerso che lei non aveva riconosciuto. Francesco allungò un braccio e le tese la mano mentre Anita cercò di fare un passo verso di lui. Il mostro si fermò improvvisamente, diede una carezza sulla testa del corpo nella vasca e si girò verso di lei. Sotto il cappuccio riconobbe il proprio volto, c'era un'altra se stessa che la stava fissando negli occhi e ansimava di piacere. Il respiro le si bloccò in gola, non sostenne quello sguardo e serrò le palpebre in attesa di essere uccisa. Udì dei passi lenti avvicinarsi e passarle accanto con un fruscio. Quando riaprì gli occhi, vide Francesco seduto di fianco alla vasca, la testa riversa all'indietro, la gola squarciata e una mano sulla nuca del corpo immerso. Finalmente riuscì a fare qualche passo, ma doveva trascinare le gambe e con uno sforzo immenso e disperato raggiunse i due cadaveri. Provò a chiudere il rubinetto, ma girava a vuoto. Nella vasca riconobbe Giacomo massacrato a coltellate. Si inginocchiò accanto a lui e si sentì di nuovo chiamare: era la voce di suo fratello, che rimbombava nella vasca. Allungò il collo, e fu allora che li vide: l'acqua torbida di sangue era tornata improvvisamente pulita e lasciava trasparire qualcosa sul fondo. Immerse una mano e tirò fuori una chiave e un'agenda rossa con inciso in oro *Luigi Cortesi*. Si sentì afferrare il braccio che reggeva gli oggetti, le mancò il respiro e poi finalmente urlò con tanta violenza da svegliarsi di soprassalto. La fronte imperlata di sudore e il cuore in preda alla tachicardia. Si alzò di scatto dal letto, le girava la testa, il respiro era rotto dall'affanno. Corse in bagno per sciacquarsi il viso e il contatto con l'acqua fresca la tranquillizzò. Bevve avidamente dal rubinetto del lavandino e tossì.

"Tutto bene Anita?"

Era Giacomo, in pigiama, l'espressione preoccupata.

"Sì, perdonami... un incubo, ma è passato."

"Se hai bisogno chiamami, non c'è problema... se bevo troppo non riesco a prendere sonno."

Abbozzò un gesto con la mano come per dire che si era ripresa, e Giacomo la lasciò sola. Si guardò allo specchio. La sua psicologa aveva colto nel segno: era il suo subconscio a far riaffiorare i sentimenti negativi, a spingerla all'autodistruzione, a odiare il prossimo, a vedere sempre la parte oscura delle vicende, nel lavoro e nella vita. E perché aveva sognato Giacomo e Francesco? Doveva darci un taglio.

Si sdraiò sul letto con gli occhi sbarrati a fissare il soffitto. Attraverso le fessure della tapparella, il lampione della strada illuminava debolmente la stanza con strani giochi di riflessi, l'aria era opprimente anche perché si ostinava a non usare il condizionatore. Cercò di non pensare a nulla, di rilassarsi, ma il suo istinto ebbe la meglio. Si alzò e prese il computer per rileggere alcuni appunti sull'inchiesta e un elenco minuzioso di oggetti personali rinvenuti in casa di Cortesi e nella borsa di Greta Kampf. Scorse più di una volta la serie di prove catalogate e le foto scattate nell'appartamento. A un tratto si bloccò e nella sua testa si fece strada un'ipotesi che non avevano preso in considerazione: non era significativo quello che era stato trovato, ma ciò che non si trovava, un particolare al quale anche lei non aveva dato il giusto peso. Le chiavi del mazzo della donna erano state tutte identificate, e in un primo tempo ne mancavano due: quella che faceva accedere ai box del palazzo di Cortesi, chiave poi rinvenuta nel cassetto della cucina di Palmieri, e quella di casa della donna, dell'appartamento di via Cerva dove viveva. Questo dettaglio la svegliò completamente. Poteva averla persa la Kampf? Poteva esserle stata rubata insieme a quella del garage? Ma da chi, e perché? Aggrottò la fronte. Palmieri aveva confessato: che avesse ucciso Giuliani e Teresa Merli era assodato, incontrovertibile. Le prove erano schiaccianti e lo stesso Palmieri non aveva potuto far altro che ammettere la dinamica dei fatti e il rapporto col trasformista. Ma per i due morti di via Malpighi qualcosa non funzionava: lo sguardo di Palmieri, la mascella contratta, il suo silenzio esprimevano altro, rendevano la confessione poco attendibile, come se fosse obbligato a dichiararsi colpevole, e alla domanda sull'agenda rossa di Cortesi, Palmieri l'aveva guardata in un modo che non le dava pace. Se non era stato lui, chi era il responsabile degli omicidi di via Malpighi? Cosa poteva mai esserci di così importante da autoaccusarsi? Un altro assassino? Sembrava inverosimile.

Ma non impossibile.

Quella mattina si alzò più decisa che mai. Nella sua testa, la conclusione di quella vicenda prevedeva anche di chiudere quella strana convivenza. Da tanto tempo non si era sentita così "in famiglia" come in quei giorni, ma non lo avrebbe ammesso neppure sotto tortura. Si era affezionata a quei due uomini, così diversi dai suoi canoni, così fuori dai suoi schemi e che a modo loro le avevano fatto provare l'affetto mancato in gioventù. Chiuse le valigie e con un nodo in gola andò in cucina. Bastò uno sguardo, e Giacomo e Francesco intuirono immediatamente le sue intenzioni.

"Caffè?"

"Sì grazie, ne ho proprio bisogno stamattina," rispose sedendosi su uno sgabello.

"Non mi sono mai piaciuti gli addii. Normalmente quando lascio le case dei miei fidanzati, loro fanno salti di gioia, ma adesso è completamente diverso. Non sono brava con i discorsi melensi, non mi appartengono, però devo dirvi che... siete tra le persone migliori che ho incontrato da quando sono arrivata a Milano, e per causa mia, della mia testa, e di un incubo premonitore, una voce mi dice che questo clima sereno finirà e prima o poi dovrò levare le tende, quindi preferisco farlo adesso, prima che si arrivi a odiarsi."

Giacomo tentò d'intervenire, ma Anita lo bloccò con un gesto della mano. "Ti prego, fammi finire: siete stati grandi, un aiuto insperato, e forse riuscirò a far riaprire il caso di mio fratello, anche se, in questa vicenda..."

"Anche se, cosa?" la interruppe Francesco.

"Niente, è solo un pensiero che mi frulla nella testa."

"Bevi il caffè," disse Giacomo, "e ascolta, Anita: ormai un po' ti conosciamo, e proprio prima che arrivassi in cucina, commentavamo il tuo atteggiamento di ieri sera. Non sprizzavi gioia, non eri esaltata per aver dimostrato il tuo valore, e non riusciamo a capirne il motivo."

Lei prese in mano la tazza e guardò nel vuoto, l'espressione di chi non ha intenzione di perdere tempo in spiegazioni.

"Non sarà ancora la tua fissazione che non bisogna godere dei momenti felici perché non durano, vero? C'è sotto qualcos'altro, e adesso ci dici cosa ti tormenta di tutta questa vicenda. Mi dispiace, ma ce lo devi." Francesco usò il tono serio di chi pretende una risposta sensata.

Messa alle strette, ritenne corretto dare una spiegazione, anche a costo di apparire una matta a caccia di fantasmi, così raccontò della reazione di Palmieri a proposito dell'agenda rossa di Cortesi mai ritrovata, così come della chiave di casa di via Cerva della Kampf. L'ascoltarono con la massima attenzione, senza commentare, e rimasero di stucco. Finì di bere il caffè, scese dallo sgabello, ma non riuscì a fare nemmeno un passo per uscire dalla cucina.

"Non puoi andare via," disse Francesco.

"E perché?"

"Per il semplice motivo che la storia non è finita. Se rimani ci ragioneremo insieme, controlleremo di nuovo tutto, e verificheremo la tua sensazione, dando per buona l'ipotesi che Palmieri non abbia ucciso l'ex moglie e Cortesi."

"E se si rivelasse una perdita di tempo?"

"E se avessi ragione tu?" s'intromise Giacomo con un piglio così deciso da stupire anche Francesco. "Facciamola breve: da oggi sono quattrocento euro al mese. A Milano non esiste un affitto più onesto."

La fissò dritto negli occhi. Lei non reagì alla sua maniera e per la prima volta, dopo tanto tempo, accettò di smettere di fuggire.

22

Dopo più di due settimane di dubbi, ricostruzioni alternative degli eventi e teorie ai limiti, Anita si lanciò, consapevole di rischiare grosso. Attese nel parlatorio quasi dieci minuti. Una stanza stretta col soffitto alto e senza finestre. Le pareti di un grigio smorto, il neon che emetteva a scatti un fastidioso ronzio, un tavolo e due sedie, una di fronte all'altra. Il caldo umido dell'estate milanese rendeva l'aria ancora più opprimente e aumentava lo sgradevole odore del locale, un misto di sudore e di chiuso. Mentre aspettava il detenuto, lesse alcune e-mail sullo smartphone e rispose con un SMS a una richiesta di Giacomo per ritirare alcune lenzuola dalla lavanderia.

La porta si aprì e Palmieri entrò scortato da un agente. Le ritornò in mente il loro primo incontro: indossava una tuta con il logo della sua clinica privata, lo sguardo altezzoso, le movenze del professionista affermato e la sicurezza in ogni atteggiamento, anche il più banale. Erano stati sufficienti una ventina di giorni dall'arresto e dalla confessione perché apparisse un altro uomo e si presentasse sciatto e meschino. Vestiva un paio di pantaloni di cotone blu e una T-shirt bianca con una larga macchia di sugo sul fianco destro e aveva gli aloni sotto le ascelle. Si passò la mano tra i capelli disordinati e si strofinò la barba di qualche giorno. Le mani non erano più curate, gli occhi scavati, ed era visibilmente dimagrito. Quando la porta si chiuse alle sue spalle, si lasciò cadere stancamente sulla sedia e incrociò le braccia.

"Lo sa perché ho accettato d'incontrarla? Voglio chiudere con lei e tutta questa storia. Ho ucciso la mia ex moglie e Luigi Cortesi, e poi Giuliani e la dannata custode. Ho rubato io la fottuta agenda. Cos'altro vuole da me? Mi spiega cosa diavolo ha in testa?"

Il tono era a metà tra l'arrogante e l'agitato. Anita si limitò a osservarlo, stupita dalle parole stizzite a domande che non gli aveva ancora posto.

"E l'agenda di Cortesi, che fine ha fatto?"

Lui sbuffò e guardò nel vuoto.

"L'ho buttata in un cestino dei rifiuti, non ricordo dove. Forse in piazza VIII Novembre, insomma, tra via Malpighi e via Baldissera. A quest'ora sarà al macero, mi dispiace."

"E perché l'ha rubata?"

L'espressione di Palmieri rimase neutra, ma le labbra si assottigliarono.

"E perché le interessa tanto?"

"È un elemento fondamentale."

L'uomo parve cercare le parole giuste e si massaggiò la tempia destra. "Cortesi aveva scritto il mio segreto, per intenderci quello che ha scoperto lei, e dovevo eliminare la prova. Tutto qui. Allora? Ho risolto l'enigma?"

Anita rimase in silenzio a studiarlo con la sensazione di trovarsi nel bel mezzo di una recita, e non solo per il tono di voce, ma per la risposta secca e immediata, come se Palmieri se la fosse studiata prima.

"Lei è conciso e sbrigativo," replicò, e si alzò spostando rumorosamente la sedia, "l'ho riferito al procuratore. Ci sono però due dettagli che non tornano: l'agenda nera di Cortesi e la chiave di casa della sua ex moglie: certo, potrebbe banalmente averla persa, ma rimane pur sempre l'agenda nera."

Calcò sulle ultime due parole, ma il medico si limitò a fissare il pavimento.

"Mi parli, dottor Palmieri."

La provocazione di Anita sembrò averlo colpito. Si accarezzò la nuca, un gesto che lasciava intendere non solo agitazione.

"Non ho nulla da dirle. Sta girando a vuoto e sogna fatti inesistenti che la portano fuori strada, anzi in una via stretta, buia e pericolosa. Lo dico per lei, per la sua carriera."

Da un lato Palmieri aveva ragione. Anita sapeva bene che il rischio di un investigatore è fissarsi su un'idea, farsene condizionare al punto da leggere non solo tutte le prove e gli elementi di un'inchiesta, ma addirittura ogni altro segnale, nell'unica direzione che avalli la propria teoria. Però il tono, l'atteggiamento e soprattutto lo sguardo del medico non facevano che esasperare i suoi sospetti.

Gli passò accanto e raggiunse lentamente la porta. "Ci vedremo di nuovo."

Lui si girò verso di lei. "Non abbiamo finito? Ispettrice Landi, adesso le faccio io una domanda: quale assurda teoria ha partorito la sua mente contorta?"

Anita scosse impercettibilmente il capo, lo sguardo serio e il tono deciso. "Lei non ha ucciso Greta Kampf e Luigi Cortesi. Potrà prendere in giro il mondo intero, ma non me. Nasconde qualcosa ma stia certo che lo scoprirò."

Incrociarono gli sguardi. "È completamente pazza! Si faccia curare da un bravo terapeuta. Non sa dove… mhm… quello che dice."

Fissare negli occhi è sempre il modo migliore per scoprire i bugiardi, e quelli di Palmieri erano lucidi e terrorizzati.

"Ascolti bene: si goda il suo momento di gloria e mi lasci stare."

La richiesta di Palmieri suonava come una supplica e Anita fece un cenno negativo col dito.

"L'agenda di Cortesi era verde, e sono sicura che lei non l'ha mai vista."

Lui ridacchiò nervosamente e tentò di riprendere un piglio deciso. "Ha preso un granchio, ma di quelli grossi," e fece finta di pensarci su qualche istante, "sì, mi sono sbagliato, ora ricordo: era verde e l'ho gettata in un cestino di viale Regina Giovanna. È contenta? Abbiamo finito?"

"Siamo solo all'inizio, dottor Palmieri," disse, e lo lasciò di stucco.

Uscì da San Vittore con una certezza: Palmieri non aveva mai preso in considerazione l'agenda di Cortesi, il quaderno dove il faccendiere annotava le operazioni più importanti e le informazioni riservate dei suoi clienti. L'agenda aveva la copertina rossa, non nera e neppure verde, ed era un elemento essenziale dell'indagine. Non voleva nemmeno sottovalutare la scomparsa della chiave di casa di via Cerva della Kampf. Tornò in commissariato e si diresse nel suo ufficio. Sorrise ad Ardau e cercò con lo sguardo Tea, che sollevò un poco la mano dalla tastiera del PC e mosse le dita in segno di saluto. Erano le uniche due persone di cui si fidava. Per assurdo, essere venuta a capo di quella vicenda le aveva procurato invidia e fastidi, e anche l'atteggiamento ostile del vicecommissario Chianese era sensibilmente peggiorato. Non si aspettava certo un encomio o una promozione, ma essere subissata dai compiti ai limiti della noia mortale le sembrava un'ingiustizia. Si barcamenava tra pratiche di permessi di soggiorno, licenze di caccia, detenzione di armi, ingabbiata negli iter burocratici e sommersa di carte. Il lavoro d'ufficio non si addiceva a un'investigatrice giovane e intuitiva come lei, superiore per capacità alla maggior parte dei colleghi maschi, perfino i più esperti della Mobile. Irruente, caparbia e decisa com'era, aveva sbalordito l'intero corpo di Polizia nell'ingoiare il rospo in silenzio, senza lamentarsi, se non con Giacomo e Francesco fra le quattro mure domestiche. Si chiuse nella sua stanza. Aveva così tante pratiche sulla scrivania da non riuscire a vedere il colore del tavolo. Mentre si toglieva il giubbotto di jeans, imprecò, si sedette e aprì una cartelletta. Le squillò il cellulare.

"Sono Bonfanti, si ricorda di me ispettrice?"

Anita si sorprese del tono fin troppo cordiale del funzionario del ministero degli Interni. "Certamente. Come sta?"

"Ogni tanto ripenso alla faccenda Palmieri. Le rinnovo i complimenti: è stata davvero in gamba."

Attese qualche momento prima di ringraziarlo e lui si stupì. "Qualcosa non va?"

"Oh no. Ho una montagna di carte e se non le controllo e firmo, crollerà la scrivania."

Lui ridacchiò. "La vita d'ufficio non le si addice e la mia telefonata arriva al momento opportuno. Volevo informarla che l'Anticrimine ha indetto un concorso per giovani ispettori e le consiglio vivamente di candidarsi, magari posso metterci una buona parola. Lei ha la stoffa per seguire indagini molto complesse."

Anita guardò il suo tavolo e cacciò un sospiro. "Grazie dell'informazione. Ci penserò su."

"Come sempre bisogna valutare i pro e i contro, ma quel ruolo le calza a pennello. Mi faccia sapere cosa decide. Intanto le auguro una buona giornata, ispettrice."

All'una uscì per prendere una boccata d'aria. Faceva molto caldo e attraversò la strada per raggiungere il lato in ombra. Passeggiò a testa bassa, piena di pensieri negativi, e sulle strisce pedonali di piazzale Lavater un'auto si fermò per farla passare e poi le suonò il clacson. Anita non ci fece caso, ma quando si sentì chiamare si voltò.

"Signor Imondi," disse dopo averlo riconosciuto.

Parcheggiò la Mercedes in seconda fila con le quattro frecce e scese dall'auto in compagnia della figlia che Anita aveva solo intravisto qualche tempo prima.

"Ti ricordo che ci davamo del tu. Giuro che stavo proprio parlando di te con Lucia," e gliela presentò: "Ecco, la gioia della mia vita".

Poco più giovane di Anita e alta quasi come lei, sguardo penetrante, eredità del padre, e un fisico sodo, con un seno prosperoso. Un atteggiamento schivo, ai limiti dell'indispettito, tanto da scostare i capelli per nascondere il viso. Chinò la testa come se non gradisse essere guardata negli occhi e rispose con un cenno al saluto di Anita.

"Un gelato? Un caffè?" propose Imondi.

Anita guardò l'ora. "Con molto piacere."

"Ti rubiamo poco tempo, cinque minuti, non di più. Stiamo andando in centro per comprare una borsa, non è così, vita mia?" e si rivolse alla figlia con una marcata cadenza siciliana. Un rapido sorriso attraversò il volto della figlia.

Si sedettero all'esterno della gelateria preferita di Pino Imondi. Ordinarono una spremuta, una granita e un caffè.

"Ti avevo parlato di Lucia, ricordi?"

"Certo: laureata in Medicina e desiderosa di fare esperienza all'estero, non è così?"

"Ha già trascorso quasi un anno a Monaco di Baviera, e non è stata entusiasta," intervenne il padre come se considerasse negativo allontanarsi dall'Italia.

Lucia alzò lo sguardo sorpresa. "Sai che lui vuole tenermi accanto a sé, ma io ho altri progetti: il mio sogno è trasferirmi negli Stati Uniti."

Aveva una voce dolce e decisa al tempo stesso, e per qualche istante fissò Anita dritto negli occhi. Sembrava che il fastidio di quello stop imprevisto sulla tabella di marcia stesse mutando a poco a poco in curiosità. "E tu sei della Polizia, vero? Sei l'ispettrice che ha arrestato quel medico, come si chiama?"

"Palmieri," rispose Anita.

Lei bevve il caffè d'un fiato e poi si alzò per andare in bagno.

"Complimenti, è una bellissima ragazza," disse Anita quando si fu allontanata, e lui gongolò. "Sì, ha preso da entrambi i genitori."

"Sarà dura convincerla a non lasciare l'Italia. Mi sembra che abbia le idee molto chiare."

"Vedremo," replicò lui, "chi lascia la strada vecchia per la nuova, sa cosa perde ma non sa cosa trova, si dice così, no?"

Lucia tornò a grandi passi ma non si sedette, lasciando intendere che voleva chiudere ogni discussione e andare via. Imondi finì in fretta il gelato e Anita la sua spremuta.

"Ci rivedremo un'altra volta con più calma, Anita, ti va?"

Imondi rimase di stucco, e anche Anita si sorprese della richiesta.

"Ma certo, molto volentieri."

Le sorrise per un istante, poi abbassò il capo e si diresse alla macchina.

Quasi alla stessa ora condussero il dottor Palmieri in una saletta riservata ai colloqui con i legali. Il suo sguardo non mostrò nessuna sorpresa né alcun interesse per la persona che aveva di fronte.

"Come stai?"

Si sedette di fronte al suo avvocato, Biagio Carletti, un uomo distinto, elegantissimo, dai modi cortesi ma distaccati.

Palmieri appoggiò i gomiti sul tavolo.

"È la classica domanda da avvocato. Formale, scontatissima e idiota. Vai al sodo."

Il tono scostante e assente non suscitò alcuna reazione nel legale. "Ho saputo che hai avuto un colloquio..."

"Non le ho detto nulla. Sei venuto per questo?"

"No, per ricordarti cosa potrebbe..."

"Accadere? Ma falla finita. Mi farò quattro ergastoli e forse uscirò solo per morire in ospedale, dillo pure ai tuoi amici."

L'avvocato corrugò la fronte. "Per essere tutti tranquilli, e intendo proprio tutti, dovrai rifiutarti d'incontrare ancora l'ispettrice Landi da solo."

Senza attendere replica si alzò con passi lenti, misurati, e arrivò alla porta in ferro. Si voltò verso l'uomo rimasto seduto che gli dava le spalle. "Hai bisogno di qualcosa?"

"Non scomodarti. Non c'è niente che potrebbe farmi stare meglio."

Carletti non ribatté e si fece aprire la porta dalla guardia carceraria rimasta in attesa fuori dalla stanza. Salito in auto, l'avvocato chiamò un suo contatto e decisero d'incontrarsi immediatamente al bar della Rinascente, in piazza Duomo. I servizi di quell'uomo e del suo staff erano sempre meticolosi e affidabili anche se costavano parecchio, ma in quell'occasione risultavano necessari.

"È pronto!"

La voce di Francesco risuonò nell'ampio corridoio dell'appartamento. Anita uscì dalla sua stanza e si diresse in sala da pranzo a piedi nudi. Si era sfiancata di addominali, piegamenti su braccia e gambe e aveva fatto una lunga doccia. Durante l'esercizio fisico, i minuti trascorsi sotto l'acqua bollente e mentre si vestiva con i suoi jeans strappati e una T-shirt verde oliva, non aveva fatto altro che pensare alle parole di Palmieri. Prima di sedersi a tavola sistemò i capelli in uno chignon che assestò alla sua maniera.

"Stasera il vostro chef ha preparato una Caesar Salad, ma per chi avesse ancora fame posso proporre dei muffin al cioccolato. Li ho assaggiati: sono buonissimi," disse Francesco prendendo posto come sempre di fronte ad Anita.

Prima di cominciare, Giacomo – seduto a capotavola – propose un brindisi. "Oggi festeggiamo un mese che vivi qui. Sono... no scusa, siamo felici che tu tenga compagnia a due vecchi come noi," e alzò il bicchiere di Buttafuoco dell'Oltrepò Pavese.

"E ti ringraziamo per la tua pazienza," si accodò Francesco.

Le strapparono finalmente un sorriso. "Pazienza 'na sega," commentò ironica.

Iniziarono la cena in un silenzio di tomba e Giacomo, che ormai conosceva Anita, lanciò un'occhiata all'amico. Lei mangiava in modo meccanico ed era più pensierosa del solito; certo, non era chiusa a riccio come i primi tempi, quando per sentire la sua voce dovevano fare i salti mortali, però entrambi intuirono che qualcosa non stava andando per il verso giusto. Fissava la bottiglia di vino di fronte a sé senza nemmeno sbattere le palpebre, e masticava lentamente.

"Spero sia di vostro gradimento," buttò lì Francesco nella speranza di scuoterla.

"Molto. Complimenti," rispose Giacomo, mentre Anita mugugnò annuendo.

Quando attraversava quei momenti era meglio lasciarla in pace, così chiacchierarono del più e del meno. Giacomo raccontò d'aver fatto da paciere in una lite condominiale. Tutto era nato perché il cane di un'anziana signora si era divertito a sfilacciare lo stuoino d'ingresso dell'appartamento di fronte a quello della sua padrona mentre lei conversava sulle scale con una vicina del piano di sotto. Uscita di casa, la proprietaria dello stuoino, dopo aver inveito contro l'animale, gli aveva sferrato un calcio per allontanarlo. Così, tra insulti e minacce di far intervenire la protezione animali, avevano chiamato Giacomo. Fortunatamente il palazzo si trovava a pochi passi dal suo ufficio, e grazie alla sua pazienza e diplomazia salomonica aveva convinto l'anziana a comprare un nuovo stuoino per la vicina e a far acquistare all'altra signora dei croccantini per il cane.

"Per il resto, una giornata nella norma, e la tua?"

Francesco fece una smorfia. "Sì, solita routine, se non fosse per quel dannatissimo cellulare. Stamattina ho chiamato il gestore telefonico, e dopo aver ascoltato un nastro robotico sono finalmente riuscito a parlare con un essere umano. Nella fattispecie era un ragazzo incredibile: laureato in filosofia, occupato con mille lavoretti per racimolare soldi e frequentare un master in antropologia a Londra, e per nulla preoccupato del futuro. Tra l'altro abbiamo parlato delle differenze tra il caffè in cialde e la gloriosa caffettiera e ragionandoci bene non aveva tutti i torti: oggigiorno con queste macchinette è di una semplicità estrema, anche se lo rendono impersonale. Hai lo stesso gusto a San Vito Chietino come a Dubai. Stiamo inesorabilmente varcando la soglia della massificazione universale."

"Che pensiero profondo," commentò Giacomo, mentre Anita lo fissava come un marziano, e lui proseguì. "Se volete sapere se il problema è stato risolto, la risposta è no, ma mi sono fatto delle gran risate. In ogni caso aveva ragione: con la moka potevi metterci del tuo, quindi la soluzione potrebbe essere usarla ogni tanto, non trovate?"

"A proposito di soluzioni, oggi ho interrogato Palmieri."

Nel salone cadde il silenzio, rotto dalle posate appoggiate sul piatto da Giacomo e Francesco, e dopo qualche secondo Anita aggiunse che avrebbe riferito del colloquio dopo aver assaggiato i muffin. Francesco balzò in piedi e corse in cucina. Si sentì un rumore di piatti che sbattevano, e prima che Giacomo chiedesse cosa stesse combinando, in tavola apparì il vassoio dei muffin.

"Assaggia e poi ci dirai tutto."

Lei ne addentò uno ed emise un gridolino d'approvazione. "Ottimo, bravo davvero."

"Grazie, adesso tocca a te."

Anita si sentì addosso gli occhi dei due amici e attaccò a parlare per non tenerli troppo sulle spine. Il tono era serio e lo sguardo concentrato.

"Mi spiego meglio: finalmente ho interrogato Palmieri senza il suo avvocato. Un colloquio breve, ma decisivo."

Bevve l'ultimo sorso di vino prima di continuare.

"Ve lo giuro: non ha la minima idea di cosa contenesse l'agenda di Cortesi e nemmeno ha azzeccato il colore della copertina. Non l'ha presa lui, potrei scommetterci la testa. Tentava di mascherare l'agitazione, e sono sicura che volesse dirmi qualcosa, ma aveva paura."

Giacomo mugugnò perplesso. "Sta difendendo qualcuno."

"Oppure se stesso," aggiunse Francesco.

"In ogni caso non è lui il responsabile dell'omicidio di Greta Kampf e di Cortesi."

"E suppongo che non ti abbia parlato nemmeno della chiave. Che giustificazione ha dato dell'agenda?"

"Una banalità, Giacomo: ha detto d'averla gettata in un cestino dei rifiuti."

"Uno strano comportamento," s'intromise Francesco, "quando ha ucciso Giuliani in via Baldissera ha rubato la foto che li ritraeva insieme per poi conservarla nella sua sacca da golf. Se ricordo bene aveva dichiarato al procuratore che se ne sarebbe disfatto in un secondo momento, non è così?"

"E non dimenticarti della chiave del cancello sottratta alla povera Teresa Merli, e quella del garage di Cortesi, tutte prove ritrovate nella sua abitazione."

"Giusto, Giacomo! Perché ha conservato in casa elementi che lo avrebbero incastrato mentre sostiene di aver gettato l'agenda in un cestino? Pensate anche voi che ci sia qualcosa che non funziona?"

Alle parole di Francesco, Anita si alzò da tavola. "C'è un'unica spiegazione: non è stato lui. Se avesse pianificato con cura i quattro omicidi avrebbe usato lo stesso modus operandi, non trovate? Uccido i due amanti in via Malpighi, però mi disfo dell'agenda buttandola in un cestino, mentre le prove che m'incriminano degli omicidi di via Baldissera me le porto a casa? Che senso ha?"

"Nessuno," rispose Giacomo.

Si alzarono anche Francesco e Giacomo, e andarono tutt'e tre a sedersi sul divano. Anita fissava il vuoto, Giacomo si passava la mano sotto il mento e Francesco strizzò gli occhi come per mettere a fuoco la situazione.

"Allora riepiloghiamo," attaccò Francesco, "partiamo dal presupposto che Palmieri abbia un segreto cruciale e per questo si sia preso anche la colpa degli omicidi della ex moglie e di Cortesi. Però ingaggia Giuliani per impersonarlo a quel convegno di mastoplastica, ci siamo? Sto parlando di un lasso di tempo dalle dieci di mattina alle diciassette e trenta, orario nel quale è sicuramente in via Baldissera ad ammazzare il suo sosia e la custode."

Giacomo fece un cenno d'assenso col capo.

"Sono..." e Francesco contò con le dita "... sette ore e mezza!"

"Dov'è stato per tutto quel tempo?"

"Esatto Anita, ma per essere precisi aggiungo: dove si è nascosto per quasi otto ore? Escludiamo ovviamente il suo studio e tutti gli altri posti dove poteva essere riconosciuto."

"In casa?" buttò lì Giacomo.

Anita scosse la testa. "No... no, e te lo spiego ripercorrendo i suoi spostamenti. Il cellulare di Palmieri è stato localizzato al Palazzo delle Stelline, quindi l'esimio chirurgo esce presto, incontra

Giuliani in via Baldissera, gli consegna lo smartphone e la macchina, così in caso di controllo può dimostrare che per tutto quel tempo ha partecipato al convegno, e poi certamente non torna al suo appartamento. Prova a immaginare il rischio che correva: essere visto dal custode del suo palazzo, un fattorino per la consegna di un pacco, una risposta al telefono fisso, e chissà cos'altro."

"Ora che mi ci fai pensare ti do ragione," asserì Giacomo, alzandosi per aprire la tenda della porta-finestra. "Quindi Palmieri va da un'altra parte, in un luogo sicuro, e ci rimane fino alle diciassette e qualche minuto."

"Ma dove? In un albergo della zona? Lo escludo. Avrebbe dovuto lasciare i documenti. In auto? Impossibile, la guidava Giuliani. In un bar? Un tizio che rimane per più di mezz'ora in un locale desta sospetti. Doveva girarne almeno una quindicina."

Anita faceva le domande e si rispondeva da sola. "C'è solo una soluzione: un altro appartamento."

"Dici che ha affittato una casa per rimanerci otto ore al solo scopo di attendere il momento giusto per uccidere Giuliani? Mi sembra un po' debole come teoria."

"Può darsi," ribatté Anita, "ma abbiamo risposto solo alla prima domanda: inquadrare il luogo dove Palmieri si nascondeva, ma c'è un altro quesito, ben più importante."

"E quale?" chiese Giacomo.

"Ve lo dirò fra poco. A partire dalle dieci di mattina si è nascosto da qualche parte, per aspettare il momento giusto, cioè le diciassette e trenta, e liberarsi del sosia che lo aveva impersonato."

"In sintesi è così," disse lapidario Giacomo.

"Qualcosa ancora non quadra, non ha senso," disse Anita, "e vorrei fare l'avvocato del diavolo."

Francesco le fece il gesto di proseguire.

"E questa è la domanda cardine. Mi ripeto: diamo per assodato che Palmieri non abbia ucciso l'ex moglie e Cortesi. Allora, perché si sarebbe dovuto nascondere così tante ore prima di far fuori il suo sosia? Anzi, faccio un passo indietro: se voleva eliminare Giuliani, perché gli avrebbe chiesto d'impersonarlo? Che motivo aveva? Converrete con me che fosse un rischio, per certi versi calcolato, ma pur sempre una situazione al limite. V'immaginate un malore del finto Palmieri durante la conferenza? E se fosse stato investito mentre attraversava la strada? Sarebbe successo un disastro, la Polizia avrebbe scoperto il cambio d'identità e il medico si sarebbe trovato nella posizione..." e fece il gesto delle virgolette con le dita "... imbarazzante di dover spiegare l'accaduto. Come si sarebbe giustificato? Uno scherzo? La Polizia avrebbe drizzato le antenne sentendo tutte quelle cazzate."

Ci furono attimi di silenzio. Anita, concentrata com'era, sembrava paralizzata. Era come se rivivesse ogni singolo istante del mese di giugno, quando insieme ai suoi amici cercava di venire a capo della vicenda. A un certo punto balzò in piedi, e nella sua testa sentì l'ultimo *clic* del cubo di Rubik, quello che completa le sei facce multicolori.

"Sono rincoglionita," disse, e cominciò a camminare avanti e indietro nel salone, "Palmieri era impegnato in altro. Di sicuro non sesso, perché da divorziato non aveva bisogno di nascondersi. Sappiamo che anni prima aveva cambiato i connotati a un capomafia, che proprio grazie a quest'inchiesta è stato arrestato dopo una lunga latitanza. Sì, Palmieri stava operando qualche cliente particolare che non poteva far ricoverare nella sua clinica, qualcuno che non poteva farsi vedere in giro. Non è detto che fosse per forza un malavitoso, poteva anche essere una donna che voleva fuggire dal marito, o qualcosa del genere."

"Ma certo!" intervenne Francesco, "e deve essere per forza un soggetto che il medico non può usare come alibi, visto che si è addossato due omicidi che non ha commesso."

"Ci toccherà cercare la casa dove poteva operare in tranquillità."

"Esatto, Giacomo," disse Francesco, "un'abitazione non troppo appariscente e forse nemmeno troppo grande..."

"Ma abbastanza per la degenza postoperatoria," lo interruppe Giacomo. "Non penso che una persona che ha appena subito una plastica facciale esca bendata come una mummia col bavero del cappotto tirato su e salga su un taxi. Per poi andare dove? In albergo? La vedo dura."

"Stiamo correndo un po' troppo," disse Francesco bevendo l'ultimo goccio di vino, "per adesso concentriamoci a trovare questa casa, poi prenderemo le misure delle stanze." E finalmente riuscì a strappare un sorriso anche ad Anita.

Erano le due di notte. Quando vide l'appartamento completamente al buio, si accese una sigaretta e tirò due boccate. Si appoggiò al muro e attese che un gruppo di ragazzi spensierati e un po' brilli gli passassero accanto. Li seguì con lo sguardo, vagamente divertito. Compose il numero che gli era stato inviato.

"Pronto?"

La voce roca e profonda non dava l'impressione di appartenere a un uomo svegliato all'improvviso dal suono del cellulare.

"Sono sotto casa dell'obiettivo."

"Non mollarla un istante."

Aspirò rumorosamente la sigaretta.

"Perché, aveva dei dubbi?"

"Devo sapere tutto quello che scopre, e se arriverà a un passo dalla soluzione..."

Lasciò la frase in sospeso perché qualsiasi altra parola sarebbe stata inutile. L'uomo in strada fece un altro tiro e, soffiando, formò dei cerchi col fumo. Fissò ancora l'appartamento di via Sebenico.

"Non eravamo preparati a questo, e io non potrò occuparmi personalmente della questione, ma metterò in pista il migliore, Falco."

"Falco?" ripeté, facendo un verso simile a una risatina. "D'accordo. L'importante è che tutto fili liscio, come sempre."

23

La notte non aveva chiuso occhio, e non per l'afa. Era concentrata sulla faccia di Palmieri e sulle domande che si erano posti la sera prima. Erano senza dubbio corrette, ma ne mancava una: chi era l'assassino di Greta Kampf e di Luigi Cortesi? Doveva forse rivedere tutto il caso da principio? In auto ebbe un'intuizione così assurda d'averne quasi vergogna.

Mentre era diretta in ufficio chiamò Tea.

"Ciao capo," disse lei con la solita vocina tra il pimpante e l'indifferente.

"Ho bisogno di una mano. Devi trovarmi... non so con precisione cosa, ma procediamo per gradi..."

"Che ne dici se ci vediamo fuori?" propose Tea.

"Al solito posto tra un quarto d'ora?"

"Ricevuto."

Era un bar pasticceria arredato anni settanta poco distante dal commissariato. Un bancone, sei tavolini e un gigantesco ventilatore a soffitto smuoveva inutilmente l'aria, ma le ciambelle e i cornetti alla crema erano così squisiti da far dimenticare l'effetto phon.

"Voglio rileggere i fascicoli degli omicidi-suicidi degli ultimi dieci anni."

"Ci vorranno giorni. Dovremmo restringere un po' il campo," osservò Tea, "magari iniziamo dalla Lombardia, che ne pensi?"

"D'accordo."

"E cosa intendi per omicidio-suicidio?"

Anita bevve un sorso del cappuccino. "Stragi familiari: marito che uccide la moglie e poi si toglie la vita, figlio che uccide i genitori e poi si suicida, insomma quello schifo lì."

Tea strabuzzò gli occhi. "Interessante. Non ti chiedo a cosa stai lavorando ma sarà figo. Il reato deve essere accaduto in casa? Oppure considero anche l'omicidio in appartamento e suicidio dell'assassino in macchina o in un campo di granturco?"

"Morti in casa, assassino e vittima."

Addentò il cornetto e parte della crema cadde fortunatamente nella tazza del suo caffè. "Sfoltiamo ulteriormente: armi usate?"

"Indifferente," rispose Anita.

"Particolari che lasciano qualche dubbio?" insistette Tea.

Ci pensò su. "Direi la sparizione di qualche oggetto personale, non necessariamente di valore. Per esempio..."

"Un'agenda, una chiave?" domandò col suo modo distaccato.

"E tu..."

"L'altro giorno eri in bagno e ti ho sentito parlare da sola. Anch'io lo faccio; ascoltare la propria voce ci fa ragionare meglio, comunque dicevi *dove cazzo è finita l'agenda di Cortesi e la chiave della Kampf*? Ti riferivi al caso Palmieri, non è così?"

"Sì, sono convinta che ci sia qualcosa che non quadra, ma tu..."

"Io niente. Sono a tua disposizione, Anita," e col cucchiaino tirò su la crema intrisa di caffè.

Giacomo provava per Anita il tipico atteggiamento paterno di protezione. La considerava fragile, una tazza di porcellana finissima in una scatola di chiodi, e il desiderio di difenderla dagli urti che l'avrebbero frantumata lo spinse a cancellare gli appuntamenti della giornata e a farsi un giro in bicicletta. Con Francesco avevano deciso le mosse successive, ma lui aveva un'idea fissa in testa. Giacomo si rilassava sulle due ruote, e oltre allo smog riusciva a respirare Milano, con i suoi palazzi che mutavano di zona in zona e le piazze con la loro storia. Sapeva riconoscere le contrade del centro storico, ormai un ricordo di pochi milanesi DOC e degli appassionati di odonomastica. Mentre pedalava rammentò un centro medico che occupava buona parte di un condominio che amministrava in via Santa Sofia. Era in ottimi rapporti con i proprietari, marito e moglie, persone alla mano e perbene. Legò la bici vicino all'ingresso e pregò il custode di darle un'occhiata. Appena entrò, il signor Raja lo riconobbe e lo fece accomodare nel suo ufficio. Dopo i convenevoli, Giacomo spiegò il motivo della visita.

"Un'operazione di chirurgia estetica al setto nasale, zigomi, mento, eccetera? Certo che possiamo farla in questo centro, ma dottor Valli, non sarà mica per lei, vero?" e lo guardò stranito.

"Neanche per idea. Non desidero modificare l'aspetto del naso che mi ha accompagnato per cinquantatré anni. È per soddisfare la curiosità di un'amica."

Il signor Raja si tranquillizzò. "Se ha pazienza di aspettare, sarà qui a minuti il professor Ansaldi, un chirurgo plastico molto esperto. È meticoloso e se lo trova in vena diventa logorroico, ma mi creda, è davvero un luminare." Chiamò la receptionist pregandola di accompagnare il medico nel suo ufficio prima che iniziasse le visite. Continuarono a conversare del più e del meno e passato un quarto d'ora entrò un uomo anziano col camice bianco, piccolo di statura e con pochi capelli color argento. Disse che aveva poco tempo, così Giacomo andò subito al punto. Il chirurgo si mise comodo sulla poltrona di fianco a lui, strinse le labbra e bisbigliò qualcosa d'incomprensibile come per riordinare le idee.

"La rinoplastica può essere di due tipi: il primo serve a ridurre il naso e togliere la gobba, il secondo per aumentarne le dimensioni: dipende dal... naso di partenza," disse ridacchiando della sua battuta.

"Certo, ma la mia domanda..."

Lui alzò un poco la mano per bloccare Giacomo.

"La prego, mi lasci finire, occorre essere precisi. Allora, in entrambi i casi è necessaria l'anestesia locale con lidocaina al due per cento addizionata con epinefrina al fine di togliere il dolore e ridurre il sanguinamento. Si iniettano dieci cc di anestetico attorno al naso e dopo dieci minuti l'intervento può avere inizio. Nel primo caso si procede con incisioni intracartilaginee e intersettocolumellari, in seguito si rimuove l'eccedenza di cartilagini alari e della cartilagine settale. Successivamente si continua con lo scollamento del dorso del naso e la resezione del gibbo osteocartilagineo mediante scalpello e si utilizza la raspa per rifinire osteotomie laterali delle ossa nasali. Se necessario con uno scalpello da due millimetri si fratturano le stesse per restringere il naso. Il miglior modo per suturare sono i punti riassorbibili Vycril rapid 4.0. Obbligatori i tamponi per due giorni e gessetto in materiale termoplastico per una settimana. I lividi si riassorbono in una quindicina di giorni. Attenzione però, non bisogna indossare occhiali o soffiarsi il naso per un mese. La durata dell'operazione, se non ci sono complicazioni, è come minimo di quarantacinque minuti."

Il medico prese fiato e Giacomo ne approfittò. "Grazie dottore, è stato esauriente, ma per quanto riguarda..."

"Ci arrivo, stia tranquillo."

Giacomo appoggiò le spalle alla poltrona, accavallò la gamba e ascoltò per dieci minuti le tecniche migliori per cambiare forma del mento e la necessaria dieta liquida, l'ampliamento degli zigomi, come modificare la forma delle orecchie, l'utilizzo del botulino, e i vari metodi per rendere la fronte più ampia. Alla fine il medico affrontò la domanda di Giacomo.

"Mi chiedeva se un chirurgo senza assistenza può compiere più operazioni nello stesso giorno al fine di cambiare radicalmente l'aspetto di un soggetto? Mi corre l'obbligo di distinguere i due temi della sua richiesta: operare in un giorno solo sarebbe un rischio eccessivo e mi sentirei di escluderlo. Le faccio un esempio: conclusa la rinoplastica, consiglierei di attendere almeno due settimane prima di procedere con la ricostruzione mandibolare. Certo, nel frattempo si può agire sulla fronte o sull'eliminazione delle rughe d'espressione, ma in ogni caso mai con operazioni eccessivamente invasive. Teniamo presente che il paziente deve godere di buona salute e avere un alto livello di sopportazione del dolore, anche se poco alla volta si trasforma in fastidio fino a scomparire. Sull'ipotesi di operare senza aiuto infermieristico ritengo sia possibile, ma occorre un'attrezzatura all'avanguardia e naturalmente l'intervento deve essere eseguito in ambiente chirurgico. Tutto questo se parliamo di un vero professionista, e non di un macellaio, con tutto il rispetto per la categoria. Da ultimo vorrei indirizzare la sua attenzione sui disinfettanti e la pulizia degli elettrobisturi..."

"È stato molto più che esauriente dottor Ansaldi, la ringrazio," lo interruppe Giacomo, che non vedeva l'ora di far finire la lezione, e si alzò dalla poltrona per stringergli la mano.

"Caso leggermente diverso se il soggetto fosse una donna," replicò il medico "ma purtroppo il tempo è tiranno e sono in leggero ritardo. È stato un piacere dottor Valli."

Tea lavorò di straforo sulla ricerca commissionata e, dato che non nascondeva l'amicizia per Anita, anche lei era entrata dritta dritta nella lista nera di Chianese. Oltretutto il vicecommissario le aveva messo alle calcagna un agente per controllare il suo operato. Fortunatamente, vista la giovane età e l'aria, un misto tra lo svampito e il disinteressato, non veniva considerata un elemento da tenere d'occhio ma più che altro da deridere. Tea però era molto più in gamba di tutti gli informatici di Polizia e Carabinieri, e attivò il suo programma personale di ricerca per recuperare le inchieste sulle stragi familiari, archiviate o meno, avvenute in Italia negli ultimi vent'anni. A casa avrebbe scremato e affinato l'analisi, certa di consegnare ad Anita una chiavetta in pochissimo tempo. Mentre Anita annegava tra le pratiche, bussò Ardau per invitarla a una pausa caffè. Gli bastò uno sguardo per intuire che la sua amica era concentrata su altro, così accanto al distributore automatico le chiese come stava.

"Non voglio mentirti. C'è qualcosa che non funziona nella

storia di Palmieri. Non considerarmi una pazza, ma due elementi..."

"No, non sei pazza, sei un investigatore e per esperienza ti consiglio di seguire il tuo istinto. Ci sono poliziotti che per anni non fanno che rimuginare su un caso irrisolto, una prova, una testimonianza. L'importante è non cadere nell'ossessione perché si perde lucidità. Posso darti una mano?"

Anita gli raccontò cosa non la convinceva e lui ascoltò in silenzio, con lo sguardo di chi tenta di ricordare qualcosa.

"Ero stato trasferito da poco, e un ispettore della Mobile si era imbattuto in un caso terribile e al tempo stesso semplicissimo. Gli mancava un niente alla pensione e investigò forse una settimana, ma poi fu costretto a passare la palla al nostro caro amico Curti, che chiuse l'inchiesta rapidamente. Lo incontrai alla festa che i colleghi avevano organizzato per la sua pensione e in un altro paio di occasioni. Ricordo che mi accennava sempre al suo ultimo caso: un padre che uccide moglie e figlia e si suicida. Qualcosa non lo faceva dormire, come se alcune prove non fossero state prese in considerazione. Fossi in te, farei una chiacchierata con lui."

"Dammi i riferimenti dell'inchiesta, gli do una lettura veloce, e poi..."

"Ho capito, lo avviso che passerai a trovarlo."

Mario Del Prete la fece accomodare in sala. Abitava ad Arese, in una villetta a due piani con giardino. Dimostrava tutti i suoi settant'anni e zoppicava, il busto lievemente piegato sulla sinistra. Quando si sedette si massaggiò le gambe.

"Ormai non ho più il fisico e i miei nipoti mi mettono a dura prova. È più faticoso adesso che all'epoca della Questura. Allora, il buon Ardau mi ha detto che avevi bisogno di parlarmi e per me è un onore: Anita Landi, la brillante investigatrice che ha risolto quattro omicidi! Sono tutt'orecchi, dai, raccontami cosa ti spinge a far visita a un poliziotto in pensione? Scusami, non l'ho detto prima: diamoci del tu, da poliziotta a ex poliziotto."

"Cassano d'Adda," disse lei dritta al punto. La curiosità disegnata sul volto dell'uomo lasciò spazio a un lieve turbamento. Bevve un po' d'acqua e appoggiò il bicchiere sul tavolino di fianco alla poltrona.

"Come mai t'interessa?"

"Curiosità professionale. Scherzo," disse per apparire meno seria. "È una ricerca per un concorso. Voglio approfondire la psicologia criminale sulle stragi familiari."

"Non so cosa speri di trovare. È tutto scritto nei verbali e poi mi sono occupato del caso per poco e l'indagine è stata conclusa da un altro ispettore."

L'uomo sembrava voler evitare l'argomento e giocherellò con un pupazzetto dei nipoti, un tirannosauro raccolto da terra.

"Sono qui proprio per il verbale: leggendo tra le righe sembra che ci sia qualcosa di poco chiaro. Magari sono supposizioni. Secondo me alcuni particolari non ti hanno mai convinto fino in fondo."

Si morse il labbro e la fissò dritto negli occhi. "Ti conosco di fama, ispettrice Landi, e non voglio passare per un pensionato rimbambito. Questo caso assomiglia tanto a quello di tuo fratello e tu stai ipotizzando un mostro che si diverte a uccidere inscenando omicidi-suicidi."

Il tono divenne improvvisamente aspro, ma Anita rimase impassibile.

"Voglio vederci chiaro. E due precisazioni: primo, non assomiglia solo al caso di mio fratello, e secondo, nemmeno io voglio apparirti rimbambita: te lo si legge negli occhi che non hai mandato giù l'archiviazione."

Non esitò neppure un istante. "E va bene Anita," disse sistemandosi sulla poltrona, "ogni poliziotto che si rispetti ha un incubo ricorrente e, se non è fortunato, se lo trascina nella tomba. Cassano d'Adda è la storia peggiore della mia vita."

Si passò il dorso della mano sulla fronte, appoggiò delicatamente il pupazzetto sul tavolino e distese le mani lungo i braccioli della poltrona. "Credimi, non sono stato superficiale, mi mancavano pochi giorni alla pensione e con la pressione del capo della Mobile e del nuovo ispettore che scalpitava…"

"Dimmi cosa non ti convinceva."

"Parto dal principio: il contesto familiare. La donna era farmacista, metodica, altera, fin troppo ligia alle regole e più d'una volta si accalorava con un fare da maestrina con chi non presentava le ricette per comprare i medicinali. Di per sé non conta nulla, ma dopo aver considerato altre testimonianze, in primis quelle dei vicini che la sentivano rimproverare quotidianamente il marito anche per delle sciocchezze, e le insegnanti della figlia che giustamente non gradivano le intromissioni della donna su ogni questione scolastica, mi ero fatto un'idea: una vera stronza, scusa l'espressione."

"Il marito?"

"Ci arrivo: ragioniere in una ditta, un tipo quieto, sereno, senza velleità di carriera. Si accontentava di quello che aveva: famiglia, casa, lavoro. Un collega che conosceva il carattere tutt'altro che docile della moglie gli aveva perfino chiesto se non avesse intenzione di separarsi. Gli aveva risposto che non ci pensava proprio: quando la donna partiva con gli insulti, lui non l'ascoltava… era come spegnere la radio, ricordo che aveva usato quest'espressione. E dopo aver interrogato alcuni amici della coppia ne ebbi la conferma: non l'avevano mai sentito urlare. Credimi: non gliene importava un fico secco dei discorsi inviperiti della moglie. Diciamo che la lasciava sfogare."

Fece una pausa. "Con queste informazioni, tutti, io per primo, ritenemmo che il marito, stufo marcio di quell'arpia, l'avesse fatta fuori in preda a un raptus. Non voglio giustificarlo, ovvio, ma perlomeno il movente era chiaro. Ciononostante, cominciarono a sorgermi dei dubbi, a emergere punti oscuri. Entrambi i genitori adoravano la figlia, soprattutto il padre: era la sua vita. Perché soffocarla nel sonno? E perché uccidere la moglie a sprangate? Nel rapporto che avrai letto è scritto che la sera della strage il marito aveva fatto bere un cocktail di barbiturici a moglie e figlia. Il medico legale aveva dichiarato che poteva bastarne una piccola dose in più per provocare un arresto cardiaco, invece l'uomo preferì stordirle, e attuò lo strano piano criminale che ti ho descritto, un disegno che appariva premeditato. Uno psichiatra forense avvalorò la tesi dell'omicidio-suicidio senza battere ciglio: affermò che l'uomo desiderava ammazzarle con le proprie mani e nel momento di follia i suoi sentimenti d'amore si erano come cancellati. Per concludere, l'uomo ingerisce anche lui i farmaci, una dose massiccia però, e muore d'infarto."

Vide Anita totalmente assorta dal racconto e lui, preso in mano il pupazzetto di gomma, si alzò dalla poltrona, si fermò davanti alla finestra e si mise a osservare il suo giardino. "Certo, è tutto plausibile, ci sta. Entrare in una mente in preda alla voglia irrefrenabile di uccidere non è possibile, lo sai bene," si voltò verso Anita, "ma esaminiamo altri dettagli: dove aveva comprato i farmaci? Ti ricordo che era indispensabile la ricetta. Mi dissero: 'Che diamine, Del Prete! La moglie era farmacista e li avevano in casa!'." L'uomo era in balia dei ricordi e cominciò ad accalorarsi. "Allora rispondimi, Anita: come mai in casa trovai solo i blister, le confezioni monodosi, e non le scatole? Ti rispondo io: le scatole di quei medicinali sono marchiate anche con le date e risalire al luogo d'acquisto o di provenienza sarebbe stato un gioco da ragazzi. E poi c'è un particolare che non sono mai riuscito a chiarire: la chiave di casa."

Anita sentì un brivido correrle lungo la schiena. "Spiegati meglio."

Ritornò alla poltrona e vi sprofondò. "La porta era chiusa a doppia mandata. Il portachiavi dell'uomo le aveva tutte."

"E non poteva aver chiuso lui per impedire che qualcuno scappasse?" domandò Anita.

"Ci ho pensato anch'io, ma come mai l'unica chiave mancante nel mazzo della donna era proprio quella del portoncino blindato? Non dirmi che l'aveva persa: è impossibile perché quel pomeriggio i vicini l'avevano vista rincasare con la figlia mentre il marito a quell'ora era ancora in ufficio, sereno e pacifico come tutti gli altri giorni."

Anita aggrottò la fronte. "Quindi pensi che qualcuno si sia introdotto in casa, li abbia storditi con dei farmaci recuperati chissà dove, abbia compiuto il massacro e poi sia uscito dopo aver chiuso la porta di casa con la chiave della donna?"

Per qualche istante nella stanza piombò il gelo.

"Ti sembra impossibile, vero? Una teoria assurda, anche perché nell'appartamento non era stato sottratto nulla. E poi a che scopo sterminare una famiglia? Va bene, non era un modello da prendere a esempio, ma ucciderli?"

Anita rimase in silenzio, la mente concentrata sui dettagli.

"Hai l'istinto del poliziotto," proseguì l'uomo che pareva volesse sfogare la rabbia di non essere venuto a capo del triplice omicidio, "e puoi comprendermi come nessun altro. A volte quando attribuisci un significato a un particolare, getti una nuova luce sul caso che esamini, e allo stesso modo, quando non sei in grado di trovare una spiegazione convincente su un dettaglio, provi un senso di vuoto. La giustificazione apparente di quella strage è palese: l'esasperazione del marito, la follia, la voglia di distruggere tutto, compresa la figlia innocente; però i farmaci e la chiave sparita sono i tasselli mancanti del mosaico. È per questo che non mi sento a posto con la coscienza. Scopri cos'è successo, fallo anche per me."

Accompagnò Anita alla macchina e aspettò che mettesse in moto. La salutò un'ultima volta e poi rientrò in casa. Chiuse la porta e tornò a sedersi in poltrona. Era stanco, e non erano tanto gli anni a pesare ma quel vuoto a premere sullo stomaco. Strinse al petto il tirannosauro con un groppo in gola e rivisse ogni singolo istante della sua ultima indagine.

"Quindi ritieni possibile che un chirurgo possa operare in ambiente asettico da solo?"

Giacomo cominciò a sparecchiare. "Sì Francesco, senza dubbio. Palmieri quel giorno era impegnato in un intervento chirurgico e per eliminare le tracce ha ucciso Giuliani. Se lui non avesse parcheggiato l'auto in cortile sarebbe filato tutto liscio, e

Teresa non sarebbe stata ammazzata. Risultato: Giuliani morto d'infarto, e senza necessità di procedere con un'autopsia. Quanti cadaveri trovati nella propria abitazione subiscono l'analisi accurata di un patologo?"

"Praticamente nessuno."

"Ecco, ci siamo."

Si alzò anche Francesco e caricò i piatti nella lavastoviglie.

"Adesso ti toccherà il compito più difficile."

"Non preoccuparti, è tutto sotto controllo."

Prese il cellulare e compose un numero scritto su un biglietto da visita: "Avvocato Paletti, sono Giacomo Valli, si ricorda di me?".

Alle quindici fecero accomodare Giacomo nell'ufficio privato dell'avvocato Paletti. Questi gli strinse la mano e, per non sentirsi in imbarazzo e ricevere Giacomo come si deve, indossò la giacca appesa allo schienale della poltrona.

"Allora il caso Kampf è concluso e finalmente giustizia è fatta."

Giacomo scosse impercettibilmente la testa. "Visti i suoi rapporti professionali con la famiglia Kampf, mi permetto di chiedere un aiuto per porre fine a questa drammatica vicenda. Ho bisogno di un suo intervento diretto perché ci farebbe guadagnare del tempo prezioso."

L'avvocato appoggiò i gomiti alla scrivania e spostò il busto in avanti. "Se posso darvi una mano, non ha che da chiedere."

"Il dottor Davide Palmieri possiede società estere?"

La domanda per qualche verso lo tranquillizzò. "Una con sede a Lugano. Viene gestita dal nostro studio, ma come saprà il tribunale ha bloccato ogni operatività."

"Proprietà immobiliari?"

"A parte la casa di via Cerva, ha solo un altro immobile a Lugano: era la clinica dove Palmieri operava, due volte alla settimana se non ricordo male."

"Nient'altro, è sicuro?"

Giacomo lo fissò con più attenzione, quasi volesse incutergli timore, e lui appoggiò la schiena alla poltrona.

"Be', siamo nel campo delle supposizioni."

La voce si fece più timorosa e Giacomo lo incalzò. "Vivo di supposizioni e teorie al limite dell'assurdo. Non abbia timore, qualsiasi informazione sarà trattata con il massimo riserbo. Noi proteggiamo le nostre fonti."

"Non c'è alcun segreto professionale in mezzo, giuro, però devo confidarle un aspetto che mi ha sempre lasciato perplesso."

Giacomo gli fece segno di proseguire e lui si schiarì la voce.

"Da più di dieci anni Palmieri noleggiava una barca a vela, sempre la stessa per sei mesi. Ormeggiata a Lavagna, un Sangermani d'epoca, di proprietà di una società dell'Isola di Man. Procedevo al bonifico su un conto inglese e così un giorno..."

"Un giorno?"

"Mi sembrava strano che per dieci anni non avesse mai neppure considerato l'ipotesi di cambiare barca, magari affittarne una più grande, così ho fatto un'indagine personale e ho scoperto che la società dell'Isola di Man apparteneva a un'anonima lussemburghese, la White Palms."

"E ha approfondito la questione?"

Aprì un cassetto e prese un fazzoletto di carta, si asciugò il sudore e un'espressione dispiaciuta gli comparve sul volto. "No, mi sembrava eccessivo fare ricerche su un tema così personale, e poi ero il fiduciario di entrambi, almeno così doveva essere."

"Più che giusto, ma in sintesi, mi dia il suo parere."

"Forse..." e abbassò la voce fino a bisbigliare, "la White Palms era una società di comodo del dottor Palmieri."

Tornata in commissariato, Anita corse subito nella sua stanza. Doveva riflettere, e per essere più obiettiva avrebbe dovuto rilassarsi e pensare ad altro. Ma non ci riuscì. Tea le inviò un messaggio: "È il caso che ci vediamo". S'incontrarono nel bagno e Tea attaccò a parlare: "Ardau mi ha detto dove eri finita, e ho curiosato tra i verbali di quella storia. Saprai già che fu Curti a chiudere l'inchiesta. Così per scrupolo ho dato un'occhiata ai casi analoghi del nostro caro ispettore, e oltre a quello di tuo fratello te ne segnalo uno molto interessante. Ho scritto sul foglietto l'indirizzo e il nome della donna da contattare: è la madre di una delle vittime".

Anita non disse nulla e le strinse forte entrambe le mani, un gesto che significava grazie di cuore.

"Tea, se dovessero chiederti dove sono andata, rispondi soltanto che mi hai visto uscire. Chiamo subito la signora e spero tanto che abbia voglia di parlarmi a quattr'occhi. Se puoi dammi un colpo di telefono fra dieci minuti, così mi racconti la dinamica dei fatti per prepararmi un po'."

Appena chiuse la portiera dell'auto chiamò il numero che le aveva dato Tea, e finalmente al sesto squillo rispose una voce stanca di donna. Anita si presentò e rimase sul vago.

"E di cosa vuole parlarmi? Ormai non penso ci sia più nulla da fare. Forse avrei dovuto incatenarmi al portone della Questura per ottenere giustizia, e adesso lei..."

"La prego," disse Anita, "le ripeto: è in corso una valutazione che potrebbe gettare una nuova luce sul caso. Mi conceda dieci minuti."

All'altro capo del telefono sentì solo respirare, poi finalmente la donna acconsentì. Inserì nel navigatore l'indirizzo di Cesano Boscone e partì. Dopo dieci minuti, Tea la chiamò quasi bisbigliando.

"Si tratta di due uomini: Antonio Criscito e Tommaso Crespi. Vivevano insieme. Una mattina non si sono presentati al lavoro e così una loro amica ha chiamato la madre di Antonio. Per farla breve, hanno trovato il corpo di Tommaso nudo, legato supino mani e piedi al letto con tre punteruoli conficcati rispettivamente negli occhi e in bocca. Antonio invece era seduto, con la schiena appoggiata alla parete accanto al letto, con un punteruolo che gli trapassava il cuore. Entrambi drogati con una strana mistura di barbiturici. La porta era chiusa dall'interno, nessun oggetto rubato. Litigavano spesso, in casa e al lavoro. Curti non ci ha pensato su un istante: omicidio-suicidio."

"Altri dettagli?" Anita sentì tirare lo sciacquone. "Tea, sei in bagno?"

"Sì capo. Non posso mica parlarti liberamente in ufficio. C'è un altro dettaglio interessante: una perizia di parte, ma Curti non l'ha allegata al fascicolo."

"Grazie. Ti chiamo più tardi."

Guidò con una strana eccitazione. Non era una sensazione positiva, tutt'altro. Le tornò in mente la vicenda di suo fratello Duilio. Per mesi non aveva fatto altro che studiare teorie su amicizie strane, sui vicini di casa, perfino sui professori dell'università. Era convinta che l'assassino fosse qualcuno che la coppia conosceva molto bene, ma non aveva ipotizzato che potesse essere un serial killer. Però il particolare che in qualche modo legava gli omicidi della Kampf e di Cassano d'Adda, la chiave di casa scomparsa, non poteva essere il collante anche per la sua indagine personale, perché la chiave dell'appartamento preso in affitto da Roberta era stata trovata. Rifletté molto anche sul ruolo di Curti. Lo conosceva bene. Ai tempi della Mobile aveva collaborato con lui e ne aveva constatato i difetti: pressappochismo, superbia, voglia di brillare con i superiori, ma non riusciva a immaginarlo un assassino. O forse la sua mente lo escludeva per altri motivi. Era un poliziotto, certo non dei migliori, ma pur sempre un tutore dell'ordine. Qualcosa cominciò a smuovere le convinzioni di Anita, e pensò che gli assassini seriali il più delle volte sono irreprensibili cittadini, portati in palmo di mano dalla comunità, come nel caso di John Wayne Gacy, responsabile di trentatré omicidi, un personaggio benvoluto, che addirittura si travestiva da clown per far divertire i bambini. Parcheggiò in una via alberata e si diresse al portone di un palazzo anni settanta dalla facciata marrone scuro. Una vocina al citofono la invitò al settimo piano.

Aprì la porta una donna anziana, gracile, dal viso curioso e combattivo.

"E lei è della Polizia?"

"Sì, ispettrice Anita Landi," disse stringendole la mano.

La fece accomodare in salotto, un ambiente piccolo ma decoroso e curato. Accanto alla poltrona dove si sedette Anita, un portafotografie con un primo piano di un bel ragazzo. Occhi intensi, sopracciglia che sembravano disegnate con la matita tanto erano perfette, e un sorriso felice.

"Antonio," spiegò la donna che notò l'interesse di Anita, "a sedici anni ci confidò la sua omosessualità. Per mio marito fu un trauma e gli urlò in faccia che preferiva vederlo morto; invece fu un ictus a portarsi via lui due anni dopo." Fece una breve pausa, lo sguardo carico di tristezza. "Era mio figlio e le sue preferenze sessuali non m'importavano. Sopportò di tutto: umiliazioni, insulti e anche mobbing. Ma era forte, tenace. Anch'io ebbi la mia parte di dispiaceri: mezze frasi dai cosiddetti amici, compatimento dai parenti, come se fosse meglio avere un figlio ladro che gay. Lei ha figli?"

"No signora."

Nel viso malinconico della donna traspariva tutto il dolore di non essere più madre. "Comunque, dicono che adesso sia tutto cambiato, ma non è vero. È come con gli extracomunitari. Sono tutti pronti a gridare in loro difesa ma in pochi si prendono a cuore la loro situazione. Il diverso, ciò che non conosciamo, incute paura."

Anita si sporse in avanti e annuì con un cenno del capo. La donna sospirò e rimase in attesa che le si spiegasse il motivo dell'incontro.

"Sto analizzando i delitti in Lombardia avvenuti tra le mura domestiche e, visto che lei ha sempre avanzato dubbi sulla dinamica dei fatti..."

"È un po' tardi, non trova? Mi hanno dato della pazza, mi hanno preso in giro e ho speso un mucchio di soldi per una perizia di parte che avranno accartocciato e gettato in fondo a un cassetto."

Anita scosse la testa. "Non sono nelle condizioni di dirle nulla, e non posso prometterle niente. Non conosco ancora i dettagli e perché lei abbia combattuto così tanto per dimostrare che la realtà, a suo parere, era un'altra."

La donna congiunse le mani e scrollò le spalle. "Aprire il libro dei ricordi è molto doloroso, ma una volta in più non cambierà le cose. Gradisce un caffè?"

"Volentieri," e si diressero in cucina. Anita si sedette accanto a un minuscolo tavolo appoggiato al muro di fronte al piano cottura, mentre la signora svitava con lentezza la parte inferiore della caffettiera.

"Si era innamorato di Tommaso, un ragazzo più grande di lui. Energico, combattivo, forse un po' troppo arrogante. Non che mi andasse totalmente a genio, era sempre sul chi va là, ma Antonio era felice," si voltò verso Anita, "alla fine per i genitori è sufficiente vedere i loro figli sprizzare di gioia, non trova?" Mise il caffè nel filtro e riavvitò la moka. "Antonio era dolce, tenero, una pasta d'uomo, e non lo dico perché era mio figlio. Presero casa insieme, a pochi isolati da qui. Lavoravano entrambi al Policlinico: Antonio era biologo e Tommaso capoinfermiere. Lui era molto litigioso e a volte quando si scaldava sapeva ferire le persone. Antonio al contrario era sensibile, sempre alla ricerca della mediazione, del quieto vivere, attento a non dare dispiacere a nessuno." Accese il fuoco e vi appoggiò la caffettiera.

"Cosa non l'ha convinta delle conclusioni della Polizia?" domandò Anita.

"Antonio non avrebbe mai fatto del male neppure a un insetto," disse improvvisamente decisa, "l'ho ripetuto fino alla nausea: poniamo pure che avesse voluto chiudere la relazione con Tommaso. Primo, l'avrebbe confidato a me, questo è certo. Secondo, se avesse addirittura voluto ucciderlo, anche facendogli patire le pene dell'inferno, aveva tutti i mezzi per avvelenarlo, con virus, batteri e medicinali, e ne sarebbe uscito pulito. Invece lo droga, lo lega al letto, e gli conficca tre punteruoli in testa? Una cosa assurda, inconcepibile, al di là di ogni logica. Capisco che chi non l'ha conosciuto si sia basato asetticamente sui fatti, ma mi creda ispettrice, mio figlio non aveva l'indole dell'assassino. Non assumeva droghe, anche perché ogni giorno in ospedale ne vedeva gli effetti quando doveva analizzare le biopsie. E poi..."

Il caffè cominciò a gorgogliare ma la donna era tutta presa dal racconto, così Anita si alzò per farla sedere al suo posto, e controllò la caffettiera. Mentre appoggiava la mano sulla manopola del gas la donna continuò: “Poi c’è un dettaglio che è stato sottovalutato: le chiavi di casa”.

Anita provò come un vuoto allo stomaco e si voltò di scatto. “Cosa?”

La donna prese un tovagliolo di carta e si asciugò una lacrima che le rigava il viso, poi guardò la caffettiera: “Il caffè! Stia attenta che mi sporca il fornello”.

“Ah sì, mi perdoni,” disse Anita e spense la fiamma.

“Le tazzine sono nel ripiano sulla destra,” e lo indicò col dito, “lo zucchero è qui sul tavolo.”

Un gradevole profumo di caffè invase la cucina. Anita prese le tazzine e le appoggiò sul tavolo coperto da una tovaglia plastificata a quadretti colorati.

“Ho sentito bene? Ha parlato di chiavi?”

“Quel giorno Tommaso rincasò prima di mio figlio. Voleva appendere delle fotografie in soggiorno: doveva essere una sorpresa. Infatti la sera prima mi aveva chiamato per fare in modo che Antonio rientrasse a casa dopo di lui, per questo gli avevo chiesto di passare da me con la scusa che avevo preparato la torta di mele che gli piaceva tanto. Era sereno, un po’ stanco, ma positivo. Se chiudo gli occhi lo rivedo e sento la sua voce: e proprio dov’è lei adesso, mi ha baciato sulla fronte per l’ultima volta e mi ha detto ti voglio bene mamma.”

Cominciò a piangere, però sul viso provato dal dolore comparve un sorriso. Si asciugò le lacrime e sospirò. “Mi scusi, sono vecchia e mi fanno compagnia solo i ricordi. Lei ha mai perso qualcuno di caro?”

Vedere il dolore della donna, la sua angoscia, l’amarezza di non essere mai stata ascoltata le stringeva il cuore, e si limitò ad annuire.

“Mi dispiace tanto. Lei è così giovane.”

Anita tossicchiò per riprendere il filo della discussione. “Mi faccia capire bene, è importante: perché mi ha parlato di chiavi?” domandò mentre le accarezzava la mano.

La donna si fece forza e continuò con la voce tremolante.

"Perché non hanno trovato la chiave di casa di Tommaso. Non era necessaria la presenza di un genio o di uno scienziato per intuire che una terza persona si era introdotta nell'appartamento, e aveva inscenato l'omicidio-suicidio per poi scappare chiudendo la porta a chiave. Invece si sono limitati a dire che Antonio, esasperato dai continui litigi con Tommaso, lo aveva drogato, legato e ucciso per poi piantarsi un punteruolo nel cuore. Hanno interrogato le persone che sembravano utili per archiviare il caso. Qualche infermiere che ha esagerato nel descrivere il carattere dispotico di Tommaso, i vicini di casa omofobi e razzisti che li avevano sentiti litigare qualche volta. Ecco, questi sono i fatti."

Anita soffiò nella tazzina nel tentativo di raffreddare il caffè e ne bevve un sorso. Non staccò mai gli occhi dalla signora e decise di farle un'ultima domanda. "Come giudica il comportamento dell'ispettore Curti?"

Posata la tazzina sul tavolo, la malinconia disegnata sul viso della donna lasciò il posto all'astio. "Non si offenda: il suo collega è un ottuso deficiente, e non lo dico solo da madre che ha sopportato tanto dolore e tante frasi offensive durante l'inchiesta. Lite tra froci, così diceva quell'idiota incompetente. È sempre stato arrogante e non ha mai preso seriamente in considerazione ciò che avevo dimostrato con la perizia di parte. Di più non voglio dirle, perché diventerei pesante. Comunque, ispettrice Landi, vorrei morire sicura che la verità venga a galla."

Anita le prese ancora delicatamente la mano e la donna si calmò. "Se esiste un'altra spiegazione, la troverò, glielo prometto."

S'incamminò verso l'automobile ma non si accorse di un'ombra che non si perdeva nemmeno una sua mossa. Un uomo di quarant'anni di bell'aspetto, fisico possente, un metro e ottantacinque, capelli castani tagliati corti e occhi azzurri. Da quella distanza non avrebbe mai notato le mani da picchiatore, la sua immancabile Glock alla cintura, e un coltello alla caviglia affilato come un bisturi. Molto presto Anita avrebbe visto da vicino anche un tatuaggio sulla spalla sinistra: un falco.

Non era lontana dal commissariato quando Chianese la chiamò al cellulare. La voce era stranamente seria e non sbraitante come al solito.

"Sono sceso a cercarti e mi hanno detto che ti hanno vista uscire in fretta e furia, ma nessuno ha saputo dirmi dove. Questi tuoi continui avanti e indietro dal commissariato mi lasciano perplesso."

"Dottor Chianese, dieci minuti e sono da lei."

Salì al quarto piano e se lo trovò di fronte all'uscita dell'ascensore. Aveva il volto teso, lo sguardo di chi è pronto ad attaccare.

"Vieni con me, dobbiamo scambiare quattro chiacchiere in privato," e si diresse verso le scale. Anita lo seguì e, una volta fermi sul pianerottolo tra il quarto e il terzo piano, Chianese si voltò verso di lei.

"Cosa stai combinando? Ti avviso che la storiella che devi ultimare le ultime verifiche sul caso Palmieri la puoi raccontare a tutti, ma non a me. Ho amici dappertutto, e uno in particolare mi ha riferito di un colloquio che hai avuto da sola con Palmieri. Oggi ho scoperto di una tua scampagnata ad Arese per parlare con Mario Del Prete. Posso sapere cosa succede?"

Anita osservò la mano di Chianese stringere forte il corrimano per mantenere la calma.

"Nulla di che, davvero. Per chiudere l'inchiesta voglio andare a fondo su alcuni dettagli."

"Ecco l'ispettrice Landi," sbottò di rabbia, "una ragazzina che tenta sempre di prendermi per fesso. Io ti leggo dentro, so perfettamente su cosa lavori."

"Le assicuro che..."

Alzò un poco la mano con le dita aperte e digrignò i denti. "Silenzio. Non riuscirai a scoprire un bel niente. Curti è più in gamba di te, più rispettoso, più affidabile. Hai avuto fortuna con quella brutta storia, ma non riuscirai a screditare un ottimo poliziotto, non lo sommergerai con la merda delle tue puttanate."

"Perché ce l'ha sempre con me? Guardi che non è mia intenzione..."

"Basta così," urlò, "come ti permetti? Proprio tu? Una finta investigatrice. Ma ti rendi conto? Sei un cane sciolto, anzi, un cane rabbioso col quale nessuno vuole prendere nemmeno un caffè alla macchinetta."

"Moderi i termini, non sono qui per farmi insultare. Se pensa di potermi trattare così solo perché è il capo, si sbaglia di grosso."

Il colloquio stava degenerando e le voci si fecero molto più aspre.

"Sono allibito d'essere l'unico che ha intuito fin dal primo giorno di che pasta sei fatta," disse minaccioso e le puntò un dito all'altezza del viso. "I tipi come te distruggono l'armonia della squadra e causano danni d'immagine che il tuo microcervello non può capire. Se fai una cazzata si ripercuote su di me e sui tuoi colleghi, e a poco servono le giustificazioni. Adesso hai passato il limite. Fino a oggi Cambria ti ha sempre protetto perché sei un caso umano, ma quando saprà cosa combini ti abbandonerà, stanne certa. E per quanto mi riguarda, se metti di mezzo i miei amici, se vuoi vestire i panni della paladina dell'ordine con storie d'inefficienza, io ti rovino. Chiamerò il PM del caso Palmieri e non appena saprà i fatti non avrai scampo. Ti darà un calcio in quel culo secco e forse solo grazie ai tuoi meriti sportivi potrai riciclarti come insegnante di ginnastica in qualche palestra frequentata da vecchi rincoglioniti. Sei una piaga Talamona, una portatrice sana di guai. Un'irrisolta del cazzo con il chiodo fisso dell'innocenza di tuo fratello, che detto con estrema franchezza si è rivelato inequivocabilmente un assassino drogato."

Si fissarono negli occhi e Anita sostenne il suo sguardo.

"Crede di avermi turbata dal suo discorsetto? Si sbaglia. Ha solo confermato di non aver capito nulla di me. Ho le spalle più grosse delle sue e i tipi come lei non mi spaventano. Io sarei un'irrisolta? E lei invece?"

Il vicecommissario si sorprese della reazione di Anita: "Non un'altra parola Talamona, chiudiamola qui. Vediamo cosa ne pensa il procuratore e poi tireremo le somme".

"D'accordo, faccia come vuole, ma se sento ancora uscire dalla sua bocca quello stupido soprannome la denuncio al questore. Mi chiamo Anita Landi, se lo ricordi. E un'ultima cosa: non si azzardi più a trattarmi così."

La voce non tradiva emozione, anche se Anita era una molla pronta a scattare.

Due poliziotti stavano salendo le scale e sentirono distintamente le ultime battute della lite.

Chianese si accorse della presenza dei due agenti, che si bloccarono a pochi gradini da loro, così voltò loro le spalle e salì velocemente la rampa di scale; sbatté così forte la porta del pianerottolo che il rumore rimbombò fino al piano terra. Anita respirò profondamente per scaricare la rabbia. I due poliziotti attoniti le passarono accanto e uno diede una leggera gomitata al collega, facendo finta di niente e continuando a salire.

24

“E così dobbiamo trovare una casa intestata a un’immobiliare di proprietà di una società lussemburghese?”

“Anita, detta così sembra impossibile,” replicò Francesco, “ma muovendo le giuste conoscenze potremmo riuscirci.”

Si alzò da tavola col bicchiere di vino in mano. “Venite, dobbiamo ragionare su cosa ho scoperto,” disse dirigendosi verso i divani. Anita si legò i capelli in una coda e cominciò a raccontare dei due casi che ricordavano molto quello di via Malpighi e, di conseguenza, facevano pensare all’esistenza di una persona responsabile degli omicidi. Eccitato dalla situazione, Francesco portò dalla sua camera una lavagna a fogli mobili e cominciò a scrivere.

“Un serial killer dunque! Per adesso abbiamo tre casi e spero tanto che non se ne aggiungano altri.” Tracciò due righe verticali equidistanti. “Nella prima colonna scrivo Cassano d’Adda. Quando è successo?”

“Nel 2015,” rispose Anita con un tono di voce che non lasciava presagire nulla di buono, ma fu solo Giacomo ad accorgersene, mentre Francesco scrisse l’anno.

“Cesano Boscone, nel...”

“2017.”

“E infine via Malpighi nel 2019. I comuni denominatori sono una chiave che manca e...”

“L’ispettore capo Curti.”

Francesco si voltò verso Anita, Giacomo rimase a bocca aperta qualche secondo prima di dire: "Quello stupido che ti odia!".

"Proprio lui, ma forse è solo una coincidenza."

Nessuno credette all'ultima affermazione di Anita, neppure lei stessa. Francesco scrisse con evidente lentezza il nome di Curti in ciascuna colonna, come se stesse ragionando su un'ipotesi pazzesca.

"Altri punti in comune?" chiese Giacomo.

"Forse il fatto che uno dei componenti delle famiglie trucidate era considerato stronzo e arrogante," osservò Anita.

Francesco alzò gli occhi al cielo. "Va bene, lo scrivo anche se non lo ritengo un dettaglio cruciale. Andiamo avanti, attività lavorativa?"

"Nel caso di Cassano, lui era ragioniere, lei farmacista; in quello di Cesano Boscone, entrambi lavoravano al Policlinico di Milano e in via Malpighi sai tutto meglio di me."

"Lei industriale e lui un faccendiere," disse sottovoce Francesco, e una volta terminata la tabella si allontanò di un passo dalla lavagna, come se volesse imprimersi nella mente lo schema. Mugugnò e scosse la testa. "A prima vista non esiste alcuna attinenza tra le attività professionali delle vittime."

"Però esiste una periodicità," s'intromise Giacomo, "uccide negli anni dispari."

"Scusate, ma questo non è un gioco: se dobbiamo analizzare i fatti, devi segnare che i presunti assassini di Cassano e Cesano Boscone erano considerati pacifici, persone tranquille, e nel caso di via Malpighi, sia Greta Kampf che Luigi Cortesi erano dei pezzi di merda. Così non funziona, mi dispiace, non esiste altro legame se non la chiave mancante e, nel caso di via Malpighi, la sparizione della fottutissima agenda di Cortesi."

"Un punto comune c'è: la persona che ha investigato."

"Sono l'ultima che può difendere quel coglione di Curti, però spiegami il movente. Forse odia i ragionieri e le svizzere milionarie? È un omofobo del cazzo? Temo che sia tutto sbagliato e stiamo solo perdendo tempo."

Il tono di Anita era aspro e durissimo, come se avesse ascoltato una marea di sciocchezze. Si alzò e corse in camera sua. Francesco rimase immobile col pennarello rosso in mano mentre Giacomo la guardò sparire in corridoio.

"Ma cosa abbiamo detto di così assurdo da farle saltare i nervi? Non l'ho mai sentita imprecare a raffica così."

"Il fratello," disse Giacomo dopo averci riflettuto, "nessuno di noi ha pensato di nominarlo nella lista di omicidi-suicidi. Avrà creduto che neanche noi le diamo retta, si sente sola in questa battaglia. E le ho perfino detto che questo serial killer uccide negli anni dispari."

"E ritieni che..."

"Cosa vuoi che ne sappia? Certo, a mente fredda entrerebbe di diritto nel tuo schema, ma manca l'elemento che accomuna tutti gli altri: la chiave di casa."

Francesco si sedette accanto a lui. "Una cosa per volta. Troviamo la clinica segreta di Palmieri e quando questa storia sarà finita aiuteremo Anita."

"E Curti? Lo accantoniamo?"

Si scambiarono un'occhiata perplessa e sospirarono entrambi.

"Allora?"

"Le luci sono spente."

"Intendevo se ha delle novità."

Si stiracchiò ed emise un lungo sospiro. "Oggi ha incontrato un ex poliziotto ad Arese e nel pomeriggio ha fatto una corsa a Cesano Boscone."

"Non mi pare niente di strano, forse non troverà nulla."

Attese qualche secondo, indeciso se riferire cosa aveva visto. "Qualcosa si sta muovendo però. Due tizi in scooter l'hanno seguita dal commissariato a Cesano Boscone e poi a casa."

"Dannazione! Sono della Polizia?"

"Non posso dirlo."

"La situazione si complica. Falco, non la molli un istante e nel caso sa come agire."

La conversazione terminò. L'uomo sollevò un giornale appoggiato sul sedile accanto a lui quel tanto che bastava per sfiorare il grilletto della sua Glock. Sollevò lo sguardo in direzione della camera da letto di Anita e parlò come se lei potesse ascoltarlo. "Stai attenta, non fare sciocchezze. Mi dispiacerebbe vederti con un buco in fronte."

La mattina seguente Anita si alzò molto presto, dopo una notte di incubi che non le avevano dato tregua. Uscì di casa per una mezz'ora di running prima di andare in commissariato. Mantenne un'andatura molto sostenuta con scatti a ripetizione mentre si ripuliva la mente. Tornata a casa si fece una doccia e scalza, in accappatoio, si diresse in cucina. Trovò Giacomo vestito di tutto punto e Francesco ancora in vestaglia.

"Scusate per ieri sera, i modi e il linguaggio da caserma," esordì con la voce tesa, "volete aiutarmi, lo so, ma io ho sempre lo stesso chiodo piantato in testa. Non vi nascondo di aver immaginato uno spiraglio, una minima spiegazione dopo tre anni e passa dalla morte di Duilio, ma nemmeno un serial killer potrebbe dare senso a quanto è accaduto. Niente... mi devo concentrare sull'assassino di Greta Kampf e Luigi Cortesi che forse, e dico forse, ha già ucciso altre due volte. Per il resto ci penserò su. Finita questa storia andrò a trovare quella stronza di Toni Pagani e mi farò consegnare le foto della festa."

Giacomo aggrottò la fronte: "Di quale festa parli?".

"Ve l'avevo accennato tempo fa. La sera prima della morte di mio fratello e di Roberta, un comitato universitario affittò un locale gigantesco a Città Studi. Era aperto a tutti gli iscritti di ogni facoltà. Fu un macello tremendo e intervenne anche la Polizia. Era presente anche il figlio debosciato di un ministro, uno studente di giurisprudenza che usava i libri solo per arredamento o come sottobicchieri. Mentre Toni lo intervistava, il suo fotografo fece centinaia di scatti. All'epoca Curti, a capo dell'indagine, ne prese in considerazione solo due che ritraevano mio fratello che parlava con Roberta e un'altra in cui le toglieva di mano l'ennesimo boccale di birra. Il resto fu cancellato perché le immagini ritraevano il figlio del ministro che faceva lo scemo con tutte, ma io so che Toni le ha conservate e sono convinta che ci potrebbero essere elementi interessanti."

"E quali?" chiese Giacomo.

Anita serrò i pugni. "Non ne ho idea, è una supposizione, l'ennesima. Andiamo avanti, perché a questo punto la storia si complica e iniziano i guai. Pregai Toni di darmi tutte le foto e lei in cambio pretese l'esclusiva della storia. Le scrissi alcune note su un vecchio flirt di Roberta con un professore universitario che, in base alle informazioni che avevo raccolto, la sera del duplice omicidio non poteva dimostrare dove si trovava. Io ero a Milano da poco, mentre lei cercava un contatto alla Mobile. Così ha approfittato della vicenda e ha preferito spifferare tutto a Curti, per entrare nelle sue grazie. Toni sapeva che le sarebbe stato molto più utile un ispettore capo della sottoscritta."

"Ancora lui?" domandò Francesco.

"Sì, ma non ho voglia di parlarne adesso, lasciami finire. Curti mi tese un agguato, e tramite un suo amico che doveva farmi accedere al deposito delle prove del tribunale m'incastrò mentre stavo per aprire i contenitori sigillati dell'inchiesta archiviata. Praticamente fui colta con le mani nel sacco. Stavo commettendo un reato, ma grazie all'intervento del mio vecchio comandante a Pisa, mi presi una sospensione e subito dopo venni trasferita al commissariato Nord-Est."

"E il professore, la vecchia fiamma di Roberta?" chiese Giacomo.

"Fu costretto a dichiarare che quel giorno era stato in compagnia di una studentessa, e la ragazza confermò l'alibi. Ennesimo buco nell'acqua."

Bevve una spremuta, mangiò una carota e un gambo di sedano nel silenzio della cucina.

"Scusate, adesso devo scappare. Ci vediamo stasera," disse e uscì.

Appena udirono chiudersi la porta, Francesco lanciò un'occhiata a Giacomo.

"Non dirmi niente, so cosa devo fare, non preoccuparti. Ma prima andrò da Toni. Mi piacerebbe tanto fare un regalo ad Anita. Magari non servirà a nulla, ma almeno capirà che ci sta a cuore."

"Sì Giacomo, fai bene."

"E poi," si alzò dallo sgabello, "andrò a stressare il mio amico del catasto. Magari le faremo un'altra sorpresa stasera."

Giacomo attese Anita in strada, e quando vide il muso dell'auto uscire dal garage le si parò davanti con la bicicletta.

"Qualcosa non va?" disse lei aprendo la portiera.

"No, voglio solo dirti che m'impegnerò a fondo per trovare la clinica segreta di Palmieri e poi ti giuro che ci occuperemo a tempo pieno di..."

"Lascia stare, va bene così. Fai quello che puoi, ci vediamo stasera."

Chiuse la portiera mentre Giacomo spostava la bicicletta. Pedalò per una buona mezz'ora ed entrò nel cortile di una ex fabbrica di via Savona che un architetto genialoide aveva trasformato in una serie di costosissimi loft. Salì le scale in ferro e bussò alla porta della redazione del giornale online dove lavorava Toni. Gli aprì un ragazzo magro come un chiodo dai capelli bluastri con una serie di piercing in faccia. Giacomo chiese di Toni e lui annuì masticando rumorosamente una caramella.

"Toni!" urlò dalla porta. "È venuto a trovarti tuo nonno."

"Bravo, ti fai un foro alle orecchie ogni cento cretinate che dici?"

"Ma dai, stava scherzando," disse Toni accorsa da lui, "cosa sei venuto a fare qui?" e lo abbracciò saltandogli al collo.

"Parliamo un attimo in privato, puoi dedicarmi un minuto?"

"Spara pure," disse, e scesero le scale per andare in cortile. Mentre Giacomo spiegava il motivo della visita, Toni si accese una sigaretta.

"Quella è una pazza, ha delle idee tutte sue in quella testa dura come marmo."

"Sarà, ma lo sai che ha risolto quei quattro omicidi, vero?"

"Fortuna," osservò mentre aspirava la sigaretta, "una pura coincidenza. È fuori come un balcone e ti consiglio di stare attento."

"Sai che me la ricordi tanto?"

"Se è un paragone ti sbagli di grosso, se tenti una strana tattica di complimenti, non funziona. Quelle foto sono mie e basta."

Giacomo s'indispettì. "È un favore che farai a me, non a lei."

"Ah, capisco, sei venuto a riscuotere."

Indietreggiò di un passo. "Ma di che cosa parli?"

"Non fare il tonto con me. L'anno scorso mi hai dato una mano per la faccenda di quell'appartamento e adesso in cambio vuoi le foto della festa. Non me l'aspettavo, tutto qui."

L'atteggiamento da finta ingenua sparì in un istante e Giacomo si fece scuro in volto.

"Sono io che mi offendo. Forse abbiamo un concetto diverso di amicizia: per te è solo un dare e avere, una partita doppia, per me no. Tieniti pure le tue foto. Stai pur certa che se per caso avessi ancora bisogno di me io ci sarò, ma solo perché l'avevo promesso a tua madre."

Toni spense la sigaretta e non sostenne più lo sguardo di Giacomo. Fece due gradini e poi si voltò.

"Tiri in ballo mia madre adesso? Devi tenerci molto a quella squinternata della Landi. Aspetta qui. Cosa diavolo penserà di trovare in quelle foto poi…"

Attese dieci minuti e poi sentì scendere le scale di corsa. "Ecco la tua chiavetta. Mia madre mi diceva sempre che eri una brava persona, uno di cui fidarsi."

"E a me diceva che eri matta da legare e di prendermi cura di te. Grazie Toni."

La prima tappa della sua giornata era stata un successo, e felice come un bambino l'ultimo giorno di scuola, Giacomo si diresse in via Manin.

Anita varcò la soglia del suo ufficio e le squillò la suoneria di un messaggio. Era Tea.

Apri il secondo cassetto. troverai una USB. Password: chianesesaccodimerda. Due cartelle. La prima è quella generale dei casi in Italia negli ultimi vent'anni. La seconda è quella ristretta: inchieste in Lombardia degli ultimi dieci anni. Non ho potuto leggerle perché mia nonna... una storia lunga. Ti consiglio di non scaricarla sul tuo computer, in caso di controllo vai nei casini. Comunque, se avessi bisogno possiamo incontrarci anche a casa mia: via Colletta 10, secondo piano. Ciao Capo.

Prese in mano la chiavetta e la mise in tasca. Aveva molto su cui lavorare e, con uno sguardo alla scrivania ancora stracolma di fascicoli, per un secondo ebbe l'istinto di sbatterli tutti per terra. Cominciò con il primo, un rinnovo di licenza di caccia. "Ma che sparerà a fare agli uccelli questo qui?" disse a bassa voce, ma ancor prima di prendere in mano il timbro le suonò il cellulare.

"Buongiorno signora Landi. La dottoressa Sabatini chiede se può anticipare la seduta alle undici."

Anita non ci pensò neppure un istante. "Certo, confermo."

"Molto bene, l'aspettiamo. Una buona giornata."

"Anche a lei," rispose.

Chiuse la prima pratica, passò alla seconda e andò avanti a lavorare a testa bassa fino alle dieci e trenta. Inviò un'e-mail al vicequestore Cambria avvisandolo dell'impegno anticipato con la psicologa. Indossò il giubbotto e uscì dal commissariato. Arrivò in anticipo e attese in una saletta che le ricordava quella del suo medico di base. Però era arredata meglio, con un divanetto in finta pelle e dei paesaggi di montagna alle pareti, un vano tentativo di dare un'illusione di serenità all'ambiente. Alle undici spaccate la segretaria l'accompagnò nella stanza. Salutò la dottoressa Sabatini e prese posto come al solito su una comoda poltrona. Anita descrisse le sue ultime notti senza tralasciare nulla e la psicologa prese alcuni appunti.

"Quindi ha incubi ricorrenti," disse tamburellando la matita sul bloc-notes.

"Non smettono. Mi perseguitano... delle chiavi," spiegò con lo sguardo perso nel vuoto.

"Vada avanti."

"Chiavi che non trovo, o che mi scivolano di mano, cadono e non riesco più a recuperare. Altre volte ne vengo sommersa sul letto e poi mi sveglio di soprassalto. Perché? Perché?" domandò Anita con la voce rotta dall'angoscia. "Cosa significa?"

"Mi pare evidente che siano un elemento delle sue indagini. Mi ha parlato lei della sparizione delle chiavi nel caso della signora Kampf. La chiave ormai per lei è un elemento fondamentale."

"Sì, è vero. Adesso ho in testa una teoria ai limiti dell'assurdo che lentamente sta prendendo una piega inaspettata: vecchi casi dove la chiave di casa sparita risulta il comune denominatore. Secondo lei perché un assassino dovrebbe impossessarsi della chiave della sua vittima?"

La dottoressa Sabatini scosse la testa. "Lei non è qui per ascoltare la mia opinione."

"Quindi preferisce che perda tempo prezioso su Internet a costruirmi una teoria tutta mia per comprendere il valore di quell'oggetto per un assassino?"

Aggrottò la fronte e chiuse il suo bloc-notes. "Va bene, ci prenderemo una pausa e le dedicherò pochi minuti, poi torneremo a parlare di lei."

Anita strinse i pugni, il viso carico di attenzione, come se non volesse perdersi una parola.

"Non mi dilungo su metafore che avrà già sentito migliaia di volte: chiave del successo, posizione chiave, passaggio chiave, chiave di ricerca, espressioni che indicano un modo per arrivare alla meta, un luogo d'importanza strategica, una frase che dà senso a uno scritto, una soluzione a un enigma. A mio giudizio, nel nostro caso, la chiave rappresenta ciò che di più intimo possiede un essere umano. Non per niente nel linguaggio comune si dice 'tenere sotto chiave'. Cosa chiudiamo agli altri? Qualcosa di prezioso, di segreto, di nostro. Se uccidi una persona e le rubi la chiave di casa, quella persona muore due volte: non solo le si porta via la vita, ma ci si appropria di ciò che ha di più personale. Non sono un'esperta di profili criminali, però posso affermare che i serial killer sentono il bisogno di conservare un ricordo delle vittime: la carta d'identità, una ciocca di capelli, parti anatomiche, un indumento. E cosa c'è di più profondo, interiore e privato della chiave di casa?"

Uscita dallo studio della Sabatini, mentre tornava in commissariato, le squillò il cellulare. Era Lucia, la figlia di Pino Imondi. Voleva comunicarle di persona alcune grandi novità e dal tono della voce, allegro e pieno di vitalità, non se la sentì di rifiutare l'invito a pranzo. Quella donna le suscitava uno strano interesse. Senza inserirla in categorie stereotipate, appariva la classica persona che al primo appuntamento, appena la si conosce, rimane sulle sue, quasi per difendere il territorio, lo sguardo basso, schivo, salvo poi aprirsi fin troppo con chi le va a genio, come se non avesse nessuno con cui parlare. Per certi versi le faceva tenerezza: un padre ingombrante, onnipresente e accentratore, che si scontrava con la sua voglia d'indipendenza, anche se al tempo stesso era palese il desiderio di Lucia di non ferirlo. In definitiva era combattuta tra essere se stessa, seguire le proprie aspirazioni e non creare dissidi col padre. Anita si domandò anche perché le desse tanto retta, soprattutto in un periodo così stressante, e arrivò alla conclusione che probabilmente sentiva la necessità di sgombrare la mente dai pensieri, idee, teorie azzardate e incubi ricorrenti, in definitiva, una forma di distrazione. Ormai anche a casa l'argomento principale era il suo lavoro e riusciva a prendersi una pausa solo quando correva al parco o nei saliscendi della City milanese in Porta Garibaldi. La dottoressa Sabatini era stata chiara e aveva avvalorato le parole di Ardau: il rischio di concentrarsi su un tema è cadere nell'ossessione, anticamera di patologie molto gravi. S'incontrarono sulla soglia di un ristorante di Chinatown, e fin da subito le apparve diversa, più attraente. Le diede un bacio sulla guancia, un gesto inatteso. Lucia scelse un tavolo appartato muovendosi con la disinvoltura di chi conosce bene l'ambiente e il proprietario.

"Vengo spesso qui," disse, "non amo sperimentare posti nuovi. Se mi trovo bene in un ristorante è difficile che ne provi altri."

"Così però ti precludi anche delle sorprese piacevoli. Ogni tanto bisogna lanciarsi," osservò Anita.

"Sono schematica, un po' ottusa se vuoi: preferisco la certezza consolidata, e ne ho avuto la conferma: quando ho deviato sono finita nei guai."

Anita si stupì e si guardò intorno perplessa e incuriosita. "Cosa ti ha attirato di questo posto? Senza dubbio è un po' fuori dagli standard: la libreria, le foto e i disegni dei maiali... e quella scritta: VECCHIO È BELLO, PORCO È MEGLIO. Non avrei mai immaginato che potesse piacerti un ambiente del genere."

"Fa parte dell'ignoto di ogni essere umano e poi volevo capire un po' di cose," rispose ridendo, "e le ho scoperte."

La risposta lasciò di stucco Anita, che preferì non approfondire. Osservò Lucia mentre puliva le posate con il tovagliolo e allineava i bicchieri davanti al piatto, nel centro. "So tutto di questo locale senza aver fatto mai una domanda. Preferisco ascoltare. Qui mi sento... come dire... protetta."

"Da quello che dici sembra che non desideri affatto lasciare il tuo mondo per l'ignoto. In altre parole, trasferirti all'estero. Dovresti cercare una nuova sistemazione, nuovi ristoranti, nuove conoscenze."

Lucia scrollò le spalle. "Prima di venire qui ne ho provati altri, sempre da sola. Mi sedevo in un tavolo in disparte e osservavo tutto: l'arredamento, la disposizione dei tavoli, l'apparecchiatura, la gentilezza dei camerieri, e altri aspetti che non sto a dirti per non sembrare paranoica."

"Ti avranno scambiato per un giudice della Guida Michelin."

Comparve un sorriso che sottintendeva qualcosa di misterioso.

"Calcolo ogni cosa, anche quelle che non m'interessano subito. Posso farti una domanda?"

Anita fece un gesto affermativo col capo.

"Ti fidi di me?"

Attese qualche secondo prima di rispondere. "È una domanda trabocchetto. Se rispondo di no, e non è quello che penso in generale, potresti intendere male. Se dico di sì, mentirei, perché anch'io non amo le sorprese, e neppure do per scontate le persone."

"Risposta corretta," affermò, "comunque parlavo della scelta del menu. Avevo previsto un pranzo leggero: verdure grigliate e galletto arrosto cotto a puntino."

"Mi sta bene."

Bastò un'occhiata al cameriere per l'ordinazione e Lucia appoggiò i gomiti sul tavolo.

"Ho superato il test d'ammissione per un corso di specializzazione in chirurgia d'urgenza all'Università della California di Los Angeles. Si studia in aula e si lavora in ospedale, diciotto mesi di pura adrenalina, almeno per me. Stasera lo comunicherò a mio padre e…"

Le parole le morirono in gola, si fece scura e Anita si sentì in dovere d'intervenire: "E non sai come affrontare il discorso".

"Gli devo tutto, non sai quanto ha fatto per me, è più di un genitore, credimi."

Anita provò un certo imbarazzo e si scusò. "Sono l'ultima persona a cui chiedere queste cose. Ho perso i genitori a sei anni, e poi mio fratello. Ho sempre avuto una vita fuori dagli schemi. Ho vissuto a Pisa dai miei zii e poi a diciott'anni sono entrata nella squadra di atletica della Polizia, e da quel momento sono stata sola con me stessa. Mi permetto di dirti questo: cerca di non avere rimpianti, non bisogna guardarsi indietro con quelle frasi tipo 'avrei potuto… se avessi fatto…'. La vita è una sola e non è mai in discesa." Bevve un sorso d'acqua mentre Lucia non smetteva di guardarla. "Ieri ho parlato con una donna anziana," proseguì Anita, "mi ha detto che per i genitori è sufficiente vedere i figli felici quando intraprendono la loro strada. Hai la fortuna d'avere un padre che ti adora. Sii sincera, mostra la tua gioia e offrigli di seguirti. Sono convinta che capirà."

"Vorrei avere le tue certezze," disse sottovoce, "grazie per essere stata così sincera," allungò la mano e strinse delicatamente quella di Anita. Incrociarono gli sguardi, il viso di Lucia divenne tenero, indifeso e quando si staccò lentamente, facendo scivolare la mano lungo il tavolo, Anita si sentì a disagio.

Giacomo non sperava davvero in una giornata così fruttuosa. Non aveva dato tregua al suo amico del catasto di Milano, ma quell'attesa di ore in una stanzina senza aria condizionata era stata ripagata da un risultato davvero insperato. Quella sera le sorprese per Anita sarebbero state due, e prima di chiamare Francesco volle controllare di persona la sua sensazionale scoperta. Guardò l'orologio, le sedici e trenta. Partì da via Manin, percorse i Bastioni di Porta Venezia e, come se fosse in preda a un'illuminazione, transitò da via Malpighi contromano, giusto il tempo di dare un'occhiata al portone. Dopo aver seguito via Frisi sbucò in viale Regina Giovanna e girò sulla sinistra in via Baldissera. Lì però si fermò davanti al cancello in ferro, raggiante come non era mai stato negli ultimi anni. Decise di calcolare i minuti che lo separavano dalla sua meta e scese dalla bicicletta, volendo replicare il percorso fatto a piedi da Palmieri. Trascinò la bicicletta a mano sul marciapiede di via Stoppani, attraversò piazza Ascoli per raggiungere via Tiepolo. Si lasciò a destra l'enorme edificio dell'Aeronautica Militare e dopo piazza Aspari la strada piegò un poco a sinistra e subito dopo si trovò di fronte una via privata lunga una cinquantina di metri e così stretta da permettere il transito solo alle due ruote. Ai lati della stradina dal sapore e dimensioni di un vicolo, muri di cinta alti poco più di due metri. Alcuni erano costruiti in mattoni, altri da un basamento di un metro scarso su cui poggiavano colonnine di cemento così poco ravvicinate da consentire di curiosare nel giardino. Via Apollodoro era un posto perfetto per non essere disturbati e rimanere nell'ombra della caotica Milano. Il numero sette era una piccola costruzione anni venti: una villetta a due piani, indipendente ed essenziale. La facciata intonacata di un marrone rossiccio le conferiva un sapore antico. Il portone d'ingresso a quella distanza, poco meno di dieci metri, sembrava di metallo, grigio antracite, e ai rispettivi lati c'erano due finestre chiuse da imposte verde scuro. Il secondo piano, delle stesse dimensioni, aggiungeva solo una finestra proprio sopra l'ingresso. Giacomo guardò dietro di sé, poi davanti.

"Che dirai Anita se ti porto anche qualche prova?" bisbigliò come se fosse accanto a lui.

Legò alla bell'e meglio la bicicletta, tirò un poco su i calzoni, appoggiò il piede destro sul basamento, tra due colonnine di cemento, e si sollevò. Voleva scattare qualche foto con lo smartphone, ma poi pensò che sarebbe stato un gioco da ragazzi scavalcare il muro e saltare nel giardino, e senza rifletterci troppo si lanciò. In effetti fu semplice atterrare sul prato, e in pochi passi raggiunse il portoncino dopo aver superato tre gradini in pietra. Nessuna targhetta sulla porta e nemmeno sopra il campanello d'ingresso. Provò ad abbassare la maniglia ma la porta era chiusa. Decise allora di girare attorno alla casa, tutta circondata da siepi e alberi che non permettevano ai vicini di sbirciare all'interno. Camminò lentamente sulla ghiaia che formava un viottolo di circa due metri intorno alla costruzione. Udì miagolare un gatto e si bloccò per qualche istante. Cominciò a sudare, ma non per il caldo o per i chilometri percorsi in bici. Gli stava montando l'ansia per il rischio che stava correndo. In vita sua non aveva mai osato tanto, non si era mai spinto fuori dagli schemi, ma negli ultimi tempi si era quasi trasformato: pedinare una commessa, fingersi un personaggio di organizzazioni segrete, e adesso addirittura introdursi furtivamente in una proprietà privata. Stava prendendo consapevolezza che l'immagine che la gente aveva di lui e che lui stesso aveva fatto propria l'avevano ingabbiato in un cliché: noioso, accomodante, prevedibile. Ma da quando era cominciata questa avventura si sentiva un altro. Sull'onda dell'emozione proseguì con ancora maggior determinazione. Quando si trovò sul retro, notò una finestra bassa e lunga che dava luce all'interrato. A una estremità, un ventilatore circolare del diametro di una ventina di centimetri, usato per cambiare l'aria all'ambiente, forse la cantina o un deposito. Ebbe un'idea.

"Ho fatto trenta, farò trentuno. Tu che dici Anita, ci provo?" sussurrò cercando in giardino una pietra adatta allo scopo. Ai piedi di un platano ne trovò una che riuscì a stento a chiudere nel pugno, e si avvicinò alla finestra. Si piegò sulle gambe, appoggiò la pietra sulle alette esterne del ventilatore e mimò per tre volte il gesto di colpire. Prese coraggio e con tutta la forza centrò la presa d'aria. Attese qualche secondo sperando che nessuno avesse sentito il rumore. Nulla. Abbassò lo sguardo molto più tranquillo e constatò purtroppo d'aver solo scalfito la plastica del ventilatore. Allora diede un altro colpo, un secondo e poi un terzo. Sentì prima uno scricchiolio e così, ancora più deciso riprovò ancora e finalmente udì il classico rumore di rottura. Ma anche qualcos'altro che proveniva alle sue spalle, dei passi leggeri sulla ghiaia dietro di lui. Deglutì a fatica, sentì un brivido lungo la schiena, il cuore cominciò a battere forte e rimase immobile. Qualcuno si stava avvicinando. Strinse forte la pietra nel pugno, pronto a girarsi e colpire e, prima di voltarsi di scatto, si sentì sfiorare la caviglia e un *miaooo* forte e lungo rimbombò nel giardino. Giacomo abbassò lo sguardo e vide un gatto nero con una macchia bianca sul muso fissarlo incuriosito.

"Vuoi farmi venire un infarto? Che scherzi sono?" lo rimproverò a bassa voce, ma il gatto non si curò minimamente di lui. Giacomo gli diede una carezza e ricominciò a respirare.

"Pussa via," gli ordinò, ma il gatto si fermò a mezzo metro da lui, impettito, accucciato solo sulle zampe posteriori. "Non sai perché lo faccio, quindi non guardarmi così. Adesso allontanati perché devo dare il colpo di grazia a questo maledetto ventilatore."

Si concentrò e colpì così forte che la pietra gli sfuggì di mano e finì sul pavimento dell'interrato insieme al ventilatore. Si tolse la giacca e infilò il braccio fino alla spalla. Si sdraiò per terra su un fianco e allungò la mano per toccare dall'interno il centro della finestrella. Tastò il bordo alto dell'infisso e trovò il chiavistello. Lo sbloccò a fatica, poi estrasse il braccio dall'apertura del ventilatore e si liberò da quella posizione scomoda. La finestra si aprì verso l'interno cigolando, un passaggio lungo ma decisamente stretto. Entrare in quella casa era possibile, però avrebbe dovuto faticare non poco. Guardò il gatto che si era allontanato di qualche passo per poi rimettersi nella posizione di sentinella e ricominciare a fissarlo.

"Non è una buona idea, vero?"

25

Dopo il pranzo Anita era tornata in commissariato, e per tutto il pomeriggio non aveva fatto altro che riordinare le carte e ogni tanto pensare a Lucia. Era distaccata, lucida, fredda, calcolatrice, con gli obiettivi ben chiari, ma tenera e sensibile ai bisogni del padre. Quella carezza affettuosa, quasi sensuale, sfiorandole delicatamente il dorso della mano con le dita, voleva mandare un segnale. Ma ad Anita non interessava. Si stupì anche dell'invito a raggiungerla negli Stati Uniti ad agosto, della descrizione della California nei dettagli, tanto che era stata sul punto di accettare. Lucia aveva prenotato un volo open, un viaggio per definire aspetti importanti: l'alloggio, l'acquisto di un'auto usata e i locali che avrebbe frequentato.

Improvvisamente Chianese piombò nel suo ufficio. Non era una visita di cortesia. Anita era in piedi dietro la scrivania e il vicecommissario si mise seduto di fronte a lei.

"Sono qui… be'… forse lo immagini."

La sua voce aveva un timbro che Anita non aveva mai sentito. Esprimeva rammarico, ma al tempo stesso sembrava forzata, innaturale e lui cominciò a impilare ordinatamente le cartellette sul tavolo.

"Le giuro che non ne ho idea," mentì Anita sulla difensiva.

Chianese d'un tratto tornò quello di sempre, scoppiò in una risata fragorosa e le parlò con un tono da cantilena, lento, monocorde e ironico. “Sei convocata dal magistrato. Ho parlato direttamente con lui ed è ansioso di vederti in faccia. Avresti dovuto seguire la procedura, chiedere il permesso d’interrogare Palmieri in carcere, spiegare al PM le stronzate che ti frullavano nel cervello, e non farti i cazzi tuoi andando a caccia di prove inesistenti, invece di compiere il lavoro che ti è stato assegnato. Durante l’incontro spero tanto che venga fuori la tua prosopopea fastidiosa, e che lui ti sistemi a dovere. Adesso levati dalle palle.”

Diede due colpetti sui documenti che aveva impilato, come se facesse un gesto tenero. Si alzò senza aspettare replica e uscì. Anita appoggiò sulla scrivania la pratica che aveva in mano e col cuore che cominciava ad accelerare prese il giubbotto di jeans, si chiuse la porta alle spalle e si diresse verso le scale. In auto rifletté sulla vicenda. Aveva incastrato il colpevole di quattro omicidi, ma era anche l’unica a nutrire seri dubbi sulla ricostruzione degli eventi che avevano convinto i vertici della Questura. Poteva passare per pazza, per un’ossessiva testarda, ma la verità non temeva confronti, nemmeno davanti al PM. Non aveva ancora prove ma era sicura di trovarle. Parcheggiò nel posto riservato alle forze dell’ordine e varcò la soglia della Procura. Attese dieci minuti in piedi fuori dalla porta del magistrato, stranamente tranquilla. D’un tratto il procuratore Varesi uscì in maniche di camicia, e le fece cenno d’entrare. Era al cellulare, impegnato in una conversazione di lavoro, e indicò con lo sguardo la sedia di fronte a lui. Quando terminò, lanciò lo smartphone sulla scrivania, nel bel mezzo di un mucchio di carte, e sbuffò. Appoggiò la schiena alla poltrona, si dondolò e incrociò le mani dietro la nuca con lo sguardo al soffitto.

“Ispettrice Landi, che succede?”

Il tono era sereno e duro al tempo stesso, come quello di un preside di liceo che ti convoca in direzione. Anita si fece coraggio e gli spiegò cosa non la convinceva in tutta quella faccenda. Il procuratore ascoltava in silenzio e ogni tanto prendeva appunti. Sembrava stanco, aveva la fronte corrugata e gli occhi di chi ha bisogno di dormire. Quando il racconto terminò lui prese tempo, appoggiò i gomiti sulla scrivania, piegò la testa e mise i pugni a sostegno del mento.

"Perché non è venuta subito da me? Avremmo ragionato insieme, valutato la sua teoria, invece adesso..."

"Mi dia qualche giorno, la prego. Non ha nulla da perdere. Se mi sbagliassi ha già il colpevole sottochiave, ma se avessi ragione..."

Si allentò la cravatta e si slacciò l'ultimo bottone. Prese un foglietto di carta e scrisse un numero: "Settantadue ore, e poi chiudiamo l'inchiesta. È il mio cellulare, lo usi per cortesia, e mi avvisi in caso di novità. Non ci sarà alcun provvedimento per la sua condotta. Ispettrice Landi, è stata in gamba, ha notato particolari che altri avevano tralasciato, ma non posso più permetterle di investigare per conto suo senza riferirmi nulla. È inutile ricordarle che sono io a capo delle indagini, non lei, né la Mobile, né altre forze dell'ordine. Settantadue ore, ispettrice. Ci vedremo qui entro le diciotto di lunedì."

Lei si alzò, gli strinse la mano e lui annuì. Quando Anita ebbe chiuso la porta, Varesi attese qualche secondo, cercò lo smartphone tra le carte sparse sul tavolo e compose un numero memorizzato.

"È uscita adesso, ho fatto come mi ha chiesto, ma se per caso scoprisse qualcosa... va bene, mi fido di lei... buonasera."

Spense il cellulare appoggiandolo sul tavolo, e scosse la testa. "Ma in che ginepraio ti sei infilata ispettrice Landi?" disse quasi sottovoce.

In auto Anita riuscì a stento a non urlare di soddisfazione. Contro ogni previsione il magistrato le aveva dato retta. Chiamò Tea e si diresse a casa sua, al 10 di via Colletta. Salì al secondo piano di un grazioso palazzo senza ascensore. Tea aprì e la fece accomodare.

"Lei è mia nonna," disse indicando una signora anziana seduta su una poltrona con lo sguardo apparentemente assente.

Muoveva solo gli occhi e nessun altro muscolo del viso. Anita la salutò e notò un'incredibile somiglianza con Tea, quasi si trovasse di fronte a un suo clone più vecchio di cinquant'anni.

"Puoi darmi solo cinque minuti?"

"Fai pure, aspetto qui," disse Anita mentre si sedeva di fronte alla donna che spense la televisione continuando a fissare lo schermo. Anita diede un'occhiata in giro. I mobili in legno avevano un sapore di vissuto ma erano molto curati, e c'erano alcuni pezzi di design anni trenta. Alle pareti erano appesi quadri multicolori con uno stile tra il neoplasticismo di Mondrian e il surrealismo di Dalí, e tra una tela e l'altra fotografie in bianco e nero con soggetti diversi e in pose del tutto fuori dal comune: il profilo di un vecchio mentre fumava un sigaro con occhiali da saldatore e schiuma da barba sulle guance e sul collo, dei piedi nudi presi dall'alto, probabilmente un autoscatto del fotografo, con delle bacchette d'incenso accese tra le dita; e poi un passeggino dov'era sistemato un vassoio di metallo con un tacchino arrosto e patate.

"Interessanti," esordì Anita stupita.

"Sono opere di Artemisia, mia figlia," spiegò la donna che continuava a muovere solo gli occhi.

"La mamma di Tea?" ipotizzò Anita, ma non ottenne risposta.

"Lei fuma?" domandò l'anziana all'improvviso, tanto da farla sobbalzare.

"Mai in vita mia, ma non mi dà fastidio."

"Guardi che in questa casa è permesso, non sia timida. Ne vuole una? Mi prometta però di non dire nulla a Tea." Estrasse lentamente un pacchetto dalla tasca della vestaglia, ma quando sentì i passi della nipote dietro di lei, con un gesto degno di un borseggiatore fece sparire le sigarette tra i cuscini del divano.

"Vieni con me," la invitò Tea.

"Con permesso signora," la salutò divertita.

La camera era proprio come se l'era immaginata. Un letto a una piazza e mezza con accanto una porta scorrevole semiaperta che lasciava intravvedere una doccia. Un armadio sul lato sinistro, la finestra dalla parte opposta e di fronte un tavolo sul quale erano appoggiati tre monitor e due tastiere. Sotto il piano una tale quantità di hard disk da rendere difficoltoso inserire le gambe quando ci si sedeva. Alle pareti alcune foto, una delle quali in particolare catturò l'attenzione di Anita; tre persone in piedi con un albero dalle fronde maestose alle spalle. Riconobbe nel mezzo Tea bambina che guardava l'obiettivo. Ai lati un uomo e una donna che fissavano il prato con la testa china su di lei.

"Sono i tuoi genitori?"

Tea strabuzzò gli occhi. "È una storia lunga, ma sì, sono i miei. Siediti per favore."

Presero posto: Anita sul letto e Tea su una sedia. Mosse lievemente il mouse e i tre monitor si accesero su tre documenti diversi.

"Non voglio farti perdere tempo," esordì Tea, "ma una premessa è necessaria: non chiedermi chi, come e quando, ma ho coinvolto una batteria di amici per farmi dare una mano, persone fidatissime, tutti white hat… ma è meglio lasciar perdere."

"D'accordo, non so di cosa parli e non chiederò nulla," rispose Anita.

"Ho scoperto molto più di quanto sperassi."

"Continua."

Si guardò in giro come per controllare che non ci fosse nessuno nella stanza. "Voglio sottoporre alla tua attenzione una figura che in qualche modo è legata a due casi… quello risolto e… un altro," e cliccò sul mouse. I tre documenti scomparvero lasciando il posto a tre fotografie che ritraevano l'ispettore capo Curti.

Anita scosse la testa. "È solo un coglione inconcludente…"

"Soprattutto, ma non solo. La sua defunta sorella viveva a Cassano d'Adda e abitava a pochi passi dalla farmacia di quella donna che è stata uccisa dal marito. Aggiungo che il figlio, il nipote di Curti, lavorava nell'amministrazione del Policlinico di Milano, proprio nel periodo dell'omicidio-suicidio di Cesano Boscone."

Anita sentì una fitta allo stomaco. "Un'incredibile coincidenza... ma è possibile che..." il tono lasciava intendere che prendesse sul serio le affermazioni di Tea. Fissò il monitor e Tea strinse le labbra.

"Non ho trovato nulla che lo collegasse alla Kampf o a Cortesi, ma non ho intenzione di mollare l'osso. Non sono un'investigatrice, ti espongo i fatti, poi tu ne trai le conseguenze." Cliccò ancora sul mouse e la foto di un uomo sui trent'anni apparve sui tre video. "Eccolo qua il nipote di Curti: si chiama Stefano D'Andria, e c'è un'altra cosa Anita," disse facendosi improvvisamente seria, "non l'avevi chiesto, ma io mi sono data da fare... ho compiuto ricerche a ritroso, incrociato dati e..." prese del tempo, gli occhi fissi su quell'uomo dallo sguardo neutro. La fronte ampia, le labbra sottili come quelle dello zio, la barba che tentava di nascondere i difetti della mascella.

"Che stai dicendo? Cosa non ti avevo chiesto?" domandò Anita secca.

"Fammi finire. Si è laureato nel 2015 e per alcuni mesi, prima di vincere il concorso al Policlinico, di tanto in tanto dava una mano in università al suo relatore. Ritengo... no, le parole servono a poco. Ti faccio leggere cosa ha scoperto un mio amico segugio," e cliccò di nuovo.

"Cos'è?"

"Un'e-mail di Roberta Annibaldi. Chiedeva un appuntamento al professor Cremaschi per approfondire un aspetto di Economia Aziendale."

Quando Anita udì un altro *clic*, si alzò dal letto e sui monitor comparve la risposta del professore:

> Purtroppo sarò fuori sede e tornerò il giorno dell'esame.
> Per qualsiasi chiarimento, Le chiedo di prendere contatto con il dottor D'Andria che ci legge in copia.

Rimase in silenzio mentre Anita rileggeva l'ultima frase del professore. Appoggiò le mani sulla scrivania, chiuse gli occhi, abbassò la testa fin quasi a toccare il tavolo. Dopo anni, aveva in mano qualcosa. Voleva piangere, urlare, tirare un pugno sul muro.

"Anita," disse dolcemente Tea, "forse avrei dovuto dirtelo in un altro modo, ma..."

Lei fece un gesto negativo con la mano. "Non esiste un'altra maniera. Ora devo riflettere, devo cercare di capire quella mente contorta. Voglio sapere tutto di lui." Si mise dritta, lo sguardo assorto, la voce rotta dall'emozione. "Ti chiedo un favore: se dovesse capitarmi qualcosa racconta tutto a Cambria, Ardau e ai miei amici Giacomo e Francesco. Forse non sarò io a risolvere questa storia, ma loro sì, con il tuo aiuto. Adesso devo andare a casa, ma prima..." le consegnò un foglietto. "Ti prego, fai un'ultima verifica."

Tea prese in mano il pezzo di carta ma non lo lesse: "Anita, ma cosa succede? Mi spaventi".

"Quando sono sul punto di tagliare il traguardo, mi succede qualcosa. È sempre stato così."

"Non è vero," ribatté Tea energicamente, "il traguardo l'hai tagliato molte volte e hai vinto tantissime gare."

"In un'altra vita, purtroppo. Non disturbarti, conosco la strada," ma Tea si alzò di scatto e l'abbracciò.

"Ti chiamo dopo, va bene?"

Annuì e uscì dalla stanza. Salutò con un gesto la nonna di Tea che era rimasta seduta immobile sul divano davanti al televisore spento, aprì la porta di casa e se la chiuse alle spalle. Scese la prima rampa con un groppo in gola. Voleva esplodere ma si trattenne. Sull'ultimo gradino, le squillò il cellulare.

"Ciao Francesco, mezz'ora e sono a casa."

"Anita... Anita..." ripeté angosciato. "Giacomo... non risponde al cellulare, risulta spento da ore. È successo qualcosa, sono sicuro."

"Ma che dici? Avrà la batteria scarica e fra poco tornerà."

Uscì in strada e si diresse alla macchina. "Ci sei ancora, Francesco?"

"Sì," disse lui, "ho una brutta sensazione."

Anita cercò di controllare l'ansia. "Ci vediamo fra poco, ciao Francesco," e chiuse la comunicazione. Tirò fuori le chiavi dal giubbotto e un signore distinto in giacca e cravatta con in mano un giornale le fece un gesto con la mano mentre attraversava la strada.

"Mi scusi, signorina."

"Ci conosciamo?" chiese Anita quando l'uomo fu a due passi da lei.

"No, non personalmente, ma so molte cose di lei, ispettrice Landi."

La voce era calma, eppure metteva i brividi. Anita avvertì il senso di pericolo, indietreggiò e appoggiò la mano destra sul calcio della Beretta che aveva alla cintura. L'uomo scosse impercettibilmente il capo. "Non c'è motivo di allarmarsi, è tutto sotto controllo. Se vuole rivedere vivo Giacomo Valli, consegni cellulare e pistola all'uomo alle sue spalle. Se tenterà qualche inutile reazione, morirà qui sul marciapiede di via Colletta."

Con una mano scostò un poco il giornale e Anita vide che l'altra impugnava una pistola automatica con il silenziatore.

"Allora? Ha deciso?"

Era in trappola. Sollevò un poco entrambe la braccia e un altro uomo le estrasse dalla fondina la pistola, poi le prese il cellulare dalla tasca e lo spense.

"Se è così gentile da consegnarmi le chiavi della sua automobile, avrò il piacere di accompagnarla dal suo amico. Mi presento, sono il professor Bonacini."

Entrarono in macchina. Anita sul sedile posteriore con una pistola puntata al fianco da un energumeno pelato con il braccio tatuato, mentre l'uomo in giacca e cravatta che si faceva chiamare professore si mise al posto di guida. Aveva l'aspetto di un docente di materie barbose, ma lo sguardo e un mezzo sorriso perenne facevano pensare a un adepto di una setta satanica. Quando parlava alzava così tanto le palpebre che gli occhi sembravano sul punto di uscire dalle orbite.

"È un'emozione guidare un'automobile della Polizia," affermò con la voce da psicopatico, "vorrei poter azionare la sirena e il lampeggiante ma daremmo eccessivamente nell'occhio, concorda?"

Anita rimase in silenzio a studiare la situazione.

"Non dice nulla? Adoro le persone che si fanno gli affari propri. Mia madre lo diceva sempre: bada ai fatti tuoi e camperai cent'anni, e io ho seguito il consiglio di mamma. Me ne mancano solo trentotto per raggiungere il secolo e di questo passo ci arriverò con discreta disinvoltura. Si sarà domandata come mai mi presento come professore. È presto detto: per un periodo, dopo la scuola magistrale, ho insegnato, ma fin da subito mi sono trovato in netto contrasto con il metodo educativo. Quando vedo le riprese di quelle povere insegnanti che picchiano i bambini lo sa cosa penso? Che hanno fatto bene, sì! Vorrei che i benpensanti vestissero i panni dei maestri che sono costretti a trattare per ore con quelle piccole pesti odiose. Sono tutti degli ipocriti, mi creda ispettrice. Io no, le giuro che avrei usato un gatto a nove code su quelle tenere schiene, e invece non si possono nemmeno sfiorare con un dito, anzi devi mostrarti comprensivo della loro vivacità. Be', non ce l'ho fatta, quindi per non farmi venire il sangue marcio ho messo a profitto la mia dote innata e ne ho fatto un lavoro: far soffrire e uccidere."

Fece una breve pausa e canticchiò una canzone: "*Un giorno dopo l'altro… il tempo se ne va… le strade sempre uguali… le stesse case…*". Lanciò un'occhiata allo specchietto retrovisore e notò che Anita lo osservava più stranita che terrorizzata. "Non la conosce vero? Trovo che sia meravigliosa, una poesia. È di Luigi Tenco, il mio preferito. Si è suicidato nel 1967. Un colpo alla tempia destra gli ha spalancato le porte della fama. Lei è giovane e non ricorda tutta la storia. Tra l'altro non ha potuto gustare gli sceneggiati Rai. Pensi la combinazione, il brano che tento immodestamente di cantare era la sigla finale del commissario Maigret interpretato dal superbo Gino Cervi. E adesso la dedico a lei, un'ispettrice di Polizia. Le coincidenze…"

Anita era così concentrata che non fece caso alla strada.

L'uomo alla guida tentò ancora di provocarla. "Ho studiato il suo profilo e mi domando perché non abbia continuato con l'attività agonistica; il motivo non può essere solo quel fatto increscioso capitato a suo fratello. Che senso ha buttare alle ortiche l'occasione di vincere le Olimpiadi perché un parente ha massacrato una donna? Perché abbandonare una grande passione con la scusa d'avere un assassino in famiglia? Se fosse così, la mia povera mamma avrebbe dovuto smettere di cucinare quasi quarant'anni fa," e scoppiò in una fragorosa risata.

"Avrei una richiesta," disse Anita.

Il professore fece un gridolino di piacere. "Allora vuole conversare con me, sono contento, chieda pure, se posso accontentarla sarà un piacere," rispose, gli occhi fissi sullo specchietto retrovisore per guardare quelli di Anita.

"Vorrei una morte veloce, ma prima mi piacerebbe conoscerne il motivo."

"Fantastico!" osservò Bonacini. "Desidera sapere il movente del suo omicidio. Una richiesta comprensibile, accetto volentieri. Riguardo all'altra questione, una rapida dipartita, temo di non poterla soddisfare. Ho in mente qualcosa di incredibilmente sofisticato, ma non posso svelarle la sorpresa, spero comprenderà."

Anita doveva inventarsi qualcosa, non poteva finire così.

Il professore lanciò ancora un'occhiata allo specchietto retrovisore e sembrò averle letto nel pensiero. "Non tenti alcuna reazione. Fuggire indenne da un'auto in corsa con una pistola puntata al fianco da un picchiatore come Willy funziona solo nei film americani. Se solo pensa di compiere il minimo gesto azzardato, le sparerà al rene sinistro in un istante. Per prima cosa impazzirà dal dolore e poi Willy le spezzerà il collo, la sua specialità. Risultato: morirà velocemente ma non avrà il suo movente. Ma senti un po': ho composto inavvertitamente una rima con velocemente e movente," e scoppiò in un'altra risata che coinvolse anche l'ammasso di muscoli vicino ad Anita.

Parcheggiò l'auto in via Tiepolo e si voltò col busto verso Anita.

"Viene con noi con le sue belle gambe oppure preferisce essere tramortita e trascinata da Willy come un sacco di patate?" sibilò.

"Andiamo e facciamola finita," replicò Anita carica di adrenalina. Il cuore le pompava come mai prima, aveva i nervi tesi, i muscoli rigidi. Sentiva d'essere a un passo dalla fine, era in preda al panico ma cercava di controllarsi. S'incamminarono nel viottolo stretto e, quasi a metà, il professore aprì un cancello cigolante. Percorsero un sentiero di ghiaia, salirono tre gradini e lui bussò alla porta con colpi leggeri. Gli aprì un altro soggetto dall'aspetto non meno inquietante. Un metro e novanta circa, spalle larghe, grugno da pugile e capelli corti. In mano una pistola.

"Buonasera Berny, accompagnaci al piano interrato," ordinò il professore. Scesero una rampa e lui aprì una porta bianca. Il locale era ben illuminato, il pavimento in linoleum verdastro proseguiva fino a un metro e mezzo da terra. Un tavolo operatorio nel mezzo della stanza, attrezzature, monitor e luci a treppiede. Anita intuì subito che si trattava della clinica segreta di Palmieri. Un altro soggetto, ancor meno rassicurante degli altri, uscì da una stanza collegata alla sala operatoria e si avvicinò a lei. Cicatrici in faccia, naso storto e mani sporche di sangue. Le sfilò con violenza il giubbotto, la fece voltare e le legò le mani dietro la schiena con una fascetta in plastica autobloccante. La spinse nella stanza da dove era venuto e per terra, in un angolo, il corpo di un uomo che Anita riconobbe subito.

"Giacomo," urlò, e s'inginocchiò davanti a lui. "Cosa gli avete fatto?"

"Vi lasciamo soli un paio di minuti, poi chiuderemo i conti," disse il professore con la solita voce da maniaco e lo sguardo sadico, "la porta però resterà aperta, per precauzione."

I quattro uomini si allontanarono e Anita si piegò sull'amico fino a toccargli la guancia con la sua. Giacomo era una maschera di sangue: il volto tumefatto, il naso probabilmente rotto, la mandibola che si apriva a fatica e il sangue che gli colava da un orecchio.

"Anita..." disse con una voce che non sembrava nemmeno la sua, "non vedo nulla... ma ho riconosciuto il tuo profumo..."

"È quello che mi hai regalato, ricordi? L'hai comprato quando cercavi di dare un volto..."

"Sì... sono a pezzi... ma... sono contento di aver trovato..." prese fiato, e Anita cominciò a piangere.

"È colpa mia, della mia testa. Non doveva finire così," disse tra le lacrime, "perdonami Giacomo, non volevo..." Ma i singhiozzi si trasformarono rapidamente in urla di rabbia e con uno scatto d'ira furibondo tentò di allargare la fascetta che le stringeva i polsi. Si sforzò così tanto da provocarsi delle lacerazioni, ma era tale l'adrenalina che quasi non provava dolore. Udite le grida, intervenne il secondino di Giacomo, quello che lo aveva massacrato di pugni in faccia. La tirò su per i capelli e le diede uno schiaffo da farla barcollare e sbattere la testa contro il muro. Ma lei non cadde. L'uomo si avvicinò a lei, pronto a colpirla un'altra volta, ma Anita ebbe una reazione violenta, e gli sferrò un calcio sulla tibia così forte da sentire il rumore dell'osso che si frantumava. Il picchiatore imprecò e cadde per terra. Estrasse la pistola, e solo l'intervento degli altri due compagni gl'impedì di sparare. Afferrarono Anita che tentava di tirare altri calci e la buttarono a terra. Willy tentò di stringerle la gola ma Anita si divincolò e gli morse l'avambraccio. Lui urlò di dolore e tentò di colpirla con un pugno, ma le sfiorò solo i capelli. Anita sembrava indemoniata, scalciava, strillava e tentava di tirarsi su facendo forza sulla schiena appoggiata al muro.

"Basta così!" inveì il professore puntandole la pistola in faccia. "Basta così," ripeté a voce più bassa.

"Quella troia mi ha rotto la gamba," gridò l'uomo a terra.

"E va bene che ho le mani legate altrimenti ti avrei ammazzato, figlio di puttana," urlò più forte di lui, furibonda.

"Se non si calma sono costretto a sparare al dottor Valli adesso, ha capito?" e puntò la pistola su Giacomo. Anita ansimò e il dolore le arrivò tutto in un colpo. Scivolò con le spalle sulla parete e si accasciò a terra.

"State facendo una gran confusione e non è proprio il caso. Willy, cerca un antidolorifico per Carlito, e tira su il dottor Valli:

sistemalo accanto all'ispettrice Landi," poi si voltò verso il terzo uomo: "Berny, ora che l'ispettrice Landi si è data una calmata, controlla la porta d'ingresso, non si sa mai, ma se senti ancora urlare, scendi subito," ma notò che Willy sanguinava copiosamente dal braccio e aggiunse: "Stai sporcando il pavimento. Trova una benda e fasciati la ferita".

Trascinò una sedia di fronte a Giacomo e Anita e pulì la seduta con un fazzoletto prima di accomodarsi. "Lei è una tigre, ispettrice Landi, una combattente. Adesso vorrei spiegarle il movente del suo omicidio, sempre che sia ancora interessata."

Anita si limitò a fissarlo con gli occhi carichi di odio.

"Bene. Il dottor Palmieri era un chirurgo molto esperto… ed è stato così utile! Pensi che in quindici anni ha operato almeno… non ha importanza," si morse il labbro e dondolò quasi impercettibilmente il capo. "Quello che è interessante però è l'evolversi degli eventi. Il signor Giuliani lo impersonava da molto tempo, per soldi, e grazie a lui il caro chirurgo aveva un alibi. Secondo me era del tutto superfluo, ma Palmieri è un calcolatore, un personaggio così riservato da apparire misterioso. In ogni caso non voleva correre rischi."

"Quel lunedì era qui," intervenne Anita sottovoce mentre schiumava di rabbia.

"Fatto del tutto irrilevante, ma mi lasci finire. Ha chiesto lei di conoscere il movente del suo omicidio e desidero spiegarle i dettagli," sospirò e chiese dell'acqua a Willy.

"Dov'ero arrivato? Sì, ricordo. Allora, un investigatore capace come lei dovrebbe domandarsi perché Palmieri sia ancora in vita. La risposta è ovvia ed è…" e invitò Anita a completare il concetto.

"Possiede una lista dei soggetti che ha operato e, se dovesse crepare di morte violenta, i nomi e le foto dei volti nuovi dei suoi clienti criminali arriverebbero dritti dritti alla Polizia."

Applaudì. "Brava, ispettrice Landi, davvero acuta. Il nostro caro medico si era costruito un'assicurazione sulla vita. Durante uno scontro verbale piuttosto acceso con il gestore di questa attività, il mio committente per inciso, aveva fatto menzione del suo schedario segreto, custodito in un posto sicuro. Ma oggi, e grazie al suo amico, il signor Giacomo Valli, il carissimo dottore non ci fa più paura. L'elenco dettagliato è nelle nostre mani." A quel punto si voltò verso Willy: "Ti ho chiesto dell'acqua e portami anche il dossier".

"Quindi non sapevate nemmeno dove operasse Palmieri," disse Anita tirando su col naso.

"Effettivamente no. Ripeto, era scrupoloso con un metodo tutto suo e ha sempre tenuto segreta la sua preziosa clinica. Il mio committente era sicuro che sarebbe stata lei a portarci qui. Abbiamo iniziato a pedinarla giorno e notte, ma è solo grazie al dottor Valli che abbiamo scoperto la villetta delle trasformazioni." Gli portarono un bicchiere e l'uomo bevve avidamente. "Non c'è nulla di più dissetante dell'acqua, non trova? Dov'eravamo rimasti? Ah sì! Il colpo di fortuna che ci avete offerto proprio voi su un piatto d'argento: stamattina, all'uscita del garage di via Sebenico, avete avuto un istruttivo scambio di battute. Carlito, che lei ha atterrato con una mossa davvero prodigiosa, ha ascoltato tutto. Era a pochi passi da voi accanto allo scooter che la segue da giorni. Così ho deciso di mettere qualcuno anche alle calcagna del carissimo dottor Valli, e mi è stato riferito che è davvero un ciclista provetto. Non potevo lasciare tracce, sono famoso per questo, così una volta catturato il suo segugio, non restava che prendere lei per chiudere il cerchio, e poi avevo studiato la sua morte, che prevede la presenza di entrambi. E se pensate che il vostro amico Francesco Gazzola si prenda la briga d'intervenire, vi sbagliate di grosso. Una volta realizzato il progetto della vostra eliminazione, mi occuperò personalmente anche di lui. Si suiciderà, è un'anticipazione. Così calerà il sipario sul vostro terzetto, il dottor Palmieri verrà eliminato in carcere, e tutto tornerà come prima."

Si sentì un ronzio e il professor Bonacini tirò fuori dalla tasca interna della giacca un cellulare. "Buonasera… sì… sono davanti a me, ma non mi pare opportuno passarle il cellulare… certo…

tutto come stabilito... ritenga conclusa l'operazione... buona serata anche a lei."

Sul volto dell'uomo comparve un sorriso carico di soddisfazione. "Scusate, era il mio committente, non potevo negarmi. Allora, per concludere, datevi pure il bacio d'addio."

Giacomo si piegò in avanti e Anita appoggiò la testa sulla sua spalla. Nessuno parlò, se non il professore che si alzò dalla sedia. "Berny! Vieni qui," urlò, e attese che i suoi uomini fossero tutti nella stanza per impartire le ultime direttive. "Willy, vai a prendere il furgone. Berny, tu accompagnerai uno per volta i nostri ospiti, e da ultimo ti occuperai di Carlito, che porteremo all'ospedale dopo aver sistemato tutto. Io vi seguirò con l'auto dell'ispettrice Landi."

Willy grugnì e uscì dalla stanza, e il capo sfogliò il dossier canticchiando la canzone di Tenco, poi si rivolse ad Anita. "Come ci si sente a sapere di morire nel giro di pochi minuti? Secondo me non è del tutto negativo: nessuno stress per i regali di Natale, mai più code per andare al mare, addio agli amici che tradiscono, ai pagamenti di tasse e bollette, e le preoccupazioni quotidiane spariscono d'incanto."

"Sei un bastardo psicopatico, e hai pure la voce da stronzo," gli urlò lei.

"Ma quanta violenza verbale, ispettrice Landi, temo di doverla imbavagliare."

Udirono qualcuno scendere le scale per poi attraversare la sala chirurgica a passi veloci.

"Willy, hai parcheggiato il furgone?" domandò il professore.

Non era Willy.

26

Il tutto durò non più di quattro secondi. Un uomo irruppe nella stanza con due pistole munite di silenziatore. Centrò simultaneamente Berny, in piedi a pochi passi da lui, e Carlito seduto per terra. Due colpi precisi alla testa. Il professore lasciò cadere il dossier e tentò di estrarre la pistola, ma venne raggiunto al collo e al torace da tre proiettili in rapida successione. Nella stanza echeggiò un suono come se venissero stappate delle bottiglie di champagne, i tonfi dei corpi che cadevano scomposti e i bossoli che rotolavano rumorosamente sul pavimento. Il killer si mosse veloce e sparò il colpo di grazia ai tre. Anita non ebbe il tempo di urlare e riuscì solo a coprire col suo corpo Giacomo che scivolò col busto per terra sussurrando: "Cosa sta succedendo?".

L'uomo si avvicinò al corpo del professore, e con un calcio gli allontanò la pistola, infilò nella cintura una delle armi che aveva usato e raccolse il dossier caduto per terra per appoggiarlo sulla sedia. Poi si rivolse ad Anita.

"Appena in tempo."

La voce non tradiva emozione, come se uccidere tre uomini in pochi istanti fosse una consuetudine per lui. Appoggiò la seconda arma sul dossier e dalla tasca dei jeans estrasse un arnese che assomigliava a un coltello multiuso. Anita urlò e scalciò ma lui non fece una piega. "Ispettrice Landi, calmati, sono dalla tua parte. Adesso ti libero."

La girò su un fianco e con un colpo secco tagliò la fascetta. “Ecco fatto.”

Una volta riacquistata la libertà, Anita si girò e si aggrappò a lui e con le mani strinse così forte la T-shirt da strapparla all’altezza della spalla sinistra.

“Che fai? Se volevi vedere il tatuaggio bastava chiedere,” disse quasi divertito.

“Un’aquila,” disse piano Anita a pochi millimetri dalla sua spalla.

“Per essere precisi si tratta di un falco. Se mi molli, libero anche il tuo amico e controllo le ferite.”

Gli passò il braccio destro dietro la schiena per sostenerlo. “Hanno avuto la mano pesante, ma sono solo pugni.” Appoggiò delicatamente il busto di Giacomo per terra e prese il cellulare da una tasca dei jeans.

“Pronto?… A momenti li stendevano. Ho quattro problemi da risolvere… mandate anche un’automedica. Invio la posizione.” Armeggiò qualche secondo sullo smartphone e chiuse la comunicazione.

“Quattro problemi?” domandò Anita con la voce che tremava.

“Quattro cadaveri. Tre qui e un cinghiale pelato e muscoloso in cima alle scale.”

“Ma tu chi sei?” chiese Anita che si era tirata su con in mano la pistola che Falco aveva lasciato incustodita sul dossier.

Lui non si scompose. “Un angelo piovuto dal cielo su richiesta di Bonfanti.” Vide Anita perplessa e spaventata che lentamente sollevava l’arma. “Quella è carica, stai attenta a dove miri,” disse passandole accanto per andare nel locale adiacente, la sala operatoria di Palmieri.

“Ma dove… cosa fai?” gridò Anita col cuore che le martellava.

“Cerco qualcosa per il tuo amico,” e sentì rovistare tra i cassetti.

“Chiamalo,” gli ordinò Anita.

Lui rientrò con disinfettante e delle bende. “Intendi Bonfanti? Subito," disse, premette un tasto dello smartphone e glielo consegnò.

"Pronto? Falco?"

Anita riconobbe la voce.

"No. Sono Landi."

"Cosa è successo?" domandò preoccupato.

"Quattro morti e un ferito, il mio amico Giacomo. Perché tutto questo, cosa succede?" domandò con la voce rotta dal pianto.

"Grazie al cielo è viva! Le spiegherò tutto appena c'incontreremo. La prego, segua le indicazioni di Falco. A fra poco, ispettrice."

Restituì lo smartphone a Falco, che puliva le ferite sul volto di Giacomo con inaspettata delicatezza, e si chinò anche lei. Anita tremava, e l'uomo interruppe per qualche istante le cure a Giacomo e l'abbracciò.

"È finita, nessuno vi farà del male," le sussurrò all'orecchio, "la squadra sarà qui a minuti e il signor Valli se la caverà. Forse per qualche settimana non sarà in formissima, dovrà andare dal dentista, ma sta bene. Adesso respira profondamente."

Anita si staccò da quell'abbraccio. Sentiva freddo e aveva voglia di vomitare. Nella stanza c'era un odore penetrante di polvere da sparo.

"Aspettami di là," le consigliò.

Lei fece di no con la testa e lanciò un'occhiata al professore. Si avvicinò a lui e prese dalla tasca interna della giacca la pistola e il cellulare che le erano stati sequestrati. Non riusciva a provare pietà per quell'uomo che fino a qualche minuto prima era pronto a ucciderla. "E allora?" disse rivolta al cadavere del professor Bonacini, "sarai felice adesso. Basta stress per i regali di Natale e ore imbottigliato nel traffico. Un'ultima cosa: a cent'anni non ci sei arrivato, grandissimo pezzo di merda."

Falco la guardò stupito. "Che stai dicendo?"

"Niente, non preoccuparti."

Anita cercò ancora nelle tasche del professore e trovò lo smartphone. Prese la mano del cadavere, strofinò il pollice sulla giacca e lo appoggiò sul tasto home del cellulare.

"E adesso che fai?" domandò Falco sempre più incuriosito da Anita.

"Sblocco lo smartphone di questo assassino psicopatico. Voglio sapere da chi ha ricevuto l'ultima chiamata. Lo ha definito il suo committente."

"Bella mossa, ispettrice!"

Si segnò il numero e si girò verso Falco, che continuava a prendersi cura di Giacomo. Se non fosse stato di qualche reparto speciale del ministero degli Interni, e se non lo avesse visto uccidere tre uomini con una freddezza raccapricciante, poteva anche essere interessante.

"Come ti chiami?"

Lui mosse solo gli occhi nella sua direzione: "Non ha importanza, però mi devi una maglietta, Anita".

"Bonfanti ti ha chiamato Falco. È il tuo nome?"

"No, chiamami come preferisci. Vai di là e cerca qualcosa per coprire il tuo amico e fargli appoggiare la testa al pavimento."

Anita fece come richiesto e trovò in un cassetto un lenzuolo bianco e un piccolo cuscino. Ritornò da lui e glieli porse. Guardava con attenzione le mosse dell'uomo. Poi vide con la coda dell'occhio il dossier appoggiato sulla sedia e cominciò a sfogliarlo. Erano una ventina di schede. In alto sulla destra, la data, nome e cognome, al centro la foto in primo piano e del profilo destro e sinistro del soggetto. Sul retro, altre immagini dopo gli interventi chirurgici, qualcuna reale, altre elaborate al computer e, in basso, una breve descrizione delle operazioni eseguite. Ma Anita sapeva cosa cercare.

"Conosci qualcuno?" domandò il Falco.

"Solo Mimmo Matranga," disse continuando a sfogliare le pagine. Sull'ultima lesse solo la data.

Udirono dei rumori che provenivano dall'ingresso della villetta. Falco balzò in piedi ed estrasse la pistola dalla cintura. "Rimani qui e non fiatare," le ordinò. Mentre usciva dalla stanza, Anita fotografò l'ultima scheda, la inviò via whatsapp a Tea e subito dopo cancellò il messaggio. Passò un minuto e un gruppo di persone entrò senza badare ad Anita. Sembravano automi concentrati su un compito. Due di loro si occuparono di Giacomo, facendolo adagiare su una barella pieghevole, altri chiusero i cadaveri in sacchi di plastica rigida mentre una donna perlustrò ogni millimetro dei locali con un apparato elettronico.

"Adesso vieni con me, andiamo da Bonfanti," disse Falco ad Anita, e le porse il dossier. "Non preoccuparti per Giacomo. Anche lui verrà con noi. Seguiremo la station wagon. Lo cureranno nell'infermeria del distaccamento. Dammi le chiavi, guido io."

Salirono in auto, e Anita chiamò Francesco.

"Ma dove diavolo…"

Non gli diede il tempo di dire altro. "Stiamo bene, tutti bene. Adesso non posso parlare ma verremo presto a casa e ti spiegherò tutto."

Francesco s'irritò. "Ma sei impazzita? Non sono stupido. Mi stai nascondendo qualcosa! Passami Giacomo."

"Per favore," gridò Anita, "ti ho detto di non preoccuparti. Arriviamo il prima possibile. Ciao."

Sul video comparve immediatamente un'altra telefonata di Francesco: evidentemente non aveva affatto gradito d'esser stato liquidato, ma Anita non rispose, poi si girò verso Falco.

"Dove hai detto che stiamo andando? Che posto è? C'è un'infermeria?"

"Ascoltami, io non rispondo alle tue domande," sbuffò, "chiedi al dottor Bonfanti."

"Da quanto mi pedini?"

Si voltò verso di lei con il suo classico mezzo sorriso che faceva venir voglia di prenderlo a schiaffi, e che magari qualcuno poteva trovare seducente. "Non so, non ho una buona memoria, comunque potresti dirmi 'grazie d'avermi salvato la vita'."

"Hai ragione," disse sottovoce, "hai perfettamente ragione. Grazie signor…"

"Siamo arrivati, ispettrice Landi."

Anita trovò nelle tasche dei jeans un elastico scuro e si legò i capelli in una coda. La guancia sinistra le doleva. Falco la guardò e si trattenne dal dirle qualcosa. La station wagon entrò nel garage di un palazzo di via Friuli, un'anonima costruzione anni sessanta. Fecero due rampe e si fermarono di fianco a tre uomini che li attendevano. Alle loro spalle c'era una porta aperta. Scesi dall'auto percorsero un corridoio ben illuminato. Anita teneva il passo dei barellieri senza staccare la mano da quella di Giacomo che stringeva sempre più forte. Falco li seguiva a pochi passi. Entrarono in una stanza tutta bianca con un lettino, armadi in vetro che contenevano medicinali, cassettiere in metallo e attrezzature ospedaliere di ogni tipo con monitor accesi. Due uomini lo fecero sdraiare sul lettino e s'infilarono guanti e mascherine. Uno di loro avvicinò una luce su un treppiede e illuminò il volto di Giacomo. Lui alzò una mano come a chiedere un istante e si girò verso Anita. Mise una mano in tasca, prese una chiavetta USB e la porse ad Anita, che si fece più vicina.

"Sono le foto della festa... quelle che volevi..." biascicò a fatica.

"Adesso se non le dispiace dobbiamo visitarlo. Potete uscire per favore?"

Non era una domanda, ma un ordine del medico. Anita gli accarezzò la mano e uscì dalla stanza seguita da Falco.

"Vieni con me. Si occuperanno di lui, non preoccuparti." Percorsero il corridoio e dopo una decina di metri svoltarono a sinistra ed entrarono in ascensore. Falco pigiò il pulsante del quinto piano.

"Dove siamo?"

"Fra poco lo saprai. Dammi la chiavetta che ti ha consegnato, per favore."

"Non c'entra nulla con tutto questo," replicò Anita sulla difensiva.

"Mi dispiace, ma devo controllare." La sua voce divenne improvvisamente dura.

"È importante per me," disse Anita, "ho bisogno di quella chiavetta, è per un'altra indagine."

Lui aprì il palmo della mano e non aggiunse altro, ma bastava guardarlo negli occhi per capire che le avrebbe rotto il collo se non avesse ubbidito.

Anita la tirò fuori dalla tasca dei jeans e gliela sbatté sul palmo.

"Guarda pure, stronzo. E quando vedrai che ho ragione cerca di tirar fuori quel poco di umano che ti è rimasto e ridammela. O devi chiedere il permesso a qualcuno?"

Le porte si aprirono e trovarono il dottor Bonfanti ad attenderli.

"Mi segua," disse rivolto ad Anita, "questo lo prendo io," e le sfilò il dossier da sotto il braccio. La fece accomodare in un piccolo locale senza finestre: una scrivania, due poltrone, pareti insonorizzate e telecamere negli angoli alti del soffitto.

"Si accomodi," la invitò.

Anita prese posto con le braccia conserte.

"Si rende conto in che situazione è rimasta coinvolta?"

"In realtà senza il mio aiuto non so dove vi sareste infilati voi. Ho capito subito che Palmieri raccontava un mucchio di palle, e mi hanno preso come al solito per pazza. Il chirurgo ha ucciso solo Giuliani e Teresa Merli, è un'altra persona che ha fatto fuori Greta Kampf e Cortesi, e adesso ne ho le prove. Ma a lei, o meglio a voi," osservò sorridendo alla telecamera, "chi ha ucciso la signora e il suo amante o fidanzato, lo chiami come vuole, non interessa. Nel dossier ci sono parecchie foto di delinquenti che hanno cambiato aspetto. Ho scorso velocemente le pagine: sono due italiani e undici stranieri. Adesso potete organizzare una bella retata e sbatterli in galera."

In un'altra stanza del palazzo tre uomini e una donna rimanevano incollati al video per ascoltare l'interrogatorio di Anita, mentre lei non smetteva di parlare.

"Dovete fare attenzione a un punto fondamentale," continuò, "lo psicopatico che si faceva chiamare professor Bonacini ha parlato con il suo committente, e gli ha riferito che ormai la situazione era sotto controllo."

"E quindi?" chiese Bonfanti.

"Prima di darle il mio parere ho delle richieste da farle: la prima, Falco deve restituirmi la chiavetta USB che mi ha sottratto in ascensore. Contiene fotografie che mi servono per chiudere una faccenda personale e con questo dannatissimo caso non c'entra nulla. Secondo, voglio interrogare da sola Palmieri. Stia tranquillo, non mi interessano le operazioni di plastica facciale a rifiuti dell'umanità e, se posso permettermi, vi consiglierei di farlo interrogare dal suo uomo, sono sicura utilizzerà modi molto più convincenti. Terzo, vorrei sapere dove diavolo mi trovo, e quarto, gradirei dell'acqua naturale, sempre che in questo strano palazzo sia possibile."

"La porteranno subito," e riuscì a strapparle un mezzo sorriso ironico, "per la sua USB, comprenderà che dobbiamo accertarci che non abbia contenuti attinenti all'inchiesta." Si sfregò le mani e assunse uno sguardo molto più serio aggiungendo: "Si trova nel distaccamento AISI per le operazioni speciali. Credo sappia che si tratta dell'Agenzia informazioni sicurezza interna...".

"Servizi segreti," commentò sottovoce Anita.

"Per inciso, tutto quello che ha vissuto oggi, le persone che ha incontrato, vive o morte, le conversazioni, le informazioni e il fatto che si trovi in questa sede, è e deve rimanere segreto. Infine, per dare l'autorizzazione a interrogare da sola Palmieri, vorrei prima ascoltare il suo consiglio," concluse Bonfanti.

Anita appoggiò le mani sulla scrivania e piegò un poco il busto verso di lui, per nulla intimorita dalle sue parole. "Ho avuto un colloquio istruttivo con quel maniaco che si faceva chiamare professore. Uccideranno Palmieri in carcere, magari fra poche ore. Non l'hanno ancora ammazzato perché erano a conoscenza della lista dei suoi interventi, ma non sapevano dove fosse. In più, temono un pentimento del chirurgo, perché magari potrebbe riferire altre informazioni oltre a quelle che leggerà lei stesso nel dossier. Collegando altri dati recuperati durante la mia indagine sugli omicidi, ho potuto verificare anche gli spostamenti e i frequenti viaggi dei sospettati. Ricordo voli per il Messico del dottor Palmieri, alcuni in periodi molto ravvicinati. Può darsi, è solo un'ipotesi," puntualizzò, "che organizzasse trasferte per operare anche fuori dalla sua clinica segreta. Se scavate a fondo, secondo me troverete altri soggetti super ricercati che in quel dossier non compaiono e che solo Palmieri conosce. Un'ultima cosa, omaggio della casa: le regalo il numero di cellulare del committente di quel sadico," disse prendendo lo smartphone e inviandogli un messaggio. Lui sentì vibrare il cellulare e lesse il contenuto della comunicazione di Anita.

"Mi aspetti qui," disse e uscì dalla stanza.

Rimasta sola, Anita sentì la stanchezza piombarle addosso tutta in un colpo. Desiderava andare via da quel posto, portarsi dietro Giacomo e andare a casa da Francesco, finalmente al sicuro. Aveva avuto ragione, ma il successo non l'appagava affatto. Giacomo era conciato male, Francesco era così terrorizzato che avrebbe potuto fare qualche follia, e tutto per colpa sua. Non se la sentiva di gioire ma solo di farsi una doccia, indossare le scarpe da running e correre per due ore. La porta si aprì all'improvviso.

"Potrà interrogare Palmieri domani, la chiamerò io. Per stasera abbiamo finito."

Si alzò e si avvicinò a pochi centimetri da lui. "Il signor Valli viene via con me e voglio la mia chiavetta USB."

"L'accompagno," disse Bonfanti.

Scesero con l'ascensore al secondo piano interrato, percorsero il corridoio e Bonfanti bussò alla porta dell'infermeria.

"Come sta?" chiese una volta entrato, mentre Anita con due passi veloci si era avvicinata a Giacomo sdraiato in mutande sul lettino. I pantaloni e la camicia erano stati tagliati e un bendaggio consistente gli fasciava il torace.

"Il naso fratturato, la mandibola e lo zigomo presentano microlesioni. Sei denti rotti, timpano destro perforato e quattro costole incrinate. Consiglio di tenerlo in osservazione almeno per stanotte."

"Non se ne parla," intervenne Anita, "verrà con me."

"È un azzardo, sono dell'idea..."

"Si faccia i cazzi suoi," replicò durissima al medico, "trovi qualcosa da fargli indossare e mi dia i medicinali e tutto ciò che serve."

Il medico lanciò un'occhiata a Bonfanti, che annuì.

"Come vuole, ma non sono d'accordo. Le scrivo i dosaggi e come trattare le ferite. Le lascio il cellulare per emergenza. Passerò domani per controllare lo stato di salute, sempre che mi lasci entrare in casa," aggiunse ironico.

Dopo un quarto d'ora fecero accomodare Giacomo su una sedia a rotelle. La faccia era gonfia, gli occhi semichiusi. Anita lo spinse lentamente lungo il corridoio. Bonfanti e Falco l'aspettavano alla sua macchina.

"La mia USB per favore," disse Anita imperturbabile porgendo il palmo della mano a Falco, "avrete avuto tutto il tempo per controllare che non vi serve a nulla, no?"

Falco gliela consegnò e lei non lo degnò di uno sguardo.

"Attendo la sua chiamata, dottor Bonfanti," e lui fece un cenno affermativo col capo.

"Le ripeto ancora: quello che è successo stasera non è mai capitato, ispettrice Landi. Nessuno lo dovrà mai sapere. Il signor Valli ha subìto un'aggressione da parte di sconosciuti, questa sarà la versione ufficiale. È anche per il suo bene."

Anita non rispose. Spinse indietro il sedile del passeggero e aiutò Giacomo a salire in auto. Accese il motore e partì. I due uomini la seguirono con lo sguardo salire la rampa.

"Rischia grosso, vero?"

"Temo di sì, Falco. Noi non esistiamo. Apparirà indirettamente che dalla sua indagine sono stati smascherati e arrestati latitanti di mezzo mondo e magari qualcuno vorrà vendicarsi," si voltò verso di lui, "ma forse non succederà."

In auto Anita cominciò a piangere. Non diceva una parola e si limitava a guardare Giacomo ogni volta che poteva. Lui non apriva bocca, sia per il dolore sia per i farmaci che probabilmente lo avevano intontito. Parcheggiò l'auto nel garage e lo aiutò a scendere dalla macchina. Camminarono lenti fino all'ascensore di servizio. D'un tratto udirono un piccolo colpo secco e Anita si voltò ricordando il rumore della pistola di Falco munita di silenziatore, un suono che non avrebbe mai dimenticato. Giacomo si accorse dello scatto intimorito di Anita.

"È l'unità esterna… del condizionatore del primo piano…" disse Giacomo a mezza voce mentre si teneva il costato. "Quando entra in funzione… fa sempre quel rumore."

Salirono in ascensore. Lui appoggiò un braccio sulle spalle di Anita. "Voglio sdraiarmi… e dormire."

"Ci siamo quasi Giacomo, resisti ancora qualche minuto," lo confortò Anita.

Suonò il campanello e dopo qualche secondo Francesco aprì. Alla vista di Giacomo deglutì e trattenne un urlo.

"Dammi una mano," lo esortò Anita, "portiamolo in camera. Ha il naso rotto e quattro costole incrinate. L'hanno conciato per bene, ma non è grave."

Francesco fece due passi indietro, sbigottito come se fosse sul punto d'avere una crisi, ma Anita ebbe una reazione feroce. "Che stai facendo? Per una volta non sei tu a stare di merda, quindi datti una mossa!"

Lui sembrò svegliarsi di soprassalto, aiutò Anita a portarlo in camera e a farlo stendere sul letto. Lei tirò fuori dal giubbotto alcuni fogli scritti dal medico e un sacchetto di plastica con dentro alcune confezioni di medicinali.

"Leggi cosa dobbiamo fare, io vado di là cinque minuti."

Corse in bagno e vomitò. La testa le scoppiava. Si sciacquò il viso e respirò profondamente a occhi chiusi. Quando si rilassò andò in camera sua e appoggiò la USB sul portatile. Poi tornò nella stanza di Giacomo.

"Come sta?"

"Si è addormentato," rispose Francesco girandosi verso Anita, scuro in volto.

"Non fare quella faccia. Adesso bevo un litro d'acqua e poi ti racconto cosa è successo."

Prima di trasferirsi in salone, Anita prese una bottiglia dalla cucina. Si sedette su una poltrona e rimase assorta a leggere il nome di Curti scritto sul foglio della lavagna mobile di Francesco.

Francesco prese posto accanto a lei, pronto ad ascoltarla. Anita bevve quasi tutta la bottiglia e poi gli prese la mano e attaccò dal principio. Lui rimase in silenzio, quasi immobile, gli occhi attenti a non perdersi una parola.

"Cosa faremo?" domandò alla fine, perplesso e impaurito.

"Ti occuperai di Giacomo mentre io scorrerò a una a una le foto della festa. Mi hanno messo sulla strada giusta e i pezzi stanno combaciando." Si alzò e si mise accanto alla lavagna. "Stasera abbiamo avuto la conferma che Palmieri non c'entra nulla con l'omicidio della Kampf e di Cortesi. Sapevamo già che non era stata la Kampf a lasciare il portafogli nel cassetto della sua camera, e se escludiamo Palmieri, non rimane che un altro soggetto: l'assassino."

"Il bastardo con le chiavi di casa di via Cerva?"

Anita annuì. "Ricordati che non è stata trovata tra gli effetti personali. Uccide, ruba la chiave, si reca in via Cerva e nasconde portafogli e chiave d'accesso al garage del palazzo di Cortesi. Tutto quadra."

"Perché rischiare così tanto?"

"Non lo so Francesco, ancora non lo so. Forse qualcuno che voleva far scoprire il secondo lavoro di Palmieri, oppure un parente di una persona operata dal chirurgo, oppure..." e fissò la lavagna a fogli mobili.

"Però qualcosa non ha funzionato," sussurrò Francesco.

"Esatto. L'assassino non aveva previsto che proprio quello stesso giorno Palmieri avrebbe ucciso Giuliani. Pensa a cosa sarebbe successo con Giuliani ancora in vita. Il trasformista avrebbe sospettato che la farsa organizzata da Palmieri aveva lo scopo di uccidere l'ex moglie. Lo avrebbe ricattato? Sarebbe corso alla Polizia? Avrebbe palesato il suo ruolo? Forse sì, magari per non rischiare d'essere accusato di complicità in un duplice omicidio. Ma poniamo pure il caso che fosse rimasto in silenzio: quando ho trovato il portafogli della Kampf nel cassetto, ho avuto subito il sospetto che qualcosa non quadrasse, e la ricostruzione della giornata lavorativa della Kampf mi aveva dato ragione. Se non mi avessero sottratto l'inchiesta, avrei ottenuto un mandato di perquisizione e trovato la chiave del garage di Cortesi nel cassetto delle posate in cucina. Erano due prove schiaccianti, non dimenticarlo. Come poteva difendersi Palmieri? Nell'unico modo possibile, confessando in cosa era occupato quel giorno, ma sappiamo che non l'avrebbe mai fatto, e allora..."

Si fermò un istante. Francesco aveva un'espressione dubbiosa, lo sguardo perso nel vuoto. "E allora cosa?"

"È chiaro! Devo parlare con Tea!"

27

Anita trascorse il resto della notte a osservare le immagini finché d'un tratto ebbe un sussulto e sentì una vampata di calore. D'istinto inserì l'altra USB, quella preparata da Tea: conteneva i casi degli omicidi-suicidi avvenuti in Italia negli ultimi vent'anni e immediatamente individuò un'indagine collegata al volto ripreso dal fotografo di Toni.

Mentre leggeva i documenti sentì pulsare le tempie. Sapeva tutto, aveva capito tutto. Scrisse un messaggio a Tea, si alzò e indossò il suo abbigliamento da running. Era come in trance, la mente non smetteva di elaborare quel che aveva scoperto. Prima di uscire guardò l'immagine ingrandita, fissa sullo schermo per poi concentrarsi sulla foto dell'ultima scheda del dossier di Palmieri. Scese in strada, nessun rumore. Il chiarore dell'alba avvolgeva con una luce morbida i palazzi della via, e sebbene l'aria non fosse fresca le diede una leggera sferzata. Partì lentamente, concentrata sul respiro e sul passo da tenere, senza badare all'architettura della zona e ai grattacieli. A quell'ora incrociò solo due vigilantes in piazza Gae Aulenti che la guardavano incuriositi, con in bocca una sigaretta. Gradualmente aumentò l'andatura. Per Anita stancarsi significava caricare le pile, liberare la mente e riacquistare lucidità. Negli ultimi dolorosi anni, terminata la corsa, tutto tornava come prima; l'effetto delle endorfine era momentaneo, l'angoscia e il dolore la prendevano di nuovo dopo poco. Ma quella mattina sarebbe stato diverso. Tornata a casa fece una doccia e, ancora in accappatoio, entrò silenziosamente nella stanza di Giacomo. Dormivano entrambi: Giacomo sul letto, la bocca leggermente socchiusa, Francesco rannicchiato su una poltrona accanto a lui. Si vestì e dalla scatola dei ricordi prese il mazzo di chiavi del fratello, quello dell'appartamento che condivideva con Roberta Annibaldi. Scrisse un biglietto e lo lasciò in bella vista sul tavolo della cucina. Poche righe e un cuore per firma. Poi si diresse in sala, prese il pennarello e girò il foglio scritto da Francesco per comporre un altro schema. Terminato il lavoro lo fissò per qualche istante, controllò la pistola, tolse il caricatore per guardare il primo proiettile, quello che aveva intenzione di usare, poi inserì il caricatore con rabbia, e scarrellò mettendo il colpo in canna. I suoi occhi esprimevano durezza, voglia di uccidere, desiderio di vendetta. Il segnale dell'arrivo di un'e-mail la scosse: era Tea. Lesse il messaggio ma non aprì l'allegato. Rispose solo con un "passo a salutarti". Mise il suo iPad nello zaino dopo aver caricato alcune foto e prese una T-shirt, la più larga che aveva. Sulla soglia della stanza rimase immobile pochi istanti, come se dovesse imprimersi nella mente la camera che era stata sua per qualche settimana. Ricordò la prima sera in quell'appartamento e quanto si sentiva diversa. Tutto era cambiato e con un groppo in gola uscì di casa senza fare rumore. Salì in auto e si diresse in via Bellezza. Parcheggiò poco lontano dal portone del palazzo, l'ultima residenza di suo fratello. Si fermò di fronte all'ingresso e tirò fuori le chiavi che aveva tenuto per anni nella scatola dei ricordi. Udì dei passi dietro di lei.

"Aspetta qualcuno?"

Riconobbe la voce e si voltò.

"No," rispose, "ma, come ricorderà, mio fratello ha abitato qui per qualche mese."

"Certo! Lei è la sorella di Duilio."

Era la padrona dell'appartamento dove avevano abitato i due ragazzi. Dopo la loro morte violenta, Anita aveva incontrato la donna un paio di volte per porle delle domande e avere il maggior numero d'informazioni possibile. Rammentò d'aver chiacchierato ore e pianto a dirotto, disperata. La signora aveva all'incirca settant'anni, era in carne, un'espressione gioviale e due occhi chiari e comprensivi. Portava a passeggio un Jack Russell socievole e dallo sguardo tenero. Anita le strinse la mano e si chinò per accarezzare il cane.

"Come stai Asta? Si chiama così, vero? Mi ricordo che l'ha scelto perché è il nome del cane di un vecchio film in bianco e nero."

"Ha una buona memoria, ispettrice Landi. Vuole salire per un caffè?"

"Non voglio disturbarla troppo. Ho bisogno del suo aiuto," e le consegnò il mazzo di chiavi che usava suo fratello.

La donna lo prese in mano e osservò le chiavi a una a una, mentre il cane balzava allegro sulle gambe di Anita.

"Come potrà immaginare, ho cambiato la chiave dell'appartamento. Adesso è affittato a un ingegnere. Come mai ha il mazzo di Roberta? Credevo l'avesse sequestrato la Polizia."

Anita annuì, ma non per il motivo che pensava la donna. Deglutì cercando di mascherare l'ansia.

"È un particolare determinante. È sicura che appartenessero a Roberta?"

La signora scelse una piccola chiave rossa e gliela mostrò. "Questa apriva la vecchia serratura della cassetta delle lettere. Erano state tutte sostituite prima dell'arrivo di suo fratello, quindi può essere solo il mazzo di Roberta," spiegò con gli occhi semichiusi, "e infatti c'è quella nuova," aggiunse indicandola, "ne sono assolutamente certa."

"E manca la chiave..."

"Di casa, sì! La vecchia chiave dell'appartamento."

Rimase immobile per qualche secondo mentre la signora le restituiva il mazzo.

"Devo andare. È stata molto utile, grazie."

Un saluto che aveva tutto il sapore di un addio.

Anita tornò alla macchina di corsa. La casa di Tea era poco

distante e vi si diresse in tutta fretta. Al primo semaforo rosso urlò con quanto fiato aveva in gola e assestò un pugno sul cruscotto che per poco non si spaccò. Era affranta e arrabbiata. Per anni aveva conservato gelosamente un mazzo di chiavi, consegnatole da un collega della Scientifica, ritenendo che appartenesse al fratello. Se solo avesse controllato, sarebbe arrivata alla soluzione molto prima e non riusciva a darsi pace. Parcheggiò e dovette rimanere in macchina alcuni minuti per calmarsi. Era a un passo dalla soluzione e non poteva fallire, non questa volta. Quando i battiti tornarono normali, scese dall'auto e si guardò in giro, come se si aspettasse che il professor Bonacini o un pericolo imminente sbucasse fuori dal nulla. Citofonò e sentì il *clac* dell'apertura del portone. Tea l'aspettava sulla soglia.

"Cos'è successo? Ti sei picchiata con qualcuno?" domandò preoccupata, lo sguardo puntato sulla guancia di Anita.

"Ho conosciuto un tizio che adesso non darà più fastidio a nessuno," rispose col tono di chi considera chiuso l'argomento.

"Vieni in camera e scusa il disordine," la invitò Tea, "ho un po' di confusione in testa, ma forse vedo una luce in fondo al tunnel."

Anita prese posto sulla sedia di fronte ai monitor e le chiese di aprire i documenti che le aveva inviato la mattina.

"Questa è la persona che t'interessava tanto stanotte. Certo è davvero…"

"Grazie Tea, non sai quanto sia importante," la interruppe Anita intenta a memorizzare le informazioni.

"E poi c'è l'altro documento che mi chiedevi. Non so a cosa ti serva leggere quel vecchio certificato, e se non ti disturba, vorrei esporti la mia teoria. Il nipote di Curti ha avuto la possibilità di conoscere Greta Kampf," attaccò a parlare, sebbene Anita fosse totalmente assorta davanti ai video, "la società della signora produceva anche parti meccaniche di apparati diagnostici, e ho la prova di numerose forniture al Policlinico, quindi ho fatto uno più uno. E da ultimo ho organizzato una ricerca a tappeto su di lui. Dalla cronologia del suo portatile è emersa una passione per tutti i tipi di coltelli: da macellaio, da lancio, da combattimento e pensa che passa ore su Internet a vedere tutorial su come affilare lame. Questa passione mi lascia perplessa e si adatta perfettamente… ma mi stai ascoltando?" domandò seria.

"Sì, scusami Tea, è che credo…" Si bloccò come se stesse per rivelarle la soluzione.

"Anita, se volessi interrogare D'Andria devi fare in fretta. Questo pomeriggio prenderà un volo per il Sud America."

Anita si voltò verso di lei. "E quell'altra richiesta?"

"Ovvio!" rispose Tea e le porse un foglietto che Anita lesse e conservò in tasca.

"Ci siamo," disse scura in volto, "è fuori da ogni logica, stento a crederlo, ma non può esserci altra spiegazione."

"Allora credi che il nipote di Curti, Stefano D'Andria, è il serial killer?"

La bloccò con un gesto della mano, gli occhi commossi, le mani che tremavano per la tensione.

"Tea, ti chiedo un ultimo favore," la pregò Anita.

Fu Giacomo a svegliarsi per primo, e con una serie di fitte dolorose riuscì a sedersi sul letto. Sentendolo lamentarsi, Francesco si destò di soprassalto.

"Aspetta, ti aiuto a scendere. Devi andare in bagno?"

"Sì," rispose con un filo di voce.

Lo cinse con delicatezza e lo accompagnò. Attese fuori, e quando la porta si aprì Giacomo lo vide leggere e rileggere alcuni fogli.

"Ma i medici frequentano un corso di crittografia? Non sanno proprio tenere in mano la penna. Comunque, ho decifrato l'alimentazione e l'orario delle medicine. Impacchi… gocce… pomate, abbiamo tutto. Ha specificato 'dieta liquida' anche perché dovrai assumere un antidolorifico a stomaco pieno. Mi domando cosa diavolo avesse in testa quel dottore: era ovvio che non potessi masticare, apri a malapena la bocca e ti hanno spaccato i…" si bloccò. "Scusa Giacomo."

"Sono un mostro," affermò con un bisbiglio, la bocca semiaperta.

"Ti rimetteranno a nuovo, e sarai più bello di prima, vedrai. E poi non hai mica conosciuto da poco un logorroico chirurgo plastico?"

Giacomo tentò di sorridere, ma una fitta al costato lo fece smettere subito. Scosse la testa e biascicò qualcosa che Francesco interpretò come "andiamo di là". Arrivati in salone si bloccarono allo stesso momento.

Sulla lavagna a fogli mobili, Anita aveva scritto la soluzione di tutto.

La telefonata di Bonfanti arrivò prima di mezzogiorno. Alle due spaccate l'auto di Anita doveva presentarsi al cancello carraio dell'anonimo palazzo di via Friuli e così fu. Rispose sempre con lo stesso messaggio automatico alle decine di telefonate di Francesco: "Scusa non posso parlare". Scese le due rampe e riconobbe Falco che le indicava un parcheggio.

"Dormito poco?"

Lei non rispose, e prima che si mettesse in spalla lo zainetto Falco lo indicò con un gesto: "Devo controllarlo".

Anita glielo porse. "Contiene un iPad con le foto che hai già visto. E quella T-shirt è tua. È la più grande che sono riuscita a recuperare tra quelle che avevo. Ho poco tempo e devo correre a Malpensa."

Falco le restituì lo zainetto e spiegò la maglietta azzurra sollevando un poco le braccia. Lo Scudetto Tricolore sulla sinistra del petto con i cinque cerchi olimpici, e sul retro, al centro, una scritta in oro SQUADRA ATLETICA DELLA POLIZIA DI STATO. Non ebbe il tempo di ringraziarla che subito Anita gli consegnò la pistola. "Meglio se la tieni tu. Sarei tentata di usarla," disse salendo in ascensore.

"Oggi hanno prelevato Palmieri dal carcere con la scusa di un tentato suicidio, mentre io sono stato costretto a svegliare un certo avvocato Carletti, il committente del professore. Purtroppo è scivolato sulle scale ed è in infermeria, ma appena starà meglio gli porrò alcune semplici domande."

Anita si voltò verso di lui. "A volte i gradini sono pericolosi, per fortuna c'eri tu a dargli una mano," commentò ironica.

Le porte si aprirono e Falco l'accompagnò nella stanza interrogatori con la solita smorfia impertinente stampata in faccia. "Vediamo come te la cavi. Attenta alle telecamere e ai microfoni," le sussurrò.

"Non preoccuparti," replicò secca.

Falco bussò e aprì subito la porta. Vide Palmieri più rilassato dell'ultima volta parlottare con Bonfanti. Le lanciò un'occhiata veloce mentre si sedeva accanto al funzionario del ministero e, dallo sguardo di quest'ultimo, intuì chiaramente che considerasse l'omicidio della Kampf e Cortesi un fatto assolutamente secondario, e il colloquio richiesto da Anita un'incombenza necessaria. Poi Bonfanti si alzò.

"Come promesso, può restare cinque minuti da sola con il dottor Palmieri, poi proseguiremo con il nostro interrogatorio."

Sottolineò *nostro* per mettere dei paletti, e non solo per stabilire cosa fosse determinante, ma soprattutto per dare un peso diverso all'indagine di Anita: un peso infinitamente più leggero. Palmieri colse in pieno l'intenzione del funzionario tanto da sembrare quasi compiaciuto, mentre Bonfanti si chiudeva la porta alle spalle lasciandoli soli.

"Le faccio i miei complimenti più sinceri, ispettrice Landi," attaccò Palmieri con il suo tono saccente, "grazie alla sua tenacia abbiamo ricavato vantaggi reciproci: io sarò scagionato per il duplice omicidio di via Malpighi, non rischierò più la vita in carcere e con nuove dichiarazioni otterrò altri benefici. Lei si appunterà un'altra medaglia al petto. Però dovrà scoprire l'assassino. Sono a sua disposizione per cinque minuti, ma francamente non so proprio come potrei aiutarla," affermò, e si scrollò le spalle.

Anita rimase impassibile. "Perché ha ucciso Giuliani?"

Palmieri si guardò intorno, indeciso se rispondere.

"Vorrei capire il perché," aggiunse Anita.

Lui le sorrise ironico. "Era tutto stabilito, come sempre. Mi riferisco al compenso. Quel giorno, saranno state le dodici e trenta, mi chiamò al cellulare, quello che doveva usare solo per le emergenze. Mi disse che filava tutto liscio, ma che se avessi avuto ancora bisogno di lui, la prossima volta mi sarebbe costato il triplo. Non ci pensai due volte: dovevo eliminarlo."

"Sia più preciso, cosa ha fatto esattamente?"

Si passò una mano tra i capelli e alzò lo sguardo al soffitto. "Come da prassi, una volta uscito dalle conferenze spegneva il mio cellulare per evitare che lo tracciassero. L'appuntamento per riavere macchina e smartphone, a meno d'inconvenienti, era intorno alle diciassette e trenta sotto casa sua. Quel giorno arrivai poco dopo l'orario consueto e vidi la mia auto parcheggiata in cortile. Entrai nel palazzo, e dissi alla custode che andavo dal DJ, il vicino di casa di Giuliani. Lei non ci fece caso anche perché indossavo una tuta, scarpe da ginnastica, felpa col cappuccio tirato su e occhiali neri. Probabilmente potevo passare per un rapper attempato," disse ridacchiando un momento e continuò: "Giuliani mi aprì la porta e, dopo una breve discussione, feci finta d'accettare la sua proposta economica. Beveva dell'acqua, e quando ne chiesi anch'io si alzò per andare in cucina. Così ebbi il tempo di far sciogliere un sedativo insapore nel suo bicchiere. Quando tornò mi porse il mio, si sedette sul divano e trangugiò il suo. Attesi cinque minuti parlando del più e del meno tanto per farlo rilassare, ma subito dopo cominciò a girargli la testa. Quando svenne, gli praticai una puntura a base di atropina sotto l'ascella. Non si accorse di nulla e non soffrì".

Fece una pausa e s'inumidì le labbra. "Portai via quello che poteva collegarmi in qualche modo a lui, chiusi a chiave la porta e presi l'ascensore. Ma per aprire quel dannato cancello e uscire con l'auto avevo bisogno della chiave, e ce l'aveva solo la custode. Bussai sul vetro della portineria e quella vipera s'insospettì. La scusa che avevo usato per salire al quinto piano mi tradì e fui costretto a liberarmi di lei. Se solo quel deficiente non fosse stato così avido..."

"Avido? Ma che giustificazione del…"

La bloccò alzando un poco la mano. "Conosco il genere umano e Piero Giuliani era un mite altruista di facciata, un poveraccio, un infelice, un attore mancato; sarebbe diventato un ricattatore e non potevo permetterlo. Bene, io con lei ho finito, spero sia soddisfatta."

"Soddisfatta 'na sega," disse Anita, trascinando la sedia per mettersi accanto a lui. Le rimaneva poco tempo. Estrasse dallo zaino il suo iPad e per un secondo mise una mano nella tasca del suo giubbotto, che Falco non aveva pensato di perquisire.

"Mi è rimasto qualche minuto, quindi dovrà ancora sopportarmi. Adesso le mostrerò alcune foto e lei mi dirà se riconosce qualcuno. Sono sicura che fra un attimo quel suo ghigno da stronzo sparirà. Per qualcuno lei sarà una fonte preziosa d'informazioni, per me rimane un assassino."

Palmieri non commentò, limitandosi a fissarla con la supponenza di chi ormai si considera intoccabile. Anita cominciò a far scorrere alcune immagini della festa alla quale avevano partecipato suo fratello Duilio e Roberta Annibaldi, ma lui vi prestò la stessa attenzione che avrebbe riservato a un catalogo di semi per piante ornamentali, non prendendosi nemmeno la briga di fingere il minimo interesse.

"Cominciamo col piede sbagliato, dottor Palmieri, non vorrei farle male per davvero," disse con un falso tono suadente che gli fece capire quanto considerasse di estrema importanza l'operazione.

Un po' intimorito, sbuffò e avvicinò il volto all'iPad. Le foto scorrevano e quando all'improvviso vide una foto che Anita fermò volontariamente sullo schermo, la sua espressione mutò all'istante. Contrasse la mascella e strabuzzò gli occhi. Sembrò quasi non respirare.

In un'altra stanza, Bonfanti e alcuni capi dell'Interpol si guardarono l'un l'altro perplessi e indispettiti.

"Si può sapere perché all'improvviso non si sente più niente?" domandò uno. "Che diavolo succede?" gridò un altro.

Bonfanti si voltò inviperito verso un tecnico. "Ripristina subito il collegamento audio!" ordinò.

Anita intanto proseguiva. "La riconosce, vero? Insieme alle altre fotografie ho inserito anche questa immagine: è l'ultima scheda del suo dossier, la donna che ha operato quel famoso lunedì di giugno, quando ha ricevuto la telefonata di Giuliani, lo stesso giorno del duplice omicidio di via Malpighi. Provi a immaginare se la foto del pre e postintervento fosse inviata a un giornale online corredata dalla storia vera di cosa accadde quel lunedì. Già leggo i titoli: il dottor Palmieri non ha ucciso Greta Kampf! Ecco l'alibi del chirurgo plastico! La stampa ci andrebbe a nozze e si butterebbe a testa bassa per dare un nome alla donna." Attese un istante per dargli il tempo di metabolizzare. "Un nome che io conosco e che fra quindici minuti sarà online, a meno che non inizi a guardare con attenzione le fotografie. Pensi che sorpresa: la moglie del più grande narcotrafficante messicano non è morta in un incidente aereo come tutti credono."

Il medico abbandonò totalmente il fare strafottente e distaccato e mostrò tutta la sua preoccupazione.

"Ho un accordo con l'Interpol: nessuna notizia dovrà trapelare sull'identità di..." disse con le labbra serrate indicando l'iPad.

Anita scrollò le spalle e lui insistette. "Non può farlo, lei sta solo fingendo."

"No, caro dottore, non sono mai stata così seria. Non ha a che fare con una scema, se lo ficchi in quella testa malata. Non ha mai tirato fuori questa storia che l'avrebbe scagionata perché... e mi gioco le sue palle, lei ha un interesse che va al di là della semplice prestazione professionale."

"Lei non ha la minima idea..."

"Non m'importa un cazzo di lei e della sua amante, fosse anche la moglie di Bin Laden, ma stia pur certo che se non presterà la dovuta attenzione a tutte le altre immagini che le mostro, potrà dire addio alla sua bella. Si concentri, la vita di Dolores è nelle sue mani," concluse durissima.

Il medico tentò una replica, ma Anita, decisa più che mai,

continuò a mostrargli le fotografie. A un tratto Palmieri le appoggiò la mano sull'avambraccio. "Aspetti!" disse, e con l'indice della destra toccò un punto dell'iPad.

"Cosa stanno dicendo? Cosa ha visto Palmieri?" chiese Bonfanti nella stanza di sorveglianza.

"Il segnale è compromesso. Forse l'iPad ha un apparato che blocca le comunicazioni radio, oppure è in funzione un disturbatore," spiegò agitato il tecnico mentre il gruppetto di persone non smetteva di guardare il video, come spettatori di un film muto. "Magari dovete solo mettere a punto l'impianto sonoro," affermò una donna sulla cinquantina che pareva l'unica ad aver capito il piano di Anita. Si avvicinò al monitor con un'espressione incuriosita e osservò Palmieri che non smetteva di parlare, indicare con le dita alcune parti di un viso e gesticolare con frenesia. Bonfanti scattò in piedi e si diresse a grandi passi nella sala interrogatori. Aprì la porta furibondo.

"Ha fatto il suo dovere, dottor Palmieri, e spero che venga punito come merita," disse Anita. Infilò l'iPad nello zainetto, si alzò e si diresse all'uscita. Passò accanto a Bonfanti rimasto sulla soglia. "Adesso siamo pari."

Percorse il corridoio e prima di salire in ascensore venne raggiunta da Falco che le consegnò l'arma.

"Sei stata in gamba e scommetto che lo hai fatto cantare," le disse con un'ammirazione che Anita non colse, la mente concentrata su altro.

"È stato un piacere."

Entrò in ascensore e premette il tasto del secondo piano interrato, ma Falco bloccò le porte. "Fai attenzione. Fra poco esploderà una bomba, e sarà l'operazione più importante dell'Interpol. Forse qualcuno vorrà vendicarsi e ti metterà nel mirino. È gente che non scherza, guardati le spalle, Anita."

Il tono era sincero. Lei fece un cenno affermativo col capo e Falco lasciò che si chiudessero le porte. Uscita dal palazzo guardò l'ora. Aveva pochissimo tempo. Chiamò immediatamente la sua analista. In prima battuta non voleva aiutarla nel modo più categorico, ma quando Anita la incalzò dicendole che se non le avesse dato una mano avrebbe sparato a una persona, la dottoressa Sabatini cedette. Parlarono dieci minuti buoni, poi Anita appoggiò il lampeggiante sul tetto dell'auto e inserì la sirena. Guidò come una folle, bruciò semafori e percorse quasi tutta la tangenziale nella corsia d'emergenza. In quei minuti adrenalinici riuscì a essere così lucida da chiamare col viva voce Ardau.

"Ciao Anita," rispose quasi subito, ma nell'udire la sirena in funzione si allarmò, "che diavolo..."

"Marco, ho bisogno che tu mi faccia trovare un collega fidato alla Malpensa. Dovrò superare i controlli in un lampo. Ti dico solo che sto mettendo le mani su..."

Ardau captò solo *assassino della Kampf.*

"... e di molti altri delitti. Per favore, è l'ultima cosa che ti chiedo," urlò Anita.

"Dammi un minuto, cerco subito un amico dell'antidroga," disse sbrigativo.

Anita accelerò, sorpassò a sinistra e destra in uno zig zag frenetico, come se guidasse una motocicletta. Subito dopo il cartello per Malpensa una lunga colonna di auto le sbarrò la strada. Inchiodò a un millimetro dal paraurti di un furgoncino. Imprecò, ingranò la prima e guidò con due ruote su un marciapiede spartitraffico per superare la coda. Frenò proprio davanti al primo ingresso delle porte scorrevoli del Terminal 1 e si precipitò fuori dall'auto. Un uomo corpulento si sbracciava per farsi riconoscere e Anita lo raggiunse di corsa. "Presto, abbiamo poco tempo."

Dentro l'aeroporto cominciò a correre così veloce che il poliziotto intuì subito di non avere chance di starle dietro, così gridò a un collega in divisa di farla passare dalla porta riservata alle forze dell'ordine. Superato il primo sbarramento, Anita si bloccò appoggiandosi a una colonna e lesse su un video gli orari e il gate d'imbarco, poi riprese la corsa. Alcuni poliziotti in divisa la seguirono ma sembravano bambini che rincorrevano un treno. Anita si lanciò con lunghe falcate, passò nel mezzo di gruppi di persone gridando "Polizia, fate largo" e superò con un balzo un trolley scivolato improvvisamente dalle mani di un giapponese. Arrivata al gate numero 8 vide il suo obiettivo. Lanciò un urlo e tutti si girarono spaventati. Molti gridarono impauriti, qualcuno pensando fosse una terrorista si buttò per terra, mentre il più coraggioso, un addetto alla sicurezza aeroportuale, le afferrò il braccio nel tentativo di bloccarla: ma è impossibile tenere una tigre legata con lo spago. Gli diede uno strattone così forte da farlo cadere sulle poltroncine di attesa, poi digrignò i denti e raggiunse l'ingresso del tunnel collegato all'aereo. Buttò a terra con una spallata un incaricato al controllo delle carte d'imbarco e con altre due falcate la vide, ferma, tranquilla e sorridente.

"Sapevo che avresti capito."

La sua voce era diversa e pareva appartenere a un'altra persona e non alla donna con la quale aveva pranzato poco più di dodici ore prima.

Due poliziotti esausti si fermarono alle spalle di Anita. Lei estrasse la pistola e gliela puntò all'altezza della faccia avvicinandosi lentamente. Non ansimava per la corsa, era fredda, gli occhi fissi in quelli di Lucia.

"Vuoi sparare? Ma sono Lucia, la tua amica."

Il tono era cambiato, più morbido, quasi infantile. Anita tolse la sicura a un passo da lei. La mano tremava ma non per la paura: una parte di lei avrebbe voluto vedere il cervello di Lucia spappolato sulla moquette del tunnel, un'altra cercava di resistere all'istinto di premere il grilletto. Si udì uno scatto: Anita accompagnò delicatamente il cane della Beretta sull'otturatore. In un secondo infilò la pistola nella fondina, spinse Lucia contro la parete del finger, la girò con violenza e le strinse le manette ai polsi dietro la schiena.

"Non mi hai ucciso, allora vuol dire che..."

"Devo sapere il motivo," disse Anita a un millimetro dal viso di Lucia, dopo averla voltata verso di sé.

Lucia serrò marcatamente le labbra facendole capire che non avrebbe parlato. Anita la indicò ai poliziotti dietro di lei. Uno la prese in consegna sottobraccio, l'altro sollevò il bagaglio a mano.

"Portatela in un posto sicuro. Devo fare qualche telefonata," ordinò con un'espressione dura del viso. In successione chiamò Tea, Ardau, il vicequestore Cambria e il procuratore Varesi.

Infine Francesco.

"Anita," gli rispose con la voce rotta dall'emozione, "ti prego, dimmi che..."

"Non l'ho ammazzata, non ce l'ho fatta."

"Ringrazio il cielo. Quando ho letto il tuo biglietto in cucina mi si è gelato il sangue nelle vene."

"Avrei voluto e Dio solo sa quanto. Ho letto nei suoi occhi il desiderio d'essere uccisa ma non l'ho accontentata. Voglio capire e darmi una spiegazione logica."

"Torni a casa?"

"Prima devo contestarle gli omicidi davanti al PM. Ci vediamo più tardi. Giacomo?"

Francesco si voltò verso di lui. "Ora che è sicuro che stai bene, si è rilassato sulla poltrona. Ti aspettiamo."

Mise il cellulare nella tasca posteriore dei jeans e si trattenne a stento dall'urlare la sua rabbia. Uscì dal finger e passò tra due ali di curiosi che si scansavano, mentre qualche idiota la filmava al cellulare. Ordinò a un poliziotto di far scaricare il bagaglio imbarcato da Lucia e poi chiese a un altro collega di accompagnarla nella stanza dove era stata rinchiusa.

Lucia rimase per tutto il tempo in silenzio, in piedi contro il muro, la testa bassa, il viso coperto dai lunghi capelli corvini. Arrivarono due auto della Polizia, caricarono l'assassina e i suoi bagagli. Anita seguiva il corteo a sirene spiegate; quarantacinque minuti dopo parcheggiarono sotto il palazzo della Procura. Ardau e Tea l'attendevano fuori dall'ufficio del dottor Varesi. Anita li salutò con un abbraccio, e restituì a Tea il disturbatore di segnale che aveva usato durante il colloquio con Palmieri. Le disse alcune parole sottovoce e alla fine Tea fece un cenno affermativo. Entrarono tutti nell'ufficio. Varesi era seduto dietro la sua scrivania sgombra da qualunque incartamento. Accanto, in piedi alla sua sinistra, il vicequestore Cambria. Davanti a loro, scortata da un poliziotto, Lucia Imondi, comoda sulla sedia, senza manette, con le mani che tamburellavano ritmicamente sulle ginocchia. Il procuratore le contestò il duplice omicidio di Greta Kampf e di Luigi Cortesi.

Lucia non mosse un muscolo, lo sguardo che vagava nella stanza.

"Chiami un legale, ne avrà bisogno."

Lei scosse la testa come avrebbe fatto una bambina.

"Allora ne nomino uno d'ufficio. Chiudetela in camera di sicurezza," disse con lo sguardo incredulo fisso su Anita. Lucia le passò accanto con un sorriso tenero che si trasformò in un istante in una smorfia crudele, mentre Varesi ordinò al suo assistente di chiamare il primo avvocato della lista.

Un poliziotto in divisa entrò nella stanza.

"Ispettrice Landi, abbiamo i bagagli della donna."

"Portateli dentro," ordinò Anita, "e Tea, per favore, filma tutto con lo smartphone adesso."

Li adagiò sul pavimento e Ardau controllò il contenuto della borsa. Tirò fuori una chiavetta in plastica che sbloccò le serrature della valigia. Anita forzò l'ultima chiusura con un coltello multiuso. All'interno indumenti, biancheria intima, due paia di scarpe, tre nécessaire con trucchi e prodotti per l'igiene personale. Sapeva cosa cercare e tirò fuori una scatola di legno chiusa con un lucchetto. Gli occhi di tutti erano su di lei, solo il procuratore assisteva alla scena seduto alla scrivania. Anita ruppe il lucchetto e al suo interno trovò delle chiavi.

"Qualcuno ha dei guanti in lattice per favore?" chiese Anita, ma tutti risposero negativamente.

Usò una matita per contare le chiavi all'interno della scatola. "Sono otto," dichiarò. "Quella pazza ha ammazzato sette volte."

Il procuratore tossì e intervenne. "Perché non otto? Le chiavi sono otto, mi pare."

L'affermazione di Varesi aveva senso e trovò unanime consenso. Anita sbuffò. "C'è una chiave che ha dato il 'la' a tutto questo, un fatto accaduto vent'anni fa."

"Si spieghi meglio," disse autoritario Varesi e si mise dritto sulla poltrona.

Anita appoggiò il contenitore in legno sul tavolo del procuratore.

"Lucia Imondi ha sei anni, una madre forte, autoritaria, e un padre arrendevole, mite, che nel verbale della Mobile di Palermo viene definito addirittura succube. Un pomeriggio d'estate, durante l'ennesimo litigio, i toni diventano più accesi, volano parole grosse, insulti pesanti uditi dai vicini. Al culmine dello scontro, la madre sfregia il padre con la chiave di casa. Probabilmente è l'unica sporca di sangue dentro la scatola. Tutto avviene in cucina, e Lucia assiste in un angolo, in silenzio, a quel diverbio che degenera. Il padre ferito al volto in un impeto d'ira afferra un coltello e pugnala la moglie al ventre più volte. Poi apre la finestra e si lancia nel vuoto."

Il silenzio cadde nell'ufficio di Varesi e fu proprio lui a romperlo. "Quindi la ragazzina ha visto il padre uccidere la madre…"

"Sì, è tutto agli atti. Non sono una psichiatra forense, ma quel delitto ha fatto scattare qualcosa," aggiunse con le parole della dottoressa Sabatini in mente, "forse Lucia adorava la madre autoritaria, ma anche la mitezza del padre e, al tempo stesso, odiava il carattere dispotico dell'una e l'arrendevolezza dell'altro. Ha elaborato lo scontro nella sua testa ed è giunta alla conclusione che famiglie o coppie di questo tipo non durano e finiscono sempre in un bagno di sangue; ed era lei a doversi occupare di far terminare queste relazioni 'sbagliate'. Un dettaglio determinante però si era radicato profondamente in lei. La ferita sul volto del padre con la chiave di casa: quell'oggetto, per Lucia, è diventato il simbolo dell'autorità, della supremazia, e con quel gesto, lo sfregiare il padre con la chiave, la madre aveva dimostrato chi comandava. La chiave quindi come fonte di potere, ma anche simbolo di morte."

"Teoria interessante, pane per criminologi. In questo momento però limitiamoci ai fatti e alle evidenze…"

"Dottor Varesi," lo interruppe l'assistente, "l'avvocato d'ufficio è arrivato ed è stato accompagnato dalla sospettata."

"Bene, diamogli dieci minuti e poi fateli venire qui. Portate via tutto," disse indicando il pavimento, "lei ispettrice, rimanga qui con me, gli altri si possono accomodare fuori."

"Se permette," azzardò Anita, "se siamo a questo punto lo devo al vicequestore Cambria, al sovrintendente Marco Ardau e all'agente Tea Marini, e ritengo sia giusto..."

"So dove vuole arrivare," disse il procuratore mentre alzava lo sguardo al soffitto, e fece un cenno affermativo col capo. Ardau, scuro in volto, si avvicinò ad Anita. "Vuoi dirmi che Imondi non è il padre di Lucia?" bisbigliò sottovoce.

"Esatto, è lo zio. Suo fratello Alfredo era il padre. Ho letto il certificato stamattina a casa di Tea. Pino Imondi l'ha adottata e dopo la morte del fratello e della cognata si è trasferito a Milano per dare una possibilità alla nipote e farle dimenticare la tragedia."

"E lui non era a conoscenza di nulla? Non sapeva che la figlia adottiva fosse una pazza criminale?"

"Non credo e sono sicura di quello che dico perché Pino Imondi è stato l'unico a dichiarare che l'omicidio della Kampf e di Cortesi era opera di un professionista. Se avesse avuto il vago sospetto che Lucia poteva essere responsabile in qualche modo, mi avrebbe sviato." Si voltò verso Tea che la guardava perplessa: "So cosa pensi. Cosa c'entrano Curti e suo nipote in tutta questa storia, non è così? Niente, avevo imboccato una pista sbagliata. Il fatto che lui fosse coinvolto in tre inchieste e non avesse approfondito la scomparsa delle chiavi di casa delle vittime è la dimostrazione della sua incompetenza e superficialità. Avevo anche sperato che fosse così in gamba da aver agito per coprire il nipote, collegato a Roberta Annibaldi, all'ospedale, a Cassano d'Adda, ma non è così. Sono assurde e incredibili coincidenze. Curti è solo un arrogante, perfido e colossale coglione, ma non è colpevole".

Bussarono alla porta ed entrò un poliziotto con in mano sacchetti di plastica trasparenti e un paio di guanti in lattice, Anita li indossò, con molta cura inserì una chiave in ogni sacchetto e li rimise nella scatola in legno. Dopo pochi minuti, entrò Lucia scortata da un'agente donna e seguita dal legale, un uomo magro, stretto in un vestito marrone di pessima fattura. Varesi li fece accomodare davanti a lui e con un gesto della mano invitò Anita a stargli accanto, in piedi.

"Scriveremo il verbale del primo interrogatorio. Vorrei andare subito al punto. Lei è accusata formalmente dell'omicidio di Greta Kampf e di Luigi Cortesi. Come si dichiara?"

"La mia cliente," intervenne il legale dopo essersi asciugato la fronte dal sudore, "parlerà solo con l'ispettrice Anita Landi e con nessun altro."

Varesi appoggiò la schiena alla poltrona. "Per me non ci sono problemi," poi si rivolse ad Anita: "Avanti, è tutta sua".

Anita prese a uno a uno i sacchetti di plastica con le chiavi e li dispose sul tavolo, uno accanto all'altro.

"Le riconosci?" chiese Anita.

"Certo, sono tutte mie. Vuoi sapere qual è quella di tuo fratello?" domandò con voce roca e tenebrosa.

"Ci arriveremo. Partiamo da questa," e sollevò un poco il sacchetto in modo che Lucia la vedesse bene.

"La seconda volta, era il 2014," poi indicò col dito un altro sacchetto e annuì vistosamente, "e quella è il mio primo successo."

Anita prese il sacchetto e lo mostrò al magistrato. "In che anno?" domandò lui.

"Con te non parlo. Per me esiste solo lei," e fissò Anita con uno sguardo ammiccante.

"Era il 2013?"

"Sì."

"Puoi essere più chiara?"

"Oddio, qui facciamo notte prima di arrivare al tuo fratellino," si avvicinò alla scrivania del procuratore appoggiandovi solo le dita. "Ti agevolo il lavoro. Sperimentai un accoltellamento e un suicidio con la testa nel forno della cucina. Il marito, un perdigiorno senza arte né parte, un ubriacone, lo scemo della zona: sto parlando del Gratosoglio. Lei era una grassa e odiosa badante diurna di un tenero vecchietto che abitava al piano rialzato del mio palazzo a Milano."

"Ed è così che hai conosciuto la donna."

"Sì cara. La sentivo urlargli e trattarlo male, e non so, forse perché avrebbe dovuto accudirlo invece di rimproverarlo..." lasciò in sospeso la frase.

Poi raccontò del suo terreno di caccia: il Policlinico, dove lei si prodigava nel volontariato e con stage obbligatori della facoltà di Medicina a cui era iscritta. Nel 2014 fu la volta di una giovane coppia, il loro bimbo di due anni e il cane, tutti uccisi col monossido di carbonio. Lei era titolare di un'edicola all'interno dell'ospedale, e venne descritta come ladra e arpia. I carabinieri di Paderno Dugnano chiusero l'inchiesta classificandola come una disgrazia, una delle tante che ancora capitano. Poi Lucia prese il sacchetto che conteneva la chiave sparita a Cassano d'Adda e lo agitò a mo' di pendolo. Lucia spiegò che la donna, viscida e antipatica, per un periodo aveva lavorato nella farmacia del Policlinico e poi era stata licenziata. Trattava con disprezzo anziani e malati come se appartenesse a una stirpe eletta. Successivamente passò al caso archiviato di Cesano Boscone. Tutte le stragi vennero descritte nei dettagli con un tono che rasentava l'eccitazione. L'assistente di Varesi fece una fatica immane a tenere il passo di Lucia e spesso chiedeva di fare una pausa per terminare di scrivere al computer.

"E questa, vuoi scommettere che non indovini a chi appartiene?" chiese Lucia indicando una chiave con inciso sulla testa WILLKOMMEN.

"Una famiglia tedesca, durante il tuo trasferimento a Monaco di Baviera del 2018."

Batté le mani velocemente. "Sei divina," e lanciò un'occhiata compiaciuta al suo legale che non sapeva che pesci pigliare, e per giustificare la sua presenza richiese la sospensione dell'interrogatorio e una perizia psichiatrica per la sua cliente. Lucia scoppiò in una risata piena, vivace, da lacrime agli occhi, ma s'interruppe di colpo e si rivolse al suo legale.

"Mezza tacca di uomo. Secondo te una squilibrata riuscirebbe a uccidere diciotto persone in sette anni senza che nessuno, e sottolineo nessuno, abbia avuto la più remota idea che quelle morti erano pianificate da una donna con un quoziente intellettivo superiore? Fino a oggi tutti pensavano a disgrazie, fatalità o gesti dettati da follia omicida. Tutte inchieste archiviate e sepolte, caro il mio omino! Senza di lei," e indicò Anita, "avrei continuato all'infinito e magari il prossimo saresti stato tu. Non ti azzardare a interrompermi ancora, perché adesso viene il bello."

28

L'avvocato si portò al petto il suo portadocumenti e si strinse nelle spalle. Cercò un cenno di comprensione nel volto del procuratore, che però rimase impassibile. Anita guardò in fondo alla stanza: Cambria era seduto col busto piegato in avanti, i gomiti appoggiati alle gambe; Ardau e Tea in piedi, attoniti e inespressivi. Accanto a loro l'assistente di Varesi, chino su una piccola scrivania, sudava per tenere il ritmo della confessione e, infine, una poliziotta in divisa appoggiata alla porta non smetteva di mordicchiarsi il labbro inferiore senza perdersi una parola.

"Andiamo avanti per favore," disse Anita dopo aver lanciato un'occhiata al procuratore che tamburellava i polpastrelli di una mano sull'altra, lo sguardo puntato su Lucia.

"Parliamo di Greta Kampf e lasciamo per ultimo quello che ti sta a cuore? Che ne dici?" chiese Lucia amorevole.

"D'accordo," rispose Anita gelida.

"Mi piacerebbe tanto sapere cosa ti ha messo sulla strada giusta."

La richiesta di Lucia riempì l'ufficio del procuratore e tutti rimasero in silenzio.

"La chiave del garage di Cortesi, ritrovata in casa di Palmieri, nel cassetto delle posate della cucina, e poi la sparizione dell'agenda rossa e della chiave di casa della Kampf. Se Palmieri fosse stato colpevole avrebbe conservato le prove che lo incastravano nello stesso posto dove aveva nascosto gli elementi che lo inchiodavano per l'omicidio di Giuliani e di Teresa Merli, vale a dire nella sacca da golf. Qualcuno voleva incolpare il medico dei due omicidi che non aveva commesso, una persona che conosceva le abitudini e la casa di via Cerva. In un primo tempo sono stata sviata dalle prove e dalle apparenze, poi ho capito: non era Greta Kampf o Cortesi l'obiettivo. Era Palmieri. Ho collegato altri casi di omicidi-suicidi nei quali spariva sempre la chiave di casa. E quando ho visto le foto dell'ultima festa a cui avevano partecipato mio fratello e la sua ragazza e ti ho riconosciuto, ho scavato a fondo su di te, sul tuo passato. Per avere la prova decisiva, ho fatto vedere le fotografie anche a Palmieri che ti ha indicato subito: sei andata da lui tre, forse quattro volte, indecisa su quale intervento sottoporti per modificare il tuo aspetto. E poi sei svanita, così," disse facendo schioccare le dita.

Lucia dondolò il capo a destra e sinistra, come a dire *ci sei quasi*. Si sistemò i capelli con gli stessi gesti usati abitualmente da Anita, segno che l'aveva studiata a dovere. Mostrò il viso, gli occhi di ghiaccio e un sorriso che metteva in risalto gli zigomi. "Te la racconto io tutta la storia, tesoro, ma dal principio," disse pacata e alzò gli occhi al cielo compiaciuta.

"Seguimi, ti porto sulla strada giusta. Tutto ebbe inizio durante un viaggio in treno da Roma a Milano. Ero tranquilla al mio posto, in uno di quei settori del vagone con quattro poltrone. Ero seduta come sempre verso il corridoio, perché odio rimanere bloccata accanto al finestrino, come imbalsamata, e costretta a chiedere il permesso per alzarmi. Insomma, una donna mi sedeva accanto e aveva occupato tutto lo spazio disponibile del tavolino: computer, tablet, la borsa del lavoro, e non smetteva d'impartire ordini al cellulare, in un modo odioso, irriverente, come se dovesse dimostrare a chi sedeva in quell'angolo di treno, dei perfetti sconosciuti, quanto fosse in gamba. Leggevo una rivista e tentavo di concentrarmi quando arrivò il controllore, un uomo stanco vicino alla pensione con un palmare; senza smettere di rimproverare quel povero Cristo al cellulare, la signora prese il biglietto dalla borsa e glielo porse senza guardarlo nemmeno in faccia. Mi urtò il gomito, tanto che la rivista mi scivolò sulle gambe. Quel gesto goffo e maleducato fu notato da tutti i presenti. Bastava un "mi scusi" e sarebbe finita lì, invece lei continuava imperterrita a massacrare a male parole quel poveretto all'altro capo del telefonino. In quel preciso istante decisi che quella donna mi avrebbe tenuto compagnia nei mesi a seguire. Con la coda dell'occhio lessi il suo nome su una e-mail: Greta Kampf. Presi il mio smartphone e con il falso account di Linkedin lessi il percorso di studi e la carriera professionale: London School of Economics, master all'INSEAD, cinque anni in una compagnia di assicurazione tedesca per poi prendere le redini dell'impresa familiare. Con calma, a casa, tramite altri social network, scoprii la storia privata di quella donna, perché la nostra Greta, come molte altre persone, non poteva fare a meno di mostrare al mondo quanto era meravigliosa. Così entrai come un cancro nella vita di Greta Kampf." Prese una pausa, con l'aria soddisfatta, e il fatto che Anita non l'avesse mai interrotta una volta lo interpretò come una forma d'ammirazione.

Sospirò prima di proseguire. "Il secondo passo fu trovare il marito o l'amante per architettare il mio piano ormai collaudato alla perfezione. In un primo tempo scelsi Palmieri: ero certa che fosse una persona tranquilla e accondiscendente, perché tutti gli uomini di donne forti ed egoriferite in genere sono molli e inconsistenti come meduse. Invece il medico mi stupì: non era affatto come pensavo."

"Quindi sei andata nel suo studio," puntualizzò Anita.

"Certo, sotto falso nome. Gli dissi che volevo un consulto: il mio corpo, il mio aspetto non mi esaltava, guardandomi allo specchio non mi piacevo. Mi osservò come fossi un animale e alla fine sentenziò che avrei potuto modificare il seno con una riduzione, ma per i fianchi e le ginocchia non c'era molto da fare. Forse con un naso meno pronunciato avrei reso il viso più aperto e solare. Tu cosa ne pensi?" domandò mettendosi di profilo e sfiorandosi il naso con un dito.

Anita non rispose e Lucia, sicura d'aver suscitato l'interesse dei presenti, continuò. "Scelsi lui come coprotagonista, anche se ero piena di dubbi. Lo seguii per due settimane. Era metodico, un orologio svizzero. Un martedì chiamai il suo studio e chiesi di fissarmi la visita per il mercoledì di quella settimana. L'assistente mi sembrò un po' in imbarazzo: mi disse che proprio quel giorno avrebbe partecipato a una conferenza e mi rimandò alla settimana successiva." Fece una pausa e accavallò la gamba. "Ti è mai capitato di provare quella sensazione piacevole, e al tempo stesso intrigante, di quando senti di aver colto qualcuno in flagrante ma devi far finta di non aver notato nulla?"

Anita si limitò a un piccolo cenno del capo e Lucia, fiera di sé, proseguì. "Senza una precisa ragione sentivo puzza di bruciato, e decisi di verificare se quel mercoledì fosse effettivamente impegnato. Mi appostai sotto casa sua in via Cerva e lo vidi uscire in tuta da ginnastica con felpa e cappuccio, una tenuta non esattamente consona per una conferenza, ti pare? Prese l'auto e parcheggiò davanti al numero 5 di via Baldissera. Dopo pochi istanti dal palazzo uscì un uomo vestito di tutto punto. Rimasi a bocca aperta. Era lui sdoppiato, o perlomeno poteva apparire come il suo gemello. Il vero Palmieri, senza dirgli niente, gli consegnò il cellulare e si diresse a piedi verso via Stoppani. Non lo persi di vista un istante e dopo nemmeno quindici minuti s'infilò in una via strettissima. Udii il rumore di un cancello in ferro che si apriva e chiudeva, attesi qualche secondo e con nonchalance ripresi a seguirlo. Appena passai davanti al numero 7, sentii la porta di una villetta chiudersi. Pensai subito che fosse una residenza per festini a luci rosse o il luogo dove poteva dar libero sfogo ai suoi piaceri segreti, invece mi sorprese di nuovo. Uscì alle diciassette, e tornò a piedi in via Baldissera. Il suo gemello lo attendeva in strada per restituirgli cellulare e chiavi dell'auto.

Volevo vederci chiaro, e non mi vergogno a dire che rimasi di guardia all'inizio di quel vicolo per tre giorni. Entrava sempre alle diciotto, rimaneva un'oretta e poi tornava a casa. Però il terzo giorno uscì con un uomo tarchiato, ben messo, purtroppo col volto totalmente coperto. Mi si accese una lampadina: era febbraio, ma il freddo non era pungente, eppure quel soggetto indossava una giacca a vento marrone con cappuccio in testa e una sciarpa che gli copriva la faccia lasciando liberi solo gli occhi. Non fu difficile intuire che il nostro esimio chirurgo operasse lontano da occhi indiscreti. Ma chi è che deve farsi ritoccare in modo così segreto? C'è solo una categoria di persone, non trovi?"

Cacciò un gridolino di compiacimento, lo sguardo concentrato solo su Anita.

"Quindi hai scoperto la seconda attività di Palmieri. Ma la Kampf? E Cortesi?"

Lucia assunse l'espressione di chi ha in pugno la situazione. "Apportai una variante al mio progetto, una sorpresa per il caro Palmieri. Lui era falso come Giuda ma non poteva morire: sentivo il bisogno d'incastrarlo, di smascherarlo! Uccidere Greta Kampf e addossargli la colpa. Ingegnoso, non trovi?"

Attese almeno un cenno perché le fosse dimostrato apprezzamento, ma Anita rimase imperturbabile, e lei riprese il racconto. "Ero già a conoscenza dell'esistenza di Luigi Cortesi, un faccendiere chiacchierato ma sempre sulla cresta dell'onda, quindi mi presentai da lui con false credenziali che non avrebbe mai potuto controllare: un caro amico di Pino Imondi scomparso nel nulla, una persona di enorme potere e riservatezza, non so se mi spiego. Comunque, gli parlai di fondi esteri, della gestione poco accurata che mi riservava una banca elvetica, di operazioni immobiliari, di speculazioni finanziarie, tutti argomenti che per anni avevo ascoltato dagli amici di mio…"

"Zio," intervenne Anita.

Lucia ignorò la precisazione. Stava quasi per sorridere ma qualcosa le indurì i lineamenti.

"Vai avanti, per favore," la invitò Anita, e lei girò il capo qualche secondo, come se si fosse leggermente indispettita, poi proseguì.

"Cortesi tirò fuori da un cassetto un libretto rosso e cominciò a prendere appunti. Mi disse che i clienti di un certo riguardo non avevano una scheda come gli altri," e si fermò un attimo in attesa di una richiesta di Anita.

"Quindi eri interessata all'agenda di Cortesi non perché contenesse informazioni che potevano far risalire a te..."

"Ma perché avrei conosciuto i segreti di molte persone insospettabili, certo, ovvio."

"E dove si trova adesso questo taccuino?"

"A casa, sul mio comodino. È una lettura istruttiva, rilassante ed eccitante al tempo stesso," puntualizzò divertita, ma di colpo cambiò atteggiamento. Sbuffò come se si trovasse davanti una persona da compatire e cominciò a parlare veloce. "Il piano era perfetto. Obiettivo: incastrare Palmieri dell'omicidio dell'ex moglie e di Luigi Cortesi. M'iscrissi alla palestra frequentata dalla Kampf. Nello spogliatoio non faceva altro che parlare con la sua amica del cuore: di sé, del suo lavoro, del rapporto con Cortesi, di come vivesse comoda in via Cerva, della ristrutturazione che procedeva lenta nell'appartamento di via Solferino dove si sarebbe trasferita... e di molto altro. In un mese la Kampf era diventata un libro aperto."

Si sistemò sulla sedia con atteggiamento spavaldo. "Lo sai che puoi ricavare una valanga d'informazioni ascoltando il cellulare di chi ti sta accanto, le conversazioni in treno, in metropolitana? Pare che nessuno badi a chi gli sta intorno, come se fare confidenze al telefono o all'amico che hai vicino sia una cosa sicura, tutti si illudono di avere conversazioni private. Negli ultimi anni ho scoperto tradimenti, imbrogli, resoconti di viaggi, amicizie distrutte, sogni infranti e amori sul nascere... senza fare una domanda. Siamo circondate da stupidi, Anita. Vogliono la privacy e sono i primi a offrire al mondo la loro vita con i social, le telefonate, le discussioni al ristorante, e nel caso della Kampf lo spogliatoio della palestra era il suo megafono. È stata lei a vantarsi che Cortesi le aveva regalato un portachiavi d'oro con la chiave d'accesso al garage perché non facesse fatica a cercare parcheggio in via Malpighi, e sempre lei raccontava di girare armata, fornendo oltretutto schifosi dettagli sui lunedì pomeriggio di sesso con quell'animale. Ogni primo giorno della settimana tornava dalla Svizzera e alle quindici era da lui, e tempo mezz'ora erano già a letto o nella vasca idromassaggio. Ogni benedetto lunedì Cortesi lavorava solo la mattina, poi dava la mezza giornata libera alla segretaria e chiudeva l'ufficio. Quindi cara Anita, il lunedì lo aveva indicato lei come il giorno giusto per trovarli insieme; pensa che gentile: la Kampf stessa aveva deciso il giorno della sua morte, non è fantastico? Dovevo solo aspettare un impegno segreto di Palmieri, proprio di lunedì."

Guardò di sfuggita il suo legale che non riusciva a mascherare lo stupore.

"Per mettere a punto i miei progetti la fretta è cattiva consigliera: potevo attendere, anzi, so attendere. Oggi impera la frenesia, la gente vuole tutto subito, non comprende il valore dell'attesa. Tornando a noi, durante una pausa pranzo, feci in modo d'incrociare l'assistente di Palmieri e facemmo una lunga e istruttiva chiacchierata. Sapevo già tutto di lei, quella stupida aveva il profilo aperto su Instagram. Conoscevo la sua passione per i balli latino-americani, per le soap opera, per *Cinquanta sfumature di grigio* che si vantava d'aver letto tre volte, e per le trasmissioni popolari tipo *L'isola dei famosi* e *Temptation Island*. Una ragazza di paese insomma, ingenua e facilona, anche se si credeva furba. Seppi che il chirurgo avrebbe avuto altri impegni che lo avrebbero trattenuto lontano dalla sua clinica, conferenze alle quali non avrebbe potuto rinunciare. La prima in aprile, tre giorni per un convegno all'estero, e la seconda a giugno, un lunedì. Era fatta. Nelle settimane che precedevano l'ora X perfezionai i dettagli e il venerdì precedente forzai l'armadietto della Kampf, mentre lei chiacchierava con la sua amica durante lo stretching. Lo sai Anita che non ci sono telecamere negli spogliatoi delle palestre e che le serrature le può aprire anche un bambino?"

"Hai rubato la chiave del garage di Cortesi dalla borsa della Kampf," ripeté Anita ad alta voce.

"Sì, certo, te l'ho già detto" rispose piccata. "Il lunedì mi appostai in via Baldissera. Se Palmieri non si fosse presentato, per qualsiasi motivo, il piano sarebbe saltato e avrei dovuto riprogrammare tutto, invece puntuale come al solito avvenne la consegna del cellulare e della macchina. Dovetti solo aspettare le quindici in via Malpighi, quando la Kampf arrivò davanti alla porta del garage. La vidi armeggiare dentro la borsa e imprecare. Avrà pensato: dove avrò messo la chiave? Era nel mazzo con il ninnolo d'oro," Lucia parlò come se ne imitasse la voce, e poi ridacchiò, ma tornò subito seria. "Ingranò la retro e andò a cercare parcheggio. Io, dopo essere passata dal garage, l'aspettavo sul pianerottolo dell'appartamento di Cortesi, al secondo piano. Uscita dall'ascensore, fece due passi e la colsi di sorpresa con una buona dose di cloroformio. Svenne in pochi istanti e senza alcuna reazione. La trascinai davanti alla porta e suonai. Il cane abbaiava e Cortesi aprì in accappatoio. Dopo il primo istante di sorpresa, la portammo all'interno per farla sdraiare sul divano. Un mancamento, spiegai, e giustificai il fatto di essere lì con la necessità di dovergli consegnare una USB che conteneva la descrizione minuziosa delle mie proprietà estere. Lui s'insospettì perché non mi vedeva da settimane e cominciò a farmi un sacco di domande, ma quando gli dissi di un mio improvviso viaggio all'estero durato molto più del previsto e mi scusai di non essermi più fatta viva, abboccò, e si prese cura della donna. Una volta in salone lo pregai di chiudere il cane in un'altra stanza. Dalla borsa della Kampf estrassi la pistola, lo feci sedere sulla poltrona, presi un cuscino e gli sparai due volte. Avresti dovuto vedere la faccia: un misto di incredulità e terrore, meraviglioso! Trascinai la donna ai suoi piedi. Lei si stava riprendendo lentamente, così prima che si svegliasse del tutto le feci impugnare la pistola, premetti il suo indice sul grilletto e attutii lo sparo con lo stesso cuscino usato per Cortesi. Un colpo al cuore. Morta stecchita, quell'arpia era finalmente andata. Le rubai il portafogli e la chiave di casa di via Cerva. Una chiave con la testa blu. Controllai in giro se per caso l'agenda fosse nell'appartamento, aprii anche un armadio in camera. La cassaforte era semiaperta, ma dell'agenda neppure l'ombra. Decisi di cercarla in ufficio, sapevo che il lunedì la segretaria non era mai presente, presi le chiavi e scesi al primo piano. La trovai al solito posto, nel primo cassetto, misi volutamente sottosopra la scrivania, alcuni armadi e accesi i computer. Poi uscii, sempre dal garage, e mi diressi in via Cerva."

"E il custode del palazzo di Palmieri non ti ha fermato?"

Fece un cenno negativo col dito. "Entrai decisa con la scusa che dovevo consegnare un documento all'avvocato che aveva l'ufficio al piano sotto Palmieri: semplice come bere un bicchiere d'acqua. Prova a usarlo anche tu come metodo: funziona sempre, ma lasciami finire. Aprii la porta e ne approfittai per gironzolare per la casa. Nascosi la chiave del garage nel cassetto delle posate e il portafogli nella camera della Kampf che, come al solito, aveva descritto con dovizia di particolari alla sua amica palestrata. Uscii dall'appartamento e felice come una pasqua mi piazzai di fronte al palazzo di via Baldissera. Alle sedici e trentacinque avevo già concluso tutto."

Prese fiato soddisfatta e Anita intervenne. "A che ora hai visto Piero Giuliani, il sosia di Palmieri, entrare nel cortile con l'auto?"

"Alle diciassette. Lo avevo già visto transitare per cercare parcheggio. Quella settimana era un incubo a causa di alcuni lavori di sistemazione del manto stradale. Palmieri rimase di stucco quando alle diciassette e quaranta vide la sua macchina nel cortile. Entrò nel palazzo e ne uscì alle diciotto e quindici, e questo mi parve strano: cosa aveva fatto per tutto quel tempo? Comunque, aprì il cancello in ferro e tirò fuori l'auto, poi scese e lo richiuse. Aveva il viso coperto dal cappuccio e portava gli occhiali scuri.

Tornai a casa in attesa del telegiornale. La notizia fu trasmessa alle venti, ricordo il vicequestore Cambria, l'uomo che siede alle mie spalle. Usava le solite frasi di circostanza, di una banalità sconcertante: non posso rilasciare dichiarazioni... batteremo tutte le piste... non escluderemo nessuna ipotesi. E poi l'indomani, un trafiletto su una pagina di un giornale online catturò la mia attenzione: *Custode di un palazzo di via Baldissera trovata morta nel suo piccolo alloggio. La causa è ancora da accertare, ma tutto lascia supporre che si tratti di incidente domestico.*"

"E così capisti," disse Anita.

Annuì con quel sorriso crudele. "E tutto divenne ancora più divertente. E poi..."

"Dimmi," la invitò Anita.

"Poi scoprii che tu eri a capo dell'inchiesta, la sorella di Duilio Landi, la campionessa di atletica leggera, una poliziotta disturbata, e per chiudere il cerchio, avevi chiesto a Pino di darti una mano. Incredibile, nemmeno lo avessi progettato. Quando ti tolsero l'indagine e il tuo collega si mise a caccia dell'ex socio di Cortesi, volevo indirizzarti sulla pista giusta, magari con qualche lettera anonima, invece non ce ne fu bisogno. Hai collegato Palmieri ai quattro omicidi e sei caduta nella mia trappola."

"Salvo poi scoprire la verità," la smentì Anita.

Lucia si appoggiò allo schienale della sedia. "Avevo intuito subito d'avere a che fare con una donna intelligente, e per questo desideravo tanto che diventassimo amiche. Certo, non ti avrei mai raccontato che avevo aiutato tuo fratello a tagliarsi la gola, e che le sue ultime parole soffocate fossero A... ni... ta," e si strinse le mani intorno al collo con la lingua di fuori e gli occhi che guardavano il soffitto, una macabra presa in giro.

Anita non disse più una parola, come se stesse entrando in un vicolo cieco, buio. Il cuore cominciò a batterle come un tamburo, e cercò di ripetersi le parole della dottoressa Sabatini. L'aveva messa in guardia che sarebbe stata derisa e sbeffeggiata al solo scopo di provocarne una reazione violenta. Le aveva consigliato di estraniarsi dai racconti, rimanere neutrale, convincersi che non stesse parlando di suo fratello, ma di uno sconosciuto, per non cadere nella trappola di una mente lucidissima e deviata. Ma non ci riuscì.

Lucia raccontò il motivo per cui scelse Roberta Annibaldi. "La incrociai in metropolitana, un tardo pomeriggio. Insieme ad altri compagni di corso, prese di mira un'amica che non aveva superato l'esame di statistica. La derideva con ironia... no! con cattiveria, e insisteva... insisteva, mentre quella poverina aveva le lacrime agli occhi. La ragazza la pregò di smetterla; era angosciata per essere stata bocciata a quello stupido test, anche perché doveva trovare le parole giuste per riferirlo ai genitori. Le porte si aprirono e li piantò in asso senza salutarli e scese dalla metro singhiozzando. Allora Roberta, dall'alto del suo piedistallo, promise agli amici rimasti nel vagone che l'avrebbe chiamata offrendole il suo aiuto con il suo infallibile metodo di studio. Era così piena di sé da farmi impazzire. La inorgogliva vedere le persone in difficoltà, perché poteva dimostrare quanto fosse generosa, comprendi Anita? Provai un odio profondo ma ero felice di avere il mio nuovo obiettivo. Passò un giorno, e vidi tuo fratello durante un appostamento. Notai subito che era un bel ragazzo ma così... molle, troppo accondiscendente. Gliele faceva passare tutte, e non la riprendeva quando Roberta voleva mettersi in mostra e primeggiare. A pensarci bene Duilio era proprio diverso da te."

Si sistemò i capelli usando ancora le stesse mosse di Anita e illustrò nei dettagli come aveva stabilito il momento adatto e tutte le operazioni per eseguire con successo anche quel duplice omicidio. Nell'ascoltarla, Anita divenne a poco a poco una statua, immobile, inespressiva, fino a paralizzarsi: teneva una mano appoggiata al bordo superiore dello schienale della poltrona del procuratore, lo sguardo fisso su Lucia, che, con puro sadismo, non si limitò a raccontare il susseguirsi delle azioni, ma anche il gusto provato a infliggere le coltellate a Roberta e l'impercettibile suono macabro della lama che fendeva la gola di Duilio. Riuscì anche a rappresentare perfettamente l'odore del sudore, del sangue, della morte.

"Il modo migliore per uccidere è usare il coltello. Ti permette di stare accanto alla vittima e sentirne l'ultimo respiro."

Il volto di Anita si riempì di lacrime che solcavano lente le guance disegnando rivoli che si fermavano ai lati delle labbra. Alcune proseguirono lungo il collo, e una, la più carica di dolore, scivolò dal mento per raggiungere una spalla del procuratore. Ormai la confessione era terminata, doveva solo essere riletta e sottoscritta. Varesi ordinò all'assistente di stampare il documento e poi chiese ad Anita se volesse sedersi. Lei rimase dov'era senza rispondere, non udì le parole di Varesi e neppure quelle di Lucia che si complimentava con lei, l'unica che era stata in grado di tenerle testa e di scoprire la verità.

Anita era così sconvolta da non riuscire a muovere un muscolo. Ascoltare i motivi futili e le argomentazioni inconsistenti per l'assassinio del fratello l'aveva annientata.

Trascorsero alcuni minuti, firmarono la dichiarazione e Lucia fu condotta fuori dall'ufficio del procuratore ridendo come una folle, a squarciagola. Varesi si alzò e, a fatica, fece accomodare Anita sulla sua poltrona. Lei era rigida come un manichino difficile da spostare, tanto che fu necessario l'intervento di Cambria e di Ardau.

Si lasciò andare, ma non svenne. Gli occhi erano sempre sbarrati e non smetteva di piangere silenziosamente, senza singhiozzi. Con un gesto affettuoso Ardau le asciugò le lacrime accarezzandole il viso con un fazzoletto, mentre Tea le teneva una mano e Cambria le avvicinava alle labbra un bicchiere d'acqua. Cacciò un lungo e disperato sospiro e si sentì svuotata, come i palloncini che i bambini si divertono a sgonfiare per sentirne il rumore. E fu allora che perse i sensi.

Ritornò in sé poco per volta e, quando si alzò dalla poltrona, rifiutò qualsiasi aiuto, anche quello di Cambria di accompagnarla a casa. Nessuno si azzardò a farle i complimenti per aver finalmente individuato una feroce e crudele assassina, perché era ovvio che dovesse elaborare qualcosa di molto più profondo. Partì in macchina e vagò senza meta, mezz'ora o poco più. Parcheggiò vicino a una chiesa in mattoni rossi che dava il nome alla via. Sulla destra il Naviglio. Scese dall'auto, proseguì a piedi per alcuni minuti e salì su un ponte dopo aver letto un cartello: CONCA FALLATA. Si fermò nel mezzo a osservare l'acqua. Ne percepì l'odore, né piacevole né fastidioso, niente a che vedere con il profumo del mare. Ripensò a tutta la sua vita e all'unica ragione del suo trasferimento a Milano. Sembrava fosse passato un istante e non anni di rabbia, angoscia, frustrazioni. Era sempre stata così convinta dell'innocenza di suo fratello che ascoltare frasi di compatimento, ricambiare i mezzi sorrisi di circostanza, sapendo che nessuno le credeva, l'avevano fatta sentire talmente a disagio da decidere di tenersi tutto dentro. E il suo malessere era cresciuto, era montato fino quasi a soffocarla; esternava solo malumore, sospetto e un atteggiamento così ostile da allontanare chiunque, se non i pochi temerari che riuscivano a starle accanto. Ora tutti sapevano che non era una squilibrata, che esisteva un'altra spiegazione, ma quel senso di oppressione non l'abbandonava. Forse l'aver sognato intensamente quel momento l'aveva condizionata al punto da attribuire un valore taumaturgico alla verità, ma il risultato non aveva ripagato le attese: dimostrare a se stessa e agli altri che aveva avuto ragione sperava potesse riconciliarla col mondo e assestarla sui binari di una vita normale, autentica. Invece non era accaduto e non provava né sollievo né soddisfazione. Niente. La verità non riportava in vita Duilio e neppure le avrebbe restituito gli anni trascorsi in lotta contro tutti. Era sola, in quell'istante come nel giorno precedente, e lo sarebbe stata l'indomani, se ci fosse stato un domani.

Lo scorrere leggero dell'acqua la destò da quei pensieri e tentò d'immaginare il suo futuro, ora che aveva tutte le risposte. Fissò ipnotizzata un pezzo di legno trascinato dalla corrente fino a quando sparì sotto il ponte. Anita istintivamente si spostò sul lato opposto e lo rivide procedere lento. Ogni tanto affondava per poi riaffiorare, galleggiando incerto. E anche lei si sentì un po' così: sprofondata nel dolore e in cerca delle forze per riemergere. Era sfinita, e le mancò perfino la forza di piangere, come se avesse esaurito le lacrime.

Ma non avere più lacrime non significa aver smesso di soffrire.

Ringraziamenti

Ringrazio chi non dimenticherò mai:

Gianni Stella – sempre presente nella mia vita – che molti anni fa mi ha convinto a mettere nero su bianco le mie idee e a piantarla di girarci intorno;

Maria Antonietta, perché mi è stata vicina con la sua assenza;

una cara amica di talento – mamma di Tea – che ha sempre preteso l'anonimato, con la quale confrontarsi è stato più che determinante;

Giulio Besana, che dopo aver letto i miei primi racconti mi ha spronato a proseguire;

inoltre:

Edy e Wanda, due quattrozampe che hanno cambiato il mio destino;

Silvia Meucci, entusiasta e protettiva;

Monica Randi, colta e umana;

Bettina Cristiani, paziente e vigilante;

Federica e Simone di astoria, professionali e competenti;

Leonardo Becciu per le critiche costruttive;

Franco S. per i dettagli tecnici;

Enrica Cipolloni, campionessa di eptathlon delle Fiamme Oro, per le conversazioni sportive ricche di suggerimenti;

Paolo Frello, prodigo di supporto creativo;

Silvia P. per le psicodritte;

Franco Vercesi per la consulenza medica;

Big Fish per gli esilaranti dialoghi sul rap e sulle dinamiche… di condominio;

i miei colleghi, inconsapevole fonte d'ispirazione, tra i quali non posso non citare il gruppo del Fantacalcio e di Assembramento Alcolico (degustatori di altissimo livello);

Francesco G. e i miei compagni di liceo, in particolare i celebri *bons vivants*: Marco, Roberto, Marcello, Armando;

i membri del Rimowa Group – Mauro, Fox, Buby, Pera e Lorenzo – per tutti i momenti di distrazione durante la scrittura;

gli amici di una vita – Andreo (non Andrea!), Zak, Roby, Lale – che saranno i lettori più difficili da conquistare;

i miei cugini, vicini e lontani, capitanati da Marco e Ninni;

infine:

mio padre, per i fantastici ricordi e le reciproche delusioni che mi hanno fatto crescere;

mia madre, per avermi obbligato a leggere *Il vecchio e il mare* da bambino;

mia sorella Emilia, per aver creato l'occasione;

mia moglie Barbara per ogni cosa… soprattutto per farmi atterrare quando volo troppo alto.

Questa storia e i suoi personaggi sono frutto d'invenzione. Le procedure sono state riadattate per puri scopi narrativi.

Domenico Wanderlingh
È colpa mia

Chi è davvero Chiara Corsi? Una moglie devota e una madre adorabile? O un'abile manipolatrice che ha seviziato e ucciso i responsabili della morte del marito e del suo bambino? Chiara viene arrestata in attesa del processo: gli indizi che la inchiodano sono schiaccianti, gli alibi inconsistenti e il movente solido come una roccia. Eppure, con lei in prigione riprendono gli omicidi delle persone coinvolte nella sua disgrazia familiare. C'è un altro assassino in giro? Un giudice di Milano convince l'ispettrice Anita Landi a indagare e lei, pur piena di dubbi, decide di accettare per due ragioni precise: vuole capire se rimanere in Polizia o mollare il distintivo, e l'inchiesta la intriga molto. Anita vuole evitare nuove morti e placare la propria sete di verità. Per farlo si trasferisce a Città di Castello (dove ha sempre vissuto Chiara Corsi), accompagnata dall'incubo di trovarsi incastrata in uno strano parallelismo con una donna dalla storia simile alla sua: i sogni infranti, la famiglia distrutta e il futuro incerto. Non sarà facile districarsi tra amici innocentisti e protettivi, intrighi di palazzo e false piste, ma alla fine Anita getterà luce sul caso, svelando un segreto sepolto da anni.

astoria

Finito di stampare
nel mese di novembre 2023
per conto della TEA S.r.l.
da Rotolito S.p.A.
Seggiano di Pioltello (MI)
Printed in Italy

FSC
www.fsc.org
MISTO
Carta
da fonti gestite in
maniera responsabile
FSC® C005461